DE SANGUE E OSSOS

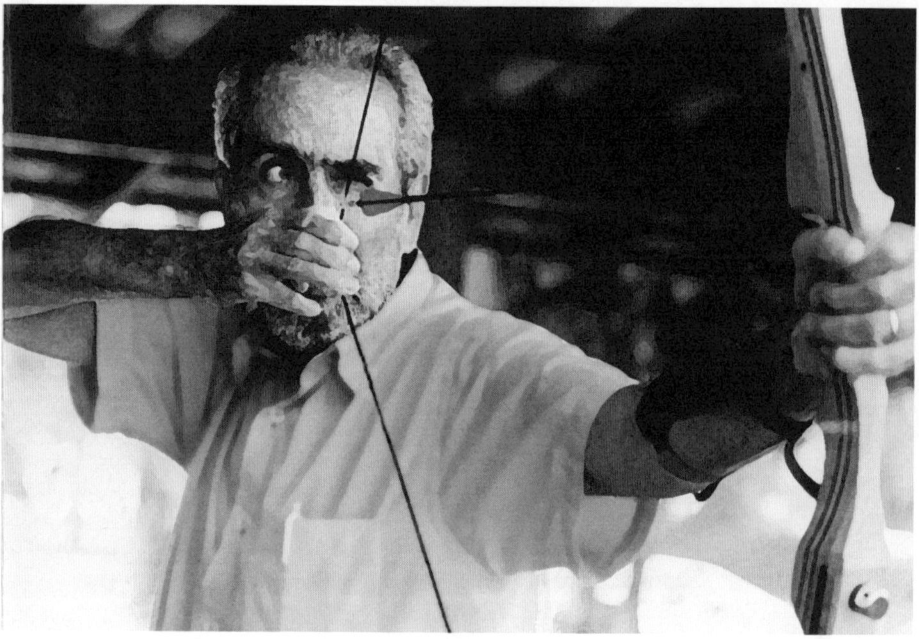

O ARQUEIRO

GERALDO JORDÃO PEREIRA (1938-2008) começou sua carreira aos 17 anos, quando foi trabalhar com seu pai, o célebre editor José Olympio, publicando obras marcantes como *O menino do dedo verde*, de Maurice Druon, e *Minha vida*, de Charles Chaplin.

Em 1976, fundou a Editora Salamandra com o propósito de formar uma nova geração de leitores e acabou criando um dos catálogos infantis mais premiados do Brasil. Em 1992, fugindo de sua linha editorial, lançou *Muitas vidas, muitos mestres*, de Brian Weiss, livro que deu origem à Editora Sextante.

Fã de histórias de suspense, Geraldo descobriu *O Código Da Vinci* antes mesmo de ele ser lançado nos Estados Unidos. A aposta em ficção, que não era o foco da Sextante, foi certeira: o título se transformou em um dos maiores fenômenos editoriais de todos os tempos.

Mas não foi só aos livros que se dedicou. Com seu desejo de ajudar o próximo, Geraldo desenvolveu diversos projetos sociais que se tornaram sua grande paixão.

Com a missão de publicar histórias empolgantes, tornar os livros cada vez mais acessíveis e despertar o amor pela leitura, a Editora Arqueiro é uma homenagem a esta figura extraordinária, capaz de enxergar mais além, mirar nas coisas verdadeiramente importantes e não perder o idealismo e a esperança diante dos desafios e contratempos da vida.

NORA ROBERTS

CRÔNICAS DA ESCOLHIDA LIVRO 2

DE SANGUE E OSSOS

ARQUEIRO

Título original: *Of Blood and Bone*

tradução: Simone Reisner

preparo de originais: Luara França

revisão: Eduardo Carneiro e Sheila Louzada

projeto gráfico e diagramação: DTPhoenix Editorial

imagens de abertura: © Ondrej Prosicky/Shutterstock (árvore);
© Rattiya Lamrod/Shutterstock (coruja);
© Gray Wall Studio/Shutterstock (nuvens)

capa: Ervin Serrano

imagens de capa: © Nadtytok/Shutterstock (pena);
© Lukas Gojda/Shutterstock (chama);
© Renikca/Shutterstock (padronagem); © HorenkO/Shutterstock (textura)

adaptação de capa: Gustavo Cardozo

impressão e acabamento: Lis Gráfica e Editora Ltda.

CIP-BRASIL. CATALOGAÇÃO NA PUBLICAÇÃO
SINDICATO NACIONAL DOS EDITORES DE LIVROS, RJ

R549d Roberts, Nora
De sangue e ossos / Nora Roberts; tradução Simone Reisner.
São Paulo: Arqueiro, 2020.
432 p.; 16 x 23 cm. (Crônicas da Escolhida 2)

Tradução de: Of blood and bone
Sequência de: Ano Um
ISBN 978-85-306-0084-6

1. Ficção americana. I. Reisner, Simone. II. Título. III. Série.

CDD: 813
19-60673 CDU: 82-3(73)

Rua Funchal, 538 – conjuntos 52 e 54 – Vila Olímpia
04551-060 – São Paulo – SP
Tel.: (11) 3868-4492 – Fax: (11) 3862-5818
E-mail: atendimento@editoraarqueiro.com.br
www.editoraarqueiro.com.br

Para Kayla, que está crescendo
cada vez mais inteligente e mais forte.

A ESCOLHA

Tão próxima do nosso pó é a grandeza,
tão próximo do homem está Deus.
Quando o Dever sussurra *É preciso,*
o jovem responde *Eu o farei.*

– Ralph Waldo Emerson

PRÓLOGO

Dizem que um vírus aniquilou o mundo. Mas foi magia, negra como uma noite sem lua. O vírus foi sua arma, uma torrente de flechas no céu, balas silenciosas atacando, uma lâmina afiada. Porém, foi o gesto inocente – um toque de mão, um beijo de boa-noite dado pela mãe – que espalhou a Catástrofe, trazendo uma morte súbita, dolorosa e hedionda para bilhões.

Muitos dos que sobreviveram ao primeiro ataque brutal, ao vírus, acabaram por morrer por mãos humanas – e não poucos pelas próprias mãos – à medida que as videiras espinhosas da loucura, da tristeza e do medo estrangulavam o mundo. Outros, incapazes de encontrar abrigo, comida, água potável e medicamentos, simplesmente minguaram e morreram à espera de ajuda e de uma fonte de esperança que nunca veio.

A espinha dorsal da tecnologia se rompeu, trazendo a escuridão e o silêncio. Governos foram derrubados de seus pedestais de poder.

A Catástrofe não poupou democracias, ditadores, parlamentos nem reinos. Alimentou-se de presidentes e camponeses com a mesma avidez.

Nessa escuridão, as luzes que estavam apagadas por milênios acordaram. A ascensão das magias, a boa e a maléfica, foi um dos produtos do caos. Poderes despertos ofereceram uma escolha entre o bem e o mal, entre a luz e a escuridão.

Alguns sempre escolheriam a escuridão.

Os Incomuns dividiam com os seres humanos o que restou do mundo. E aqueles que abraçaram a escuridão – humanos e bruxos – atacaram, transformando grandes cidades em escombros, caçando aqueles que se escondiam ou que contra eles lutavam, para destruí-los, escravizá-los, deleitar-se com seu sangue, enquanto corpos entulhavam o chão.

Em pânico, governos ordenaram a suas forças militares que recolhessem os sobreviventes para "conter" os Incomuns. Assim, uma criança que acabasse de descobrir suas asas poderia se encontrar amarrada sobre a mesa de um laboratório, em nome da ciência.

Homens exerciam uma justiça perversa em nome de Deus, espalhando medo e ódio, construindo os próprios exércitos para expurgar o "outro". Para eles, a magia vinha da mão do diabo, portanto qualquer um que a possuísse era um demônio e deveria ser enviado de volta para o inferno.

Saqueadores cruzavam as cidades arruinadas, as estradas principais e as vicinais, para queimar e matar simplesmente por prazer. Os seres humanos sempre encontram maneiras de serem cruéis uns com os outros.

Em um mundo tão corrompido, quem iria impedi-los?

Havia murmúrios na luz e rumores na escuridão, que chegaram aos ouvidos dos humanos – sobre uma guerreira que estava por vir. Filha dos Tuatha de Danann, ela só seria revelada ao assumir sua espada e seu escudo. Então ela, A Escolhida, levaria a luz para combater a escuridão.

Mas os meses se tornaram anos, e o mundo permanecia em ruínas. Caçadas, invasões e buscas continuavam.

Alguns se escondiam, saindo apenas durante a noite para procurar comida ou roubar o suficiente para sobreviver por mais um dia. Alguns preferiram tomar as estradas, em uma migração sem fim para lugar nenhum. Outros se instalaram na floresta para caçar, ou nos campos para plantar. Alguns formaram comunidades, que sofriam altos e baixos enquanto lutavam para se manter vivos em um mundo onde um punhado de sal era mais precioso que ouro.

E alguns, como aqueles que encontraram e formaram Nova Esperança, reconstruíram. Quando o mundo acabou, Arlys Reid relatou seu fim como âncora de uma emissora de TV em Nova York, posto que havia herdado. Ela vira a cidade arder ao seu redor e, no final, optou por dizer a verdade a todos os que ainda podiam ouvi-la e fugir.

Viu a morte de perto, matou para sobreviver.

Testemunhou pesadelos e maravilhas.

Até que, juntamente com um punhado de pessoas, incluindo três crianças, Arlys encontrou a cidade rural deserta que batizaram de Nova Esperança. E, lá, resistiram.

Agora, no Ano Quatro, Nova Esperança era o lar de mais de trezentas pessoas, tinha um prefeito, um conselho da cidade, uma força policial, duas escolas (uma delas para o treinamento de bruxos), uma horta e uma cozinha comunitárias, duas fazendas (uma delas com um moinho para farinha e grãos), uma clínica (com um pequeno serviço de odontologia), uma biblioteca, um depósito de armas e um grupo de defesa armado.

Tinham médicos, curandeiros, herboristas, tecelões, costureiros, encanadores, mecânicos, carpinteiros e cozinheiros. Alguns deles haviam exercido essas mesmas atividades no mundo antigo, mas a maioria estudou e aprendeu no mundo novo.

Contavam com segurança armada, sempre a postos, 24 horas por dia. E, embora permanecessem em regime de voluntariado, a maioria dos moradores participava dos combates e do treinamento com armas.

Em seu primeiro ano, o Massacre de Nova Esperança se manteve como uma cicatriz viva no coração e na mente de todos os que ali habitavam. Essa cicatriz e os túmulos dos mortos levaram à formação do grupo de defesa e de grupos de resgate, cujos integrantes arriscavam a própria vida para salvar outras.

Na calçada, olhando para Nova Esperança, Arlys entendeu por que aquilo importava. Por que tudo aquilo importava. Mais do que sobreviver, como tinha sido nos terríveis primeiros meses, mais até do que construir, como fora nos meses que se seguiram.

Estavam vivendo e, como dizia o nome da cidade, isso era esperança.

Era importante, pensou ela, ao ver Laurel – uma elfa – varrendo a entrada do prédio onde morava, em uma manhã fria de primavera. Mais adiante, Bill Anderson limpava os vidros da vitrine de sua loja, que funcionava na base da troca e em cujas prateleiras guardava inúmeros objetos úteis.

Fredinha, a jovem estagiária que enfrentara os horrores dos túneis do metrô ao sair de Nova York com Arlys, ocupava-se cuidando do jardim da comunidade. Com suas asas mágicas e um otimismo infindável, ela vivia todos os dias com esperança.

Rachel, médica e grande amiga, acenou para Arlys ao sair para abrir as portas da clínica.

– E o bebê? – gritou Arlys.

– Dormindo... A não ser que Jonah o tenha pegado de novo quando eu virei as costas. O homem está fascinado.

– Como um pai deve ser. Hoje não é o seu check-up de seis semanas, doutora? Um dia importante para você.

– Esta médica aqui já deu alta total à sua paciente, mas Ray vai formalizar isso. Hoje é um dia importante para você também. Como está se sentindo?

– Ótima. Animada. Um pouco nervosa.

– Vou acompanhar a transmissão. E quero ver você aqui quando tiver terminado.

– Pode deixar. – Enquanto falava, Arlys pôs a mão na montanha que sua barriga se tornara. – Este bebê já deve estar mais do que pronto. Se demorar mais, não vou conseguir nem me mexer.

– Vamos dar uma olhada. Bom dia, Clarice – disse Rachel quando surgiu a primeira paciente do dia. – Vamos entrar. Boa sorte, Arlys. Vamos ouvir sua transmissão.

Arlys começou a andar como um pato (não havia outra maneira para descrever seus movimentos), mas parou quando alguém a chamou.

Ela esperou que Will Anderson se aproximasse – seu vizinho de infância, atual representante da cidade e o amor de sua vida.

Ele colocou a mão na barriga dela e a beijou.

– Quer que eu vá com você até o trabalho?

– Claro que quero.

De mãos dadas, eles se dirigiram à casa onde ele morara durante seus primeiros meses na comunidade.

– Tudo bem se eu ficar por perto e assistir?

– Se você quiser... Só não sei quanto tempo vai levar para organizar tudo. Chuck está otimista, mas...

– Se o Chuck diz que podemos fazer, é porque podemos.

Sentindo um frio na barriga, ela soltou um suspiro.

– É, é melhor eu ir com você – disse Will.

Chuck tinha sido a principal fonte de Arlys durante a Catástrofe. Um hacker, gênio da computação, ele agora cuidava da pouca tecnologia disponível – no porão, é claro. O cara era um famigerado habitante de porões.

– E quero ver você trabalhando – acrescentou Will.

– E o que eu faço em casa, com o *Boletim*, não é trabalho?

– Também. E um presente para a comunidade. Mas hoje vai ser transmissão ao vivo, meu amor. É o que você está destinada a fazer.

– Eu sei que algumas pessoas estão preocupadas com o risco de chamar a atenção para nós. O tipo errado de atenção.

– Vale a pena. E, além de Chuck saber o que está fazendo, vamos ter os escudos mágicos. Se você conseguir alcançar uma pessoa lá fora, pode vir a alcançar uma centena. Se alcançar uma centena, quem sabe aonde poderá chegar? Ainda tem muita gente que não faz ideia do que está acontecendo, não sabe onde encontrar ajuda, comida, medicamentos. Isso é importante, Arlys.

Para ela, também era importante que ele arriscasse a vida em resgates.

– Eu estava pensando sobre o que realmente importa – disse ela. Fazendo uma pausa antes de entrar na casa, Arlys se virou para Will. – Você está no topo da lista.

Eles contornaram a casa até os fundos do terreno, onde ficava a entrada do porão.

No interior, o que tinha sido uma grande sala para os prazeres da vida em família agora guardava o sonho de um amante de computadores caso seu sonho fosse juntar componentes, cabos, discos rígidos, placas-mães, desmontar máquinas antigas, reconfigurar desktops e laptops, conectar telas variadas.

Ela sabia que Chuck sonhava mesmo com tudo aquilo.

Ele estava sentado diante de um dos teclados, de moletom e calça cargo, um boné com a aba virada para trás sobre os cabelos descoloridos havia pouco – cortesia da cabeleireira da comunidade. Sua barbicha fora pintada de vermelho vivo.

Por falar em vermelho, os cachos de Fredinha balançaram quando ela se levantou da cadeira, cercada por três crianças de 4 anos e uma variedade de brinquedos.

– Aqui está sua equipe! Eu sou produtora, assessora e assistente de câmera.

– Pensei que a assessora fosse eu – disse Katie.

Katie, mãe de três, mantinha um olho nas crianças enquanto aguardava sentada no braço do sofá de almofadas murchas, onde Arlys sabia que muitas vezes Chuck acabava dormindo.

– Coassessora e supervisora dos amplificadores.

– Os gêmeos estão animados – comentou Katie, observando Duncan e Antonia. – Só espero que eles entendam o que estamos fazendo... e nós também.

– Vamos ajudar a Arlys e o Chuck – disse Duncan, sorrindo para a mãe. – Eu e a Tonia.

– Aperta! – gritou a irmã de Duncan.

Tonia riu, levantando a mão. Duncan colou a palma da mão na dela. Uma luz brilhou.

– Ainda não – disse a loura e rosada Hannah, tão diferente dos gêmeos. Ela se levantou e deu um tapinha na perna da mãe, como se quisesse reconfortá-la, e se aproximou de Arlys.

– Quando vai nascer?

– Em breve. Espero.

– Posso assistir?

– Hã...

Rindo, Katie se levantou para dar um beijo em Hannah.

– Ela adoraria.

– Bem – disse Chuck, girando na cadeira –, vocês estão prestes a ser testemunhas da história e da estreia da Rede de Notícias Nova Esperança.

– Estamos conectados?

Ele sorriu para Arlys, fazendo sinal de positivo.

– Estamos conectados. Definitivamente conectados, com alguma ajuda dos *amplificadores*.

Os gêmeos deram pulinhos, os olhos brilhando.

– Ainda não, ainda não. – Dessa vez, foi Arlys quem os refreou. – Preciso revisar minhas anotações... Preciso de alguns minutos.

– Nós não vamos a lugar algum – respondeu Chuck.

– Ok, ok. Me dê só um tempinho.

Aturdida quando menos esperava, ela saiu da casa com sua pasta de anotações. Fredinha foi atrás dela.

– Não precisa ficar nervosa.

– Ai, Fredinha...

– É sério. Você é muito boa nisso. Sempre foi.

– Eu só assumi esse posto em Nova York porque todos morreram.

– Naquele momento, sim, foi por causa disso – argumentou Fredinha. – Mas o posto acabaria sendo seu mais cedo ou mais tarde.

Fredinha colocou as mãos nos ombros de Arlys.

– Lembra o que você fez naquele último dia?

– Ainda tenho pesadelos.

– O que você fez quando Bob apontou uma arma para você, ao vivo na TV? Você manteve o controle. E o que fez quando ele se matou ali mesmo, do seu lado? Manteve o controle, continuou e fez muito mais. Você olhou para a câmera e disse a verdade. E fez isso sem anotação nenhuma, sem o teleprompter. Porque é o que você faz. Você diz às pessoas a verdade. E é o que vai fazer agora.

– Eu não sei por que estou tão nervosa.

– Será que são os hormônios? – sugeriu Fredinha.

Acariciando a barriga, Arlys riu.

– Talvez. Hemorroidas, azia e hormônios. Ter um filho é uma aventura.

– Mal posso esperar para ter as minhas aventuras. Quero um milhão de filhos.

Com um suspiro, Fredinha olhou para o jardim dos fundos.

Arlys já se daria por satisfeita se conseguisse ter aquele – e logo.

Mas agora havia um trabalho a ser feito.

– Muito bem. Como eu estou?

– Linda. Mas hoje eu também sou sua maquiadora. Vou passar pó e batom para você aparecer diante da câmera. Vai ficar maravilhosa.

– Eu te amo, Fredinha. De verdade.

– Ah, eu também te amo. De verdade.

Ela deixou Fredinha maquiá-la, fez alguns exercícios vocais, bebeu um pouco de água, fez algumas respirações de ioga.

Quando voltou para a sala, viu o sogro no sofá, cercado pelas crianças. Ele tinha um jeito especial de atraí-las.

– Bill, quem está tomando conta da loja?

– Vai ficar fechada por uma hora. Quero ver minha garota ao vivo. Seus pais ficariam orgulhosos de você. Sua mãe, seu pai, Theo... todos ficariam orgulhosos.

– Considere essa a sua bancada de âncora – disse Chuck, dando batidinhas numa cadeira na frente de uma de suas muitas mesas. – Você vai olhar para essa câmera. Eu já posicionei tudo. O que estamos fazendo aqui, meninos e meninas, é... uma bela de uma transmissão simultânea. Temos o radioamador, a transmissão direta e a TV a cabo funcionando.

Eu vou monitorar você e cuidar de tudo enquanto fala, mas esqueça o homem nos bastidores. É o seu show, Arlys.

– Tudo bem.

Ela se sentou e se ajeitou na cadeira. Abriu a pasta e pegou a foto do último Natal que passara com a família. Apoiou-a em um teclado próximo.

– Estou pronta quando você estiver.

– Fredinha vai fazer a contagem regressiva. Ok, crianças, vamos botar fogo no circo.

– Não diga "botar fogo"! – protestou Katie, levantando as mãos. – Você não tem ideia.

– Vamos ajudar! – Tonia remexeu o bumbum, empolgada. – Vamos fazer assim, Duncan.

– Assim.

Ele sorriu para a irmã e os dois se deram as mãos. Uma luz brilhou através dos dedinhos.

– É disso que eu estou falando! – Chuck correu de um monitor para o outro, ajustou-os e soltou um grito de empolgação. – É disso que eu estou falando. Vamos conseguir, e vai ser agora.

– Arlys – chamou Fredinha, atrás da câmera. – Em cinco, quatro...

Ela terminou a contagem regressiva só com os dedos, em silêncio, e mostrou o último com um sorriso brilhante.

– Bom dia, aqui é Arlys Reid. Não sei quantas pessoas podem me ouvir ou me ver, mas, se você está recebendo isto, espalhe a notícia. Vamos fazer novas transmissões, com a maior frequência possível, para passar informações, trazer a verdade e relatar os fatos. Para que você saiba, onde quer que esteja, que não está sozinho.

Ela respirou fundo e apertou a barriga com as duas mãos.

– Quatro anos após a Catástrofe, fontes confirmam que a capital do país, Washington, permanece instável. A lei marcial continua em vigor por toda a área metropolitana, enquanto gangues conhecidas como Rapinantes e Incomuns Sombrios continuam a atacar. Forças de resistência romperam a segurança em um centro de contenção em Arlington, Virgínia. De acordo com testemunhas, mais de trinta pessoas foram libertadas.

Ela falou por 42 minutos. Noticiou os bombardeios em Houston, o ataque dos Guerreiros da Pureza a uma comunidade no estado de Maryland, incêndios, casas invadidas.

Mas terminou com histórias sobre coragem e bondade. A clínica móvel que utilizava carroças e cavalos para chegar a campos remotos, os abrigos para os desalojados, os salvamentos e a distribuição de alimentos.

– Protejam-se – continuou ela –, mas, lembrem-se, segurança não é suficiente. Vivam, trabalhem e se encontrem. Se você tiver uma história, se tiver notícias, se estiver à procura de um ente querido e puder se comunicar comigo, eu darei a notícia. Você não está sozinho. Aqui é Arlys Reid para a Rede de Notícias Nova Esperança.

– E terminamos. – Chuck se levantou e deu um soco no ar. – Sucesso da porra!

– Da porra! – repetiu Duncan.

– Opa. Quer dizer, foi ótimo, crianças. Soquinho. Anda, bate aqui.

Morrendo de rir enquanto Katie apenas fechava os olhos, Chuck foi até Duncan e Tonia e levantou o punho.

Os dois inclinaram a cabeça ao mesmo tempo e levantaram os punhos minúsculos, batendo-os nos dele e provocando uma faísca.

– Ai! – gemeu Chuck, dançando um pouco ao redor, soprando os nós dos dedos. – Um pico de energia. *Adoro*.

Fredinha piscou para afastar as lágrimas.

– Foi um sucesso. Incrível.

Will se inclinou e beijou o topo da cabeça de Arlys.

– Você me surpreende a todo instante – disse ele.

– Foi... o certo a fazer. Depois que passou o nervosismo inicial, a sensação era de estar fazendo a coisa certa. Quanto tempo fiquei no ar?

– Impressionantes 42 minutos.

– Nossa, 42. – Ela girou na cadeira. – Eu não deveria ter envolvido os gêmeos por um período tão longo. Desculpa, Katie, perdi a noção do tempo.

– Eles ficaram bem. Eu estava de olho – disse Katie, acalmando-a. – Só vão precisar de uma longa e agradável soneca, como a irmã. – Ela olhou para Hannah, que dormia encolhida no colo de Bill, e continuou: – Você está com cara de quem poderia tirar uma soneca também. Isso deve ter exigido muito da sua energia. Você me parece um pouco pálida.

– Na verdade, acho que cerca de cinco minutos depois que comecei, senti algumas contrações. Talvez antes disso, na verdade. Pensei que fossem os nervos.

– Você... O quê? Agora?

Arlys agarrou a mão de Will.

– Acho melhor procurarmos a Rachel. E eu acho que está... É, acho que vai ser agora.

Ela colocou uma das mãos sobre a mesa e apertou a de Will com a outra.

Katie correu até ela e, passando a mão em círculos na barriga endurecida de Arlys, ordenou:

– Respire. Respire quando tiver cada contração. Você fez as aulas.

– Que droga de aulas eram aquelas? Não doía assim nas aulas.

– Respire quando sentir contrações – repetiu Katie, com muita calma. – Você acabou de fazer a primeira transmissão ao vivo de Nova Esperança em trabalho de parto. Claro que consegue respirar quando sentir uma contração.

– Está passando. Está passando.

– Obrigado, meu Deus – murmurou Will, flexionando os dedos doloridos. – Ai!

– Acredite em mim, isso não chega nem perto de um "ai". – Arlys respirou fundo. – Eu preciso muito da Rachel.

– Eu também. – Will a ajudou a se levantar. – Vamos bem devagar. Pai?

– Eu estou tendo um neto.

Katie pegou Hannah do colo dele.

– Vá com eles.

– Estou tendo um neto! – repetiu Bill.

– Fredinha? – Arlys olhou para trás. – Você não vem?

– Sério? Eu posso? Minha nossa! Eu vou na frente, para avisar a Rachel. Minha nossa! Chuck?

– Ah, não, obrigado. Não quero, não. Com todo o respeito, Arlys, mas de jeito nenhum.

– Tudo bem.

– Estamos tendo um bebê!

Fredinha abriu as asas e saiu voando do porão.

Duncan foi até a porta para vê-los partir.

– Ele quer sair – observou o menino.

Katie mudou Hannah de posição no colo.

– Ele?

– Ele. – Tonia se aproximou de Duncan. – O que ele está fazendo lá dentro?

– Isso é outra história – explicou Katie. – Venham, crianças, hora de ir para casa. Bom trabalho, Chuck.

– O melhor que já fiz.

Ao longo das oito horas seguintes, Arlys descobriu uma série de coisas. A primeira e mais urgente foi que as contrações ficavam muito mais difíceis e duravam um tempo muito maior, infernal, à medida que o trabalho de parto progredia.

Descobriu (não que fosse uma surpresa) que Fredinha era uma companheira alegre e incansável. E que Will (também nenhuma surpresa) era uma rocha.

Recebeu notícias (uma boa distração) de que sua transmissão chegara a mais de 30 quilômetros, segundo as informações de Kim e Poe, que haviam se posicionado longe dali para conferir tudo em um laptop.

Descobriu por que o processo se chamava *trabalho* de parto.

Em determinado momento, Arlys se dissolveu em lágrimas. Will a envolveu em seus braços.

– Está quase acabando, meu amor. Quase acabando.

– Não é isso, não é nada disso. Lana. Pensei em Lana. Meu Deus, ter que fazer isso sozinha... Sem Max, sem Rachel, sem nós. Passar por isso sozinha.

– Eu acho que ela não estava sozinha – disse Fredinha, afagando Arlys. – Acho mesmo, de verdade. Na noite em que aconteceu, eu senti. Muitos de nós sentimos. O nascimento da Escolhida. Ela não estava sozinha, Arlys. Eu sei disso.

– Jura?

– Juro.

– Ok. Ok. – Arlys conseguiu dar um sorriso quando Will secou suas lágrimas. – Está quase acabando mesmo?

– Sim – respondeu Rachel. – Hora de fazer força. Will, apoie as costas dela. Na próxima contração, empurre. Vamos trazer esse bebê ao mundo.

Ela fez força, recuperou o fôlego, fez força, se recuperou de novo e, oito horas depois de fazer história nas transmissões televisivas, Arlys deu à luz seu filho.

E ela aprendeu algo mais: o amor podia vir como um raio de luz.

– Olhe só para ele! Olhe para ele...

A exaustão se perdeu em meio ao amor que ela sentiu quando o bebê chorou e se remexeu em seus braços.

– Ah, Will, olhe só para ele!

– Ele é lindo, você é linda. Meu Deus, como eu te amo.

Recuando, Rachel alongou os ombros doloridos.

– Quer cortar o cordão umbilical, Will? – sugeriu Rachel.

– Eu...

Ele aceitou a tesoura que Rachel lhe estendia e, em seguida, virou-se para o pai, vendo as lágrimas em seu rosto.

Bill havia perdido netos para a Catástrofe. A filha, a esposa, bebês.

– Acho que o avô deveria fazer isso. O que vocês acham?

Bill passou os dedos sob os óculos.

– Ficarei honrado. Eu sou avô.

Quando ele cortou o cordão, Fredinha encheu a sala de arco-íris.

– Eu sou tia, certo? Tia honorária.

– Sim, você é. – Arlys não conseguia tirar os olhos do bebê. – Você, Rachel, Katie. Os pioneiros de Nova Esperança.

– A cor dele está excelente. – Rachel observou com atenção. – Vou precisar levar meu sobrinho daqui a pouco. Para limpar, pesar e medir.

– Em um minuto. Olá, Theo. – Arlys deu um beijo na testa do bebê. – Theo William Anderson. Vamos fazer do mundo um lugar melhor para você. Vamos fazer tudo que estiver ao nosso alcance para tornar este lugar melhor. Eu juro.

Ela passou o dedo pelo rosto de Theo. Tão pequeno, tão doce, tão dela.

Isso é vida, pensou. *Isso é esperança.*

Essa é a razão para ambos.

Ela trabalharia e lutaria todos os dias para manter a promessa que fizera ao filho.

Segurando-o bem junto a si, pensou novamente em Lana, na criança que ela trazia na barriga à época.

Na Escolhida.

CAPÍTULO I

Na fazenda onde nascera, Fallon Swift aprendeu a plantar, cultivar e colher, a usar a terra e respeitá-la. Aprendeu a percorrer campos e florestas, silenciosa como uma sombra, para caçar e pescar. A respeitar a presa e não pegar mais do que o necessário, a não matar por esporte.

Aprendeu a preparar alimentos cultivados ou tirados da terra, fosse na cozinha da mãe, fosse sobre uma fogueira.

Aprendeu que comida era mais do que ovos frescos que pegava no galinheiro ou uma truta bem grelhada. Comida significava sobrevivência.

Aprendeu a costurar, embora não gostasse do tempo que passava quieta com uma agulha. Aprendeu a curtir couro, lição que estava longe de ser sua preferida, e, se não tivesse escolha, poderia tecer. Roupas, ela aprendeu, não eram simplesmente algo para vestir. Protegiam o corpo, como uma arma.

Ela respeitava armas e tinha aprendido, desde a mais tenra idade, a limpar uma espingarda, a afiar uma faca e a fazer um arco.

Aprendeu a construir, com martelo e serra, aprendeu a consertar cercas, a fazer reparos na casa antiga que amava tanto quanto amava a floresta.

Uma cerca resistente, uma parede firme, um telhado que protegia da chuva, tudo isso era mais do que um lar feliz. Também significava sobrevivência.

E, embora muitas vezes simplesmente soubesse inconscientemente, aprendeu magia. Aprendeu a acender uma chama com um sopro, a criar um círculo para rituais, a curar uma pequena ferida com sua luz interior, a ver e a enxergar.

Aprendeu, embora muitas vezes simplesmente soubesse, que magia era mais do que uma dádiva a ser valorizada, um ofício a ser aperfeiçoado, uma arma a ser usada com muito cuidado.

A magia era, e sempre seria, sobrevivência.

Mesmo com alimentos, abrigo, roupas e armas, mesmo com magia, nem todos haviam sobrevivido. Nem todos sobreviveriam nos tempos vindouros.

Ela aprendeu sobre um mundo que existira antes de seu nascimento. Um mundo cheio de gente, um mundo de grandes cidades com edifícios imponentes, onde as pessoas viviam e trabalhavam. Nesse mundo, as pessoas viajavam pelo ar e pelo mar, por estradas e trilhos. Alguns até viajaram para o espaço, e para a lua que pairava no céu.

Sua mãe vivera em uma cidade grande, Nova York. Fallon sabia, pelas histórias contadas e pelos livros que devorava, que o mundo fora um lugar cheio de gente, barulho, luz e escuridão.

Um lugar de maravilhas, que Fallon jurava que veria um dia.

Muitas noites ela o imaginava, quando ficava acordada vendo a dança das fadas do lado de fora de sua janela.

Guerras se desenrolaram naquele mundo, assim como o fanatismo e a crueldade, exatamente como agora. Pelos livros e histórias, ela conhecia as guerras que haviam acontecido. E, pelos visitantes que paravam na fazenda, conhecia as guerras ainda em curso.

Seu pai fora um soldado. Ele a ensinou a lutar: com as mãos, os pés e a mente. Ela aprendeu a ler mapas e a desenhá-los, e imaginou segui-los nas viagens que sabia, sempre soubera, que um dia faria.

Não tinha apego, como via nos pais, ao mundo anterior às tantas mortes causadas pela Catástrofe. Bilhões, dizia-se. Muitos se lembravam de quando aquelas grandes cidades foram destruídas pelo fogo, a loucura e as magias sombrias. A crueldade e a ganância dos homens ainda habitavam a mente e o sangue daqueles que as haviam enfrentado.

Quando ela vislumbrava os dias futuros, sabia que haveria mais fogo, mais sangue, mais mortes. E que ela própria seria parte de tudo isso. Então, muitas vezes ficava acordada à noite, abraçando seu ursinho de pelúcia, presente de um homem que ainda viria a conhecer.

Quando aqueles amanhãs eram muito pesados, muitas vezes ela saía da casa, enquanto os pais e os irmãos dormiam, se sentava ao ar livre e ficava observando as pequenas fadas que cintilavam como vaga-lumes. Um lugar onde ela podia sentir o cheiro da terra, das plantações, dos animais.

Na maioria das vezes, ela dormia o sono tranquilo e inocente de uma criança que tem pais amorosos e três irmãos um pouco chatos, uma criança saudável com uma mente questionadora e um corpo ativo.

De vez em quando sonhava com o pai, o homem com quem a mãe vivera em Nova York e que amara. O homem que, Fallon sabia, havia morrido para que ela vivesse.

Ele fora um escritor, um líder, um grande herói. Ela levava seu nome, assim como o nome do homem que a trouxera ao mundo, que a criara, que a educara. Max Fallon, seu pai biológico. Simon Swift, seu pai de criação.

Dois nomes igualmente importantes, pensou. Assim como a mãe usava duas alianças, uma de cada homem que amara.

E, embora amasse o pai tão profunda e verdadeiramente quanto uma criança poderia amar, imaginava como teria sido aquele que lhe dera a cor dos olhos e dos cabelos e que, junto com sua mãe, lhe havia transmitido os poderes.

Ela lia os livros dele – todos lhe foram dados de presente – e observava a foto dele na orelha dos exemplares.

Uma vez, quando tinha apenas 6 anos, estava na biblioteca com um dos livros dc Max Fallon. Embora não entendesse todas as palavras, gostou de ver que era sobre um bruxo, um homem que usava de magia e de inteligência para lutar contra as forças do mal.

Quando seu pai entrou, uma pontada de culpa a fez tentar esconder o livro. Seu pai não possuía magia, mas era muito inteligente e esperto.

Ele a pegou e a colocou no colo. Ela adorava o cheiro dele: de fazenda, de terra, de animais, de coisas que cresciam.

Às vezes desejava ter olhos como os dele, que mudavam de um tom verde para dourado ou misturavam as duas cores. Quando desejava isso, sentia-se culpada em relação ao outro pai.

– É um bom livro.

– Você leu?

– Sim. Minha mãe gostava muito de ler. Foi por isso que meus pais criaram este espaço. Você não precisa esconder nada de mim, minha querida. Nada mesmo.

– Porque você é o meu pai. – Ela se aninhou, deitou o rosto no peito dele: *tum, tum, tum*. – Você é o meu pai.

– Eu sou seu pai. Mas não teria tido a chance de ser se não fosse por

Max Fallon. – Ele virou o livro para que ambos pudessem olhar a fotografia do belo homem moreno, com olhos cinzentos fortes. – Eu não teria a minha garota mais bonita se ele não tivesse amado sua mãe e ela não tivesse correspondido. Se eles não tivessem feito você. Se ele não tivesse amado tanto vocês duas, se não tivesse sido tão corajoso a ponto de dar a própria vida para protegê-las. Sou muito grato a ele, Fallon. Devo muito a ele.

– Mamãe ama você, papai.

– Sim, ela me ama. Sou um cara de sorte. Ela me ama, e ama você, e ama também Colin e Travis.

– E o novo bebê que vai chegar.

– Isso mesmo.

– Não é uma menina – afirmou ela, com um enorme suspiro de tristeza.

– Não?

– Tem um menino dentro dela outra vez. Por que ela não pode fazer uma irmã para mim? Por que ela sempre faz garotos?

Ela ouviu a risada no peito do pai.

– Na verdade, a culpa é minha. Acho que é assim que funciona. – Ele acariciou os longos cabelos pretos da filha enquanto acrescentava: – E acho que isso significa que você vai ter que continuar a ser a minha garota preferida. Você contou à sua mãe que é um menino?

– Ela não quer saber. Gosta de ficar imaginando.

– Então eu também não vou contar. – Simon beijou a cabeça da menina. – Vai ser nosso segredinho.

– Papai?

– Hum?

– Eu não consigo ler todas as palavras. Algumas são muito difíceis.

– Que tal eu ler o primeiro capítulo para você antes de voltar para o trabalho?

Ele a ajeitou no colo, abriu o livro na página 1 e começou a ler em voz alta.

Fallon não sabia que *O rei feiticeiro* era o primeiro romance de Max; ou talvez, no fundo, soubesse. Mas se lembraria para sempre do pai lendo-o para ela, capítulo por capítulo, todas as noites, antes de dormir.

E assim ela aprendeu. Aprendeu sobre bondade com o pai, sobre generosidade com a mãe. Aprendeu sobre o amor, a luz e o respeito com o lar, a família e a vida que lhe foram dados.

Aprendeu sobre guerras, sofrimento e dor com os viajantes que apareciam na fazenda ou na aldeia vizinha, muitos deles feridos.

Teve aulas sobre política – que achou maçantes, pois as pessoas falavam muito e faziam pouco. E de que valia a política quando as notícias que chegavam eram de que o governo (uma palavra muito vaga para ela) começara a se reconstruir no terceiro ano após a Catástrofe, apenas para cair novamente antes do final do Ano Cinco?

Agora, no Ano Doze, a capital dos Estados Unidos – que não lhe pareciam unidos nem antes nem agora – continuava uma zona de guerra. Facções dos Rapinantes, grupos de Incomuns Sombrios e dos fiéis ao culto dos Guerreiros da Pureza se digladiavam por poder, por terra e pelo cheiro de sangue. Uns contra os outros, ao que parecia, e contra aqueles que tentavam comandar ou governar.

Embora desejasse paz, quisesse construir e crescer, Fallon entendia a necessidade, o dever de lutar para proteger e defender. Mais de uma vez viu o pai se armar e sair para ajudar a proteger um vizinho, para ajudar a defender a aldeia. Mais de uma vez, ao ver os olhos dele na volta, soube que tinha havido sangue e mortes.

Ela fora educada para lutar, assim como os irmãos. Mesmo enquanto a fazenda se aquecia no verão, as plantas amadureciam, as frutas pendiam pesadas nas árvores e as florestas se enchiam de animais, batalhas amargas se alastravam para além dos campos e colinas de sua casa.

E ela sabia que seu tempo e sua infância seguiam uma contagem regressiva, como o tique-taque de um relógio.

Ela era A Escolhida.

Nos dias em que os irmãos a irritavam – por que tinha irmãos tão chatos? –, quando a mãe não entendia *nada* e o pai cobrava demais, ela desejava que a tal contagem fosse mais rápida.

Outras vezes, tinha raiva. Por que não podia ter uma escolha? Por quê? Queria caçar e pescar, montar a cavalo, correr na floresta com seus cães. Até mesmo com os irmãos.

E muitas vezes lamentava por aquilo que algo além dela, algo além de seus pais, queria que ela se tornasse. Entristecia-se com a ideia de em breve deixar a família, deixar sua casa.

Cresceu, ficou alta e forte, e a luz dentro dela brilhava intensamente. A proximidade de seu 13º aniversário a enchia de pavor.

Enquanto ajudava a mãe a preparar o jantar, sentia raiva disso, raiva de tudo que era injusto em seu mundo, tudo que era injusto no mundo exterior.

– Vai cair uma tempestade hoje à noite, estou sentindo – disse Lana, soltando os cabelos louros cor de caramelo, que havia prendido para cozinhar. – Mas é uma noite perfeita para comer lá fora. Escorra essas batatas que estão no fogo.

Fallon fez uma careta enquanto se dirigia ao fogão.

– Por que sempre é você que faz a comida?

Lana sacudiu de leve uma tigela coberta. Continha pedaços de pimenta fresca marinada, colhida na horta.

– Seu pai vai fazer o assado hoje à noite – lembrou ela.

– Você já preparou tudo antes. – Com a raiva presa na garganta, Fallon saiu jogando os pedaços de batata no escorredor sobre a pia. – Por que o papai, ou o Colin ou o Travis não fazem tudo isso?

– Eles ajudam, assim como você. Ethan também, ele está aprendendo. E sobre o ponto central da sua pergunta: eu gosto de cozinhar. Gosto de fazer comida, especialmente para a minha família.

– E se eu não gostar? – Fallon se virou, uma menina de pernas compridas, no momento com olhos zangados e uma careta desafiadora. – E se eu simplesmente não quiser cozinhar? Por que eu preciso fazer coisas que não quero?

– Porque todos nós fazemos. Sorte sua que, no revezamento da próxima semana, você vai passar para a limpeza. Agora, preciso que você tempere aquelas batatas para colocar na grelha. Eu já piquei os temperos.

– Está bem.

Ela já sabia o que fazer. Azeite, ervas finas, sal, pimenta.

Assim como sabia que só tinham o azeite e as especiarias porque a mãe e uma bruxa da fazenda vizinha haviam separado cerca de 1 hectare e lançado um feitiço para transformá-lo em clima tropical. Elas tinham plantado oliveiras, bananeiras, pimenteiras, pés de café. Também figos e tâmaras.

Junto com outros, o pai tinha construído prensas para extrair azeite e secadores de frutas.

Todos trabalhavam juntos, todos se beneficiavam. Ela *sabia* disso.

Mas...

– Leve aquilo ali para fora e avise a seu pai para começar a preparar o frango.

Demonstrando seu mau humor, Fallon saiu pisando forte. Lana observou a filha, os olhos azuis como o céu de verão se turvando. *Duas tempestades a caminho*, pensou.

Eles comeram à grande mesa ao ar livre que o pai construíra, usando pratos coloridos e guardanapos azuis, a mesa decorada com flores silvestres em pequenos vasos.

A mãe acreditava na importância de montar uma mesa bonita. Ela deixou Ethan acender as velas com seu sopro, pois isso sempre o fazia rir. Fallon se sentou pesadamente ao lado de Ethan. Ele não era tão insuportável quanto Colin ou Travis.

Mas ele tinha só 6 anos. Chegaria lá também.

Simon, com seus fartos cabelos castanhos matizados pelo sol, sentou-se e sorriu para Lana.

– Está com uma cara ótima, querida.

Lana ergueu seu copo de vinho caseiro.

– Mérito do mestre das grelhas. Somos gratos – acrescentou ela, com um olhar para a filha – pelo alimento crescido e feito com nossas próprias mãos. Esperamos pelo dia em que ninguém passe fome.

– Estou com fome agora! – anunciou Colin.

– Então agradeça por haver comida na mesa.

Lana colocou uma coxa de frango no prato do menino. Era o pedaço preferido dele.

– Eu ajudei o papai com a grelha – declarou Colin, acrescentando no prato algumas batatas, legumes e uma espiga de milho. – Então não deveria ter que lavar a louça.

– Essa não vai colar, meu filho – disse Simon, fazendo o prato de Travis enquanto Lana fazia o de Ethan.

Colin balançou a coxa no ar antes de dar uma mordida. Ele tinha os olhos do pai, aquela mesma cor de avelã que era uma mistura de ouro e verde, os cabelos um pouco mais escuros que os da mãe porém clareando ao sol de verão. Como de costume, ficavam arrepiados em tufos que se recusaram a ser domados.

– Eu colhi o milho.

Travis, já comendo com voracidade, deu uma cotovelada em Colin.

– *Nós* colhemos.

– Irrelevível.

– *Vante* – corrigiu Simon. – *Irrelevante.* E não é.

– Eu colhi a *maior* parte do milho. Isso deve contar.

– Em vez de se preocupar com a louça que você vai lavar, coma seu milho – sugeriu Lana, ajudando Ethan a passar manteiga no dele.

– Em uma sociedade livre, todo mundo tem voz.

– Pena que você não vive em uma. – Simon deu uma cutucada em Colin, provocando nele um sorriso cheio de dentes.

– Que delícia!

Embora tivesse perdido dois dentes de leite, Ethan mordeu seu milho com entusiasmo até chegar à espiga. Tinha os olhos azuis da mãe, cabelos muito louros e disposição de sobra.

– Talvez eu concorra à presidência. – Colin, um ser que jamais era dissuadido de nada, seguiu em frente. – Vou ser presidente da Fazenda Familiar e Cooperativa Swift. Depois, da aldeia. Vou dar o nome de Colinlândia e nunca mais vou lavar louça.

Travis, tão parecido com Colin que quase passaria por irmão gêmeo, achou graça.

– Ninguém vai votar em você.

– Eu voto em você, Colin! – disse Ethan.

– E se eu também concorrer à presidência? – perguntou Travis a Ethan.

– Eu votaria nos dois. E na Fallon.

– Me deixem fora disso – retrucou ela, brincando com a comida no prato.

– Você só pode votar em uma pessoa – explicou Travis.

– Por quê?

– Porque sim.

– “Porque sim” é uma resposta ridícula.

– Essa conversa inteira é ridícula! – exclamou Fallon, com um gesto de irritação. – Você não pode ser presidente porque, mesmo se houvesse alguma estrutura real de governo, você não tem idade nem cérebro suficientes.

– Eu sou tão inteligente quanto você – retrucou Colin. – E vou crescer. Posso ser presidente, sim, se eu quiser. Posso ser qualquer coisa que eu quiser.

– Só se for nos seus sonhos – acrescentou Travis, com um sorriso sarcástico.

O comentário lhe valeu um chute por baixo da mesa, que ele retribuiu.

– Um presidente é um líder, e um líder lidera.

Quando Fallon se levantou, Simon fez menção de se manifestar para acalmar as coisas, mas desistiu quando seu olhar e o de Lana se cruzaram.

– Você não sabe nada sobre líderes – acusou Fallon.

– Você não sabe nada sobre nada – rebateu Colin.

– Eu sei que um líder não sai por aí dando o próprio nome aos lugares. Eu sei que um líder tem que ser responsável pelas pessoas, tem que garantir que elas tenham comida e abrigo, tem que decidir quem vai para a guerra, quem vive e quem morre. Sei que um líder tem que lutar, talvez até matar.

Quando Fallon se enfureceu, luzes de um vermelho raivoso brilharam em volta dela.

– Um líder é aquele a quem todos procuram para ter respostas, mesmo quando não existe nenhuma. Que todos culpam quando as coisas dão errado. É quem faz o trabalho sujo, inclusive lavar a porcaria da louça!

Ela se afastou, arrastando aquela luz de fúria para dentro da casa. E bateu a porta.

– Como ela pode ser tão insuportável? – perguntou Colin. – Como pode ser tão cruel?

– A Fallon está zangada com a gente? – perguntou Ethan à mãe, os olhos cheios de lágrimas.

– Não, meu querido, ela só está zangada. Vamos dar um tempo para ela, está bem? – Ela olhou de relance para Simon. – Fallon só precisa de um pouco de espaço. Ela vai pedir desculpas, Colin.

O menino deu de ombros.

– Eu posso ser presidente se eu quiser. Ela não é a dona do mundo.

O coração de Lana ficou apertado.

– Eu falei que fiz torta de pêssego para a sobremesa? – Tortas sempre deixavam os meninos de bom humor. – Quer dizer, para quem comer tudo.

– Eu conheço um bom jeito de queimar as calorias dessa torta. – Em sintonia com Lana, Simon retomou sua refeição. – Um pouco de basquete.

Desde que ele criara uma meia quadra ao lado do celeiro, o basquete havia se tornado um dos passatempos prediletos dos filhos.

– Eu sou do seu time, pai!

Simon sorriu para Ethan e lhe deu uma piscadela.

– Vamos acabar com eles, campeão.

– Não vão nada. – Colin voltou a comer com vontade. – Travis e eu vamos derrotar vocês.

Travis olhou para a mãe, sustentando seu olhar por um bom tempo.

Ele sabe, pensou Lana. *Colin também, mesmo quando a raiva e as ofensas bloqueiam esse conhecimento.*

A irmã não era a dona do mundo, mas carregava o peso dele nos ombros.

O fogo de Fallon se consumiu em uma onda de autopiedade chorosa. Jogou-se na cama para derramar as lágrimas – a cama que o pai havia construído, copiando uma que ela vira em uma revista antiga. Depois de um tempo, o choro parou e se transformou em dor de cabeça.

Não era justo, nada era justo. E Colin é que tinha começado. Ele sempre começava alguma coisa com suas ideias idiotas. Provavelmente porque não tinha magia. Porque tinha ciúmes.

Ele bem que podia ter a magia dela e ser obrigado a ir embora com um estranho para aprender a ser o salvador de todo aquele mundo imbecil.

Ela só queria ser normal. Como as meninas da aldeia, das outras fazendas. Como qualquer um.

Ouviu os gritinhos e as risadas pela janela aberta. Tentou ignorar, mas acabou se levantando para olhar lá fora.

O céu estava azul naquele longo dia de fim de verão, mas, assim como a mãe, ela sentia que uma tempestade se aproximava.

Com Ethan empoleirado nos ombros, o pai ia em direção ao celeiro. Os meninos mais velhos já corriam pela curva asfaltada, usando os tênis de basquete que o pai havia encontrado em uma das incursões em busca de suprimentos.

Tentou não sorrir quando viu o pai tirar a bola de Colin, erguê-la para Ethan e caminhar com ele para a cesta, para que ele pudesse soltá-la logo acima do aro.

Não queria sorrir.

Os meninos mais velhos se pareciam com o pai, Ethan se parecia com a mãe.

E ela se parecia com um homem na orelha de um livro.

Só isso já doía mais do que ela pensava ser capaz de suportar.

Alguém bateu de leve na porta. Lana entrou.

– Achei que você poderia estar com fome. Não comeu quase nada.

Uma sensação de vergonha começou a tomar conta de Fallon, mas ela apenas balançou a cabeça.

– Mais tarde, então – disse Lana. – É só aquecer quando quiser comer.

Lana deixou o prato sobre a cômoda feita por Simon.

Fallon balançou a cabeça de novo, mas dessa vez derramou algumas lágrimas. Lana se aproximou e a puxou para um abraço.

– Desculpa – disse a menina.

– Tudo bem.

– Eu estraguei tudo.

– Não estragou, não.

– Eu queria estragar.

Lana beijou o rosto da filha.

– Eu sei, mas não estragou. Você vai se desculpar com seus irmãos, mas ouça como eles estão felizes. Está tudo bem.

– Eu não sou parecida com eles, com você nem com o papai.

Lana passou a mão no longo rabo de cavalo de Fallon e, em seguida, recuou para observar aqueles olhos cinzentos que lhe eram tão familiares.

– Eu já contei sobre a noite em que você nasceu. Sempre foi uma das suas histórias favoritas. Mas nunca te contei sobre a noite em que você foi concebida.

Enquanto falava, Lana a guiou até a cama e se sentou ao lado dela.

– Eu... Isso... – Um calor subiu ao rosto de Fallon. Ela sabia o que significava *conceber*. – Isso é esquisito, mãe.

– Você já tem quase 13 anos, e mesmo que já não tivéssemos falado sobre tudo isso, você vive em uma fazenda. Sabe de onde vêm os bebês.

– Mas é esquisito imaginar a própria mãe fazendo isso.

– Um pouco. Então vamos com calma. Bem, morávamos em Chelsea, um bairro de Nova York, e eu adorava aquele lugar. Havia uma pequena padaria do outro lado da rua, uma boa delicatéssen na esquina, lojas bonitas por perto, encantadores edifícios antigos. Morávamos num apartamento bem pequeno. Na verdade, eu que fui morar na casa de Max. Adorava aquele apartamento também. As janelas grandes que davam para a rua... A gente via a vida correndo por ali. As estantes cheias de livros... A cozinha não era tão grande quanto a que temos aqui, mas era moderna. Sempre recebíamos amigos para jantar. Eu trabalhava em um bom restaurante e tinha planos vagos de abrir o meu um dia.

– Você é a melhor cozinheira do mundo.

Lana enlaçou a cintura de Fallon com um dos braços.

– Agora não tem muita concorrência por aqui.

Fallon assentiu, e a mãe continuou:

– Quando cheguei do trabalho, tomamos um pouco de vinho, um vinho maravilhoso, e fizemos amor. Depois, poucos minutos depois, alguma coisa explodiu dentro de mim. Uma luz, uma glória, uma... Não consigo explicar a sensação até hoje. Fiquei sem ar, mas da forma mais bonita possível. Max sentiu também. Brincamos um pouco sobre isso, e ele pegou uma vela. Meu poder era tão pequeno que só com muito esforço eu conseguia acender uma vela com magia.

– É mesmo? Mas você...

– Eu mudei, Fallon. Eu me abri naquela noite. Acendi a vela só com o pensamento. Algo nasceu dentro de mim, um poder novo. Como nasceu em Max, em todos nós que tínhamos dons mágicos. Só que, no meu caso, o que nasceu dentro de mim foi você. Aquele momento, aquela explosão, aquela glória, aquela luz... era você. Eu só soube várias semanas depois, mas era você. Você resplandeceu dentro de mim naquela noite. Algumas coisas que você me mostrou enquanto ainda estava dentro de mim também me levaram a perceber que você não era especial apenas para mim, para Max e para Simon, mas para todos.

– Eu não quero ir embora. – Fallon escondeu o rosto no ombro da mãe. – Não quero ser A Escolhida.

– Então não vá. A escolha é sua, Fallon. Você não pode ser forçada, e eu jamais permitiria isso. Seu pai jamais permitiria.

Fallon sabia disso. Eles lhe explicaram, sempre lhe explicaram, que a decisão seria sua. Mas...

– Você não vai ficar decepcionada comigo? Não vai ter vergonha de mim?

– Não. – Lana a abraçou forte. – Não, não, nunca.

Quantas noites Lana havia se enfurecido e lamentado o destino daquela menina? Apenas uma *menina*. Sua menina.

– Você é a minha vida – reconfortou-a Lana. – Tenho orgulho de você todos os dias. Tenho orgulho de você, da sua mente, do seu coração, da sua luz. Ah, ela brilha com tanta força! E eu tomaria essa luz de você sem pensar duas vezes, se assim pudesse te poupar dessa escolha. De ter que escolher.

– Ele morreu por minha causa. Meu pai biológico.

– Não só por causa do que você pode vir a ser, mas também porque a amava. Fallon, você e eu somos as mulheres mais sortudas do mundo. Amadas por dois homens que são pessoas incríveis, pessoas muito corajosas. Qualquer que seja a sua decisão, eles e eu vamos te amar para sempre.

Fallon se deixou abraçar, reconfortar, acalmar. Então sentiu... E, com suavidade, se afastou um pouco.

– Tem mais coisa. Eu sinto. Sinto que tem coisas que você não me contou, mãe.

– Eu contei sobre Nova Esperança e sobre...

– Quem é Eric?

Lana teve um sobressalto.

– Não faça isso. Você conhece a regra sobre entrar na mente dos outros.

– Eu não entrei, juro. Apenas vi. Senti. Tem mais coisa – insistiu Fallon, sua voz agora trêmula. – Coisas que você não está me contando por medo. Você tem medo por mim, eu sinto isso. Mas se você não me contar tudo, como vou saber o que fazer?

Lana se levantou e foi até a janela. Olhou para os filhos e o marido lá fora, para os dois cães idosos, Harper e Lee, dormindo ao sol; para os dois cães jovens que corriam com os meninos. Olhou para a fazenda, para a casa que tanto amava. Para a vida que havia construído. A escuridão sempre ameaçava a luz, pensou, com certa amargura.

A magia sempre cobrava um preço.

Ela guardara alguns segredos da filha, da mais brilhante das luzes, porque tinha medo. Porque queria a família unida, em casa. Em segurança.

– Eu não te contei algumas coisas porque, na verdade, queria que você dissesse não. Lembra de uma história que te contei, sobre o ataque quando morávamos na casa das montanhas?

– Duas pessoas que estavam com vocês se transformaram. Eram Incomuns Sombrios, mas vocês não sabiam, só souberam quando tentaram te matar. Me matar. Você, Max e os outros enfrentaram os dois e acharam que os tivessem destruído.

– Sim, mas não conseguimos.

– Eles atacaram de novo em Nova Esperança, foram atrás de mim – continuou Fallon. – Para salvar você e a mim, Max se sacrificou. Você fugiu. Fugiu porque eles iam voltar, e você precisava me proteger. Você ficou sozinha por um bom tempo, o tempo todo sendo caçada. Até que encontrou a fazenda, encontrou papai. – Fallon tomou fôlego. – Esse tal de Eric era um deles? Dos Incomuns Sombrios?

– Era. Ele e a mulher com quem ele estava. Eles queriam me matar para matar você. Mataram Max. Eric era irmão de Max.

– Irmão? – Um choque atravessou o corpo dela. – Meu tio. Meu sangue.

Irmãos eram *irmãos*, pensou Fallon, horrorizada, por mais irritantes que fossem. Eram família.

– Eric escolheu trair o próprio sangue, escolheu matar o próprio irmão. Escolheu a escuridão.

– Ele escolheu – murmurou Fallon.

Depois de recuperar o fôlego mais uma vez, ela se aprumou.

– Você precisa me contar tudo, mãe. Não pode deixar nada de fora. Vai me contar?

– Vou.

Lana apertou os olhos. Ela já sabia, olhando naqueles olhos cinzentos, qual seria a escolha da filha.

– Eu vou te contar tudo.

CAPÍTULO 2

Fallon se desculpou com os irmãos. Colin deu de ombros, mas, como ela sabia que ele guardava mágoa, preparou-se para a retaliação. A poucas semanas de seu aniversário – e da escolha –, preferia pensar na vingança do irmão.

Aquilo era normal, coisa de família.

E ela preferia os planos que enxergava nos olhos dele do que a preocupação que via nos olhos dos pais.

Ajudava a cortar feno e trigo, a colher frutas e legumes. As tarefas diárias a ajudavam a se manter equilibrada. Não reclamou do trabalho na cozinha, apenas resmungou mentalmente. Com o fim do verão e a chegada do outono, passariam horas fazendo compotas e geleias, enlatando frutas e legumes para o inverno.

Um inverno que ela temia.

Quando podia, aproveitava o tempo livre para andar a cavalo pelos campos e bosques, em sua amada égua Grace – nome dado em homenagem à rainha pirata que tanto admirava.

Gostava de cavalgar até o riacho apenas para ficar ali sentada, pensando; o anzol com uma isca lançado na água ficava em segundo plano. Se levasse algum peixe para casa – fosse para comerem, fosse para usarem como moeda de troca –, tanto melhor, mas aquela uma hora ou duas de solidão alimentava sua alma jovem e cheia de ansiedade.

Ela praticava pequenos feitiços ali: chamava as borboletas, levava os peixes saltarem apenas girando pequenos redemoinhos no ar, com os dedos.

Fazia um dia quente de sol forte e brisas ligeiras, que pareciam prometer um verão eterno, e Fallon estava sentada em seu local predileto. Como queria ler, deixou a vara de pescar pendurada acima do riacho com um toque de magia.

Ela poderia fazer os peixes morderem a isca, mas aprendera que tais poderes só deveriam ser usados para alimentar a fome verdadeira.

Aves apareciam de vez em quando. Ouvia-se um farfalhar ocasional entre os arbustos. Se não estivesse mergulhada no livro, ela teria se testado para saber se conseguia identificar os sons. Cervos, coelhos, esquilos, raposas, ursos. E, mais raramente, humanos.

Mas gostava de submergir em uma história (bem assustadora) sobre um rapaz com um dom, com um brilho (uma luz) preso em um antigo hotel com o mal.

Não prestou atenção ao barulho da água, mesmo quando ele se repetiu. Não quando os arbustos em forma de animais fora do hotel amaldiçoado se moviam, não quando eles ameaçavam o rapaz.

Mas a voz borbulhante chamou sua atenção.

Seu coração, já acelerado por causa da história, bateu com força quando ela ouviu seu nome sussurrado por aquela voz aquosa. E a água no riacho se remexeu.

Com cuidado, ela colocou o livro de lado e se levantou, a mão na faca que levava no cinto.

– Que magia é essa? – murmurou.

Teria sido um sinal? Teria sido alguma criatura da escuridão a chamando?

Ouviu seu nome outra vez, e a água pareceu estremecer, se contorcer. As borboletas que dançavam ao longo da margem fugiram em uma nuvem dourada.

E o ar ficou silencioso como um túmulo.

Bem, ela não era um menino em um livro, lembrou a si mesma, aproximando-se da margem do riacho.

– Meu nome é Fallon Swift – disse bem alto, sentindo uma pulsação nos ouvidos. – Quem é você? O que quer?

– Eu não tenho nome. Eu sou todos os nomes.

– O que você quer?

Um único dedo de água se elevou do riacho. Ela só precisou de um segundo para reconhecer qual era o dedo e seu significado. Mas foi tarde demais.

Eles a atacaram por trás, três contra um. Ela caiu de cara na água, e quando veio à tona, os irmãos estavam às gargalhadas.

Assim que afastou dos olhos os cabelos molhados, encontrou o fundo do riacho com os pés e se levantou.

– Foram precisos três de vocês e uma emboscada.

– "Quem é você?" – repetiu Colin, imitando a voz trêmula dela. – "O que você quer?" A cara que você fez!

– É bom ver como você aceitou minhas desculpas.

– Você mereceu. Agora estamos quites.

Talvez ela merecesse mesmo, e teve que dar crédito ao irmão por esperar a hora certa, por chamar os menores. Mais que isso, teve que admirar a complexidade e a criatividade do truque.

Mas...

Ela pensou nas opções que tinha, e na humilhação caso falhasse, e decidiu assumir o risco.

Vinha praticando.

Enquanto os irmãos riam e faziam uma dança da vitória, ela falou com sua égua telepaticamente. Movendo-se para a frente, Grace deu um empurrão com a cabeça e jogou Colin no riacho.

– Ei! – Mais baixo que Fallon, ele demorou até conseguir encontrar o equilíbrio. – Isso não é justo.

– Nem três contra um.

Rindo sem parar, Ethan saltou no riacho.

– Eu também quero nadar.

– Boa ideia! – Travis tirou os sapatos e pulou de barriga.

Enquanto os meninos espirravam água e afogavam uns aos outros, Fallon foi até eles para boiar. Desta vez, ela falou por telepatia com Travis.

Isso foi obra sua.

Verdade.

Eu me desculpei.

Sim, mas ele precisava disso. E foi divertido.

Ele virou a cabeça e sorriu para ela.

Além disso, o dia está quente.

Mostrar o dedo do meio foi muito feio.

Mas engraçado.

Foi mesmo engraçado. Ela não conseguia controlar a própria risada. *Preciso de alguns minutos sozinha com o Colin.*

Ah, é só água.

Não é sobre isso. Estamos quites, só preciso de alguns minutos.

O olhar penetrante do irmão pousou sobre ela. Ele via, ele sabia, como sempre. Ele fez menção de falar em voz alta, mas se afastou assentindo.

Ela saiu do riacho. Depois de bater as mãos pelo corpo para se secar, guardou o livro e a vara de pesca.

– Temos que voltar! – gritou.

Ignorando os lamentos, principalmente os de Ethan, ela fez um gesto para que a seguissem.

– Temos que ajudar com o jantar e fazer as tarefas da noite.

Travis saiu; Fallon o secou.

– Obrigado.

Ela teve que se agachar para ajudar Ethan a sair.

– É engraçado nadar vestido.

Ela o cutucou levemente no nariz.

– Não seria tão engraçado se você tivesse que ir para casa com os sapatos molhados e fazendo barulho.

Ela os secou, depois a calça e, em seguida, a desbotada camiseta esportiva que um dia fora usada por Colin.

Depois de tomar as rédeas de Grace, virou-se para Colin, que exclamou, acenando para a irmã:

– Você se vingou da minha vingança!

– Posso secar você se me prometer que não vai se vingar da minha revingança.

Ele hesitou por um minuto, depois sorriu.

– Estou planejando uma outra bem boa, mas posso deixar para a próxima vez que você for uma chata. Não deve demorar muito mesmo.

Ela estendeu a mão.

– Mas agora estamos quites.

– Combinado.

Eles apertaram as mãos.

Novamente seco, Colin olhou ao redor.

– Por que eles foram embora?

– Eu falei com o Travis que precisava conversar com você.

Suspeita e retaliação brilharam nos olhos do garoto.

– Mas a gente fez as pazes.

– Não é sobre isso. – Ela começou a andar, a égua indo preguiçosamente atrás. – Meu aniversário está chegando.

– Eu sei.

– Meu 13º aniversário.

– E o que é que tem isso?

Com um dar de ombros, ele encontrou um pedaço de pau para bater nas árvores enquanto caminhavam.

– Você provavelmente vai começar a beijar meninos e colocar enfeites no cabelo. Bobalhona.

– Eu vou ter que ir embora.

– E vai poder dirigir o caminhão. Eu poderia dirigir o caminhão. Não entendo por que você faz tudo antes de mim.

– Colin, eu não vou estar aqui para dirigir o caminhão. Vou ter que ir embora.

– Para onde?

Ela viu o entendimento surgir no rosto do irmão. Os pais deles não haviam escondido a história de Mallick, da Escolhida, dos dois anos de treinamento longe de casa.

Uma furiosa negação logo se seguiu à compreensão.

– Isso é besteira! Você não vai a lugar nenhum. Vai acreditar nessa merda?

Ele gosta de xingar, pensou Fallon. Colin xingava sempre que tinha uma chance e os pais não estavam por perto.

– Não é besteira. E, quando o tal homem chegar, eu vou ter que ir com ele.

– É besteira, sim! – Furioso, com o rosto vermelho, Colin jogou longe o pedaço de pau. – Eu não quero saber quem é esse cara maluco, ele não vai obrigar você a ir embora. A gente não vai deixar. Eu não vou deixar.

– Ele não vai me obrigar. Não pode. Mas eu tenho que ir.

– Você *quer* ir.

Amargurado. Tão jovem, tão amargurado.

– Você quer ir embora para posar de grande heroína. Fingir que é A Escolhida para salvar o mundo. Quanta coisa ridícula! – Ele a empurrou. – Você não é assim tão especial, e não tem nada de errado com esse mundo idiota. Olhe em volta!

Ele levantou os braços, indicando as árvores em volta, a luz do sol, a paz verdejante do fim de verão.

– Isso aqui não é o mundo, é só a nossa parte dele, e mesmo ela pode estar ameaçada – disse Fallon.

Uma sensação aflorou nela, tão rápida, tão quente, que a deixou sem fôlego.

– Olhe para o mundo. Veja – disse ela, levantando as mãos e as separando como se fosse uma cortina sendo aberta.

A batalha se desenrolava, obscura e sangrenta. Prédios em ruínas, outros em chamas. Corpos rasgados e mutilados caídos pelas... calçadas, ela percebeu. Ruas e calçadas de uma cidade, uma cidade que um dia fora importante.

Tiros rasgavam as matas silenciosas e gritos se seguiam. Relâmpagos cruzavam o céu, pretos e vermelhos, explodindo e criando abismos onde mais deles caíam.

Alguns voavam com asas que dilaceravam. Alguns voavam com asas que tentavam proteger.

Incomuns, Sombrios e Luminosos, pessoas, o bem e o mal, guerreando sobre o sangue daqueles já caídos.

– Pare com isso. – Colin agarrou o braço dela. Fallon estava paralisada. – Pare com isso, pare!

Ele soluçou mais uma vez e parou de puxá-la.

Tremendo, ela fechou a cortina.

– Como você fez isso? Como?

– Não sei. – Enjoada e tonta, Fallon se escorou em uma árvore e deslizou o corpo até o chão. – Não sei. Estou passando mal.

Colin tirou o cantil do alforje da irmã e, agachando-se, ofereceu-o para ela.

– Beba um pouco de água. Beba e coloque a cabeça entre os joelhos.

Ela tomou um gole, fechou os olhos.

– Eu vejo isso na minha cabeça às vezes. Quando eu durmo, principalmente. Nesse ou em outros lugares. São sempre lutas, mortes e incêndios. Às vezes eu vejo as pessoas em gaiolas, ou amarradas a mesas. E tem mais, muito mais.

Ela tampou o cantil.

– Já melhorei. Eu não sei como fiz isso. Não sei o suficiente das coisas.

Ele a ajudou a ficar de pé e pegou o cantil de volta.

– Que lugar era aquele?

– Não tenho certeza, mas acho que era Washington, a capital. Nem sei por que eu acho isso. Eu não sei muita coisa, e é por isso que tenho que ir. Tenho que aprender, mas estou com tanto medo! Estou morrendo de medo. Eles querem me matar, tentaram matar a mim e a mamãe. Mataram meu pai biológico. Vão me encontrar, mais cedo ou mais tarde. Podem me achar aqui. Se alguma coisa acontecer com mamãe e papai, com você, Travis e Ethan...

Ela se virou para Grace, abraçou seu pescoço.

– Tenho que ir e aprender como acabar com ele, senão isso nunca vai ter fim.

Para sua surpresa, Colin lhe deu um tapinha nas costas.

– Eu vou com você.

– Você não pode ir.

– Tente me impedir. – Aquela coragem teimosa, a sinceridade e a inocência dele impregnaram suas palavras. – Você acha que só porque eu não consigo fazer truques estúpidos e toda aquela porcaria eu não posso lutar? Eu vou com você, sua idiota.

A atitude dele a emocionou. Fallon não sabia se algum dia poderia expressar quanto; no momento mais difícil, ele ficou do seu lado.

– Não é por causa da magia. – E, mesmo ainda tão jovem, ela entendia de táticas básicas. – Não é porque você não lutaria.

Ela enxugou as lágrimas, virou-se, viu que ele também chorava.

– Você tem que ficar porque tem que ser presidente.

– Quê?

– É assim. – Sentindo-se melhor, ela recomeçou a andar. – Mamãe e papai são como o rei e a rainha, certo? Eles governam. Mas eles não sabem tudo o que acontece. Eles vão saber sobre o riacho hoje, a não ser que vocês façam Ethan jurar segredo. Se ele não jurar, vai dar com a língua nos dentes.

– Droga.

– Então eles vão saber, mas tudo bem. Ninguém vai ficar zangado por causa disso. Mas eles não sabem tudo, e o mais velho, que vai ser você, tem que estar no comando. Você tem que ser presidente e tomar conta de Travis e Ethan, da mamãe e do papai. Eu preciso saber que todos vão estar bem. Por favor. É um trabalho difícil. Você precisa ter certeza de que todo mundo esteja bem, todo mundo faça suas tarefas e lições. E você não pode ser muito mandão em relação a isso, ou não vai funcionar.

Ele bateu na cintura dela enquanto andavam.

– Você é mandona.

– Eu poderia ser pior. Muito pior. Por favor, Colin.

Eles pararam na subida, o mesmo local onde, tanto tempo antes, sua mãe vira a fazenda e sentira alguma esperança pela primeira vez.

– Eu posso ser presidente – murmurou ele. – Eu falei que podia.

– Ok.

Ela colocou o braço nos ombros dele e, por alguns instantes, ambos olharam para a casa.

Ethan estava alimentando os cães, os velhos e os jovens. Travis caminhava pela horta, enchendo uma cesta com vagens. Seu pai, a cabeça coberta por um boné, voltava do campo mais próximo com um dos cavalos, e sua mãe interrompeu o trabalho na horta para acenar para ele.

Fallon sabia que levaria aquela imagem consigo. Aquela e outras, aonde quer que fosse. O que quer que precisasse fazer.

Dia após dia, noite após noite, Lana observava os filhos com uma espécie de fascínio. Antes da Catástrofe, ela nunca pensara mais do que duas vezes sobre ter filhos ou sobre o futuro. Gostava da vida que levava, do jeito urbano de viver, ao lado de um homem a quem amava e admirava.

Então se interessou por magia, mais por divertimento, e seus poderes não passavam de leves sussurros. Pelo menos era o que achava.

Seu trabalho lhe dava prazer, por isso não tinha grandes ambições, apenas ideias passageiras, como em relação aos futuros filhos. Algo para o futuro.

Dividia a vida com um escritor cujos livros haviam encontrado um nicho sólido. Max levava a tal Arte mais a sério do que ela e seus poderes eram mais evidentes, porém, mesmo assim, naqueles dias, eles eram uma pálida sombra do que viriam a ser.

O amor entre eles ainda guardava o brilho luminoso do que é novo e excitante, e o futuro – se ela pensasse em um ou dois dias mais adiante – parecia ilimitado.

Então o mundo acabou. Tudo o que ela considerava normal e seguro se transformou em fumaça, sangue e gritos de corvos voando em círculos.

Com a vida que despertou dentro dela naquela noite de janeiro, um outro mundo começou.

Nos meses entre aquela noite de inverno e o dia de verão ensolarado, quando vira a fazenda pela primeira vez, ela se transformara em uma pessoa que a outra mulher, feliz e urbana, não teria reconhecido. Havia mudado, sabia, não apenas pela criança que crescia dentro dela, não apenas em magia, mas na própria essência.

Da mesma forma que a mulher desesperada e enlutada que Simon encontrara invadindo seu galinheiro para pegar um ovo se transformara na mulher que ficava deitada abraçada ao marido sem conseguir dormir, em uma noite fria de outono, ouvindo o pio incessante de uma coruja.

Essa mulher aprendera a amar não apenas por dias, semanas e meses, mas por anos. Plantara, caçara, assumira todo o seu poder. Dera à luz quatro crianças na cama que dividia com o homem que a ajudara a trazê-los ao mundo.

O mundo deles.

Mas ela conhecia o mundo além da fazenda, além daquele paraíso. Havia vivido, lutado e sobrevivido a ele. Escapara dele.

E agora, depois de todas as perdas e ganhos, as dores e alegrias, enfrentava a necessidade de enviar sua primogênita para todo aquele sangue e desolação.

Simon fez carinho em suas costas.

– Podemos dizer não.

Ela se aninhou nele um pouco mais.

– Está lendo a minha mente, agora?

– Não é difícil quando temos a mesma preocupação. Ela é apenas uma criança, Lana. Sim, foi importante termos sido claros e honestos com ela desde o início, não termos esperado para, de repente, lançar tudo isso sobre ela, mas ela ainda é uma criança. Precisamos conversar com ela, dizer que vamos apoiar qualquer decisão que tomar. Fallon não é obrigada a ir.

– Nunca mentimos para ela, nunca guardamos segredo. Ainda assim, acho que ela saberia, mesmo se tivéssemos guardado silêncio. Está nela, Simon. Senti isso quando ela ainda estava na minha barriga. E sinto isso agora.

– Você se lembra daquela época? Da primeira primavera dela? Estávamos trabalhando no jardim e a colocamos para tirar uma soneca na sombra, debaixo da velha macieira, com Harper e Lee. Olhamos quando a ouvimos rir, e devia ter umas duzentas borboletas...

– Fadas, todas aquelas luzes. Todas dançando ao redor da nossa menina. Ela as chamou.

Ao se lembrar de uma cena tão bonita, Lana conseguiu sorrir.

– Fallon não sabia nem andar ainda. Eu sei que ela não é mais um bebê, mas, meu Deus, ela só tem 12 anos!

Treze, pensou Lana. Dali a poucos dias.

Distraidamente, ela torceu a corrente com a medalha de São Miguel Arcanjo que ele usava no pescoço.

– Ela decidiu que vai.

– Você não tem certeza disso.

Ela apenas pousou a mão no coração dele.

O coração de Simon disparou um pouco. Ele ergueu a mão e tomou a dela.

Tinham feito uma promessa de permanecer unidos quando o dia chegasse e de apoiá-la, qualquer que fosse a escolha de Fallon.

– Eu acho que isso explica por que ela não tem brigado com os meninos. Ela já falou com você sobre isso? – perguntou Simon.

– Não, não com palavras. Eu sei que ela nasceu para o que está prestes a começar. Sei disso, com toda a minha alma. E odeio. Ela é a nossa menininha, Simon. Eu odeio isso.

Ela enfiou o rosto no pescoço do marido.

– Podemos encontrar uma maneira de impedi-la de ir.

Lana balançou a cabeça e enterrou-a ainda mais no peito do marido.

– Está além de nós, Simon. Sempre esteve. Mesmo se pudéssemos, o que aconteceria quando os meninos crescessem, quando precisassem de uma vida além dessa fazenda? Vamos mantê-los aqui para sempre, como tesouros capturados em âmbar? Até agora, conseguimos dar a eles uma vida boa, protegê-los, por causa de Fallon. Porque nos foi dado esse tempo.

– O tempo acabou. Entendi isso. Mas sei defender o que é meu, Lana.

– Você me provou isso antes de ficarmos juntos. Mas não podemos lutar contra isso. Eu sou sua.

Ela levantou a cabeça para olhar para ele, colocou a mão em seu rosto e continuou:

– Como Fallon é sua, como os meninos são seus. Não sou forte o suficiente, não somos fortes o suficiente para enfrentar isso sem você. Temos que deixar Fallon ir. Me ajude a deixá-la ir.

Uma lágrima escorreu pelo rosto de Lana.

Simon se ajeitou e aproximou-a mais de si para que pudesse chorar um pouco.

– De uma coisa eu tenho absoluta certeza: ela é inteligente e forte e, droga, também é extremamente ardilosa.

Lana conseguiu dar uma risada em meio às lágrimas.

– É mesmo. Isso ela realmente é.

– Nós dois ensinamos a Fallon tudo que sabemos, e ela já tem uma boa vantagem nesse ponto. São só dois anos.

Ele apertou com a mão os olhos fechados, enquanto seu coração se acelerava um pouco mais.

– O tempo está passando depressa, e ela vai ficar bem. É como um colégio interno de magia, só que ela já sabe mais do que o Harry Potter.

Lana suspirou, sentindo algum alívio.

– Simon...

– O que acha de fazermos as rondas? – perguntou ele.

– Acho que é uma boa ideia.

Lana secou as lágrimas e sacudiu o cabelo para trás.

Pensou na casa, naquele espaço sólido e quadrado que vira lá do alto. Como ele a abrira para ela e para a criança que ela carregava.

Eles fizeram algumas melhorias ao longo dos anos. Simon sabia mesmo construir. Abriram uma parede na sala de estar para terem mais espaço para necessidades como costurar, fiar, tecer. Adicionaram ovelhas ao rebanho. Criaram um espaço na cozinha para armazenar conservas. E uma segunda estufa para o cultivo durante o inverno.

E, enquanto construíam tudo isso, lembrou Lana, vestindo um robe, encheram os quartos com bebês. Aquelas provas tangíveis de amor e esperança, aquelas luzes preciosas.

Juntos, constituíram uma família e a protegeram. Dentro daquele âmbar, ela tinha que admitir. Juntos, deram a Fallon as mais sólidas bases que eram capazes de oferecer.

E agora, juntos, foram até o quarto que Travis e Ethan dividiam. A luz do luar entrava pelas janelas e iluminava os beliches que Simon construíra.

Travis estava esparramado de bruços no beliche superior, um braço pendendo da beirada e a manta de algodão macio, em troca da qual dera dois vidros de picles, enrolada nos pés.

Embora soubesse que a manta ia parar ali outra vez, Lana entrou para cobri-lo direito.

Na cama de baixo, Ethan dormia recostado em Scout e Jem, os dois filhotes de cachorro. Ele sorria em seu sono.

– Ele dormiria com metade dos animais da fazenda na cama, se pudesse – sussurrou Simon.

– Acho que teria muitos leitões – concordou ela, fazendo-o rir.

– Ainda não sei como ele conseguiu passar por nós com aqueles três leitões.

– Ele tem um coração bondoso. E este aqui. – Com cuidado, ela levantou o braço de Travis de volta para a cama. – Ele ama suas brincadeiras, mas percebe muito do que está acontecendo. Ele sabe das coisas.

– É um agricultor dos bons.

Ela sorriu, deu um passo para trás.

– Como o pai.

Depois de uma última olhada, os dois saíram e foram até o quarto de Colin.

Deitado de lado, o menino segurava o cobertor com uma das mãos, como se alguém fosse tentar roubá-lo.

Sua estranha coleção de objetos enchia uma caixa de madeira sobre a cômoda, ou ficava na beira da janela e nas prateleiras que Simon fizera para ele.

Pedrinhas interessantes, alguns pedaços de vidro verde polidos pelo tempo que passaram na água, um tufo de musgo seco, uma moeda de 50 centavos, algumas de menor valor, um canivete quebrado, uma tampa de garrafa velha, a ponta superior de uma garrafa térmica amassada, e assim por diante.

– Ninguém acha tesouros como ele – comentou Simon.

– É o dom dele, enxergar o potencial para um objeto se tornar um tesouro. Eu sei que às vezes ele se ressente por não possuir habilidades como os outros, mas tem uma mente extremamente curiosa.

– E um ego bem grande. Colinlândia.

Sorrindo, ela se inclinou para beijar o rosto do filho.

– O presidente Swift de Colinlândia não cheira mais como um menino. Travis e Ethan ainda têm aquele cheiro selvagem e inocente, mas Colin, agora, tem uma pitada de cheiro de suor de academia. Saudável e masculino.

Ela se virou e se aninhou nos braços de Simon.

– Será que algum dia vai haver academias em Colinlândia?

– Se o primeiro ato dele como presidente for a construção de uma quadra de basquete, a academia será uma consequência.

Ela ergueu o rosto para o do marido.

– Você é tão bom para mim!

Ele a beijou, um beijo longo.

– Sabe o que devemos fazer?

– Já não fizemos isso?

– Merece ser repetido. Mas eu estava pensando: devíamos chamar John Pike para vir aqui com aquela velha câmera com filme que ele tem, para fazer uma foto de família. Ele tem um quarto escuro para revelação e, que eu saiba, ainda tem o material.

– E você vai ter que dar um rim por uma foto.

– Eu posso convencê-lo a não pedir muito. Confie em mim.

– Eu sempre confio, e adoraria ter uma foto.

Eles deixaram Colin dormir e desceram para o quarto de Fallon.

Fadas piscavam do lado de fora da janela, como muitas vezes faziam. Fallon dormia de frente para elas, com uma das mãos descansando sobre o ursinho cor-de-rosa.

Os outros presentes de Mallick, a vela e o cristal, estavam sobre a cômoda, junto com *O rei feiticeiro*. Aproximando-se mais, Lana viu que Fallon segurava um cavalinho de madeira na outra mão.

– Você fez isso para o primeiro Natal de Fallon. – Lana se virou para Simon de novo. – Você quer a foto para ela, para que possa levar quando for embora.

– John pode fazer duas. Ela é linda demais, não é? Às vezes, quando olho para ela, meu coração simplesmente para. E eu penso: tudo que eu mais queria era ser capaz de afugentar os garotos que aparecerem e não forem bons o bastante para ela. Queria poder provocar minha menina reclamando da maquiagem dela, das roupas que ela usar...

Lana apertou a mão dele.

– Você deu a ela tudo que um pai poderia e deveria oferecer. – Ela viu a dor em seus olhos e segurou seu rosto com as duas mãos. – Na noite em que ela nasceu... nas suas mãos. Nas suas, Simon. Ela sempre vai buscar as suas mãos.

Soltando o ar, ela tomou a mão do marido.

– Ela vai voltar para nós. Eu não poderia deixá-la ir se não soubesse disso. Ela vai voltar para nós.

Mas por quanto tempo, o que aconteceria nesse intervalo, o que aconteceria depois, isso ela não podia saber.

CAPÍTULO 3

No 13º aniversário de Fallon, os bosques se estendiam em cores vibrantes sob o céu. As maçãs e peras pendiam dos galhos das árvores. Uvas cresciam em lustrosos cachos pesados.

A cor do outono se propagava pela horta – abóboras, abobrinhas, grandes repolhos e fileiras de couve e nabos.

O ar estava morno, mas as noites frias alertavam para a primeira geada, que viria em breve.

Simon mandou os meninos colherem as maçãs, uma vez que isso lhes dava uma boa desculpa para subir nas árvores. Como tinha a melhor mão para a colheita, Fallon ficou encarregada de pegar as uvas para fazer geleias e vinho, para comer e secar. Ele sabia que Lana já havia preparado o bolo de especiarias (o predileto de Fallon) e agora trabalhava na horta, reunindo mais da colheita, enquanto ele empilhava lenha para o inverno que se aproximava.

E todos fingiam que era apenas um dia normal, porque não podiam fazer nada além disso.

Simon ouviu os garotos rindo, o som baixo das galinhas, o zumbido grave que vinha da colmeia. O suor molhava suas costas, ele sentia a fadiga dos músculos enquanto levava mais uma tora de madeira para o cortador.

Em algum lugar na floresta, um pica-pau não parava de martelar. Os cães ignoravam as batidas, assim como os cervos que vagavam ao longo do cume e dormiam inundados pelo sol.

Uma situação normal, pensava ele, pronta para ser destruída.

Uma vez, ele escolhera a vida de soldado, e aprendera qual era o custo da guerra. Desistiu daquela vida e voltara para casa, para a fazenda, quando sua mãe recebeu um diagnóstico de câncer. Então, aprendeu muito sobre amor, sacrifício e a força de uma mulher.

Ela venceu o câncer, mas perdeu a batalha para o vírus. Assim, ele enterrou o pai e a mãe com uma diferença de poucos dias, e conheceu a dor da perda verdadeira.

Optou por ficar, cuidar da terra, e aprendeu o que ele e outros eram capazes de fazer para construir uma vida, mesmo enquanto o mundo era destruído sob seus pés. E o que os outros eram capazes de fazer, e faziam, para trazer mais morte, mais destruição.

Ao longo dos anos, mais de uma vez ele ajudou um vizinho a lutar contra pessoas más. E enterrou amigos, bem como inimigos.

Ele já tinha visto corvos circulando ao longe, além de suas terras tranquilas. Tinha visto o relâmpago expelir uma luz negra.

Agora, sua filha iria embora, para aquele mundo sombrio e perigoso. E ele, um homem, um soldado, um pai, encontrava-se impotente para impedi-la.

Olhou para ela, sua adorável menina, alta e esguia. O sol brilhava sobre a trança escura que descia por suas costas. Ela usava um dos velhos chapéus de jardinagem que foram da mãe dele, de palha e abas largas. A camisa azul desbotada, que também tinha sido da mãe, revelava o que Lana chamava de "peiticos".

Através de um escambo, conseguira a calça jeans – que estava folgada, já que Fallon era muito magra – e as resistentes botas marrons.

Sentiu vontade de abraçá-la do jeito que estava. De pé no pequeno vinhedo, um cacho de uvas roxas maduras na mão, o rosto levantado para o sol.

Sem tirar os olhos dela, ele puxou a madeira cortada para adicionar à pilha. Viu-a ficar tensa, observou-a girar o corpo lentamente, o rosto pálido – uma máscara de controle que ninguém tão jovem deveria usar.

Ela guardou as uvas na cesta, enfiou a tesoura na bainha do cinto e começou a caminhar por entre as fileiras da vinha.

Tudo ficou em silêncio. O riso dos meninos, o zumbido das abelhas, o cacarejar das galinhas. Os cães não latiram. Por um instante, um instante longo e perturbador, Simon sentiu que o mundo parou de respirar.

Ele, pelo menos, parou.

Mallick fez uma pausa à beira do caminho que levava à fazenda, segurando as rédeas de seu cavalo. O mesmo cavalo que ele havia montado treze anos antes, Simon poderia jurar. Ele também parecia o mesmo, nem um dia mais velho, os cabelos escuros balançando, a faixa branca na barba.

Lana ficou parada no meio da horta, uma das mãos no coração, a outra, fechada, ao lado do corpo.

Simon deixou cair a madeira no chão e correu para a frente.

– Pai.

Com a voz firme e os olhos secos, Fallon parou para buscar o braço dele.

Até esse momento, ele não havia percebido que estava com a mão na arma que trazia no cinto.

– Vá ficar com o Ethan – disse Fallon. – Ele está chorando.

– Minha filha...

– Estou bem. Preciso de você para me ajudar a fazer isso. Por favor, pai, me ajude.

A máscara se fora; os olhos de sua filha suplicavam.

– Vá ver sua mãe primeiro. Vou buscar os meninos.

Ela foi até a mãe e tomou a mão dela. Juntas, elas foram até Mallick.

– Senhora – disse ele –, os anos lhe fizeram bem, assim como a esta terra.

– Uma escolha, você disse. Você não pode obrigá-la a ir.

– Mãe...

Já desolada, Lana abraçou Fallon.

– Eu sou sua mãe. Eu decido. Você não tem idade suficiente para fazer uma escolha como essa. Você não sabe o que vai encontrar lá fora. Você não...

Ela parou quando Fallon a abraçou e falou direto em sua mente:

Eu sei o que você sabe. Eu vi o que você viu. Sonhei o que você sonhou. Me ajude a fazer isso. Me ajude a ser forte como você. Me deixe ir para que eu possa ser o que você me ajudou a me tornar. Me deixe ir para que eu possa voltar.

Fallon recuou, mas continuou segurando a mão da mãe enquanto encarava Mallick.

– Você fez sua escolha, Fallon Swift?

– Eles vão ficar seguros enquanto eu estiver fora? Não vou deixar minha família a menos que saiba que estarão seguros.

– Nada os atingirá enquanto você estiver treinando comigo.

– Se eles se machucarem, você vai pagar por isso.

Ele assentiu.

– Entendido. – Distraidamente, ele acariciou um dos cães que o cheiravam, enquanto Simon se aproximava com os meninos. – Simon Swift.

Mallick analisou os garotos: Colin, com a expressão sombria, Travis, com olhos frios, Ethan, que lutava contra as lágrimas.

– Você teve belos filhos. Posso dar água ao meu cavalo enquanto vocês se despedem?

– Já? Mas ela não comeu o bolo nem abriu os presentes – disse Lana. – Eu... eu preciso ajudar Fallon a fazer as malas.

– Mãe... já preparei tudo. Estou pronta. Vou buscar minhas coisas.

Sem dizer nada, Simon fez um gesto para Mallick e o levou até o estábulo para que desse água a seu cavalo.

– Eu... vou embrulhar alguma comida. Ela precisa comer o bolo de aniversário – disse Lana, correndo até a casa.

– Vão buscar os presentes para sua irmã – pediu Simon aos meninos. Ele se aproximou de Mallick. – Para onde você vai levar Fallon?

– Não tão longe quanto você teme nem tão perto quanto poderia desejar. Não posso dizer mais, pela segurança dela.

– E como saberemos que ela estará segura?

– Você sabe o que é uma missão, e ela é a minha missão. Acredite em mim, eu darei minha vida por ela. Não por amor, como você faria, mas pela missão, que é valiosa para mim. Ela é o meu propósito, a minha esperança, a minha missão. Não vou decepcioná-la.

– Você sabe o que é uma missão – repetiu Simon. – Acredite em mim, se algum mal acontecer a ela, eu vou caçar você, seja quem ou o que você for. E, esteja onde estiver, vou encontrar e matar você.

– Se algum mal acontecer a ela, Simon Swift, eu já estarei morto. E o que resta do mundo desejará ter o mesmo destino. Daqui a dois anos, ela vai voltar para você, e você vai ver o que ajudou a fazer.

– Dois anos a partir de agora, se ela não estiver de volta sã e salva, eu vou atrás de você.

Simon se afastou a passos largos, parando quando Fallon saiu com uma pequena sacola.

– Preciso selar Grace.

– Deixa comigo – ofereceu-se Travis, correndo. – Deixa comigo. Ah, eu fiz isso aqui para você, Fallon.

Ele ofereceu uma bainha para a faca de Fallon, com símbolos cuidadosamente gravados a fogo no couro.

– São símbolos mágicos para manter a lâmina afiada e limpa, e para ajudar a acertar no alvo.

– É muito lindo, Travis. Você... Deve ter levado muito tempo.

– Eu sei que você tem que ir. – Quando sua voz embargou, ele engoliu em seco. – Sei que está com medo, mas você vai voltar.

– Eu sei, eu vou voltar.

– Vai estar diferente, mas vai voltar. Vou buscar Grace.

Ela fez menção de falar com o pai, tentou achar o que queria dizer. Colin e Ethan vieram e a pouparam.

– Eu não quero que você vá. – Ethan abraçou as pernas da irmã. – Não vá embora.

– É preciso, por algum tempo, e preciso que você faça algo para mim. – Ela abriu a bolsa e pegou o ursinho cor-de-rosa. – Preciso que você cuide dele, está bem? Ele realmente precisa ser abraçado à noite.

– Você tem que levar com você.

– Ele não quer ir. Ele quer ficar aqui. Você pode cuidar dele até eu voltar?

– Eu não vou deixar nada acontecer com ele. Bom, eu fiz isso para você. Quer dizer, papai fez mais do que eu, mas eu ajudei e disse para ele fazer uma flor, e eu pintei. É uma flor de aniversário.

Ela pegou a pequena tulipa de madeira, pintada sem muita perícia em tons de rosa e verde.

– É muito bonita. Obrigada, Ethan.

Ela se agachou para guardá-la na sacola, depois substituiu a bainha de sua faca pela nova.

– E eu fiz isso. – Colin empurrou uma pequena caixa para ela.

De dentro, ela tirou um pequeno sino de vento. Pedras brancas bem finas e pedaços de vidro colorido em tons suaves estavam pendurados em fios de pesca ligados a um velho gancho de metal.

– É lindo.

– É uma besteira, mas...

– É lindo.

Ela viu lágrimas no menino, mal contidas, e o abraçou com força.

– Você é o presidente agora – sussurrou. – Não esqueça.

Quando a mãe saiu da casa, Fallon viu os sinais de choro por baixo do discreto feitiço.

– Tem um pouco do seu bolo e de pão dessa manhã, um pouco de carne e queijo e... Bem, aí vem Travis com Grace. Vou colocar isso no seu alforje.

– Eu faço isso. – Colin pegou o pacote de comida e a sacola.

– É tudo tão rápido – murmurou Lana. – É tudo muito rápido...

Temendo perder a coragem, Fallon abaixou-se e abraçou Ethan.

– Cuide do meu ursinho, e não deixe os meninos maiores se meterem com você. – Então ela se levantou, virou-se para Travis e o abraçou com firmeza. – Nem pense em se mudar para o meu quarto. – Em seguida, para Colin: – Tente não ser um chato.

– A chata é você.

– Tente não fazer muita besteira enquanto eu estiver fora.

Ela deu um passo para trás e se virou.

– Mãe...

– Isto é um presente meu e do seu pai.

Fallon estendeu a mão para a corrente que continha o que ela sabia ser a aliança de casamento de seu pai e a medalha de São Miguel de seu outro pai. Lágrimas e amor inundaram sua garganta.

– Eu vou usar sempre. – Ela colocou a correntinha no pescoço. – Sempre. Mãe... – Ela se jogou nos braços da mãe. – Eu te amo. Eu te amo muito.

– Eu também te amo. Vou pensar em você todos os dias, e contar os dias até você voltar para casa. Brilhe, minha filhinha, e eu vou saber. Envie-me um sinal – sussurrou Lana.

– Pode deixar.

Lutando contra as lágrimas, ela se virou e abraçou Simon.

– Pai... Eu te amo.

– Se você precisar de mim... Ouça bem. – Ele segurou e levantou o rosto da menina. – Se precisar de mim, chame. Eu vou ouvir. Eu irei até você. Encontrarei uma maneira.

– Não tenho medo porque eu tenho você e porque sei que você me ama. Eu vou voltar. – Ela apertou o rosto contra o dele. – Juro.

Fallon tomou as rédeas e montou no cavalo.

– No meu aniversário de 15 anos, não esqueçam. Quero presentes.

Ela colocou Grace em trote. Mallick, já montado, foi até ela e apontou para o sul.

Ela se virou, olhou outra vez, viu sua família, todos juntos, perto uns dos outros, tocando uns aos outros, na frente da casa onde nascera.

Colin endireitou os ombros e fez uma continência rápida, o que fez os lábios de Fallon se curvarem e seus olhos se encherem de lágrimas.

Ela levantou a mão e deu adeus, voltou os olhos para o sul e pediu que Grace galopasse.

Mallick deixou que ela ditasse o ritmo. Podia lhe dar essa liberdade por alguns quilômetros, ver quanto tempo ela levaria para se acalmar. E seu velho e confiável cavalo baio tinha capacidade para lidar com a situação.

Eles passaram por outra fazenda, menor que a da família Swift, onde uma mulher e um menino magro cavavam a terra para colher batatas. Os dois fizeram uma pausa no trabalho e, nos poucos minutos necessários para atravessarem, Mallick sentiu uma onda de desejo vinda do garoto.

Pela menina, e pelo que o menino via como liberdade.

Continuaram galopando. Passaram por casas abandonadas, cujos gramados pareciam prados. Algumas poucas ovelhas pastavam nas colinas rochosas, e uma pastora idosa estava sentada sobre um monte com um cajado antigo na mão e uma espingarda nas costas.

A imagem dela, os cabelos grisalhos sob uma boina gasta, as pedras cinzentas e ásperas lutando contra o verde, a ovelha branca pastando tranquila, tudo isso causou nele um rápido aperto, um inesperado pesar.

Quando Fallon desacelerou para um trote, depois para um passo mais calmo – mais por amor ao cavalo do que a si própria, como Mallick observou –, ela se virou pela primeira vez para olhá-lo de frente.

– Quero saber para onde estamos indo.

– Um dia de viagem e um pouco mais. Vamos para um lugar onde você vai treinar, aprender e crescer.

– Por que você foi escolhido para me treinar?

– Não tenho como responder a isso. Por que você é A Escolhida? Nós somos o que somos.

– Quem deu essa missão a você?

– Isso você vai saber com o tempo. Quem é a pastora?

– O nome dela é Molly Crane.

– E que poder ela tem?

Como ele sabia que a velha Molly tinha poder?

– É metamorfa.

– De quantas ovelhas ela estava cuidando?

Fallon respondeu primeiro com um dar de ombros irritado.

– Talvez umas dez.

– Talvez?

– Eu não contei.

– Você tem olhos. Quantas você viu?

– Não sei.

– Você não olhou, então não viu. Eram catorze. Uma ficou atrás de uma rocha, e a ovelha prenhe carrega dois.

Aflição e tensão lutaram na barriga de Fallon. O tom afiado e um pouco rude para um adulto teria lhe valido uma repreensão em casa.

Mas ela não estava em casa agora.

– Que diferença isso faz?

– Numa outra vez, você pode se ver diante do inimigo. Como vai saber quantos são? Um pode estar escondido atrás de uma rocha, outra pedra pode esconder mais dois.

Com raiva e ansiedade, ela zombou dele:

– Na próxima vez que eu tiver que lutar contra ovelhas, pode deixar que vou saber exatamente quantas são.

Mallick gesticulou para o leste. Bem além das colinas, corvos voavam em círculos.

– Eles sabem que o tempo de espera terminou. Você será caçada, a partir de hoje até o fim.

– Eu não tenho medo de corvos.

– Tenha medo da força que os governa. O medo pode ser uma arma tanto quanto a coragem. Sem medo não existe prudência. Sem prudência vem o descuido. Com o descuido vem a derrota.

– Qual força os governa?

– Você vai saber.

Com isso, ela incitou seu cavalo até uma elevação e parou em meio às árvores.

O ar ficou mais frio e, embora ela nunca tivesse viajado para tão longe de casa, os aromas da floresta tinham uma reconfortante familiaridade. Ela passou algum tempo procurando alguma trilha, identificando as corças, um urso solitário, um coiote e um par de guaxinins que passaram ao longo do caminho pedregoso.

Atravessaram um riacho estreito, onde a água borbulhava e caía por cima das pedras. Um peru selvagem grugulejou quando eles se desviaram para o leste.

– Quantas corças estavam nas sombras, à beira do riacho? – perguntou Fallon, acrescentando um olhar frio quando ele virou o rosto para observá-la. – E se fossem inimigos? Você saberia quantos?

– Quatro corças e dois novilhos.

– Qual era a diferença entre os novilhos?

Achando graça, Mallick respondeu:

– Um era um veado e o outro, uma corça.

– Além disso.

Ele levantou as sobrancelhas.

– Não sei.

Um tinha uma ferida na perna esquerda dianteira. Ele a estava poupando. Não viu as pegadas? Não é uma boa tática saber se seu inimigo está ferido?

– Você tem um bom olho para rastrear. Se a sua mira for tão afiada assim, vamos comer bem neste inverno.

– Minha mira é boa. Meu pai me ensinou. – Ela levou a mão à correntinha em torno do pescoço e encontrou conforto ali. – Eu ainda posso ir para casa. Posso mudar de ideia e voltar.

– Sim. Você poderia viver a sua vida lá e nunca realmente se tornar o que deveria ser. E o mundo sangraria ao seu redor até tudo que você ama estar destruído.

Ela odiava, odiava, *odiava* saber (pois, de alguma maneira, sabia) que ele falava a mais absoluta verdade.

– Por que eu tenho que ser A Escolhida? A Salvadora de todos? Eu não estraguei o mundo, por que eu tenho que consertá-lo?

– *Mae gennych atebion y tu mewn i chi.*

– O quê? Que língua é essa?

– Eu disse que as respostas estão dentro de você.

– Isso é o mesmo que dizer que eu vou saber mais tarde. Não é uma resposta. – Por mais que quisesse desprezá-lo, a curiosidade a cutucava. – Que língua é essa?

– Galês.

– É de onde você vem? Do País de Gales?

Com a pergunta, ela tentou formar um mapa mental, colocar o país no lugar certo. Adorava mapas.

– Sim. Sabe onde fica?

– No território que já foi a Grã-Bretanha, com a Inglaterra de um lado e o Mar da Irlanda do outro.

– Muito bem. Você é boa em geografia, mesmo que as habilidades linguísticas sejam ruins.

– Por que os meus pais me ensinariam galês? Eles não *sabem* galês. E, de qualquer maneira, eu não estou indo passear por lá.

Alimentada pela raiva e pela dor, agora insultada em nome de sua família, suas palavras dispararam como farpas.

– E eles me ensinaram muito, a mim e a meus irmãos. Como ler, escrever e *pensar*. Nós aprendemos ciências, matemática e história, aprendemos a ler e desenhar mapas. Talvez não pudéssemos ir à escola com frequência, porque Rapinantes e Incomuns Sombrios poderiam chegar perto demais. Meu pai lutou contra eles para ajudar a proteger nossos vizinhos, e ele e minha mãe nos ensinaram a lutar também.

– Eles ensinaram muito a vocês. Inclusive sobre a luz e a terra. E o mais importante: ensinaram lealdade. Você aprendeu muito bem.

– Isso não se aprende. Ou você é leal ou não é.

Ele sorriu.

– Por mais que possamos discordar um do outro, saiba que sou leal a você.

– Porque você tem que ser, e isso muda tudo.

– Tem razão – respondeu Mallick, depois de uma longa pausa. – Mas minha lealdade permanece.

Ela cavalgou por alguns quilômetros com o rosto bravo, até estufar, até que as perguntas começaram a saltitar para fora dela.

– Por que você saiu do seu país?

– Eu fui chamado.

O suspiro de Fallon, longo e sarcástico, disse tudo sobre ter 13 anos e lidar com um adulto.

– Se eu perguntar quem o chamou, você vai dizer que vou ficar sabendo mais tarde.

– E vai mesmo. Eu era jovem, como você, e, assim como você, eu me perguntava por que essas coisas difíceis eram exigidas de mim. Saiba que eu entendo o que é sair de casa e ir para longe da família.

– Você tem filhos?

– Nunca recebi essa dádiva.

– Você trouxe o ursinho de pelúcia para mim.

– Foi gentil de sua parte entregá-lo a seu irmão mais novo, deixar aquela parte de si mesma aos cuidados dele.

Ela mudou de assunto, para afastar a imagem de Ethan e suas lágrimas.

– Você me deu a vela e a bola de cristal. Eles não são brinquedos como o urso. Só eu posso acender a vela. Às vezes eu faço isso. Ela nunca derrete.

– Ela foi feita para você.

– Foi você que fez?

– Foi.

– Minha mãe disse que eu seria a única a ver algo na bola de cristal, mas eu nunca vejo nada.

– Você verá.

– Onde a conseguiu?

– Eu fiz para você. O urso, eu comprei antes mesmo de sua mãe saber da sua existência. A mulher na loja me disse que era um presente alegre para uma menina.

Enquanto cavalgavam, ela se deu conta de que jamais tivera uma conversa longa com alguém que não fosse da família. Embora não a deixasse mais tranquila em relação a ele, Fallon achou esse ponto muito interessante.

– O que você vai me ensinar? Por dois anos? Meu pai me ensinou a atirar com arma de fogo e com arco e flecha. Também me ensinou a lutar. Ele foi um soldado. Um capitão do Exército. E minha mãe me ensinou magias. Ela é uma bruxa, uma bruxa poderosa.

– Então você tem uma boa base para aprender mais.

Ela parou o cavalo.

– Ouviu isso?

– Ouvi.

– São motores. Mais de um.

– Há uma estrada, não muito longe daqui, e algumas pessoas passando por lá. Vamos andar através das árvores, pelas colinas. Você ainda não está pronta para uma batalha.

Os sons recuaram, até restarem só os da floresta.

– Quem treinou você?

– O nome dele era Bran. Bem rigoroso.

– Ele vai estar lá quando chegarmos?

– Bran não está mais conosco.

– Ele morreu na Catástrofe?

Seu dever era ensinar, treinar, pensou ele, e o cumpriria. Mas quem poderia imaginar que a menina tinha tantas perguntas?

– Não, ele passou deste mundo para o próximo bem antes disso. Mas, enquanto eu estava ao lado dele, me ensinou muitas coisas. Viajei para muitas terras com ele.

Só para se mostrar, Fallon fez Grace saltar uma árvore caída.

– Antes da Catástrofe, as pessoas viajavam por todo o mundo, em aviões. Eu já vi dois aviões e um helicóptero, aquele avião menor com pás na parte superior. Minha mãe colocou um escudo sobre a fazenda, caso as pessoas nos aviões estivessem em busca dos Incomuns para prendê-los. Ou pior, Incomuns Sombrios. Por isso conseguíamos ver os aviões, mas eles não nos viam. Você já voou em um avião?

– Voei e não gostei.

– Deve ser maravilhoso. – Ela olhou para cima, olhou para os pedaços de céu através do dossel de folhas lustrosas. – Eu gostaria de conhecer outras terras. Algumas têm praias de areia branca e água azul, outras são cobertas de gelo. E as grandes cidades têm edifícios altos como montanhas, e montanhas mais altas do que o edifício mais alto, e desertos e oceanos e florestas.

– O mundo tem muitas maravilhas.

Ele virou o cavalo e entrou por uma abertura no bosque, saindo em uma pequena clareira. Uma cabana ficava abrigada sob algumas árvores, junto com um abrigo de teto inclinado.

– Você disse que era um dia de cavalgada.

– E assim será. Vamos só passar a noite aqui.

– Ainda falta mais de uma hora para anoitecer.

– Os cavalos precisam descansar e comer. E eu também.

Mallick desmontou e levou seu cavalo para o abrigo. Relutantemente, Fallon seguiu seu exemplo. Ela observou que o abrigo tinha uma palha limpa, material para tratar dos cavalos e um cocho com cereais. Mallick lhe entregou um balde.

– Há um riacho logo a leste.

– Que lugar é esse?

– Um lugar para fazer um intervalo em nossa viagem.

Quando ela não disse nada, simplesmente ficou parada, ele soltou as cilhas e se levantou da sela.

– Uma cabana de caça; era um tipo de lugar para passar um fim de semana ou feriado. Pertencia a um homem que trabalhava como encanador e gostava de vir aqui com os amigos. Ele era imune, por isso sobreviveu à Catástrofe, mas foi levado em uma das buscas e confinado em uma instalação do governo, onde morreu.

– Você o conhecia?

– Não, mas havia energia suficiente dele aqui, onde viveu muitos momentos felizes, por isso sei a seu respeito. Os cavalos precisam de água.

Ela pegou o balde e caminhou não mais que 10 metros até um brilhante, aprazível e sinuoso riacho. Por um momento, observou a floresta – aquele novo lugar. A cicuta e o carvalho, os velhos pinheiros e jovens álamos. Já imaginava que Mallick iria perguntar quantas árvores havia naquela floresta idiota. Ou quantas bicadas o pica-pau deu, quantas penas o cardeal tinha.

Encheu o balde, voltou para despejar água no cocho. Precisou de mais duas viagens e, quando terminou, Mallick tinha removido ambas as selas e estava secando seu capão.

– Qual é o nome dele? – perguntou Fallon, enquanto pegava uma toalha limpa para esfregar seu próprio animal.

– Gwydion, em homenagem a um poderoso feiticeiro e guerreiro.

– A minha é Grace, em homenagem à rainha pirata. O abrigo dos cavalos é muito mais novo do que a cabana.

– Eu que construí, alguns meses atrás.

– Parece firme – comentou Fallon, levantando os cascos de Grace.

Com os cavalos alimentados e limpos, Mallick pegou o leve pacote que trouxera. Fallon colocou nos ombros sua sacola, que era bem mais pesada, e a comida que a mãe embalara.

A cabana, uma estrutura quadrada e atarracada, incluía uma varanda estreita, apenas um degrau acima.

Ao lado do degrau, em um buraco cheio de seixos, havia uma figura feita de pedra áspera. Uma mulher, observou Fallon.

Mallick parou para abrir seu cantil e derramou um pouco de água sobre os seixos.

– Um tributo à deusa.

– Ela é do tipo que protege ou abençoa?

– Ela faz as duas coisas, a seu bel-prazer. É Ernmas. – Ele suspirou um pouco quando Fallon apenas franziu a testa. – É uma deusa-mãe, dos Tuatha de Danann, assim como você. Vocês têm o mesmo sangue, Fallon Swift. Você não sabe nada sobre os seus antepassados?

– Nós tínhamos livros sobre mitologia, principalmente romana e grega. Você não espera que eu acredite que sou parente de uma deusa, né? Porque, você sabe, isso é só *mitologia*.

– Sua ignorância avilta você mesma.

Ele foi para a varanda, lançou a mão em direção à porta, que se abriu com uma rajada de vento.

– Você acha que o poder, seja de luz ou obscuro, não tem nenhuma fonte? Não tem história ou propósito? Você deve o que você é a todos os que vieram antes de você. A sua generosidade e suas batalhas, sua crueldade e sua compaixão. – Ele balançou a cabeça. – O destino do mundo repousa em uma garota que sabe tão pouco.

Quando ele entrou na casa e lhe deu as costas, Fallon revirou os olhos. Ela olhou para a deusa.

– Como ele espera que eu saiba essas coisas?

Insultada (ela *não* era ignorante), Fallon marchou atrás de Mallick.

No interior, era possível ver uma sala aberta com uma lareira e uma cozinha nos fundos – janelas para o leste, como ela observou, para enxergar o riacho e o nascer do sol.

Um sofá grande e feio num padrão xadrez marrom e preto ficava diante da TV sobre a lareira. Eles tinham uma TV na fazenda e, uma vez por semana, assistiam a algum filme à noite, com os DVDs.

Ela amava DVDs quase tanto quanto os mapas, pois ambos a levavam a outros lugares, outros mundos.

Duas cadeiras do mesmo tecido xadrez, uma mesa com um abajur, cuja base era um urso preto escalando uma árvore, uma luz no teto feita a partir de uma espécie de carrinho ou roda de carroça, e uma mesa redonda de madeira com quatro cadeiras enchiam o espaço de uma maneira que ela considerou horrorosa.

Ela colocou o saco de comida sobre o balcão, coberto por um cinza manchado de branco, e o abriu.

– Seu quarto para a noite é do lado esquerdo. Comece o fogo e, em seguida, arrume suas coisas.

Ele não é o único que pode se exibir, pensou Fallon. Então se virou e lançou um olhar para a lenha na lareira de pedra, que explodiu em chamas.

– Eu não sou nenhuma idiota.

– Ignorante – corrigiu ele. – Eu já ouvi a expressão "não se pode dar jeito na idiotice". Pode ser verdade. Mas a ignorância pode ser combatida com o conhecimento. Coloque sua sacola no seu quarto, depois traga mais lenha antes que escureça. Temos muita nos fundos da casa.

– E o que você vai fazer?

– Vou tomar um pouco de vinho antes de comermos o que sua mãe gentilmente preparou.

Quando ela se afastou pisando forte, ele olhou para o fogo, para sua luz brilhante e quente, e sorriu.

CAPÍTULO 4

Um misto de pura teimosia e afronta fez Fallon se sentir tentada a se trancar naquele quarto sem graça, com camas-beliche – cobertas com o mesmo xadrez, dessa vez vermelho e preto. Mas estava com fome e precisava fazer xixi.

Então, decidiu que iria ao banheiro, comeria, mas não seria obrigada a se comportar de forma amigável. Não entendia por que tinha que ser gentil, além de tudo. Ele a chamara de burra – oh, desculpe, *ignorante*. Só porque ele era velho, não significava que ela teria que ser gentil com alguém que a chamara de ignorante.

O banheiro ficava em frente ao seu quarto. Ela se trancou lá dentro.

Testou a água corrente girando a torneira da pia e ficou quase desapontada quando funcionou. Mallick devia ter providenciado isso com o intuito de que ela não tivesse nenhum motivo para testar seus poderes ali.

O vaso sanitário balançava um pouco, mas cumpria seu propósito.

Ela se deu um momento para estudar o rosto no espelho sobre a pia.

Não tinha dormido bem na noite anterior – e nem na noite antes disso, admitiu. O espelho revelava as sombras debaixo de seus olhos, a palidez de sua face.

Embora não se importasse em parecer bonita, ela fazia questão – e muita – de parecer forte. Então, fez uma maquiagem leve.

Não sou ignorante, disse a si mesma, *nem fraca*.

Saiu do banheiro e foi direto até Mallick, que estava sentado perto do fogo com seu copo de vinho. Não bateu a porta quando saiu para a floresta, mas a fechou com força.

Com a chegada do crepúsculo, uma nuvem cinza deslizou por entre as árvores e o ar ficou bem mais frio. E havia ainda o cheiro da fumaça e do outono galopante.

A lareira seria bem-vinda, mas ela queria dar um passeio antes, esticar os músculos tensos depois de tantas horas sobre uma sela.

Verificou primeiro os cavalos, encontrou-os já cochilando. Ainda assim, encostou o rosto contra o de Grace, para se lembrar de casa. E, quando o cavalo de Mallick olhou para ela, com olhos sábios e gentis, Fallon o acariciou – e achou que ele merecia um cavaleiro mais agradável.

Ela os deixou dormir e caminhou ao longo da borda do sinuoso riacho. Olhando para cima, viu os veados ao lado do grosso carvalho e achou divertido assistir a cinco deles pastarem colina abaixo, depois das árvores.

Como seria, perguntou a si mesma, apenas continuar andando? Como os cervos. Apenas caminhar e viver na floresta. Vagar até onde quisesse e pelo tempo que desejasse, sem pensar, apenas para satisfazer as próprias necessidades.

Ninguém para lhe dizer o que fazer, nem quando e como fazê-lo, imaginou. Ninguém para exigir tanto dela, quando ela só queria ser ela mesma.

Apoiou-se em uma árvore, encostou o rosto no tronco áspero. Sentiu o coração da planta bater. Fechando os olhos, sentiu o batimento cardíaco dos cervos do outro lado do riacho e o pulsar da água e da terra.

Sentiu dentro de si a vida de todas as coisas que habitavam e floresciam ao redor e que não eram humanas. Com o olho da mente, viu o pássaro voando acima de sua cabeça, o batimento cardíaco curto e rápido, curto e rápido. E o da coruja, nas profundezas da floresta, dormindo até a noite cair e a caçada começar.

Apertou mais os olhos porque entendeu que não queria apenas ir embora, viver para sempre na floresta. Queria sentir as batidas do coração da mãe, assim como as do pai e dos irmãos. E eles estavam longe demais.

– É apenas o primeiro dia – repreendeu a si mesma. – Eu posso enfrentar um dia. Posso mudar de ideia. Posso ir para casa amanhã, se eu quiser.

Reconfortada em pensar assim, abriu os olhos novamente e se virou para voltar para a cabana.

O sol queimava através das árvores, inflamava-se sobre as colinas com uma luz que ela sentia dentro de si, como as batidas do coração.

Observando o fogaréu do final do dia, ela voltou, levando consigo um pouco de lenha.

~

Uma adolescente, mesmo que descendente de deuses, sabia como ficar emburrada. Fallon comeu junto com Mallick, mas em silêncio. Pegou uma pequena fatia de seu bolo de aniversário porque queria sentir a família por perto. Mas isso só a entristeceu, só a fez pensar que eles não estavam perto, e não estariam por dois longos anos.

Se Mallick tivesse feito qualquer tentativa de animá-la, aquela tristeza teria se transformado em uma fúria intensa. Talvez ele soubesse disso, pois não fez nenhuma menção de querer conversar durante aquela refeição tão simples.

Quando ele a mandou lavar a louça, ela não discutiu. Reembalou a comida, lavou tudo, arrumou a cozinha, enquanto ele lia perto do fogo.

Apesar da curiosidade inata, ela não perguntou sobre o livro. Trancou-se no quarto e acrescentou uma magia à fechadura por pura raiva.

Embora sempre lhe trouxesse conforto, recusou-se a tirar a vela da sacola e acendê-la, porque o objeto viera dele. Para Fallon, naquele momento, Mallick, e apenas Mallick, era o responsável por sua infelicidade.

Encolheu-se sob os cobertores com *O rei feiticeiro*, iluminando as páginas enquanto lia. Mas as palavras familiares só aumentaram sua tristeza.

Colocou o livro de lado e ficou deitada no escuro, desejando ter procurado na cabana alguma outra coisa para ler. Revistas e jornais antigos sempre lhe causavam fascínio. Ela não achava que conseguiria dormir, e já imaginava uma noite de planos e meditação. Até ansiava por isso.

Mas adormeceu antes de sentir o sono chegando, e não acordou nem mesmo quando a luz da lua passeou através das janelas, ou quando as fadas vieram para dançar.

Acordou quando o hesitante alvorecer se aproximava. Sua primeira reação foi vergonha por ter dormido tanto e tão bem. Então, lembrou-se do que a mãe chamava de sono do coração. Aquele sono de que um coração ferido necessitava para se curar.

Esfregou a corrente e a medalha entre os dedos. Enquanto permanecia deitada em silêncio, só por mais alguns minutos, imaginou o pai se levantando para começar o dia, descendo para fazer café com os grãos moídos colhidos dos trópicos. E a mãe descendo para preparar a comida.

Todo mundo de pé, os animais para serem alimentados, os ovos para serem recolhidos.

Tarefas a fazer, lições a aprender, o cheiro do pão assando. Talvez uma viagem até a aldeia ou fazendas vizinhas para fazer trocas. Tempo livre para ler, cavalgar ou brincar.

Onde ela estaria enquanto sua família vivia a rotina daquele dia?

Ainda assim, ela, uma criança de fazenda, levantou-se e calçou as botas. Colocou lenha na lareira, onde só havia brasas, e saiu para cuidar dos cavalos.

Assistiu ao nascer do sol, assim como o vira se pôr.

Quando voltou para a cabana, Mallick havia colocado duas canecas de chá forte no balcão e ovos fritos com bacon em uma frigideira sobre o fogo de acampamento.

– Bom dia – disse ele. – Vamos sair depois do café da manhã.

– Está bem.

Ela tomou o chá, forte demais para seu gosto e ainda por cima muito amargo, sem o mel de que ela tanto gostava.

Desejou ter pensado em trazer um pouco. Mas aceitou a bebida e, quando Mallick colocou um prato diante dela e se sentou, comeu junto com ele.

Um pouco do ressentimento desaparecera com o sono, e ela estava entediada com o silêncio.

– Você não tem esposa nem filhos.

– Não.

– É porque prefere homens?

– Não. – Ele continuou a comer enquanto falava. – Meu dever, meu objetivo, tem sido o meu companheiro.

– Por que eu me importaria, ou os deuses se importariam, qualquer um, se você tivesse uma mulher, ou um homem, ao seu lado ou na sua cama?

O olhar de Mallick deslocou-se para o dela e se manteve ali.

– O que me foi pedido, o que eu jurei, foi uma inabalável lealdade à Escolhida. Uma companheira, uma amante, também deve receber lealdade. E essas lealdades podem ficar em desacordo.

Ela não engoliu aquilo.

– Meus pais são leais um com o outro e não deixam de ser leais aos filhos. A todos nós.

– Isso é amor, ainda mais do que um dever ou um juramento feito. E o amor é mais poderoso.

– Você nunca amou ninguém?

– Houve uma garota uma vez, com olhos vivos e cabelos de fogo. Não posso dizer se senti amor, mas senti algo. Meu coração batia forte quando eu a via, e se ela sorrisse para mim, eu era o garoto mais feliz do mundo. Eu sabia que, se algum dia sentisse o toque da mão dela no rosto, apenas isso, morreria feliz e realizado.

Fallon deu uma risada.

– Ninguém morre de amor.

– Ah, morre, sim. O amor pode levar a pessoa a vários lugares e exigir várias coisas. E eu nunca senti a mão dela no rosto. Fiz a minha escolha.

– Talvez você a amasse porque era um menino, mas mesmo assim... agora você está velho e ainda se lembra dela. Quantos anos você tem?

Ela comeu a última porção dos ovos.

Mallick se recostou na cadeira e olhou diretamente nos olhos dela.

– Eu nasci no terceiro dia do terceiro mês do ano 671.

– Ora essa. – Por força do hábito, ela fez menção de pegar o prato dele para lavá-lo. – Se não quer me dizer, simplesmente...

Ele segurou o braço dela.

– Eu nasci de uma bruxa, gerado por um soldado cuja mãe tinha sangue de elfo. Tenho poucas lembranças dele, já que morreu em batalha, quando eu ainda era bebê. Eu era seu único filho com aquela bruxa e, assim como sua mãe, ela chorou quando eu fui chamado. Eu tinha 10 anos quando a deixei. E passei mais dez treinando, estudando e viajando. E mais dez praticando e vivendo na solidão.

Ele suspirou e continuou:

– Então eu dormi, e enquanto os anos passaram o mundo mudou, e os bruxos se esconderam ou morreram, pois aqueles que possuíam magia foram perseguidos, ultrajados ou ignorados. Até a noite em que acordei ao som de uma única gota de sangue golpeando o primeiro escudo, do tremor de quando ele se rachou sob a imolação. E meu tempo começou novamente, enquanto o seu chegava.

Ela acreditou nele, e isso fez seu coração martelar.

– Você está dizendo que é imortal.

– Não. Não. Eu sangro. Minha vida chegará ao fim, como a de qualquer ser humano. Mas recebi ordens de treinar, servir e defender A Escolhida, aquela que iria pegar a espada e o escudo, que traria a luz e restabeleceria o equilíbrio. Eu disse sim. Fiz um voto. Fiz essa escolha. Jamais quebrarei essa promessa. Jamais trairei você.

Ele se levantou e lavou a louça sem a ajuda de Fallon.

– Qual é o primeiro escudo e como ele rachou sob uma gota de sangue? Quantos são? Onde estão? Como...

– Você vai saber mais tarde. Por ora, junte suas coisas e sele os cavalos. Eu lavo e guardo as coisas aqui.

– Me dê uma resposta – exigiu ela. – Uma droga de uma resposta.

– Faça a pergunta certa.

Ela hesitou, então perguntou o que percebeu ser mais importante.

– E se eu não for boa o suficiente? E se eu simplesmente não for boa e inteligente o suficiente para fazer tudo isso?

– Então eu terei fracassado. E não tenho a intenção de fracassar. Não demore. Temos uma longa viagem pela frente.

Fallon cavalgou uma hora inteira em silêncio. Não um silêncio mal-humorado, mas pensativo. Ela sabia que algumas fadas podiam viver mais de cem anos. Como a velha Lilian, lá onde ela morava, que dizia ter 120. Elfos também tinham vida longa, como também os filhos de bruxos com diferentes poderes... Ainda não havia passado tempo suficiente desde a Catástrofe para se saber ao certo.

Mas ela nunca tinha ouvido falar de alguém que tivesse vivido por mais de mil anos. Ele dissera ter dormido, lembrou-se. Como em uma hibernação?

Além disso, se tudo era uma escolha, por que ele fora chamado para fazer todo o caminho de volta para treinar alguém nascido mais de 1.500 anos depois?

Isso era realmente confuso. Não compreender isso não era sinal de ignorância, assegurou-se ela. Era apenas confuso.

Cavalgaram através da floresta, de campos, estradas. Em algumas delas, ainda se viam carros abandonados. Fallon viu colinas e casas, até mesmo algumas pessoas, e o que percebeu ser uma aldeia maior do que aquela que conhecia, com prédios e lugares onde antes se vendia gasolina para carros.

Embora, na maioria das vezes, evitassem aquelas estradas, os prédios, ela os via a distância.

E se questionava.

Havia estudado mapas, globos e um atlas. Assistira a DVDs que mostravam um mundo e vidas que pareciam muito distantes, diferentes e exóticos.

Mas ela percebeu que o mundo, quando você o via de perto, era muito maior do que qualquer coisa que tivesse imaginado.

Ele parecia nunca ter fim. Fallon não podia acreditar que um dia ele fora cheio, que carros haviam transitado por aquelas estradas largas que ela sabia que eram chamadas de rodovias.

Parecia um faz de conta, como os filmes da TV.

– Você chegou a ver? – perguntou ela. – Quando tudo era cheio de pessoas, carros e aviões?

– Sim. E, embora eu já tivesse visto no globo de cristal, embora me tivesse sido mostrado, foi surpreendente.

– É realmente uma escolha? Eu poderia ter dito não?

– É sempre uma escolha. Eu não vou trair nem mentir para você.

– Então, se você foi chamado há tanto tempo, antes que houvesse carros e aviões, antes de o mundo estar tão cheio... como você sabia? Como isso aconteceu tantos anos antes de eu ter nascido?

– Poderes maiores do que o meu, maiores até do que os seus um dia serão, previram o que ia acontecer. É da natureza das pessoas, bruxas ou não, desejar paz e marchar para a guerra. Como é da natureza daqueles que não têm luz planejar guerras e cobiçar o poder. Se a escuridão tivesse fracassado naquela noite e o escudo permanecesse íntegro, eu poderia ter dormido por mais um milênio e A Escolhida ainda não teria nascido. Mas, em algum ponto no tempo, isso iria acontecer.

– Você sonhou?

Ele sorriu um pouco.

– Eu vivia vidas em sonhos. E aprendi, mesmo enquanto dormia, sobre o mundo e suas mudanças.

– Isso não parece um sono muito reparador.

Ele soltou uma gargalhada gostosa, plena e inesperada.

– Não – disse ele –, não foi um sono reparador.

Juntos, eles cruzaram um campo de pouso em um galope rápido e em seguida subiram um aclive íngreme que levava a uma estrada asfaltada.

– Quanto falta?

– Mais umas duas horas. A chuva virá ao cair da noite, mas chegaremos bem antes disso.

– A chuva virá mais cedo – afirmou Fallon.

Ele lhe deu uma olhada lenta e altiva.

– É mesmo?

– Estamos cavalgando para o sudoeste e o vento está vindo do leste, trazendo a chuva com ele. A menos que mudemos de direção, teremos a chuva pelo menos uma hora antes do anoitecer, se viajarmos nesse ritmo por mais duas horas.

Ela o encarou e deu de ombros.

– Os agricultores conhecem o clima. O resto é apenas matemática.

Ele apenas murmurou e continuou a cavalgar.

– Alguém...

Ela parou quando ele levantou uma das mãos, pois também ouvira os motores. Amaldiçoou a si mesmo por pegar aquele trecho da estrada para poupar algum tempo; ali havia pouca ou nenhuma cobertura de ambos os lados.

Enquanto considerava as opções – a primeira, levar a menina em um galope para trás, atravessando os campos –, três motocicletas apareceram na subida da estrada e desceram depressa.

– Se eu disser para você fugir, cavalgue bem depressa pelo campo. Eu a encontrarei.

Alguma coisa dentro dela tremeu, algo que a deixou alerta.

– Eles são seis, e você estará sozinho.

– Só existe uma de você em todo o mundo. Faça o que eu digo. Não fale com eles e, se eu mandar você fugir, fuja.

Havia dois em cada moto, observou Fallon. Três com armas brancas, três com armas de fogo longas. Quatro homens, duas mulheres.

Todos Rapinantes, concluiu ela, ao ver os símbolos da caveira pintados nos veículos.

O que estava na liderança levou a moto para o outro lado da estrada, para que ela e Mallick parassem os cavalos. Usava uma bandana coberta de caveiras nos cabelos castanhos e um pingente de ouro no pescoço.

Ele havia prendido a barba de modo a formar dois rabos compridos.

A mulher atrás dele tinha uma cicatriz na face esquerda. Como seus companheiros, usava óculos escuros para esconder os olhos.

Ela passou a perna por cima da moto, tirou a espingarda das costas e a apontou, fazendo uma pose que demonstrava uma ameaça casual.

Fallon esquadrinhou os outros e tentou manter os batimentos cardíacos constantes quando o som gutural dos motores foi desligado.

O líder saiu da moto.

– Ora, ora, o que temos aqui?

– Minha neta e eu estamos viajando para o sul em busca de trabalho.

– É mesmo? Ouviram isso? Eles estão à procura de trabalho.

O sujeito na segunda moto tirou os óculos escuros e deu uma piscadela para Fallon; a pele dela se arrepiou.

Se ela tivesse que lutar, decidiu que pegaria a mulher primeiro, depois o "piscador".

Não fugiria. Nunca deixaria alguém para enfrentar tantos sozinho.

– O que há nas sacolas?

– Tudo o que nos restou neste mundo. – A súplica na voz de Mallick trouxe Fallon de volta. – É pouco, mas é melhor do que nada.

– Então, vocês vão ter que se contentar com nada. Desça do cavalo, vovô.

– Você também, gracinha.

– Por favor. Ela é apenas uma criança.

A segunda mulher puxou uma arma.

– Ou ela sai do cavalo ou eu atiro nela.

– Não atire na carne fresca. – O sujeito que havia piscado desceu da moto e esfregou a virilha. – Eu tenho um trabalho para ela.

Eles riram, todos eles, de uma forma que não fez a pele de Fallon se arrepiar. Na verdade, aquela atitude deixou a mente dela calma, os batimentos cardíacos estáveis.

Ela desmontou.

– Seis de vocês – disse ela, com desdém. – Dois de nós.

O líder tirou uma faca do cinto.

– Já, já será apenas um de vocês – disse ele, investindo contra Mallick.

Aconteceu depressa, antes que Fallon pudesse reagir e se sentir pronta.

O punho de Mallick investiu de repente, duro como um martelo. Ele fez o homem tropeçar de volta em cima da mulher atrás dele, e então ambos caíram.

Com a outra mão, ele atirou uma bola de vento que arremessou a segunda mulher e sua arma uns 5 metros para trás. Quando ela caiu com um baque nauseante, Mallick pegou uma espada.

Dois avançaram sobre ele e o terceiro se preparou para se lançar sobre Fallon.

Ela pegou a faca e, sem pensar, a fez pegar fogo.

– Maldita Incomum – rosnou ele, puxando a arma. – Balas são mais fortes que facas, sempre.

– Não. Não são.

Ela lançou a lâmina, e a arma explodiu em chamas na mão dele.

Quando ele gritou, deixou a arma cair e começou a bater na mão para apagar as chamas, Fallon fez um dos primeiros movimentos de defesa que o pai lhe ensinara: chutou-o no saco.

Quando ele caiu no chão, ela girou, preparada para ajudar Mallick. Ele estava de pé, com a espada ensanguentada.

Dois estavam mortos no chão. Os outros três estavam feridos, e aquele que havia piscado para ela gemia encolhido – sua mão dificilmente voltaria a ter plena utilização.

– Pegue as armas – ordenou Mallick, sem hesitar.

Ele se inclinou para tomar a arma e a faca do líder. Fallon, sentindo-se um pouco enjoada agora que tudo estava terminado, lutou para manter a mão firme quando tomou as armas dos mortos.

– Uma delas está derretida demais.

Mallick olhou para o homem que gemia e segurou sua mão destruída. Ele soltou um resmungo.

Ela pendurou uma das espingardas no ombro, pela alça, enquanto Mallick pegava duas. Depois de guardá-las, montaram de novo nos cavalos.

– Você não me mandou fugir.

– Você teria obedecido?

– Não.

– Então por que eu iria gastar minha saliva?

– Talvez você não desse conta de todos eles.

– Isso já não importa mais. Você é corajosa. Lutou muito bem.

– Não devemos deixá-los assim. Eles ainda podem vir atrás de nós, ou machucar alguém.

– Não matamos desarmados nem feridos.

– Não, mas...

Ela estendeu a mão e colocou fogo nos pneus. Depois, disse:

– Feridos, desarmados e a pé, eles não virão atrás de nós, e será mais difícil para eles machucarem outra pessoa.

Mallick observou as motos quando elas caíram no chão.

– Boa ideia. Boa tática.

– Bom senso – corrigiu ela, começando a levar o cavalo de novo para a estrada. Sua garganta estava apertada e seca, mas ela forçou as palavras a saírem: – Eles teriam matado você. Teriam me estuprado e depois me matado. Ou me levado aonde estivessem indo, me estuprado de novo e me matado. Talvez mantivessem os cavalos, se tivessem alguma utilidade para eles, ou os teriam abatido para comerem sua carne.

– Sim. Não tenho dúvida.

– Você matou dois. Talvez três, porque uma mulher ficou gravemente ferida. Provavelmente vão deixá-la lá.

– Isso incomoda você?

– Não... Sim – corrigiu-se ela. – Eu acho que o que me incomodou foi que... eles teriam nos matado não para sobreviver, mas por prazer. Se fôssemos apenas duas pessoas na estrada, você estaria morto e eu... Fizemos a escolha certa.

– Eles fizeram a escolha errada. Considere essa a sua primeira lição.

Assentindo, ela o encarou.

– Você não tinha uma espada antes.

– Não?

– Acho que eu teria percebido.

Ele fez o cavalo galopar.

– Você tem que olhar para ver.

Ele manteve o ritmo acelerado, seguindo a estrada antes de se desviar quando surgiu outro assentamento. Em determinado momento, ela viu outro tipo de vila, apenas com casas. Moradias grandes empilhadas, construídas lado a lado, muitas delas quase iguais.

Algumas tinham tábuas nas janelas, outras apresentavam danos causados por algum incêndio. Veados pastavam na grama que vinha até a altura do joelho e o vento assoviava pelas ruas vazias.

Mas ela viu uma sombra em uma das janelas. Nem todas as casas estavam vazias.

– Por que as pessoas não lavram a terra?

– Nem todos sabem fazer isso – explicou Mallick. – Alguns se escondem e saem para procurar o que comer. O medo os mantém presos.

Ela refletiu sobre isso enquanto continuavam a cavalgar. Mais de uma centena de casas, pelos seus cálculos, e próximas o suficiente para se defenderem. Um desperdício, concluiu, pois a terra que poderia ser plantada estava sendo desperdiçada.

Mas, como fez com vários pontos ao longo da jornada, ela marcou esse em sua mente, como em um mapa.

Mais uma vez, entraram em uma floresta com terreno acidentado, cheio de pedras. Ela ouviu o correr de um riacho antes de enxergá-lo e, com Mallick, seguiu seu fluxo sinuoso.

Ele se alargava, e a água espumosa caía veloz sobre camadas de pedra. As rochas formavam uma colina alta, a água caía mais depressa e o barulho da queda reverberava pela floresta.

Ela viu algumas fadas voando nos sutis arco-íris formados pelo encontro do sol com a água que jorrava.

Mais além da cachoeira, onde a descida da água se suavizava e formava uma música calma, Mallick parou em uma grande clareira.

Musgo crescia em árvores caídas, líquen sobre um afloramento de rochas. Nas bordas, árvores abauladas formavam um dossel arqueado.

Quando Mallick desmontou, Fallon imaginou que ele quisesse descansar os cavalos, por isso fez o mesmo.

– Estamos quase lá. Poderíamos lavar os cavalos no riacho, caminhar com eles algum tempo e chegar ao destino – sugeriu Fallon.

– Já chegamos.

– É aqui? – Embora não tivesse nenhuma objeção quanto a viver na floresta, ela não gostaria de passar dois anos sem abrigo. – Vamos montar um acampamento?

Sem dizer nada, Mallick lhe entregou as rédeas de seu cavalo e deu um passo para a frente.

Ele ergueu as mãos, os ombros levantados, as palmas para fora. Por um momento não aconteceu nada além do eco calmo da cachoeira, do arrepio do vento através das árvores. O sol desceu, sua luz deslizando através do dossel, derramando-a sobre a clareira, e sombras se deslocaram com o sopro do vento.

Então ela ouviu o zumbido do poder, sentiu o primeiro pulso dele no ar, sentiu-o fazer seus pelos se levantarem nos braços e na nuca. Os cavalos também o sentiram e se mexeram, agitados, o que a fez encurtar as rédeas.

Os olhos de Mallick se aprofundaram e seu rosto parecia pálido quando o vento se levantou, soprando através dos cabelos dos dois.

Luz e sombras se transformaram, formando algo parecido com um esboço turvo atrás de um vidro ondulado.

Então a voz dele soou alta e seus braços se abriram ainda mais.

– Abra agora o que eu fechei. Revele o que encobri. Pois este é o lugar da minha criação. E A Escolhida acaba de chegar.

O esboço turvo se avivou, tomou forma e cor.

Agora, na clareira, via-se uma cabana com um telhado de palha e paredes cor de areia. Menor do que a casa da fazenda, maior do que a cabana, tinha janelas voltadas para oeste e uma porta de madeira grossa. Ao lado, um pequeno estábulo com um telhado inclinado, portas duplas e, ali perto, uma pequena estufa, tudo isso brilhando ao se ver banhado pelo sol.

Como nas portas da cabana, símbolos protetores haviam sido gravados em torno da moldura dos estábulos e da porta de vidro da estufa.

A estátua da deusa, a mesma da cabine, estava ao lado da porta da casa, em uma piscina de pedras polidas.

Ela já vira as magias da mãe, praticara a sua própria. Mas jamais assistira a nada que se aproximasse da energia necessária para esconder e conjurar algo tão complexo.

– Cuide dos cavalos – disse Mallick. – Eles enfrentaram uma longa jornada.

– Você está pálido.

– É mais difícil abrir do que fechar. Leve os cavalos – repetiu. – Depois, entre.

Ele pegou sua bolsa, entrou na cabana e fechou a porta.

CAPÍTULO 5

Ela cuidou dos cavalos, uma tarefa bastante fácil. Embora o estábulo só tivesse duas cocheiras, havia palha fresca e ferramentas. Os dois animais pareciam contentes por se acomodar com algum feno no cesto e água, que ela trouxera do riacho.

Ela os deixou comendo e descansando, pegou sua bolsa de viagem, as armas e o que restava da comida embalada pela mãe e levou tudo para a cabana.

O lugar parecia maior por dentro, e a estranheza lhe deu uma bizarra sensação de estar desorientada. O teto era mais alto do que deveria e as paredes, mais largas.

Um fogo ardia na lareira, com duas cadeiras resistentes diante dela. Em vez de um sofá, a sala tinha um banco amplo, coberto em couro marrom escuro. Velas ficavam em suportes de ferro sobre uma mesa. Um tapete se espalhava pelas tábuas ásperas do chão.

O que servia como cozinha ficava na parte de trás. Havia uma segunda lareira menor, uma mesa de trabalho, uma pia com uma janela logo acima. Ervas secas estavam dependuradas em feixes. Frascos com raízes, frutos, cogumelos e sementes ficavam expostos sobre uma tábua ampla.

Torceu para que ele tivesse planos de fazer surgir um fogão e uma geladeira. Além de eletricidade.

Mas, por enquanto, ele apenas estava sentado diante do fogo com um copo do que ela concluiu ser vinho.

– Você fica com o quarto com vista para o sul. Deixe as armas na mesa. Vamos comer um pouco depois que você arrumar seus pertences.

– Não tem fogão, nem forno.

– Há fogo na cozinha.

– Não tem geladeira.

– Há uma caixa encantada para manter frescos os alimentos.

Ela teve uma súbita sensação muito ruim.

– Onde é o banheiro?

– Há uma latrina, além de um riacho e um poço com água para se lavar.

– Você está brincando?

– Sem dúvida, você vai se encontrar em lugares sem as vantagens que conheceu até agora. Vai aprender.

– Isso aqui já é uma droga.

Ela despejou as armas e, mais chocada do que zangada (sem *banheiro*?!), saiu pisando forte para onde devia ser seu quarto.

Caso ficasse.

Pelo menos ela não tinha que suportar beliches coxos ou xadrezes horrorosos, pensou, franzindo a testa ao examinar o quarto minúsculo. A cama era um colchão sobre ripas, com quatro varões curtos, mas o cobertor era grosso e quente.

No lugar de uma cômoda, havia um baú, mas ela gostou da forma dele, da pintura na tampa: três mulheres – talvez deusas. Havia uma lamparina a óleo, um tapete e um pequeno espelho quadrado que mostrava seu rosto cansado e insatisfeito.

Entretanto, a janela – sem cortina – dava para a floresta. Ela viu o poço de pedra, que teria ajudado se alguém tivesse se preocupado em mencionar sua existência.

Observou que havia um galinheiro, portanto ovos frescos, e, para sua surpresa, viu uma vaca.

Então ele podia fazer tudo aquilo, mas não conseguia criar um maldito banheiro?

Nem se preocupou em desempacotar suas coisas. Voltou para reclamar.

– Eu quero um banheiro. Não estamos no século VII.

– Então você terá que aprender o suficiente para fazer um. Por enquanto, temos o necessário para fazer um ensopado para o jantar. Está na caixa fria e no armário.

– Você quer que eu cozinhe?

– Eu fiz o café da manhã – lembrou ele, enquanto cortava uma fatia de pão. – E temos pão e queijo para o meio-dia. Sua mãe ensinou você a cozinhar, tenho certeza. Ela é uma cozinheira excepcional.

– E o que você vai fazer?

– Comer. Temos uma vaca para o leite, galinhas para os ovos, e carne, quando necessário. Uma floresta inteira para caçar e plantas na estufa. Você vai comer bem o suficiente.

Como estava com fome, ela pegou pão e queijo.

– Precisamos fazer uma colmeia. Precisamos ter abelhas para o mel, a menos que você tenha uma fonte de açúcar. De onde você tira a farinha, o sal e o fermento?

– Eu troco outras coisas por esses itens. Vamos cuidar dos animais e das plantações juntos. Não sei nada sobre colmeias, por isso você vai montar tudo e me ensinar a cuidar.

Ela comeu em pé, assim como ele, enquanto analisavam um ao outro.

– A clareira é pequena demais para comportar a casa, o estábulo e as outras construções – observou ela. – E a casa é pequena demais para caber todos os quartos. Você vai me ensinar como criar esse tipo de ilusão.

– Estou aqui para ensinar.

– Se eu aprender, vou querer um banheiro. Um vaso sanitário, um chuveiro, uma pia com água corrente quente e fria.

Ele levantou as sobrancelhas.

– Isso me parece uma grande recompensa pelo aprendizado.

– O que vai ser preciso?

Ele refletiu.

– Vou dar três missões a você. Quando completar todas, terá o que deseja.

– Que missões?

– Existe uma árvore na floresta com uma única maçã de ouro. Um pássaro branco a guarda zelosamente. Você vai me trazer a maçã sem machucar o pássaro, sem ferir a fruta e sem subir na árvore.

Parecia incrível, uma aventura. Mas...

– E a próxima?

– Complete a primeira tarefa e eu digo qual é a segunda.

Ele enrolou o queijo em um pano e o recolocou na caixa fria.

Ela era capaz de encontrar uma maçã de ouro e enganar um pássaro idiota.

– O que tem lá em cima? No segundo andar que não deveria existir.

– Uma oficina e a sua sala de aula. – Ele embrulhou o pão. – Vou mostrar para você, mas depois a vaca vai precisar de ordenha, os ovos precisarão ser recolhidos, e você vai começar o ensopado.

Ela queria começar a caça da maçã, mas decidiu que poderia ao menos dar uma olhada lá em cima.

Fallon o seguiu por uma escada e fez o possível para não parecer impressionada. Não queria dar a ele esse prazer.

Garrafas cuidadosamente rotuladas preenchiam prateleiras ao longo de uma parede bem extensa. Poções, pensou ela, enquanto passeava pelo cômodo, com a maior casualidade que conseguia encenar. Ingredientes para feitiços, alguns deles brilhando com uma luz mágica. Livros enchiam a parede em frente, e alguns pareciam incrivelmente antigos. Na parede oeste havia ferramentas: caldeirões; punhais cerimoniais, ou athames; sinos; tigelas; cristais, velas; varinhas, cajados.

Ela queria tocar em tudo, então enfiou as mãos nos bolsos.

Uma longa mesa e duas cadeiras ficavam no centro da sala. Outra lareira, agora sem fogo, situada na parede leste, ficava entre dois armários fechados. Sobre a lareira, uma cornija com mais velas e uma espada com o cabo esculpido.

A única janela deixava o fluxo de sol da tarde entrar.

– Aqui você vai treinar, aprender e praticar. E se tornar quem deve ser.

Ela apontou para a espada sobre a lareira.

– Aquela não é a que você usou.

– Não posso usá-la porque não me pertence.

– É minha? É aquela sobre a qual você falou com minha mãe? A espada e o escudo que eu devo usar?

– Não, mas ela será sua quando você for merecedora.

– Eu não sei usar uma espada.

– Vai aprender.

Ela gostou da ideia e também daquele cômodo, com todas as suas maravilhas. Gostou da ideia de encontrar uma maçã de ouro. Mas ainda não ia desfazer a bolsa de viagem. Daria um prazo de uma semana. Uma semana – um tempo justo. Queria encontrar a maçã de ouro e entregá-la na mão de Mallick. Queria aprender a usar a espada e praticar magias que não conhecia, naquele lugar com uma janela no telhado.

Uma semana, pensou. Então, decidiria.

Como Mallick já enchera de tarefas o resto de seu dia, Fallon não teve tempo para pensar sobre decisões. Ele a mandou ir à estufa recolher os ingredientes de que precisaria para o ensopado de carne de veado. Ela aprovou o trabalho que ele havia feito lá, embora visse espaço para melhorias, enquanto pegava cebola, alho, cenouras, alguns tomates e ervas, que pretendia usar para preparar a carne com as batatas armazenadas na cabana.

Fallon imaginou que a mãe ficaria orgulhosa da maneira como ela descascava os legumes, picava, misturava. E, embora Mallick não quisesse que ela usasse seu vinho no ensopado, Fallon se manteve firme.

Quando ela começou a fazer massa (algo que nunca tinha feito sozinha), ele lhe disse para fazer uma lista do material necessário para construir a colmeia.

– São as abelhas que constroem a colmeia. Nós construímos a caixa para elas... – Ela limpou as mãos e pegou o lápis e o papel que ele lhe ofereceu. – Vamos ter que vasculhar muito.

– Basta escrever o que é necessário. Eu tenho uma maneira de conseguir.

Interessada, ela o encarou.

– Magia?

– Não exatamente – respondeu ele. – Quando você terminar, vamos lá para cima. Vamos começar.

Ele começou pelo básico, testando os conhecimentos e habilidades da pupila. Acender velas, levitar pequenos objetos, misturar poções, realizar o que ela considerava feitiços culinários.

Coisa de principiante, aos olhos dela.

Então ele começou a testá-la em rituais, divindades, simbolismo e festivais religiosos.

Para exprimir sua opinião sobre os conhecimentos de Fallon, ele se limitava a um aceno de cabeça, no máximo um suspiro. Por fim, empurrou uma pilha de livros para as mãos dela com a ordem de ler para aprender.

Ainda assim, Fallon se sentiu satisfeita quando a chuva chegou, como ela previra, bem antes do anoitecer. E o ensopado que serviu sobre massa estava muito mais do que gostoso.

Suas esperanças eram de que o dia seguinte envolvesse algum treinamento com a espada e a busca pela maçã de ouro, o que seria muito mais divertido do que cozinhar, fazer poções para dormir e bálsamos para queimaduras.

Ela ficou lendo no quarto à luz da lamparina a óleo até que a mente e o corpo cederam à fadiga.

Assim que amanheceu, assumiu a tarefa de cuidar dos cavalos. Quando saiu, encontrou em frente à porta um pacote embrulhado em papel pardo e amarrado com barbante. Esquadrinhando a floresta para ver se havia algum movimento, ela o pegou.

Levou-o para dentro e colocou-o na mesa. Analisou o que via. Devia ser para Mallick, mas... não tinha o nome dele escrito, tinha? E ela também morava ali. Pelo menos por uma semana.

Com essa justificativa, puxou o barbante e tirou o papel.

Um queijo, percebeu, e o cheirou. Um saco de farinha, outro menor, com sal, e uma garrafa com uma rolha, que imaginou ser vinho.

Mallick saiu de seu quarto enquanto ela avaliava aqueles objetos.

– Alguém deixou isso na porta.

Ele olhou para os suprimentos.

– Ah. Que bom, fico grato.

– Quem deixou isso? Por quê?

– Outros vivem dentro e ao redor desta floresta. Eles também se sentem gratos e prestam uma homenagem. Sabem que A Escolhida chegou.

– Por que não bateram?

– Eles não têm necessidade, ainda. Você já alimentou os cavalos?

– Não, eu estava exatamente...

– Vá fazer isso. Os animais precisam ser alimentados antes de quebrarmos o nosso jejum.

Em vez de espadas, Fallon passou a maior parte da manhã com livros. Ela gostava de livros, mas, com uma floresta tão radiante e limpa pela chuva, preferia ter passado a manhã ao ar livre, aprendendo a lutar com a espada.

Mesmo assim, gostou de ler sobre os deuses, o heroísmo, as traições, as batalhas, os triunfos, até os romances.

Mallick criticou sua falta de conhecimento e compreensão sobre a espiritualidade da Arte e de seus rituais.

Ela ficou zangada.

– Nós tínhamos que colocar comida na mesa, ajudar nossos vizinhos. Minha mãe nos ensinou o que podia, o que sabia.

– E fez muito bem com o que sabia. Fez muito bem com o que aprendeu. Mas você precisa saber mais. Você vai ter o que sua mãe ensinou, o que eu vou ensinar e o que você vier a perceber que já está dentro de você, esperando.

Enquanto falava, ele andava pela oficina em suas botas macias. De repente, parou e apontou com um de seus longos dedos.

– Aqui está uma lição, Fallon. O seu espírito é seu, como o meu é meu. O que você sente e sabe pertence a você e nunca será um reflexo exato do que os outros sentem e sabem. Mas o respeito pelo espírito e a luz, o entendimento sobre a escuridão, isso não deve mudar de uma pessoa para outra. E isso é mostrado na tradição do ritual, em suas palavras, seus símbolos, suas homenagens.

Mallick soltou um suspiro e continuou:

– O seu poder não vem de um vazio, menina. Existe uma fonte de onde vem a luz, o que todos nós somos, o ar que respiramos, a terra em que pisamos. A vida é um presente, até mesmo para uma folha de grama, e deve ser honrada. Para nós, foi dado mais, e devemos honrar a dádiva e o doador.

– Quando cuidamos da terra e do que nela cresce, dos animais, dos outros, não estamos honrando isso?

– Estamos, porém é esperado mais de uns do que apenas levar uma vida honrada. Até mesmo um simples ato pode ser um símbolo. Se eu ofereço minha mão a você e você a aceita, isso é mais do que uma saudação. É um gesto de confiança, talvez um acordo. Minha mão direita na sua. As mãos que seguram a espada entrelaçadas em um gesto de confiança.

Fallon observou a mão dele. Dedos longos e palma estreita. Em seguida, olhou para o rosto e comentou:

– Algumas pessoas são canhotas.

Ele teve que sorrir, teve que concordar.

– É verdade. E há aqueles que oferecem o gesto, mas não honram o que ele simboliza, seja qual for a mão que usem para segurar a espada. Portanto, você deve aprender a julgar em quem confiar. E isso é mais uma lição.

Ele foi até uma prateleira e selecionou um cristal.

– O que é isso? – perguntou ele, quando o colocou diante dela.

Ela vasculhou a mente.

– É... hã... uma pedra do sangue. É usada em magias de cura.

– Mesmo antes do meu tempo, os soldados carregavam uma pedra desse tipo para as batalhas, para estancar o sangramento de feridas.

– Se isso sozinho resolvesse, não haveria tantos soldados mortos.

– Seu pragmatismo é justificado. É preciso mais do que fé e uma pedra, mesmo uma tão poderosa, para curar. Mas uma pedra ritualizada, ou usada em um ritual, uma pedra abençoada e usada em uma mágica ou poção podem curar. Isso também precisa de fé, assim como de conhecimento e habilidade.

– Minha mãe tem o poder de cura.

– Ela tem esse dom.

– Ela... sim, pedra do sangue em pó misturada com mel e, hum, claras de ovo e óleo de alecrim.

– Ótimo. As pedras são dádivas e ferramentas. Você deve aprender a limpá-las, colocar magia nelas e usá-las. Use as coisas que você vê aqui, faça um encanto para uma noite tranquila, outro para uma mente clara e um terceiro para acalmar um coração ciumento. Depois, poderá fazer o que quiser até o anoitecer.

Ele se virou em direção aos degraus.

– Não saia da floresta – acrescentou. – Não fique vagando e esteja de volta ao anoitecer. Não mais tarde do que isso.

Ela explorou o cômodo um pouquinho. Os encantos que ele lhe pedira que fizesse eram básicos, pouco desafiadores, mas ela queria fazê-los com perfeição – de modo a convidar um desafio para a próxima vez. E preferia fazer bolsinhas.

Verificou em um dos armários ao lado do fogo, encontrou pano, fita, corda, escolheu o que queria.

Foi até o outro armário e descobriu que estava trancado.

E achou esse fato muito interessante.

Levantou uma das mãos – abrir uma fechadura não era um desafio para ela – e a deixou cair novamente. Havia sido educada para não fazer isso. Talvez se arrependesse, confrontada com uma fascinante porta trancada, mas aprendera a ter comportamentos mais dignos.

Mallick tinha direito a privacidade, assim como ela.

Então, pegou algumas ervas secas dos frascos. Anis, camomila, lavanda, cipreste. E pedras. Azurita, água-marinha, citrino, olho de tigre. Um pouco de pimenta preta, óleo de bergamota, de alecrim.

Dividiu tudo em três grupos, escreveu encantamentos simples para cada um em um pedaço de fita branca e usou uma agulha para costurar cuidadosamente o cordão através do material e formar uma bolsinha. Montou cada uma dizendo três vezes as palavras escritas na fita, antes de adicioná-la à bolsa, amarrando-a três vezes.

Quando as levou lá para baixo, não viu Mallick. Deixando-as sobre a mesa de trabalho, pegou seu casaco. Animada com a ideia de liberdade, da caça à maçã, saiu da casa correndo. Seguiu o riacho por um tempo, mas não pelo caminho que haviam chegado, pois não tinha visto nenhuma macieira.

Se bem que pode não ser uma macieira, pensou. *Pode ser apenas parte do truque.*

Ela procurou ramos, identificou pássaros – pardais, gaios, cardeais, tentilhões. Um ninho de gavião, um poleiro de coruja. Mas nenhum pássaro branco.

Afastou-se do riacho e foi para onde a mata era mais densa. Viu sinais e fezes de cervos, ursos, gambás. Viu sinais de um javali e disse a si mesma que da vez seguinte traria seu arco. E Grace. Sua égua ficaria entediada depois de alguns dias no estábulo.

Viu fadas pelo canto dos olhos, mas elas se afastaram quando ela se virou. Ainda eram tímidas, concluiu, e precisavam de tempo para se acostumar a ela. Mas resolveu mudar de direção e seguir o brilho de suas luzes, penetrando em sombras mais profundas, onde um musgo grosso cobria as árvores como se fossem casacos, transformando aquelas sombras em algo verde e suave.

Naquela luz esverdeada se abria um pequeno lago do mais profundo dos azuis, com grandes folhas flutuantes. Em uma delas havia um sapo gordo, aparentemente cochilando, e em volta libélulas disparavam e se lançavam com longas asas luminescentes.

O recanto das fadas, percebeu, pois até o ar parecia feliz e doce.

Ela se sentou de pernas cruzadas à beira do lago, o queixo apoiado no punho, e se maravilhou com a clareza da água, que parecia uma lâmina de vidro. Ela via claramente o fundo, a terra macia pontilhada de pequenos seixos coloridos, os peixes dourados e vermelhos nadando no azul.

– É tão lindo aqui.

Inclinando-se para a frente, ela mergulhou um dedo na água.

– É quentinha! Talvez vocês me deixem nadar aqui.

Decidiu que traria um presente na vez seguinte, uma oferta.

O lugar era bem protegido; não como o riacho, onde ela se sentia exposta quando tirava a roupa para se lavar. Nadar ali seria quase tão bom, talvez melhor, do que ter um chuveiro.

Contente pela primeira vez desde que deixara a fazenda, ela se deitou e inspirou fundo.

E viu a maçã brilhando, dourada, em um galho alto logo acima de sua cabeça.

– Ah, meu Deus! Eu encontrei.

E o pássaro também, pensou ela, ficando de pé.

Não a pomba que tinha imaginado: uma coruja. A maior que já tinha visto. Estava no galho, ao lado da maçã, e olhava para Fallon com olhos duros, de um dourado escuro.

Assim como Ethan, Fallon tinha a capacidade de se conectar com os animais, pássaros, insetos, peixes. Então, tentou fazer amizade primeiro; sorriu.

– Olá! Você é muito bonita.

A coruja a olhou sem piscar.

– Meu nome é Fallon. Estou morando em uma cabana a mais ou menos 2 quilômetros daqui. Com Mallick. Talvez você o conheça.

Ela ouviu o risinho das fadas, mas as ignorou por enquanto. Sabia que não era por causa das palavras, mas do tom, da intenção, das imagens em sua mente.

Quando a imagem de si mesma segurando a maçã surgiu, a coruja abriu as grandes asas e envolveu a maçã.

Ela a empurrou, só um pouquinho. Estava proibida de ferir a coruja e jamais machucaria um ser tão magnífico, mas tentou apenas um pequeno empurrão. Em vez de levantar voo, como ela esperava, a coruja arrepiou as penas e olhou para baixo com clara repulsa.

– Tudo bem, tudo bem. É que eu quero muito um chuveiro. E um vaso sanitário. Você nem imagina quanto. Olha, eu sou A Escolhida, e isso me faz importante. Você deve querer me fazer um favor.

A ave não se mexeu, e os dez minutos seguintes, nos quais Fallon tentou usar a mente para enganar a ave e fazê-la sair dali, lhe deram uma leve dor de cabeça.

Decidiu que precisava de um plano. Ela sabia onde a ave estava. Criaria um plano e voltaria.

Deu de ombros, como se a coruja e a maçã não significassem nada, e se afastou. Mas retornaria, pensou enquanto se afastava das sombras verdes e penetrava nas luzes salpicadas. Decidiu que traria um presente para as fadas, para nadar no lago, e teria um plano para distrair a coruja por tempo suficiente para lhe tomar a maçã.

Não disse nada a Mallick sobre ter encontrado a maçã e, embora tenha ido para a cama pela segunda noite com uma pilha de livros, passou um tempo considerável traçando sua estratégia.

Pela manhã, ela encontrou novos presentes à porta da cabana. Atordoada, encantada, agachou-se para examinar a madeira, a tela, a tinta, os pregos. O benfeitor havia encontrado até as ripas necessárias para separar as operárias da rainha.

Ficou parada, olhando para as árvores.

– Obrigada – disse bem alto. – Quando tivermos mel fresco, poderemos compartilhar.

Correu para limpar os estábulos e colocar feno fresco. Lembrou Grace de que fariam um passeio mais tarde, enquanto alimentava e dava água aos cavalos.

Fallon era perita em construir colmeias e adorava essa atividade. Era um alívio para as aulas, treinos e práticas matinais – nada disso envolvia espadas – e para as pouco entusiasmadas reações de Mallick ao seu esforço como aluna.

O comando do projeto da colmeia era dela, já que, para Fallon, Mallick não sabia nada sobre abelhas ou produção de mel.

– Estamos fazendo isso de baixo para cima – explicou ela, assim que organizou os materiais e as ferramentas de acordo com os seus padrões. – Isso aqui é o suporte da colmeia, para mantê-la acima do chão. Vamos fazer uma plataforma de pouso inclinada para as abelhas.

Ela já havia medido e cortado, por isso mostrou a Mallick como usar um pouco de cola de madeira. E descobriu que o cheiro lhe lembrava o pai.

– Temos três colmeias em casa. A primeira foi um presente da minha avó para meu avô, um kit com madeiras cortadas e abelhas. Isso foi na primavera antes da Catástrofe. As outras duas, eu ajudei meu pai a construir, e também fizemos uma para as senhoras da Fazenda das Irmãs. Elas não são irmãs de verdade. São bruxas, muito gentis, e amigas da minha mãe em especial.

Fallon falava enquanto trabalhava, e continuou:

– Agora, vamos colocar a placa inferior. Vamos usar a tela para ventilação, e precisamos adicionar a entrada. As abelhas usam a placa de baixo para isso, por isso precisamos de um redutor de entrada. Ele mantém ratos e vespas, pragas e ladrões longe do mel.

Mallick percebeu que ela era uma boa professora, trabalhando de forma constante, mas explicando cada passo, guiando-o através do processo. Ela o encarregou de construir um quadro com lâminas de madeira para maior ventilação e isolamento do ninho.

– Estou fazendo duas médias. O suficiente para nós dois, para alimentar a colmeia e ter algum mel para troca. Estamos construindo uma tela para excluir a rainha.

Mallick franziu a testa.

– Excluir a rainha? Eu pensei que a rainha fosse vital para a colmeia.

– Ela é, mas não quero que coloque os ovos no mel, entendeu?

– Confesso que não tinha pensado nisso.

– Você pensaria, caso ela fizesse isso. Ela é maior do que as operárias e zangões, então faremos uma tela para evitar que ela passe. Ela não consegue entrar, mas as abelhas conseguem sair para chegar até ela. Vamos construir oito quadros inferiores, que é onde elas começam a fazer cera. A tela fica entre o inferior e os que guardam o mel.

– Foi seu pai que ensinou tudo isso a você?

– Foi. Bem, ele teve que aprender quase sozinho. Leu nos livros de apicultura do pai, porque ele mesmo não mexia muito com a colmeia até o pai morrer. Então, ele não sabia muito na época. Aí nós construímos mais. Meu pai gosta de construir coisas. Ele é muito bom nisso. Ele construiu os quartos da casa, as mesas de piquenique e...

Ela se interrompeu, manteve a cabeça baixa, as mãos ocupadas.

– É natural sentir saudade dele, da sua família.

– Se eu pensar muito neles, fica difícil demais.

Ele tinha dito que nunca amara ninguém, mas não era verdade. Ele amara a mãe. Mil e quinhentos anos não conseguiram matar as lembranças de sua tristeza ao ter que deixá-la.

Seu dever era ensinar, não consolar, ele sabia disso. Entretanto, algum consolo certamente ajudaria no caminho para o ensino.

– O que você fizer aqui, o sacrifício, o conhecimento e as habilidades que conquistar, tudo será por eles. Pelo mundo, claro, mas eles estão no mundo. Todos fizeram coisas por você, sua mãe se preocupou com sua segurança, seus dois pais... Eles deram uma vida a você, Fallon, uma base. Irmãos, família. Uma razão acima do simples dever de enfrentar o que vier. Eles a educaram bem, em todos os sentidos. O suficiente para que você possa me ensinar a construir um lar para abelhas.

– E se... se eu disser não, eles podem morrer?

– Não sei dizer. Não tenho a resposta. Mas você não disse não. Ainda.

Ela lançou um olhar para ele e voltou a trabalhar.

Estudou o quadro de ninho feito por ele, aprovou o resultado, depois o fez seguir seu passo a passo enquanto construía um caixilho de plástico e ele, outro.

Ok, essa parte é muito confusa. Temos que revestir esse plástico com cera de abelhas. Isso dá a elas um começo. Precisamos derreter a cera primeiro. Eu posso ir lá dentro e derreter isso no fogo.

Mallick arqueou uma sobrancelha.

– Ou você poderia considerar essa parte uma prática para hoje.

Aquilo seria melhor.

Ela havia colocado em um pequeno caldeirão os dois bolos de cera que seu benfeitor deixara. E agora, sob o olhar atento de Mallick, pousou as mãos sobre ele, deslizou-as para os lados e para cima novamente.

Ele sentiu o calor, lento e constante, viu a luz brilhando na palma das mãos de Fallon, na ponta dos dedos. Macios e brancos.

Dentro do caldeirão, a cera começou a derreter.

– A que você recorreu?

– À luz – murmurou ela, o olhar fixo na cera derretida. – Ao calor. Não ao fogo, não às chamas. Apenas calor e luz.

– Onde isso surge em você?

– Em toda parte. Da barriga e... de baixo. Do coração e da cabeça. Vem através de mim.

– Como você controla?

Ela franziu o cenho.

– Eu... penso. O suficiente para derreter, mas não para queimar ou ferver. É o bastante.

Ela olhou para ele e sorriu.

– Agora, as coisas vão ficar meio bagunçadas.

Eles levaram a maior parte da tarde para construir a colmeia e pintar o exterior de branco. Quando Fallon circulava em volta, se agachava para examinar, Mallick recuava. E ele se descobriu ridiculamente satisfeito por ter participado da construção de algo com as próprias mãos.

– Ficou boa – decretou Fallon. – Sólida e resistente.

– Você vai me dar aulas sobre a manutenção das abelhas assim que as conseguirmos. Elas vêm para a colmeia atraídas pela caixa, pela cera?

– Você não teria uma colônia saudável assim, e nunca atrairia a rainha. Você as chama, as convida.

– Você vai me mostrar?

– Eu escolhi uma colônia ontem. Elas vão gostar daqui. Você nunca chamou abelhas?

– Não. Não é o meu dom. Você vai me mostrar como se faz? – repetiu ele.

Ela fechou os olhos por um momento, uma menina jovem, de pernas longas, esbelta, cabelos como as asas dos corvos em uma trança jogada sobre um ombro.

– Estou no ar, eu pertenço ao ar. Eu estou na luz, sou da luz. Estou na terra, pertenço à terra. Estou na água, pertenço à água. E todas essas magias se juntam. Eu pertenço às magias que unem as criaturas que andam, que rastejam, que voam, que cavam, que nadam. Estamos todos nelas, pertencemos a elas, vivemos com elas e nelas. A rainha faz o ninho enquanto as outras chocam, trabalham, caçam e constroem. Aqui ofereço uma casa, humildemente. Venham e vejam. Venham e vivam. Venham e prosperem.

Ela abriu os braços.

– Venham.

Ele não viu nada, não ouviu nada a não ser a menina, com os braços bem abertos, o corpo imóvel como uma estátua. E o rosto dela, luminoso.

Um minuto se passou, depois outro, depois um terceiro. Ele pensou em interrompê-la, dizer que ela poderia tentar de novo uma outra vez.

Então ouviu o enxame.

O ar se encheu de um zumbido profundo e monótono, e Fallon ficou parada. A nuvem, um redemoinho, saiu da floresta. O instinto de Mallick era correr até ela, puxá-la para longe, para dentro, para a segurança.

Antes que ele se movesse, ela abriu os olhos. Estava radiante.

Uma abelha bem grande (seria a rainha?) pairava sobre a palma da mão direita da menina. E o enxame cobria seus braços estendidos, seus cabelos, seus ombros, em um zumbido intenso.

Ela riu como se estivesse cercada por borboletas.

Será que ela tinha consciência, será que percebia tudo o que possuía? Era o que passava pela cabeça de Mallick. Tudo o que ela poderia ser, se ele não a decepcionasse. Naquele momento, o poder dela era muito forte, mas ainda jovem e dolorosamente inocente.

O que ela seria, o que faria quando aquele poder amadurecesse e aquela inocência fosse perdida?

Então ela se moveu, inclinando os dedos para baixo, apontando em direção à colmeia.

– Bem-vindas – disse ela.

E, como se fosse uma unidade, o enxame entrou na colmeia.

– Como elas... – Mallick parou para acalmar a própria voz. – Como elas sabem aonde devem ir dentro da colmeia?

A resposta veio com um sorriso confuso de Fallon.

– Eu falei para elas.

– Ah. Tudo bem, então, bom trabalho. Vou guardar as ferramentas e o resto. Você está livre até o anoitecer.

– Eu quero levar Grace para um passeio.

Ele assentiu.

– Não vá longe demais e volte antes do anoitecer.

Ela correu. Jovem e inocente. Mallick ouviu o zumbido das abelhas e se sentiu muito velho.

TRANSFORMAÇÃO

Aprender não é brincadeira de criança;
não se pode aprender sem dor.

– Aristóteles

CAPÍTULO 6

Por três dias Fallon visitou o que chamou de recanto das fadas. Tentou magias para driblar a coruja, mas sem sucesso. Tentou suborno, intimidação e o que a mãe chamava de *psicologia reversa.*

"Deixa, não quero mesmo essa sua maçã idiota."

A coruja simplesmente continuava ali, sentada, guardando a maçã que pendia tentadora do galho alto.

Fallon nadou no lago, e pelo menos se sentiu limpa. As pequenas fadas se acostumaram a ela, saindo para dançar ou roçar a água quando ela se banhava.

Mas a menina não conseguiu convencer nenhuma delas a ajudar com a maçã.

No final da primeira semana, Fallon estava sentada na grama secando o cabelo enquanto observava aquela coruja teimosa, de olhos duros.

Não podia escalar a árvore, mas e se subisse *sem* escalá-la? Ela vinha praticando – longe dos olhos vigilantes de Mallick – e, embora de maneira ainda instável, já conseguia levitar cerca de meio metro.

Pelos seus cálculos, para alcançar a maçã precisaria levitar uns 3 metros. E teria que levar em consideração aquele bico grande e aquelas garras afiadas. Portanto, teria que praticar até conseguir chegar bem alto e bem depressa.

Não era só pelo banheiro que ela queria enganar a coruja, era uma questão de princípios.

– Uma semana se passou, faltam 103 – disse ela em voz alta, enquanto trançava o cabelo.

Ela ainda não havia desembalado suas coisas, dizendo a si mesma que poderia ir embora a qualquer momento. Se saísse pela manhã, chegaria em casa em menos de dois dias.

Não se incomodava com lições, palestras e treinos tanto quanto pensara. Em parte, até que eram interessantes, embora já começassem a interferir em seu tempo livre, pois Mallick havia acrescentado treinamento físico.

Ainda sem espada.

E, embora não entendesse como o fato de ser capaz de se equilibrar em uma das mãos ou fazer malabarismos com bolas de luz a ajudaria a salvar o mundo, gostava de aprender. Não se importava em estudar ou aprender sobre as pessoas que Mallick afirmava serem seus ancestrais. Ela também gostava dos feitiços.

Mas tudo demorava muito e tinha que ser feito repetidas vezes. Não conseguia se imaginar passando mais 103 semanas fazendo as mesmas coisas tantas vezes. Ou não tendo ninguém além de Mallick com quem conversar.

Talvez tentasse se equilibrar em uma das mãos sobre a água. Isso, sim, seria interessante. Se pudesse trabalhar com dois elementos – água e ar –, conseguiria se equilibrar na superfície da água.

Até Mallick ficaria impressionado.

Resolveu praticar levitação no quarto, com a maçã como objetivo, e praticava o equilíbrio ali, no recanto das fadas. Quando conseguisse melhorar essas habilidades, ela as usaria para começar a aprender a usar uma espada.

Desejou ter pensado no equilíbrio na água mais cedo, porque agora já havia gastado a maior parte do seu tempo livre daquele dia.

– Amanhã – murmurou.

Não sentiu nem ouviu nada até ser quase tarde demais. Girou rapidamente o corpo em direção à *sensação*, a tempo de ver o menino escorregar metade do corpo para fora do tronco de uma árvore, uma flecha já pronta no arco.

Quando ela levantou a mão para se defender, viu que ele não apontava a flecha para ela, mas para a coruja.

Fallon não pensou, apenas sentiu. Indignação, medo pelo outro. E esses sentimentos a alçaram 3 metros no ar, para desviar a flecha. A ponta afiada roçou em sua mão antes que a flecha voasse para longe e batesse em outra árvore e a dor a tirou do estupor. Ela desceu, aterrissando com tanta força que perdeu o fôlego.

– Você é maluca?

O menino de cabelos castanhos, olhos furiosos da cor das folhas de primavera, correu até ela.

– Eu poderia ter matado você.

– Por que você mataria a coruja? Ninguém come coruja.

– Você está sangrando. Me mostre como está.

– Não é nada. – Doía como fogo, mas ela afastou a mão dele. – Você não tem nada que atirar flechas aqui nem na coruja.

– Eu moro aqui... mais ou menos. – Ele sacudiu a cabeça, e o cabelo, com uma única trança fina caindo sobre a orelha direita, se mexeu. – E eu não estava atirando na coruja.

– Estava, sim!

– Não, não estava. Taibhse é um deus da senda. Eu nunca tentaria machucar um deus. Estava apontando para a maçã. Você queria a maçã, não queria?

– Por que você faria alguma coisa por mim?

– Por que não? Você teria a maçã agora se não tivesse desviado a flecha, e eu conseguiria a façanha de despistar Taibhse. O corte na sua mão foi profundo. Mallick deve ter um bálsamo de cura. Ele é um grande feiticeiro. Você é aluna dele.

– E sei me cuidar.

– Como quiser. – Ele pegou um pano e o empurrou para ela. – Pelo menos enrole o corte.

Irritada, ela enrolou o pano em volta da mão, apertou as mãos juntas com força, depois arrancou o pano ensanguentado e o jogou de volta para ele.

A ferida fechou, começou a cicatrizar.

– Mesmo se você estivesse apontando para a maçã, poderia ter errado e acertado a coruja.

Ele ergueu o queixo.

– Eu não erro.

– Você *errou*.

– Você ficou no meio do caminho. – Ele deu de ombros. – Estão dizendo que você é A Escolhida, tipo uma grande guerreira, bruxa, Salvadora. Para mim, você parece só uma garota.

Ele não era muito mais velho do que ela, um ano, talvez dois, no máximo. Mais alto, sim, mas dificilmente mais velho. Ela se arrepiou ao ouvir alguém da sua idade chamá-la de *garota* com tanto desdém.

– Se eu fosse "só" uma garota, sua flecha não estaria presa naquela árvore ali.

O orgulho, tanto quanto o poder, a fez levantar a mão, arrancar a flecha e puxá-la até ela cair na base da árvore da coruja.

Fallon pretendia soltar a flecha aos pés do menino, mas estava satisfeita em ter conseguido chegar perto o suficiente.

– Muito bom o que você fez – disse o garoto.

Ele se aproximou para pegar a flecha, enquanto a coruja olhava para ele com um olhar de frio desinteresse.

– Olha, eu estava apenas tentando fazer um favor. Você está tentando pegar a maçã há dias.

Usando o pano, ele limpou o sangue da flecha antes de colocá-lo de volta na aljava.

– Não é da sua... Como você sabe? – O horror, instantâneo e profundamente feminino, brilhou através dela. – Você estava me espionando.

Ele teve a gentileza de parecer envergonhado, o que fez as pontas de suas orelhas se avermelharem.

– Eu não chamaria isso de espionagem. Só vi você entrar aqui. Ninguém de fora sabe sobre este lugar, e ninguém que não seja um de nós pode entrar. Então, quando você entrou, eu quis ver o que você estava fazendo.

– Você é um, você é um... – Ela procurou a palavra. Tinha ouvido em um filme. – Um *stalker*.

– Meu nome é Mick. Meu pai se chama Thomas, e eu não conheço ninguém com esse sobrenome.

– É só uma palavra.

– E o que significa?

– Alguém que fica seguindo outra pessoa.

– Não é minha culpa se você tirou a roupa, e além do mais você é muito magra. E eu estava apenas tentando fazer um favor. Você deixou bolos lá fora.

Os olhos dela se estreitaram.

– É você quem deixa as coisas na cabana?

– Um de nós deixa. É um tributo, e nenhum pagamento é esperado ou necessário. Foi gentil deixar os bolos, estavam gostosos. Meu pai disse que a gente retribui a gentileza com bondade, criando mais gentileza.

– Aposto que seu pai não vai gostar de saber que você andou me espiando. – Ela andou a passos largos para seu cavalo. – Não faça isso de novo. Eu vou saber.

Ela se virou de frente para Grace e falou:

– E não atire flechas na coruja ou na maçã. Não é a maneira correta. Não é justo.

Ela olhou para o menino, o mais altiva que conseguiu depois de saber que ele a tinha visto nua.

– Agradecemos a homenagem, então. Obrigada a seu pai e a todos os outros. Agora, vá espiar outra pessoa.

Ela fez Grace trotar.

– Você vai voltar amanhã? – gritou ele.

Ela suspirou, pensou: *Garotos*. E se recusou a responder.

Quando se aproximou da borda da clareira, ouviu o farfalhar de asas. Fez com que Grace parasse e olhou para cima. Seus olhos se arregalaram de espanto quando Taibhse a sobrevoou, levando a maçã pela haste no bico.

Algum instinto – Mallick teria dito que era um chamado de seu sangue – fez com que Fallon levantasse o braço. Mesmo assim, ela ficou atordoada quando a coruja deslizou para baixo, pousando nele como se estivesse em um galho.

Ela sentiu o considerável peso da ave, mas sem qualquer aperto das garras. Seus olhos dourados encaravam os de Fallon, que sentiu uma conexão.

Mallick saiu da cabana, observou-a cavalgar em direção a ele, uma das mãos nas rédeas, a magnífica coruja no outro braço.

Ele não sonhara com isso? Ele não vira? A coruja, o deus fantasma, o caçador, seria dela agora. Como se estivesse ligado a ela, pensou Mallick, assim como ele próprio.

– Encontrei a maçã. E não machuquei a coruja. Ele se chama Taibhse.

– Sim, eu sei.

– Eu não escalei a árvore. Não quero tirar a maçã dele. É como roubar. Mas você pode ver que eu a encontrei, e ele pode pegá-la de volta. Eu quero o banheiro, Mallick, mas não vou roubar para conseguir.

– Você cumpriu a primeira missão. A maçã é outro símbolo, Fallon. Muitos ficariam cegos pelo ouro e não teriam enxergado o verdadeiro prêmio. Você conquistou a lealdade de Taibhse, caçador, guardião, espírito sábio. Ele agora é seu, como você é dele.

– Eu... eu posso ficar com ele?

– Menina, ele não pertence a ninguém. Vocês são um do outro. Levante o braço para soltá-lo. Ele não irá longe.

Quando ela levantou o braço, Taibhse voou e pousou em um galho alto. Quando ele soltou a maçã, o caule ficou preso como se a fruta de ouro tivesse crescido ali.

– Ele é lindo e corajoso. Qual é a segunda missão?

– Vamos discutir sobre isso durante o jantar. Cuide do seu cavalo.

– Você não quer saber como eu consegui?

– Quero, claro. Durante o jantar.

Naquela noite, Fallon pegou sua bolsa, guardou as roupas no baú e pendurou na janela o sino de vento que Colin lhe dera. No peitoril, colocou um pequeno jarro com a flor de Ethan, junto com o livro do pai biológico e a foto com a família.

Olhando através do escuro, através da dança das luzes das fadas, ela viu o clarão branco da grande coruja em plena caça.

No dia seguinte, ela também caçaria. Depois das tarefas, depois das aulas, dos treinamentos e dos estudos, cavalgaria pela floresta, para cumprir a segunda missão. Encontrar a coleira de ouro e o lobo que a usava.

Enquanto ela sonhava, outros caçavam. Os dedos deles sondavam através da escuridão e arranhavam a superfície dos sonhos de Fallon. Ela era a presa, desde antes de seu nascimento.

Ela se debateu durante o sono, o medo fazendo com que se afastasse das imagens, as vozes além do alcance. *Fuja, esconda-se, sobreviva.*

O que ela fora forçada a ver e ouvir era indistinto. Não tinha como saber contra o que lutaria.

Os corvos, um bando alegre anunciando a morte. Os relâmpagos, preto para a morte, vermelho para as chamas. Um círculo de pedras mergulhado em névoa e um homem vagando através dele, parando ali e olhando para a terra queimada e partida dentro do antigo pátio.

O punho da espada que ele carregava refletia um único feixe de luar. De repente, o olhar dele se desviou da pedra. Um verde sombrio, escuro e feroz atravessou as fronteiras dos sonhos.

Aqui o primeiro de sete escudos, destruído por traição e magias sombrias. Aqui o sangue de um filho dos deuses foi derramado e aqui o sangue do nosso sangue foi envenenado. Assim se alastrou a peste.

Agora, Fallon Swift, eu espero. Nós esperamos. O mundo espera.

Ele ergueu sua espada. Um raio atingiu o ponto letal, entrou em erupção, e ele empunhou a lâmina em chama branca flamejante.

Você pegará a espada e o escudo da Escolhida? Você vai atender ao chamado? Você virá? Você será?

Quando ele mergulhou a ponta da espada no chão, o nevoeiro se queimou. No círculo de pedras, algo borbulhou e se agitou.

Escolha.

Enquanto ela sonhava, enquanto outros caçavam, outros se preparavam para um sacrifício de sangue.

No que antes fora uma área rica da Virgínia, um bando de Guerreiros da Pureza estabeleceu seu acampamento-base. Ali, quase uma centena de homens, mulheres e crianças, capturados ou doutrinados, vivia em casas grandes e realizavam execuções públicas semanais.

Alguns, os verdadeiros crentes, seguiam os princípios de Jeremiah White, fundador da seita e autoproclamado comandante. Todos os Incomuns, qualquer um que tivesse habilidades de magia – ou os que simpatizavam com eles –, pertenciam ao inferno. Demônios e aqueles que com eles caminhavam deveriam ser destruídos.

Outros se juntaram, carregando o símbolo do culto, porque gostavam da liberdade de estuprar, torturar, matar. Uma devoção religiosa, fervida no sangue e na intolerância, oferecia a oportunidade.

O próprio White visitara a base. Havia passado dois dias em uma das maiores casas, dera sermões para despertar a vingança de seu deus distorcido e presidira o enforcamento de três prisioneiros.

Um elfo de apenas 20 anos, ferido em uma batalha nos arredores de Washington. Uma curandeira de mais de 70 anos, que havia cuidado das feridas do elfo e de outros – até mesmo daqueles que a amaldiçoaram por ser um demônio. E um homem, um homem comum, acusado por proteger de um espancamento uma criança de 10 anos.

Tortura precedeu o enforcamento. White afirmou que os gritos dos amaldiçoados eram o chamado das trombetas para os justos, e aqueles que o seguiam aplaudiram com uma onda de ódio por um mar funesto.

White viajou com uma comitiva de guarda-costas, estrategistas, bajuladores e soldados. E alguns – se fossem imprudentes ou estivessem embriagados – sussurravam que parte da comitiva era de Incomuns Sombrios.

Mas White recompensava seus fiéis com comida, escravos, aqueles sermões estimulantes e uma promessa de vida eterna quando a ameaça demoníaca fosse erradicada. Então, a maioria ficava em silêncio.

Os domingos, o dia sagrado, começavam com adoração. O reverendo Charles Booker, um ex-golpista que se especializara, com certo nível de sucesso, em enganar idosos sobre manutenção de casas e seguros, liderava a congregação em orações e leituras do Antigo Testamento, um clamor a um deus sedento de sangue. Anúncios se seguiam ao culto, feitos por Kurt Rove, nomeado chanceler por White como recompensa por seu papel no Massacre de Nova Esperança. Embora gerenciasse a base com punho de ferro e se regozijasse de sua posição, aos domingos Rove se divertia.

Anunciava mudanças nas leis, muitas vezes arbitrárias. Lia despachos de White, relatos de outras bases sobre batalhas, listando os números de mortos e capturados – ao som de aplausos que celebravam o sangue derramado.

No final, lia os nomes dos prisioneiros e dos selecionados – por um comitê – para a execução daquele domingo.

A presença no culto, anúncios e execuções dominicais era obrigatória. Somente os que ficavam de guarda naquele dia eram dispensados. Doenças só serviam de desculpa se o médico da base, que tivera sua licença médica caçada antes de o mundo ter terminado, emitisse uma dispensa.

Os que não compareciam corriam o risco, caso delatados, de passar 24 horas presos nos troncos erguidos do lado de fora de uma antiga garagem para três carros que agora servia de prisão.

Desde a nomeação de Rove, as execuções passaram a acontecer precisamente à meia-noite. Nem um minuto antes, nem um minuto depois. "Acompanhantes" selecionados por sorteio levavam os prisioneiros para o gramado público e o cadafalso. Todos os prisioneiros traziam um pentagrama na testa – um sinal ostensivo criado por Rove, cujo uso White havia decretado nas regras dos Guerreiros da Pureza. Os cabelos, cortados sem nenhum cuidado, muitas vezes revelavam um couro cabeludo sangrento. Eles não podiam usar sapatos e tinham apenas uma peça de roupa áspera feita por escravos.

Se o prisioneiro tivesse asas, eram decepadas. Bruxas permaneciam como estavam desde sua captura, amordaçadas e vendadas, para que não tentassem lançar seu mau-olhado ou proferir algum feitiço.

Naquela noite de domingo – quando imagens, sombras e formas invadiram os sonhos de Fallon, quando corvos voavam em círculos sobre o cadafalso –, os que estavam ali reunidos, dois dos seis prisioneiros, fizeram uma marcha forçada.

A bruxa, estuprada, espancada, todos os dedos quebrados, lutava para não mancar, para não tropeçar. Se caísse, eles a chutariam, seu espírito já havia sido quebrado pela dor. Estava pronta para morrer.

Ao lado dela, lutando para ser corajoso, o metamorfo, que não devia ter mais do que 12 anos, mantinha a cabeça erguida. Havia corrido e conseguira levar os perseguidores para longe de seu pequeno grupo. Salvara seu irmão e os outros, portanto, lembrava a si mesmo que não morreria como um covarde.

Ele era capaz de ignorar as vaias e os insultos da escolta, das pessoas que corriam pela rua, mas teve que se esforçar para ignorar os olhos tristes e desesperançados dos escravos, caso contrário, cederia aos gritos que soavam dentro da sua cabeça.

Não estava pronto para morrer. Mas jamais imploraria.

Uma pedra roçou seu rosto. A dor rápida e o cheiro de sangue fizeram o puma dentro dele lutar pela liberdade. Ele controlou a fera lá dentro. Aquela imundície jamais veria o seu espírito.

Um dos acompanhantes gritou:

– O apedrejamento está proibido! Parem com isso, a menos que queiram passar uma hora nas tábuas de madeira. – Então ele deu um empurrão no garoto. – Continue em frente, demônio.

Dentro do menino, o puma rosnou baixo. Suas poderosas pernas dianteiras empurraram as cordas que prendiam suas mãos às costas.

Então ele viu o cadafalso, as duas forcas, a multidão de pessoas iluminada no gramado. *Eles vão me matar,* pensou, fazendo uma avaliação fria do que sua juventude o ajudara a negar. À meia-noite o enforcariam, para que sufocasse e chutasse enquanto aplaudiam.

Eles o matariam, então por que não morrer lutando? Por que não lutar com tudo o que ele era? E talvez levar alguns deles consigo.

Respirou profundamente no ar da noite, deixou o felino se esticar dentro de seus ossos, seus músculos, sua pele. Poderiam matá-lo, mas não quebrariam seu espírito.

Quando ele se abriu para a mudança, dando-lhe as boas-vindas pelo que acreditava ser a última vez, uma flecha surgiu do meio da escuridão e rasgou o céu.

A pessoa que o havia escoltado aos empurrões soltou uma espécie de grunhido e caiu no chão. Deboches se transformaram em gritos quando mais flechas voaram e as pessoas se dispersaram.

Com flechas assoviando, o puma soltou-se e caiu de quatro. Seus olhos brilhavam quando ele avançou sobre a multidão em pânico. Ele viu um homem (seria um menino?) puxar a mordaça e a venda de Jan (a bruxa) e agarrá-la quando ela cambaleou.

Ele correu com um propósito, com um destino em mente. O local que lhe servira de prisão. Ouviu tiros, mais gritos e passos apressados. Sentiu o cheiro de sangue e o cheiro do medo.

Ele queria sangue. Queria medo.

Mas, quando chegou à prisão, sua presa sangrava no chão, desmaiada. Uma garota estava em cima do guarda. Ela se virou e olhou fundo nos olhos do rapaz. Em seguida, mudou de posição e se colocou entre ele e o que ele mais queria. O gosto daquele sangue estava na garganta do menino.

– Ele agora está caído e desarmado. Você pode conseguir passar por mim a tempo de arrancar a garganta dele, mas nunca será o mesmo se fizer isso. Seu irmão está em segurança, Garrett. Marshall e os outros também.

Ele estremeceu e se dissolveu em um menino.

– Marshall? Todos os outros?

– Marshall e todos os outros. Os oito. Nove, agora, com você. Você está salvo. E precisamos tirar todos que pudermos daqui. Jonah! – gritou ela, em direção à garagem. – O garoto está aqui. O metamorfo.

– Leve ele ao ponto de encontro. Temos quatro aqui e precisamos levar todos para fora.

– Entendido. Você precisa...

Ela parou quando Garrett deslizou para fora, garras de puma nas mãos de um menino, e marcou o braço direito do guarda.

– Eles nos espancaram, nos queimaram e quebraram pedaços de nós. Eles nos marcaram. E... ele me estuprou. – Garrett respirou fundo e estremeceu. – Agora, eu o marquei.

Ela colocou a mão em seu ombro, puxou-o para longe.

– Temos que ser rápidos, pegar o máximo de pessoas que pudermos. Você consegue correr? É menos de meio quilômetro.

– Consigo.

Ela disparou, fazendo-o provar o que afirmara.

A moça tinha cabelos escuros com muitos cachos que pareciam querer explodir do elástico que os prendia. Ela correu, observando tudo. Ele achou que os olhos dela eram azuis, mas não teve certeza.

Ela usava uma espada curta, uma aljava e um arco.

– Foi você quem atirou na flecha?

– Qual delas?

– Aquela. A primeira.

– Não. Foi meu irmão. Ele ganhou a aposta. Eu sou Tonia.

Com um sorriso largo, ela ergueu a mão e desenhou um círculo no ar com um dedo, formando três círculos de luz. Logo à frente, Garrett viu a resposta em forma de luz. Em seguida, viu dois homens com rifles ao lado de uma caminhonete.

– Estou com o irmão do Marshall. Estou com o Garrett.

– Marshall vai ficar muito feliz hoje à noite. Você está ferido, filho?

O homem parecia muito, muito velho, mas segurava o rifle como se soubesse o que estava fazendo.

– Estou bem.

– Eu sou Bill e esse é o Eddie.

– Como você está, cara? Ei, por que você não entra naquela caminhonete ali e faz companhia para o Joe?

– Quem?

– Meu cachorro, Joe.

Eddie levantou a tampa da caçamba. Um cão grande levantou-se, um pouco lento, um pouco rígido, e abanou o rabo.

– Eu tenho que voltar – disse Tonia.

Eddie assentiu para a garota.

– Continue. Nós o pegamos. Volte inteira, senão sua mãe vai acabar comigo.

– Não vou deixar isso acontecer, pode ficar tranquilo.

Ela saiu correndo, engolida pela escuridão.

– Vamos lá. Vou ajudar você a subir ali, cara.

– Eu não preciso de ajuda para isso.

Garrett subiu na traseira do veículo, ajeitou-se e, quando o cão se inclinou contra seu corpo, ele cedeu aos seus impulsos infantis e passou os braços em volta do animal, pressionando o rosto em seus pelos para que ninguém visse suas lágrimas.

Ele se sacudiu ao som de explosões, estremeceu quando viu fogo sendo atirado para o céu.

– O que foi aquilo? O que é isso?

– Eles estão só finalizando as coisas – respondeu Eddie, enquanto Bill enrolava um cobertor nos ombros de Garrett. – Você não quer que os idiotas sigam a gente, né? É só roubar alguns carros e explodir o resto. Tanto quanto puder, pelo menos. Que tal você e Joe abrirem algum espaço aí atrás? Estamos esperando mais gente.

Alguns corriam, como ele. Outros eram carregados. Outra caminhonete parou e o homem ao volante fez sinal para que entrassem.

Outros se empilharam na carroceria, empurrados por Eddie ou Bill. Crianças, na maioria, e algumas mulheres. Ele reconheceu uma ou duas. Sempre que se davam ao trabalho de alimentar os prisioneiros, eram os escravos que traziam a gororoba que eles chamavam de comida.

O garoto ao lado dele, muito jovem, tremia de frio.

– Aqui, vamos dividir o meu cobertor. Este é o Joe.

Ele ouviu o rugido de um motor, viu a garota com quem correra. Ela estava na garupa de uma motocicleta, atrás de um garoto. O motorista tinha cabelos escuros como os dela, mas não tão cacheados.

Era o mesmo garoto, percebeu Garrett, que ajudara Jan.

Ele girou a moto em um semicírculo e parou.

– Pegamos tudo que deu. Algumas pessoas saíram correndo da gente. Os malucos vão estar ocupados apagando incêndios, então talvez esses que correram da gente ainda consigam fugir.

– Jonah disse para sair daqui! – gritou Eddie, pulando para o banco do motorista.

– Nós vamos na frente. Flynn e Starr protegem os flancos.

Ele partiu, a moto rugindo, os cabelos escuros voando.

Eddie abriu a janela para a traseira da caminhonete, levantando a voz enquanto entrava no comboio:

– Oi, gente. Eu sou o Eddie e serei seu motorista hoje. Apenas se ajeitem, porque temos um longo caminho a percorrer. Tem água lá atrás, e cobertores. Sejam gentis e compartilhem.

Garrett se aproximou da janela.

– Quem estava na moto?

– Duncan. Irmão gêmeo da Tonia. Nosso agitador residente. Pegue um pouco de água, cara, tire uma soneca se quiser. Temos uma boa hora de carro... e comida e atendimento médico quando chegarmos lá.

– Marshall está lá? E todo mundo?

Eddie tirou uma das mãos do volante, inclinou-se para estender a mão pela janelinha e apertar a de Garrett.

– Estão todos esperando por você, pode relaxar agora.

Como mais lágrimas queriam brotar, Garrett piscou com força.

– Para onde estamos indo? Onde fica esse "lá"?

– Cara, estamos indo para Nova Esperança.

CAPÍTULO 7

Fallon estragou um encantamento básico – duas vezes – e quase acrescentou beladona em vez de bergamota a uma simples poção antes de Mallick a impedir.

– Está querendo envenenar um inimigo?

– O quê? Não.

Ela franziu a testa quando olhou para cima. Então olhou para a garrafa claramente rotulada em sua mão.

– Ah.

Fallon colocou a garrafa de volta e, depois de um momento (um momento muito longo, para o gosto de Mallick), escolheu a bergamota.

– Cometi um erro.

Ele ficou bravo com o descaso quase tanto quanto com o descuido em si. Ambos eram inaceitáveis, mas o descaso demonstrava fraqueza.

– Um erro com a beladona pode matar. Assim como um erro com um encanto pode ter consequências desastrosas e de longo alcance. Suas palavras e ações, a precisão delas, importam.

– Se você não esperasse que eu me lembrasse de *tudo* e não ficasse me observando o tempo todo, talvez eu não cometesse erros.

– Talvez meu erro seja acreditar que você progrediu o suficiente para conhecer as propriedades e os usos de extratos, óleos e pós. Sente-se, vamos começar do começo.

– Eu conheço essas propriedades idiotas, ok?

Porque hesitou, a raiva em sua voz perdeu a maior parte da ferroada.

– Eu só peguei a garrafa errada. E ingredientes fatais, como a beladona e a dedaleira, deveriam estar separados, em vez de ficarem em ordem alfabética.

Ele inclinou a cabeça.

– Você tem razão nesse ponto. Pode começar a separar tudo.

– São centenas! Vou levar a metade do dia.

– Então, comece logo. Essa tarefa deve ajudar a acalmar e focar sua mente.

– Eu não quero passar o dia todo confinada aqui, fazendo uma coisa que você deveria ter feito, para começo de conversa. Eu quero ir lá fora. Quero um pouco de ar. Não estou me sentindo bem.

Claramente, pensou Mallick, ela não se sentia bem. A tristeza em seus olhos e o brilho das lágrimas o incomodavam.

Por que ele, um homem que conhecia tão pouco sobre crianças, muito menos sobre as do sexo feminino, fora encarregado de cuidar e treinar uma delas?

Afinal, apesar de seu poder, ela ainda era uma criança.

Uma criança do sexo feminino, lembrou-se, limpando a garganta.

– Ah. Você já começou seus períodos mensais?

– Meus...

Ela demorou um segundo para entender, então a tristeza se transformou em repulsa. E a repulsa se transformou em desprezo. Puxando os cabelos, girando em círculo, ela inadvertidamente fez as velas se acenderem.

– Meu Deus! Minha mãe estava certa. Ela estava certa! No minuto em que uma mulher está sem paciência ou aborrecida, os homens pensam, ou são até idiotas o suficiente para dizer, que o problema é a menstruação.

– Eu... não estou entendendo.

– E enquanto os homens não começarem a ter cólicas e sangrar todo mês, eles deveriam calar a boca sobre esse assunto.

– Combinado.

Fallon deixou cair as mãos, depois as ergueu novamente para apertar os olhos.

– Eu só estou cansada. Só estou cansada. Não dormi muito bem.

– Você fez um bom encanto para um sono tranquilo. Use. Vou ajudar você a reorganizar nossos ingredientes. Você está certa sobre separá-los. Depois, podemos fazer uma poção do sono, uma novinha para você. E você vai fazer um passeio mais tarde, ao ar livre.

Ele se interrompeu porque, embora o fogo tivesse desaparecido dos olhos dela, daqueles potentes olhos cinzentos, a tristeza parecia ter aumentado.

Mais do que uma noite sem dormir, pensou Mallick. E ele era um idiota, errando tanto em seus cuidados com ela quanto ela errara nos encantamentos.

– Você sente saudades da sua família, e eu não sou sua família. Você deseja o conforto da sua mãe, o ombro do seu pai. Eu não posso ser isso para você. Mas você confiaria em mim o suficiente para me dizer o que a incomoda?

– Eu tive uns sonhos.

– Sonhos ou visões?

Ele levantou a mão quando aqueles olhos se encheram de lágrimas. Sim, ele era um tolo e um trapalhão.

– Não importa agora. Venha, sente-se. Sente-se – repetiu ele. – Vou fazer um chá.

– Eu não quero...

– Só para acalmar – assegurou-lhe, enquanto ia escolher as ervas para fazer a infusão. – Eu também vou beber um pouco. Eu posso ensinar e treinar você, posso guiar e defender você, mas não sei muito sobre meninas e suas necessidades além do treinamento. Me dê tempo para aprender, para praticar. Seus sonhos a perturbaram.

– Eu... eu desfiz minha sacola. Pendurei o sino de vento de Colin e coloquei a flor de Ethan no vaso. Coloquei à vista a foto que meus pais fizeram para mim, de toda a família. Então o quarto ficou mais do meu jeito.

Ela franziu os olhos, sem lágrimas, observou Mallick; estava cansada.

– Eu encontrei Taibhse, e isso foi... a melhor coisa que me aconteceu. E, como eu disse, conheci o Mick. Ele é meio idiota, mas... – Ela deu de ombros. – E pensei em rastrear o lobo com a coleira de ouro, seria divertido. Então, se eu tiver que fazer isso, pelo menos depois de estudar, treinar e praticar, terei Grace e agora Taibhse e o bobo do Mick. Então, talvez eu possa aprender o suficiente. É como construir a colmeia. Um passo, uma parte de cada vez. Como papai diz, você faz isso, depois faz aquilo, depois o que vier a seguir.

– Fico feliz.

Ele trouxe o chá para a mesa e se sentou de frente para ela.

– Então, você sonhou. Pode me contar?

– O primeiro sonho foi sobre um lugar. É uma bobagem.

– O lugar é uma bobagem?

– Não, não. Eu nunca estive lá. Aqui é o mais longe da fazenda que eu já estive, então eu nunca estive lá, mas senti que conhecia o lugar. Com pedras em um círculo, saindo do nevoeiro, e campos vazios, bosques escuros e densos. Então um homem andou através do nevoeiro até as pedras. Eu sei que nunca vi aquele homem antes, mas havia algo e eu senti... eu senti uma coisa. Ele tinha cabelos escuros e uma espada. E olhos verdes. Um verde escuro como as sombras no recanto das fadas.

– Recanto das fadas.

Ela corou um pouco, levantou o chá.

– É como eu chamo a clareira onde encontrei Taibhse. Eu conheço a cor dos olhos dele porque, embora eu não estivesse no sonho, o homem se virou e olhou para mim. Como se olhasse através de uma janela ou de um espelho. E falou comigo.

– O que ele disse?

– Ele disse o meu nome, disse que o círculo era o primeiro dos sete escudos, e falou que o sangue dos deuses, o sangue dos nossos ancestrais, dele e meus, foi derramado ali, que o local foi envenenado e destruiu o escudo e deu início à peste. E ele pegou uma espada. Um raio bateu nela e ela pegou fogo. Fogo branco. Ele me perguntou se eu atenderia ao chamado, se eu assumiria a espada e o escudo, se eu lutaria e seria forte, se eu queria... me transformar nessas coisas. Ele me disse para escolher. Não sei se foi um sonho ou uma visão.

– Podem ter sido os dois.

– Mamãe tem visões, e às vezes... às vezes eu sei onde os garotos estão se escondendo, ou se eles vão me pregar uma peça. Eu vejo isso na minha cabeça. Nem sempre, mas às vezes. Uma vez, um homem apareceu na fazenda. Ele tinha cicatrizes nos braços e no rosto. Eu o vi em um incêndio, gritando e correndo, e caindo no escuro do lado de fora onde eles o deixaram para morrer. Rapinantes. Eu vi.

– Você se assustou?

Ela assentiu e tomou um gole de chá.

– Você disse "o primeiro" – comentou Mallick. – Então, teve outros sonhos.

– Só mais um. Mais longo, e não era claro como o primeiro. Estava embaçado. Na maior parte do tempo. Como se o vidro estivesse sujo e as vozes estivessem longe. Eu ouvia algumas, mas não todas. Era um lugar diferente. Como aquele por onde passamos, com todas as grandes casas, todas juntas.

– Eles os chamavam de condomínios. Um tipo de comunidade.

– Certo, era um lugar assim. Casas muito grandes. Os Guerreiros da Pureza moravam lá. Eu sei quem eles são.

Parte da profunda tristeza deu lugar à raiva.

– Eles nos caçam, nos matam, só porque não somos como eles.

– Eles têm medo de nós, e de qualquer um que seja diferente.

– Eles têm escravos – disse Fallon. – Fazem pessoas que não acreditam no que eles acreditam de escravos. Até crianças. E deixam as pessoas que possuem magia trancadas. Fazem coisas terríveis com elas. Havia um menino, e eu pude ler a mente dele. Um pouco. Parte de seus pensamentos, por isso sei das coisas terríveis. Ele seria enforcado, junto da mulher ao lado dele, uma bruxa. O nome dela era... Esqueci.

– Não faz mal.

– Ele se chama Garrett. Se chamava Garrett. Eu não sei quando. Foi agora, foi no passado ou ainda não aconteceu? Não sei. Mas ele era Garrett, um metamorfo. Mais novo do que eu. Fizeram de tudo com ele. Espancaram, queimaram, cortaram e... estupraram. Cortaram todo o cabelo dele, e o da mulher também. Eles a vendaram e amordaçaram, e os dois estavam presos com as mãos amarradas às costas. Tinham que andar descalços pela rua enquanto as pessoas gritavam para eles, e uma delas jogou uma pedra na cabeça do garoto. Eles... o menino e a mulher... tinham uma marca aqui. – Ela tocou a própria testa. – Queimada neles. Um pentagrama.

– Os Guerreiros da Pureza marcam aqueles como nós que são capturados.

– Os escravos também são marcados. Mas aqui. Ela bateu na parte de trás do pulso esquerdo, e continuou: – Eles gravaram com fogo um símbolo ali. Um círculo com uma cruz dentro. O menino, Garrett, estava olhando e foi por isso que eu também vi. Eles caminharam em direção a uma plataforma com duas forcas.

– Cadafalso.

– Isso mesmo, um cadafalso. Eu ouvi essa palavra dentro da mente dele, de forma clara. Ele mudaria, ele se tornaria o puma que vivia nele.

Ele lutaria antes de ser morto. Então uma flecha saiu do escuro e matou o homem que o forçava a andar. Depois, outra e mais outra flecha, enquanto o menino mudava e o puma perseguia as pessoas que gritavam e corriam. Mas eu vi um menino, outro menino. Mais velho, mais velho do que Garrett, do que eu. Ele foi até a mulher, tirou a mordaça e a venda e a segurou quando ela desmaiou. Eu vi isso também. E eu acho que ele era irmão mais novo, ou filho, do homem do primeiro sonho, porque eu também não sei quando isso aconteceu. E eu só o vi por um minuto, com a mulher que desmaiou, porque eu estava com o menino, o puma, e ele estava correndo para esse lugar onde os outros tinham sido trancados.

Ela respirou fundo, tomou um pouco de chá e sentiu algumas torções na barriga.

– Ele nunca matou, Mallick, nem como menino nem como puma eu sabia disso, sentia isso. Mas ele queria matar agora. O que impediu foi que o guarda da prisão estava no chão. Sangrando e atordoado, mas não morto. Eu ainda senti vida nele. Havia uma garota, muito bonita, e ela não tinha medo do puma. Tudo era confuso. Eu acho que havia outros ajudando dentro da prisão, e o menino se transformou de novo em gente para que a moça o ajudasse a fugir para onde outras pessoas estavam esperando. Um homem, um velho e um cachorro. Um cachorro velho. Eu ouvi o homem dizer que seu nome era Eddie e o cachorro era Joe. Eu conheço esses nomes, Mallick. Eu os conheço.

– Conhece.

Ela estremeceu um pouco quando Mallick reconheceu que ela já sabia sobre aqueles nomes.

– A garota voltou, e outros vieram. Os escravos e os capturados. Outra caminhonete, com mais gente. Explosões no fundo do... condomínio? Foi como um ataque, mas para salvar pessoas, libertar as pessoas e ajudá-las. Então a garota voltou, andando de moto com o garoto que tinha ajudado a mulher. Duncan e Tonia. Eu conheço esses nomes também.

– Conhece.

– Todos foram embora, e quando o garoto, quando o Garrett perguntou a Eddie para onde eles estavam indo... porque eu também ouvi isso bem claramente... ele disse Nova Esperança. Eu conheço esse lugar. Meu pai morreu lá. Meu pai biológico, quando os Guerreiros da Pureza vieram para matar. Para me matar.

Agora as palavras jorravam, para tirar o peso de dentro dela.

– Minha mãe fugiu de lá para me salvar, para salvar as pessoas que moravam lá. Amigos dela. Eddie era amigo dela. Ele tinha um cachorro chamado Joe. Duncan e Tonia, na verdade Antonia, eram gêmeos; eram apenas bebês quando ela morava lá. A mãe deles era amiga da minha. Eles, ou seja, Eddie, Duncan, Tonia e o homem velho, todos os outros, arriscaram a própria vida para salvar Garrett, a mulher, as outras pessoas. Foi tudo muito... tático para ser a primeira vez, o primeiro resgate. Eu não gosto da palavra *ataque*. *Resgate* é melhor. Duncan e Antonia não são muito mais velhos do que eu e já estão lutando. Garrett é mais novo do que eu, mas ele já estava pronto para lutar.

– Você está questionando o fato de ter sido protegida?

Ela não havia percebido, não totalmente, que aquele era o verdadeiro fardo, algo muito mais pesado que o resto.

– Se eu sou A Escolhida, por que não estou lutando? Por que não estou ajudando as pessoas?

– Você vai ajudar. Seus pais ofereceram tudo a você, não apenas com o que lhe ensinaram, mas também a visão que lhe deram. Uma família, comunidade, lealdade e amor. Uma guerra como essa não pode ser vencida apenas com espadas e relâmpagos. Você precisa acreditar na causa até os ossos. Entender que vale a pena morrer por ela. Vale a pena matar. E o que você ainda tem que adquirir, saber, esperar, até mesmo acreditar, é muito extenso, menina. Extenso. Alguns são guerreiros, alguns são líderes, outros são símbolos. Você será tudo isso. Mas seu tempo ainda não chegou.

– É por isso que a espada fica lá em cima e o armário está trancado?

Você vai segurar a espada em breve. Por que você não tentou abrir o armário?

– Como sabe que eu não tentei?

Ele sorriu.

– Não sou bobo, menina.

– Porque seria desrespeitoso.

– E você não teria essa compreensão e sensibilidade se os anos com sua família lhe tivessem sido negados. Eles servem a você e você serve a eles.

Talvez fosse verdade, pensou ela. Mas...

– Você conhece o lugar do primeiro sonho? – perguntou Fallon.

– Conheço.

– Existem mais seis. Se a destruição do primeiro matou quase todo mundo, o que pode acontecer se os outros forem destruídos?

A menina tinha tantas perguntas...

– Não foi fácil nem rápido quebrar o primeiro. Estávamos em um período de luz fraca, e mesmo assim foi necessária uma grande concentração de poder das trevas. Crenças podem desaparecer, e quando a fé diminui, o mesmo acontece com o poder. O medo da escuridão é intrínseco a todos. É por isso que a escuridão pode se elevar. Na época da quebra do primeiro escudo, estava cada vez mais fácil ignorar a luz. Foi por isso que a proteção ao redor do escudo enfraqueceu. Mas ela não desapareceu por completo. Talvez todo esse horror seja necessário para que agora a luz volte ainda mais radiante.

– Isso não responde à pergunta.

Os escudos estão sendo guardados com mais cuidado agora.

– Mas...?

Ele suspirou. Fallon tinha uma mente implacável, e Mallick precisava respeitá-la.

– Se todos os escudos fossem destruídos, um por um... muita gente morreria, infectada por uma espécie de loucura. As plantações não vingariam, queimariam no campo, murchariam nas videiras, apodreceriam na terra. Então viria a fome. E uma praga atacaria os animais. Peixes, aves e mamíferos. Apenas o que rasteja permaneceria. E os rios, lagos e oceanos ficariam cheios de sangue e morte. Eles estariam contaminados com isso, e se levantariam em um dilúvio para espalhar seu veneno.

Já pálida, ela perdeu mais cor enquanto ele falava. Mas a pergunta merecia uma resposta completa e verdadeira, e Mallick continuou:

– E um grande calor ferveria a terra, queimaria as árvores com relâmpagos que derrubariam florestas. O mundo seria fogo e fumaça. Então, a escuridão desceria e o massacre de todos os que permanecessem teria início. O chão tremeria e se dividiria, e o que governa a escuridão governaria tudo.

– Mas... por quê? Não sobraria nada para governar.

– Esse é o propósito. Toda a luz extinguida; tudo que é bom, silenciado; tudo o que é esperança, assassinado.

– Isso é absurdo e burro.

– É por isso que nós precisamos ser inteligentes para lutar contra eles.

Ela tentou se manter calma, tentou entender. Tentou... *não* ser ignorante.

– Então, quando o escudo se quebrou e a Catástrofe matou bilhões, algumas pessoas que achavam que eram comuns descobriram sua magia. Isso aconteceu para que as pessoas voltassem a acreditar? – perguntou Fallon.

– A fé é uma espada e um escudo, mas precisa de coragem, inteligência e força para funcionar. Alguns descobriram sua própria magia e se voltaram para a escuridão, outros ficaram loucos. E alguns, como seu pai biológico, aprenderam a liderar. Como sua mãe, aprenderam a abraçar, construir e proteger. Alguns, como aqueles que apareceram no seu sonho, com ou sem magia, aprenderam a se unir, a lutar, a trabalhar juntos para ajudar a outros. Essa é outra base sobre a qual você, A Escolhida, poderá construir.

Ela só pôde suspirar antes de continuar:

– Eu não consigo nem fazer os idiotas dos meus irmãos me obedecerem. Como é que eu vou liderar o mundo todo?

– Como você construiu a colmeia? Com conhecimento e habilidade. Duas coisas que aprendeu. Como você chama as abelhas? Com fé, luz e um poder inato.

Fallon empurrou o chá para longe. Talvez se sentisse mais calma, mas não se sentia mais inteligente nem tinha mais certezas.

– Eu vou ter mais cuidado agora. Não podia ter cometido o erro com o encantamento e com a beladona só porque estava chateada.

– E eu deveria ter guardado os ingredientes em uma ordem mais inteligente. Posso parar de seguir velhos hábitos. Vou ter mais cuidado.

– Mamãe sempre coloca os mais perigosos na prateleira mais alta e longe dos...

Toda a tristeza se acumulou dentro dela novamente e se derramou de seus olhos antes que pudesse impedir. Fallon pressionou os olhos enquanto dizia:

– Eu estou bem... Estou bem.

Uma criança, constatou Mallick mais uma vez. E não era raro os deuses exigirem demais das pessoas.

– Olhe para o fogo. Um minuto só. Olhe – repetiu Mallick quando ela deixou cair as mãos. – E veja.

Quando ela se virou e olhou, ele abriu a janela para ela. Só um pouquinho, só por um instante.

E, nas chamas, ela viu a fazenda, folhas caindo rapidamente ao sabor de um vento rápido. Seus irmãos, todos os três, empilhavam lenha, enquanto o pai consertava um pedaço da cerca no pasto próximo. Sua mãe trabalhava na horta.

Quando Fallon olhou, quando viu, quando absorveu tudo aquilo, sua mãe se levantou, colocou a mão no coração e sorriu, mesmo enquanto lágrimas brilhavam. E, tocando os lábios com um dedo, mandou um beijo antes que a imagem desaparecesse.

– Ela me viu? Ela me viu?

– Ela sentiu você. Eu só pude fazer isso.

– Ela me sentiu. Obrigada.

Leve seu cavalo. Vá tomar um pouco de ar.

– Eu vou, mas quero terminar a poção primeiro, e então vamos organizar os suprimentos. Estou bem agora.

Durante uma semana, Fallon fez o melhor que pôde para estudar, trabalhar e progredir em seu treinamento físico. Ela agora conseguia fazer malabarismos com cinco bolas de luz, mas ainda não conhecia a sensação de empunhar uma espada. Ainda tinha que dominar o equilíbrio em uma só mão no lago – algo que fazia rodeada por uma cortina mágica que fizera surgir para caso Mick tentasse espiá-la novamente –, mas só praticava isso vinte minutos por dia.

No resto de seu tempo livre, procurava o lobo com a coleira de ouro. Vasculhava a mata, mas não só não conseguia encontrá-lo como não encontrava nenhuma trilha, buraco ou sinal.

Ela chegou a ver Mick algumas vezes e, deliberadamente, mudou de direção apenas para deixar clara sua postura em relação a ele. Porém, quando as folhas começaram a cair, girando, deixando os galhos vazios, decidiu que o deixaria alcançá-la.

Quando ele saiu de uma árvore na frente dela, ela parou Grace.

– Você não tem nada melhor para fazer?

– Você não é a dona da floresta. – Ele observou a coruja mergulhar em um galho. – Ele agora vai aonde você vai.

– Quando ele quer. As maçãs esta manhã estão boas. Se eu tivesse um pouco mais e um pouco de açúcar... o mascavo é o melhor... poderia fazer manteiga de maçã.

– Manteiga de maçã?

– Minha mãe que me ensinou. É gostoso. Eu poderia deixar um pouco para você. É um creme para passar no pão ou em biscoitos.

Ele caminhou ao lado do cavalo da menina, ocasionalmente subindo em uma árvore. Um truque que ela decidiu que precisava aprender.

– O que você está procurando? – perguntou o garoto.

– Quem disse que eu estou procurando alguma coisa?

Ele deu um sorriso malicioso.

– Eu sei quando alguém está rastreando algo. Mas você não tem caçado.

– Temos carne suficiente. Além disso, Mallick gosta de pescar. Eu poderia caçar um javali, mas ainda não quero.

– Então, o que você está procurando?

– Bem, se você quer saber, eu estou na minha segunda missão.

– Qual foi a primeira?

– Taibhse e a maçã de ouro, seu bobo.

– Ah, sim. – Ele deslizou para dentro de uma árvore e saiu novamente. – Qual é a segunda?

– Um lobo com uma coleira de ouro. Tenho que convencê-lo a me dar a coleira.

Ao ouvir isso, Mick riu até cair.

– Isso nunca vai acontecer.

– O que *você* sabe?

Sei que Faol Ban comeria seu fígado antes de lhe entregar sua coleira.

– Esse é o nome dele? Você sabe sobre o lobo?

– Todo mundo sabe sobre Faol Ban. Você nasceu ontem, por acaso? Ele mora em um covil secreto e anda pela floresta à noite. A deusa da lua lhe deu a coleira por sua lealdade e bravura. Ele nunca vai entregar a coleira para outra pessoa.

– Qual deusa da lua?

– Eu não sei. Uma delas.

Provavelmente era importante saber qual, pensou Fallon. Agora que ela sabia o nome e um pouco mais da história, poderia encontrar mais informações em um dos livros de Mallick.

– De qualquer maneira – continuou Mick –, estamos fazendo uma fogueira para o Samhain. É divertido. Você pode vir, se quiser.

– Eu tenho que fazer um ritual com Mallick e honrar aqueles que viajaram para o mundo espiritual. Nós sempre fazíamos uma fogueira lá em casa, um ritual também, mas depois colocávamos fantasias, esculpíamos rostos em abóboras e nos divertíamos.

– Onde fica isso? A sua casa?

– Um dia inteiro de viagem ao norte daqui. Uma fazenda. Antes, minha mãe era cozinheira e meu pai era soldado. Eu tenho três irmãos. Você tem irmã?

– Não, somos apenas eu e papai, mas somos parte do clã. Existem 33 de nós. Agora, 34 – corrigiu-se –, porque Mirium teve um bebê.

O menino continuou a falar, virando-se para andar apoiando-se nas mãos por alguns metros:

– Também há os metamorfos. Eu acho que existe... hum... uns vinte. Tem um clã de fadas também.

Ele se colocou sobre os pés novamente para terminar:

– Existem mais delas, se você contar as pequenas, os duendes e as ninfas. Foram elas que deixaram as maçãs e as flores no outro dia. São realmente boas em fazer as coisas crescerem. Uma delas só tem uma asa boa porque se machucou em um ataque dos Guerreiros da Pureza, e ninguém consegue consertá-la. Mas ela ainda consegue voar direitinho.

– Talvez Mallick possa consertar isso.

– Ele não conseguiu. Até tentou. Ele é bom em curar também, mas não conseguiu.

– Eu sinto muito. Os Guerreiros da Pureza mataram meu pai. Meu pai biológico.

– Eu sei. Todo mundo conhece a história de Max Fallon e do Massacre de Nova Esperança.

– Todo mundo?

– Claro.

O garoto inclinou a cabeça como se tivesse ouvido algo ao longe.

– Eu tenho que ir. A fogueira é divertida. Talvez Mallick deixe você ir depois do ritual e tudo o mais.

Ele saiu correndo, como um borrão.

Uma fogueira seria divertido, pensou Fallon. Mas, ainda que Mallick soltasse as rédeas o suficiente para deixá-la ir, ela achava que não teria tempo.

Esperaria até que Mallick dormisse, para poder ir atrás de Faol Ban na floresta.

À noite, o véu entre os vivos e os mortos tornava-se claramente mais fino. O vento, leve e livre, fazia as folhas dançarem nas árvores. Quando o crepúsculo caiu, pequenas fadas que pareciam vislumbres de luz observavam à distância, enquanto Mallick formava um altar de pedras. A seu pedido, Fallon trouxe o athame, as velas, a maçã e as ervas. Ela ainda trouxe as abóboras e cabaças deixadas à porta naquela manhã, além do caldeirão.

Seguindo o ensinamento da mãe, ela decorou a base do altar com as abóboras, as cabaças e algumas flores silvestres que haviam sobrevivido à primeira geada fina.

Voltou à casa pela última vez para pegar um pequeno prato com pão, um boline e o livro do pai.

Quando colocou o livro no altar, Mallick assentiu, em aprovação.

– Esta é a noite dos antepassados. Você demonstra respeito.

– Você tem alguma coisa dos seus?

– O athame que você escolheu era da minha mãe. Talvez a mão dela a tenha guiado para colocá-lo no altar esta noite. Lance o círculo.

Os olhos de Fallon se arregalaram.

– Eu? Eu nunca lancei um círculo para um sabá.

– Faça isso agora.

Nervosa, com medo de cometer um erro e provocar a ira de Mallick, ela começou devagar. Colocou velas nos quatro pontos. Acendendo outra com um sopro, ela se moveu no sentido horário ao redor do altar. Com seu poder, acendeu a vela do Leste.

Teve que respirar fundo algumas vezes para se acalmar, trabalhando para limpar a mente do nervosismo e das dúvidas.

– Guardiã do Oriente, deusa do Ar, nós a chamamos, imploramos pelos seus poderes e sabedoria, vigie-nos dentro deste círculo, formado por amor e confiança.

Ela olhou para Mallick em busca de aprovação, mas ele não disse nada.

Ela se mudou para o ponto Sul, chamou a guardiã, a energia e a vontade do Fogo. Então, à medida que sua confiança aumentava, ela se moveu para o Oeste, para a água, para a paixão. E, finalmente, para o Norte, a Terra e a força.

Apesar do vento, as chamas aumentaram quando ela se virou para Mallick.

– E assim o círculo é lançado. Deseja entrar na luz e no amor da deusa?

Mallick entrou.

– Você é a sacerdotisa esta noite. Invoque.

Fallon sentiu a garganta ficar seca enquanto acendia uma vela preta.

– Mãe Negra, deusa da morte e do renascimento, ouça sua serva que a honra. Peço sua bênção. Neste lugar, nesta hora, eu a convoco para usar o seu poder. Levante o véu entre os mundos, para que aqueles que vieram antes ouçam nossas palavras.

Ela acendeu a vela seguinte.

– Pai das Trevas, Senhor do Submundo, ouça sua serva que o honra. Peço sua bênção. Neste lugar, nesta hora, eu o convoco para usar o seu poder. Guarde-nos e proteja-nos enquanto o véu se afina, mantenha-nos seguros dentro e fora dele.

– E as chamas se erguem – disse Mallick –, enquanto a deusa e seu consorte a escutam.

Ela sentiu o poder, faíscas dele como as chamas da vela, minúsculas queimaduras que traziam prazer e dor ao mesmo tempo. Sem que Mallick a convidasse, ela seguiu em frente, dizendo o que simplesmente lhe vinha à mente, ao coração, à língua.

– Nesta noite, com esta luz, com a escuridão abraçando a sua contraparte, recebemos os espíritos com o coração pleno. A todos que passaram de um mundo para outro, oferecemos nossa mão para apoiá-los até que, ao amanhecer, vocês partam.

Ela deu um passo à frente, pegou a maçã e o boline, cortando a fruta em forma de cruz, expondo o pentagrama interno. Depois de dar uma pequena mordida em uma das metades, colocou-as no caldeirão, acrescentou ervas, pedaços de pão, vinho do cálice e acendeu a chama com a mão.

Pegando a varinha, ela a ergueu e lhe imprimiu poder, para que disparasse estrelas através da fumaça.

– Aqui uma oferta para todos os que vêm, com amor por todos e ódio por ninguém. E que esta luz ilumine os seus passos durante a noite, para guiá-los enquanto aqui permanecerem.

Será que ela sentiu o vento se mexer?, perguntou-se Mallick. *Será que sentiu a respiração dos deuses sobre ela?*

– Aqui, Mãe Negra, caldeirão de morte e renascimento, um do Ar, um da Terra. Pai das Trevas, lâmina de proteção, lâmina de sangue forte e aguçada, se eu for o que você previu, leve o meu.

Ela pegou o athame, marcou a palma da mão, deixou o sangue pingar no caldeirão.

Diante dos olhos deslumbrados de Mallick, a luz explodiu, banhou o altar e transformou o círculo em luz do sol.

– Sangue do seu sangue, sangue meu, aqui, em tributo, eles se entrelaçam. Enquanto o ano morre lentamente, vivos e mortos têm muito a temer. Sua luz, minha luz, a luz desses espíritos passados e dos que ainda serão, eu os conclamo agora a se juntar a mim para lutar contra a escuridão, para deixar a nossa marca. Se eu sou filha de vocês, habitem em mim. Se assim for seu desejo, que assim seja.

Ela largou a varinha quando tudo ficou em silêncio. Tomando a trança na mão, cortou-a fora com o athame.

– E aqui eu faço o meu juramento. E aqui, um símbolo da criança transformando-se em guerreira.

Ela soltou um longo suspiro.

A luz do caldeirão minguou e adquiriu apenas um brilho discreto. As velas que tinham se iluminado como tochas transformaram-se em suaves cintilações no escuro.

Com a pele ainda formigando, o coração ainda batendo forte, Mallick se aproximou dela. Quando colocou a mão em seu ombro, ela se sobressaltou como se tivesse despertado de um sonho, um transe.

E assim, pensou ele, *aconteceu.*

Ela o encarou com olhos escuros e atordoados.

– Passou... através de mim, por todo o meu corpo.

– Sim, eu sei.

– No começo, era o que eu sabia, que tinha visto minha mãe fazer, ou grande parte. Mas então... foi apenas o que eu sabia, e ficou cada vez mais forte. Eu me sinto um pouco tonta.

– Foi muito rápido, muitas coisas ao mesmo tempo.

Sem pensar, ele pegou o cálice e o ofereceu.

Ela tomou um gole, e a menina de 13 anos fez uma cara de puro e absoluto desgosto.

– O que é isso?

Achando graça, ele balançou a cabeça.

– É só vinho. Um gole não vai fazer mal. Vamos fechar o círculo, e você poderá comer um pouquinho, beber água e descansar.

– Eu me sinto toda... – Ela parou, olhando com desânimo e horror para a trança ainda em sua mão. – Eu cortei meu cabelo.

– Sim.

– Eu cortei meu cabelo *todo*! Por que você não me impediu?

– Menina, acho que nem o poder dos deuses teria impedido você.

– Mas meu cabelo...

– Vai crescer novamente. Você consegue fechar o círculo?

– Consigo.

Quando ela terminou, ele aqueceu um pouco da sopa que haviam preparado para a ceia. Fallon comeu só algumas colheradas, mas bebeu mais água do que um camelo.

– Você ofereceu seu sangue.

Ela olhou para a palma da mão e, não vendo nenhuma marca de corte, estranhou.

– Você curou?

– Não. Se soubesse da sua intenção, eu poderia ter impedido o sacrifício, o símbolo e poder que dele emanou. Mas eu teria agido errado. Sua oferta foi bem recebida.

Ela levou a mão às pontas do cabelo cortado.

– Imagino que sim.

– Você honrou os deuses, honrou os antepassados e fez uma promessa.

– Era como se eu fosse outra pessoa, sem ser. Como se eu soubesse o que estava fazendo, mas não soubesse.

– Eu posso ajudar você a saber, e farei isso. Você fez uma promessa. Você fez a sua escolha para sempre?

Ela apenas mexeu na sopa.

– Acho que a fiz quando tirei minhas coisas da bolsa e as guardei no baú. Estou assustada.

– Você seria tola se não estivesse. Mas saiba que se saiu bem essa noite. E amanhã vai assumir a espada.

Os olhos da menina se iluminaram.

– Vou mesmo?

– Amanhã. Por enquanto, vá dormir.

CAPÍTULO 8

Ela não dormiu. Esperou até ter certeza de que Mallick estava no quarto dele e saiu pela janela. Embora não se sentisse compelida a ir atrás do lobo – como fizera na noite anterior, sem sucesso –, precisava da noite, do ar, da floresta.

Embora exaustos, seu corpo e seu espírito permaneciam acordados, engajados, acesos, como se desejassem fazer a busca por si mesmos. Então ela se embrenhou através das sombras mutantes, através das árvores desnudadas que iam surgindo, através dos suspiros e murmúrios da noite. Ao longe, o brilho da fogueira do clã de elfos cintilava no escuro. Haveria festas, jogos e danças naquele lugar. Poderia haver garotas da idade dela para conversar.

Mas ela se afastou do brilho, manteve-se nas sombras. Havia muito cansaço pulsando dentro dela naquela noite para pensar em brincadeiras e conversas, e a pulsação era tão ritmada e insistente quanto os tambores tribais do acampamento.

A música do coração, vinda das árvores, da terra, dos tambores, dos espíritos que entravam e saíam do véu adelgaçado, tudo isso se acelerava dentro dela. Criaturas da noite, caçadores e presas, rastejavam e espreitavam juntos através daquelas sombras, e os ramos esqueléticos acima de sua cabeça rangiam como os ossos de um homem velho.

Ela não tinha medo, apenas uma necessidade profunda e sedenta de estar do lado de fora, de procurar por algo que ainda não conseguia enxergar.

Levantou a mão, correu-a sobre os cabelos que paravam na nuca. Mais curtos que os de seus irmãos, pensou, ainda chocada.

Talvez a mesma percepção que a levara a cortá-lo a tivesse levado a procurar a noite. Ela vagou em direção ao recanto das fadas, mas descobriu que também não era isso o que queria. Inquieta, como se alguma coisa fizesse cócegas em sua coluna, vagou sem objetivo nem propósito.

E talvez porque não tivesse vontade de caçar o lobo, ela o encontrou.

Estava parado, os pelos de um branco puro, entre duas árvores. Olhos de um azul intenso e aguçado a observavam. No pescoço, uma grossa coleira de ouro brilhava.

Ele não parecia amigável, mas Fallon tinha certeza de que Mallick não a teria enviado a uma missão para encontrar um lobo que quisesse devorá-la.

E algo, algo sobre a noite, o gosto do ar na sua boca, a pulsação constante de poder que a inundara durante o ritual, a deixou destemida.

– Saudações, *Faol Ban*. Ah, abençoado seja! Eu sou Fallon Swift, filha dos Tuatha de Danann, aluna de Mallick, o feiticeiro. Estive procurando por você.

Ela deu um passo cauteloso para a frente. O lobo mostrou os dentes.

– Ok. Vou ficar aqui mesmo.

Ela enfiou a mão no bolso e encontrou o pedaço de pão de abóbora, que nem se lembrava de ter guardado ali naquela tarde.

Ela o pegou e o mostrou ao lobo.

– Está muito gostoso. Eu fiz hoje de manhã. Não é tão bom quanto o da minha mãe, mas eu nunca tinha feito sozinha. Você quer?

Ela viu os olhos do lobo se desviarem para o pão e, em seguida, se voltarem para ela.

Fallon jogou o pão e lembrou que haviam treinado Jem e Scout com biscoitos duros que sua mãe fizera para esse propósito; talvez pudesse fazer biscoitos para cachorro e trazer um pouco da vez seguinte.

Faol Ban avaliou o pão, farejou. Lançou para Fallon outro olhar frio e, em seguida, pegou o pão.

– Está bom, não está? Acho que eu deveria ter colocado um pouco mais de mel, mas tudo bem. A comida de Mallick é uma droga, então estou tentando.

Ela não ouviu, mas sentiu o movimento às suas costas. Pegando a faca, girou o corpo para defender o lobo. E viu a sombra de um homem.

Com a faca na mão, o poder subindo na outra, ela se preparou para proteger o animal.

– Se você tentar fazer mal a esse lobo, vai se machucar.

– Eu nunca faria mal ao deus lobo nem a você.

O vulto saiu das sombras e a mão da menina tremeu empunhando a faca. Dentro do peito, seu coração saltou.

– Eu conheço você – sussurrou ela.

– E eu conheço você. Você tem meus olhos e a boca da sua mãe. Tão alta, forte e linda...

Seu pai, seu pai biológico, caminhou em direção a ela. Parecia mais alto do que na imagem mental que ela criara e mais magro do que na foto no livro. Os cabelos eram escuros como os dela, emoldurando um rosto que ela observara muitas e muitas vezes.

– Eu não estou sonhando. Não fui dormir.

– Não está sonhando – disse Max. – Você me chamou.

– Eu...

– Em seu coração. O véu está fino esta noite. Mais fino ainda com seu poder. E você me fez atravessar.

Cautelosa, curiosa, ela estendeu a mão e descobriu que o braço sob sua mão era sólido.

– Você é real.

– Corpórco por um breve período. Você me deixaria...

Ele tocou o rosto dela. Seu sorriso floresceu, movendo seus lábios, seu rosto, penetrando seus olhos.

– Aí está você.

– Você morreu por mim.

– Proteger você era o meu direito, o meu propósito e a minha alegria. Caminhe comigo enquanto temos esse tempo. Você tem vivido feliz e bem?

– Eu... Ela amava você. Minha mãe.

– Minha doce menina, eu sei. E eu a amava. Tivemos pouco tempo juntos para amar, para aprender. Muito disso, uma parte grande demais, esteve repleta de medo e violência. Mas nós tivemos mais do que isso, tivemos prazer e risos também. E encantamento e alegria. Eu me apaixonei por uma bruxa linda, que preferia comprar sapatos a praticar a Arte, e a vi se transformar em uma mulher forte, destemida e poderosa. Você era parte disso, da mudança que nos fez melhores. Mas eu quero ouvir sobre a sua vida. Algumas coisas eu posso ver; outras, não. Me conte sua lembrança mais feliz.

Lágrimas queimavam na garganta dela, a culpa retorcia seu coração.

– Aprender a cavalgar, eu acho. Ter permissão para cavalgar sozinha pela primeira vez.

– O que é isso? – Porque ouviu as lágrimas, Max virou o rosto dela para si. – Não, não. Você acha que eu sentiria ciúmes de um pai que a ensinou a cavalgar? Ou de Lana, com um homem que construiu uma vida com ela?

– Eu não sei. – Ela jamais soubera.

– Como eu poderia amar você e invejar tudo o que ele é para você e você para ele? Eu sou grato a ele.

– Você... Mesmo?

– Sou, e ele, com certeza, deve ser grato a mim. Eu fiz você com sua mãe, e com sua mãe ele a trouxe ao mundo. O amor não é finito, Fallon. Se você tiver que aprender só uma coisa comigo, que seja isso.

Enquanto falava, ele acariciava os cabelos da filha.

– O amor não tem fim, não tem fronteiras, não tem limites. Quanto mais você dá, mais dele existe. Sua mãe lhe deu o meu nome, Simon Swift lhe deu o dele. Ele é seu pai, e eu também sou. Eu diria que isso faz de você uma pessoa abençoada.

– É isso o que mamãe diz.

– Está vendo? É de se admirar que eu a amasse?

– Papai... digo, Simon... ele é grato. Ele diz que você é um herói, que deve a você tudo o que mais importa para ele. Mamãe e eu. E eu tenho três irmãos. Eu queria que você pudesse conhecer aqueles três. Isso é esquisito.

Ele riu, colocou um braço ao redor dos ombros dela enquanto caminhavam.

– O mundo está cheio de esquisitices.

– Você escreveu sobre coisas estranhas. Eu li seus livros. Mamãe disse que você estava escrevendo outro quando morreu, e ela teve que correr para me proteger e proteger as pessoas de Nova Esperança. Sobre o que era o livro?

– Sobre amor e magia, a escuridão e a luz de ambos. Sobre batalhas e bravura, e a ascensão da Salvação.

– Eu não sei liderar.

– Eu também não sabia. Preferia ter construído uma vida simples com sua mãe. "Simples" era uma ideia preciosa depois da Catástrofe. Mas eu era necessário, e você também é. Eu poderia desejar uma vida simples para você, Fallon, mas o mundo precisa de mais. Você vai liderar, e bem. Eu acredito nisso.

– O homem do meu sonho disse que eu tinha que escolher. Eu escolhi.

– Que homem?

– Não tenho certeza. Eu acho que talvez tenha sido o menino que cresceu. Talvez.

– E que menino é esse?

– O nome dele é Duncan, eu acho. De Nova Esperança. Eu o vi em um sonho diferente.

– O Duncan de Katie? Hum.

– Ele salvou as pessoas dos Guerreiros da Pureza. Foram eles, os Guerreiros, que mataram você.

– Meu irmão me matou. A escuridão que ele escolheu me matou. O sangue dele, o meu sangue, o seu.

Fazendo uma pausa, ele agarrou a mão dela com firmeza, olhando no fundo de seus olhos.

Ela sentiu o elo e o poder em suas mãos unidas.

– O mesmo sangue – continuou ele –, mas Eric se afastou da luz, do amor, da lealdade. Jamais confie nele, Fallon, nem o subestime.

– Mamãe acha que ele está morto. Ela acha que o matou e também matou aquela mulher.

– Allegra. Eu não sei a resposta. Até os mortos têm dúvidas. Mas, se ele estiver vivo, o que está nele fará tudo o que o mal puder fazer para acabar com você. Ele contaminou o próprio sangue e tudo o que vem dele. Cuidado com ele. Cuidado com os corvos.

– Está bem. Mallick vai me ensinar a usar uma espada.

E, se o irmão de seu pai ainda estivesse vivo, ela jurou, naquele momento, que acabaria com ele.

– Meu bom Deus! – exclamou Max.

– Não se pode lutar apenas com mágica. O rei feiticeiro tinha uma espada.

Max riu um pouco.

– Tinha mesmo. Me conte mais sobre sua vida, seus irmãos.

Era fantástico. Era mágico andar e conversar com o homem que ela só conhecia das histórias, de uma fotografia em um livro. Agora ela conhecia o som de sua voz, a maneira como ele se movia, as coisas em que pensava.

Agora ela sabia por que a noite a chamara, colocara aquela pulsação dentro dela. Ela o havia chamado através do véu; ele o atravessara por ela.

Fallon o levou ao recanto das fadas, onde se sentaram e conversaram. Taibhse chegou e pousou em um galho, como um guarda, e o lobo, que os seguira enquanto andavam, ficou nas sombras.

Quando ela lhe pediu que descrevesse a fuga da cidade grande e tudo o que veio depois, ele não censurou as próprias palavras, como ela sempre suspeitara que a mãe fazia.

Ele falou com franqueza dos horrores e dificuldades, da maravilha e do peso de sentir seu poder se expandir. E, quando falou do irmão, de ter tentado tirar a vida de Eric, alguém de sua própria família, ela ouviu tanto a dor persistente quanto sua fria determinação.

– Você teve que escolher. – Enquanto falava, Fallon apoiou o corpo contra o dele. – Minha mãe, eu, os outros que você protegeu.

– Sim, eu tinha que escolher, e não havia dúvidas sobre o que estava certo. Mas usar o dom para causar danos é uma escolha difícil, Fallon. Causar danos à família, a alguém que tem seu sangue, é ainda mais difícil.

Ela entendeu. Queria entender. Tentou entender. Mas...

– Eu estou aqui porque você fez essa escolha nas montanhas, e novamente em Nova Esperança. Você morreu porque seu irmão fez a escolha dele.

– Como líder, você enfrentará escolhas difíceis.

– Você queria não ter sido obrigado a ser um?

– O tempo todo. – Ele virou a cabeça, roçou os lábios na têmpora dela. – No final das contas, somos quem somos.

– Você acredita nisso?

– Sim, claro.

– Então, deveria parar de se sentir culpado por tentar matar Eric. No fim das contas, ele era quem era.

Max soltou uma gargalhada.

– Você me pegou nessa. Tem razão.

– Fale mais sobre Nova Esperança. Mamãe nos contou várias coisas, e algumas vezes, quando usamos o radioamador que o papai pegou, ouvimos a repórter.

– Arlys? Arlys Reid?

– Isso, ela dá notícias sobre os Rapinantes e os Guerreiros da Pureza, fala sobre resgates e coisas assim. E mais coisas. Ela muda muito as frequências, por segurança. Papai disse que provavelmente poderia consertar isso para que mamãe pudesse falar com ela pelo rádio, mas mamãe não quer.

– Ela se preocupa.

– Sim, eles descobririam sobre a fazenda, ou a usariam de alguma forma para atacar Nova Esperança novamente. Mas eu sei que ela era muito amiga de algumas das pessoas por lá.

– Nós tivemos bons amigos – concordou ele. – Viajamos para lá com Poe e Kim, e Eddie e Joe, das montanhas, e Flynn e seu grupo, da pequena vila mais abaixo.

– O menino com o lobo.

Ela olhou para trás e viu o lobo branco ainda parado nas sombras.

– Lupa. E ao longo do caminho surgiram outros.

Ele contou tudo de forma a conceber uma imagem para ela, mais detalhada do que as da mãe. E ela também começou a ver a mãe através dos olhos dele. Jovem, corajosa, linda, aprendendo a dirigir, nervosa por se tornar mãe, enfrentando um valentão na reunião da cidade.

Ela cochilou com a cabeça no ombro dele, a voz dele na cabeça.

E a voz dele a acordou.

– Fallon. Acorde, querida, está quase amanhecendo.

– O quê? Mas... Eu peguei no sono. Foi sem querer.

– Você me deu a chance de segurar minha filha enquanto ela dormia. Mais um presente. Agora, venha. Vou caminhar com você de volta até onde puder.

– Eu não quero que você vá embora.

– Sabe, é verdade quando as pessoas que a amam dizem que estarão sempre com você.

– Não é a mesma coisa – replicou ela.

– Eu sei, mas isso não torna essa afirmação menos verdadeira. O que você vai fazer hoje?

– Alimentar as galinhas, recolher os ovos. Mallick geralmente ordenha a vaca. Depois do café da manhã, teremos aulas na oficina. Às vezes é chato, às vezes não. Também temos que cuidar das plantas da estufa. E hoje ele disse que posso começar a aprender a usar a espada.

– E você está ansiosa por isso.

– Quero aprender com uma espada escolhida para a garota que eu sou. Mas uma noite, uma noite selvagem, com tempestades, queimada por um raio, como a noite do meu nascimento; uma noite depois que eu segurar o Livro dos Feitiços, depois de viajar no Poço de Luz, assumirei a espada e o escudo da Escolhida. Da filha dos Tuatha de Danann, do Guerreiro da Luz. Com isso, desafiarei a escuridão e não darei trégua. Com isso, meu poder e meu sangue correrão em gelo e fogo.

Os olhos dela, que haviam ficado sombrios e ferozes, piscaram. E a criança voltou.

– Você parecia sua mãe quando tinha uma visão.

– Eu me senti diferente. Me senti forte.

– Você *é* forte. – Ele a beijou na testa. – Eu tenho que ir.

– Pai. – Ela o abraçou, segurando firme. – Eu vou ver você de novo?

– Eu sei que vai. – Ele a beijou novamente, puxou-a para si. – Somos quem somos, Fallon. Eu vejo quem você é e fico muito orgulhoso. Eu te amo.

Ele voltou para as sombras assim que o primeiro indício de sol brilhou sobre as colinas do leste.

– Eu te amo, pai.

Furioso, e mais do que um pouco assustado, Mallick saiu da cabana pisando forte. A garota não dormira na cama e não estava em lugar algum. Quando a encontrasse, pelos deuses, ela conheceria o castigo por aquela noite de insensatez.

Quando se virou para os estábulos com a intenção de selar o cavalo, ele viu a coruja branca voando para fora da floresta. Então, a garota também saiu. E o lobo, o maldito lobo, que ela certamente passara a noite procurando, parou na borda da mata antes de voltar e se afastar.

A mão na empunhadura da espada, que Mallick prendera no cinto apressadamente, relaxou, aliviada. E a raiva lhe subiu à cabeça, em uma torrente abrasadora.

– Você é louca ou só burra? Saindo assim, noite adentro, sem permissão. Eu estava prestes a fazer um feitiço de pesquisa esperando descobrir seu corpo mutilado. Há predadores por aí, menina, com quatro patas ou duas, que a considerariam uma refeição saborosa. Por que você saiu pela janela e foi passear sozinha a noite inteira?

– Eu não estava sozinha. Estava com meu pai.

– Você se arriscou por... – Sua audição estava tão prejudicada pela raiva quanto sua visão. Os olhos de Fallon estavam pesados, sim, mas também atordoados e úmidos. – Seu pai? Seu pai biológico?

– Ele disse que eu o chamei, com meu coração, e ele veio. Ele atravessou o véu, que se tornou mais fino. Nós andamos na floresta, conversamos por muito tempo. Eu o levei ao recanto das fadas e conversamos mais. Depois, adormeci por um tempo. Queria não ter dormido. Então, ele teve que ir.

– Você recebeu um presente.

– Eu sei. Eu não estou realmente triste. – Mas lágrimas desceram pelo seu rosto. – Ele é como papai. Simon. Forte, corajoso e gentil. Disse que estava feliz por eu e minha mãe termos Simon e meus irmãos, assim como meu pai diz que fica feliz por eu e mamãe termos tido Max.

– Você é uma menina de sorte.

– Você ainda está muito zangado?

Embora o feiticeiro sentisse uma admiração considerável por ela ter o poder e a vontade de trazer o pai para o mundo dos vivos, o professor tinha que ser firme.

– Você quebrou minha confiança, ou a confiança que eu acreditava que tínhamos entre nós.

– Desculpa. O lobo caça à noite, e eu queria encontrá-lo. Eu deveria ter pedido a sua permissão, mas tive medo de que você dissesse não.

– Você já saiu outras vezes?

– Sim. Mas dessa vez encontrei Faol Ban. Ainda preciso que ele venha até mim, mas eu o encontrei ontem à noite, antes de meu pai chegar. Se eu vou ser uma guerreira, deveria poder ir à floresta à noite.

– Você ainda não é uma guerreira e está em meu poder impedi-la de ir à floresta.

– Ah, mas...

– Seus pais permitiam que você passeasse à noite, sozinha?

Ela baixou a cabeça.

– Não. Mas eu tenho 13 anos agora, então...

Com a cabeça inclinada, Mallick cruzou os braços.

– Uma ótima idade quando se quer que seja, mas muito nova quando não se quer.

Como ela mantinha os olhos baixos, ele não viu refletido neles os cálculos que ela estava fazendo.

– Você me deu a missão. Eu deveria ter dito que precisava sair à noite, e sinto muito por não ter feito isso. Mas não posso cumprir a missão se não puder procurar o lobo.

– Você é uma garota inteligente – murmurou ele.

Ela manteve a cabeça baixa, mas ergueu os olhos.

– É tudo verdade. Sinto muito, mas você me deu a missão. Ele pegou o pão que eu tinha no bolso, mas ainda não direto da minha mão. Eu sei como fazer os biscoitos de que nossos cães gostam. Posso convencê-lo a vir até mim e me emprestar a coleira, se eu tiver tempo.

Agora, era Mallick quem fazia cálculos.

– Mick irá com você.

– Mick? Por que...

Ele a interrompeu com um olhar de aço.

– Mick conhece a floresta... melhor que você. Ele nunca erra o alvo com um arco.

– Eu não preciso de um menino para...

– O gênero dele não tem importância. A habilidade, sim. E eu estarei mais inclinado a deixar você ficar na floresta à noite, por apenas duas horas, se levar um acompanhante. Essas são as minhas condições.

– Está bem.

– Me dê a sua palavra, aqui e agora.

– Você tem a minha palavra.

– Muito bem. Pode dormir por uma hora antes das aulas.

– Não estou cansada. Eu me sinto... muito bem.

– Nesse caso, pegue essa sua energia para cuidar das galinhas e da vaca antes de preparar o café da manhã, e traga mais lenha. Mais tarde, você colherá da estufa o que for necessário para fazer uma sopa.

– Por que eu vou fazer todas as tarefas?

– Uma pequena punição, considerando o tamanho do seu erro. Veremos se você pode conquistar a confiança de Faol Ban e recuperar a minha.

– Você ainda vai me ensinar a usar uma espada? Eu tive uma visão sobre a espada. Sobre duas espadas, na verdade. A que está sobre a lareira e a espada e o escudo que devo usar no futuro para lutar.

– Que conveniente! Você esperou esse tempo todo para me contar.

– Você estava bravo, então achei melhor esperar.

E continuava zangado, como ela percebeu.

– Conte tudo de uma vez – disse ele.

Ela fechou os olhos para trazer de volta as palavras, ou o sentimento, que tinha corrido através dela.

– Eu quase senti a espada e o escudo em minhas mãos. É difícil explicar, mas quase senti. A espada na mão direita, o escudo na esquerda. Não posso assumir a espada que preciso empunhar enquanto não aprender a usar a que está sobre a lareira.

– Você é uma garota muito esperta. E também astuta. Faça suas tarefas, e faça bem. Se eu ficar satisfeito, você assumirá a espada de treino.

Quando ela deu um gritinho de alegria e saiu correndo, Mallick olhou para o céu. Orou a todos os deuses pedindo forças para lidar com a menina e preparar a guerreira.

Apesar do encantamento que Mallick lançou nas lâminas, para evitar que perfurassem a carne e tirassem sangue, Fallon terminou sua primeira lição machucada, dolorida e exultante.

Ao entardecer, ela saiu, com biscoitos duros guardados no bolso, para encontrar Mick, que a aguardava na entrada da floresta.

Ela também levou seu arco e sua aljava. Eles veriam quem tinha o tiro mais certeiro.

– Ei. Então você realmente encontrou o Faol Ban, ou só inventou isso porque Mallick estava bravo com você?

– Eu não invento coisas. Eu encontrei Faol Ban e vou encontrá-lo de novo.

– Talvez. Você tem que ser maluca para ir à floresta na noite do Samhain. Você poderia dar de cara com espíritos andando por aí, e nem todos eles são amigáveis. Além disso, as fadas gostam de pregar peças.

– Eu sei me cuidar. Você só está indo comigo porque Mallick me obrigou. Além disso, eu encontrei meu pai ontem à noite.

– O que morreu? Você está inventando...

Ele deu de ombros, subiu em uma árvore e desceu novamente. A pena de falcão que ele colocara na trança tremulou.

– Você não inventa coisas, então eu acredito. Eu nunca falei com um espírito. Como foi?

– Era meu pai, meu pai biológico. Foi um presente.

– Minha mãe morreu logo depois de eu nascer. Eu acho que gostaria de falar com ela.

Por conhecer aquela dor e aquele sentimento, Fallon se compadeceu um pouco.

– Talvez você fale um dia.

– Talvez... Ei, você cortou seu cabelo. Por quê?

– Porque eu quis. – Ou alguma parte dela devia ter querido. – Vai ficar mais fácil, com ele mais curto. Se você continuar falando, nunca chegaremos perto do lobo.

Mick bufou.

– Ele ouve a nossa respiração. Você não vai encontrar nada a menos que ele queira. E por que ele iria querer, já que você quer roubar sua coleira?

– Eu não vou roubar nada. Vou pedir emprestado... – Ela percebeu a sombra da coruja passar por cima deles e sorriu. – Não sou eu quem atira flechas em um deus coruja para roubar sua maçã.

Mick deu de ombros, subiu em um galho a 3 metros de altura, mergulhou, deu um salto-mortal e pousou com suavidade, de pé.

Já que tinha que ficar com ele, pensou Fallon, talvez ele pudesse ensiná-la a fazer truques como aquele. Depois que encontrasse o lobo.

Quando o lobo surgiu no caminho, em frente a eles, Mick mergulhou em um raro e reverente silêncio.

Fallon pegou um dos biscoitos duros e redondos que havia feito, agachou-se e o estendeu para o animal.

– Uau. Ele é muito grande.

– Silêncio – sussurrou Fallon.

– Eu nunca pensei que veria Faol Ban.

– Fique calado!

– Como se ele fosse tirar esse biscoito da sua mão. Afinal de contas, ele é um deus.

– Ele é apenas um menino – disse Fallon a Faol Ban. – E fala demais. Eu fiz isso para você. Uma oferenda. Você pode me entender, Faol Ban, como eu entendo você? Você pode ver meu coração, minha cabeça? O que eu sou respeita e honra o que você é.

Ela jogou o biscoito. O lobo o cheirou, pegou-o com as mandíbulas e desapareceu.

– Não falei?

– Ele levou a oferenda – disse Fallon. – Eu não esperava que ele comesse da minha mão hoje. Leva tempo.

– Você consegue entender o que ele pensa?

– Um pouco. Cães, cavalos e gatos são mais fáceis. Ele é poderoso e não está pronto para me deixar entrar. Vai levar tempo.

– Você quer tentar seguir as pistas dele?

– Não. Acho melhor deixar que ele me encontre quando quiser.

– Temos quase duas horas ainda.

– Não faz mal. Você pode começar a me ensinar como girar no ar e subir em árvores.

– Você não é uma elfa.

– Não significa que eu não possa fazer.

Durante duas semanas, a rotina noturna permaneceu essencialmente a mesma. Mick esperava por ela, depois falava sem parar. Faol Ban aparecia no caminho, pegava um biscoito e ia embora.

Mas, Fallon percebeu, ele ficava um pouco mais a cada vez. E começou a observá-la das sombras, enquanto ela praticava saltos e quedas, permanecendo perto dela por um bom tempo.

Em meados de novembro, depois de uma forte geada que fez o chão reverberar e uma névoa subir das águas, Fallon encontrou Mick em uma noite de lua branca e estrelas gélidas.

– Você vai estar velha e gagá quando ele deixar que você chegue perto. Provavelmente vai ter um milhão de anos. Por que você não... – Mick estalou os dedos. – Você não é uma bruxa? Não tem poderes?

– Eu sou uma bruxa e tenho poderes. Mas o que eu quero vai levar tempo.

– Você sempre diz isso, mas a gente podia tentar enganar o lobo.

– Você não aprendeu nada com o Taibhse? Não vamos conseguir enganar um deus, e é desrespeitoso tentar. Taibhse me ofereceu a maçã porque eu *não* o enganei, e preferi me ferir para protegê-lo.

– Eu posso atirar uma flecha nele, e você pode impedir outra vez.

Fallon apenas soltou um suspiro.

– Ignore o Mick – disse Fallon a Faol Ban, assim que ele surgiu no caminho. – Ele é um idiota.

– É você quem traz biscoitos para um deus lobo todas as noites, e o idiota sou eu?

Insultado e determinado a provar a si mesmo, Mick se lançou para a frente. Fallon o fez recuar aos tropeções com um aceno de mão.

– Ele não quer nos machucar. – Dessa vez, ela não se agachou, mas se ajoelhou. – Eu sou Fallon Swift, filha dos Tuatha de Danann. Eu sou da luz e da espada. Eu sou do bosque e da clareira, do vale e da colina, da cidade grande e da cabana humilde. Eu sou tudo o que veio antes de mim, tudo o que vem depois. Como estou ligada a Taibhse, o deus coruja... – Ela levantou o braço, o cotovelo dobrado. Taibhse voou até ela. – Também vou me ligar a você.

Ela pegou um biscoito.

– É uma coisa pequena, uma pequena oferenda, mas feita com minhas mãos para agradar você. Vai me honrar e aceitar a oferta?

Ele olhou nos olhos dela e ela o sentiu deslizar em sua direção. *Um teste*, pensou, *da minha coragem*.

Então ele deu um passo à frente, aproximou-se dela até ficarem cara a cara. E pegou o biscoito da mão dela. Observando os olhos do lobo, ela tocou a cabeça dele e acariciou seu pelo sedoso.

– Não posso levar a coleira. Eu me recuso. É sua. Você viria se mostrar para Mallick, para que ele saiba que completei a segunda missão?

Quando ela se levantou, Mick cutucou suas costas.

– Posso tocar?

– Eu não o faria – disse Fallon. – Não depois que você falou em atirar uma flecha nele.

– Não era *nele*. Eu nunca... Ele pegou comida da sua mão. Ele deixou que você o tocasse.

Ela olhou para trás, viu espanto e um pouco de medo no rosto de Mick.

– Eu sou a mesma pessoa que era antes. Mas hoje não posso treinar saltos, preciso contar a Mallick o que aconteceu.

– Você acha que Faol Ban vai com você?

– A escolha é dele, mas eu preciso contar a Mallick, de qualquer maneira.

Sem ter muito o que dizer, Mick a acompanhou até a saída da floresta.

– Você poderia me encontrar amanhã à tarde para treinarmos mais – disse Fallon, e lançou um olhar sugestivo para Mick. – A menos que agora esteja com medo de mim.

– Eu não tenho medo de você. Da próxima vez que você vier para cima de mim, vou revidar.

Ela deu de ombros e entrou na clareira.

Como se já soubesse, Mallick saiu da cabana e a observou andar com a coruja no braço e o lobo ao lado, à luz branca da lua.

CAPÍTULO 9

A iniciação de Fallon à esgrima deixou-a consideravelmente roxa e machucada, mas bastante determinada. Sua terceira e última missão a deixara atordoada.

Ela discutia sobre isso, enquanto bloqueava e impedia os ataques de Mallick.

– Mas eu tenho um cavalo. Eu tenho um ótimo cavalo. Por que preciso achar outro?

Ela terminou de novo com o traseiro no chão. E a região, já maltratada pelos tombos, queimou no contato com a superfície dura e gelada.

– Mantenha o equilíbrio, menina. A espada é mais do que força e golpes. Mantenha o equilíbrio.

– Está bem, está bem. – Ela se levantou, o traseiro e o braço que segurava a espada doendo, e tentou de novo. – E uma sela de ouro? Isso é idiotice. Seria muito pesada, muito difícil.

– Se você pensa assim, nem precisa procurar.

– Eu quero um banheiro, então...

E mais uma vez caiu sentada, agora com Mallick colocando a ponta encantada da espada em sua barriga.

– Morta com um rasgo na barriga.

– Sua espada é mais comprida do que a minha. E seus braços também.

– E você espera lutar apenas com quem é do seu tamanho?

Recuando, ele fez um sinal para ela se levantar e completou:

– Estou apenas apontando um fato.

Ela conseguiu bloquear, ficar de pé.

– Enfim, eu vou procurar o cavalo e a sela, mas não preciso de um cavalo e de uma sela. – Ela bloqueou, e bem, uma segunda vez. – O que eu faço com eles se o cavalo vier comigo, como Taibhse e Faol Ban?

– É melhor perguntar quando e se você encontrá-los.

– Ah, eu vou encontrar.

Cheia de confiança depois de um terceiro bloqueio bem-sucedido, ela tentou um golpe por baixo da guarda de Mallick.

Ele bloqueou, girou e bateu o lado plano de sua espada com força no traseiro dolorido de Fallon, o que a fez cair de cara no chão.

– Droga!

– Em alguns momentos, você lutará em meio a incontáveis distrações, e se não se concentrar em seu oponente, vai perder. Tire o desafio da sua mente, coloque tudo fora da sua mente, exceto a espada, a minha espada, o meu corpo, o seu corpo. Meus olhos. E aprenda.

Ela fez o melhor que pôde para se concentrar, mas mesmo assim acabou caindo sentada, de joelhos. E também caiu com a cara na terra. Depois de muitas quedas, estava com cortes nos braços e nas pernas, o pescoço ferido e partes do corpo furadas pela ponta da espada.

No final da aula, o braço que segurava a espada estava dolorido e seu traseiro queimava como o fogo do inferno.

O outono soprava em direção ao inverno, enquanto ela praticava com determinação. Embora Mallick tendesse a ser sovina quando se tratava de elogios, ela sabia que havia melhorado. Para aumentar a força da parte superior do corpo, ela começou a fazer flexões todas as manhãs, como o pai lhe mostrara, e terminava cada sessão com um pouco da ioga, uma atividade de que a mãe gostava, para aumentar a flexibilidade e o equilíbrio.

Procurando novos desafios, ela escalou árvores (estava cada vez melhor) e praticou poses de ioga em um galho, para aumentar o equilíbrio e o foco. Além disso, era um exercício divertido, e ela imaginou que faria seus irmãos rirem quando fizesse a postura da árvore.

Ela seria uma árvore dentro de uma árvore.

Ela levantou baldes de água fazendo exercícios de musculação, até os músculos tremerem e queimarem.

Quando tinha absoluta certeza de que ninguém estava olhando, ela dançava, na esperança de melhorar a agilidade das pernas.

Fallon estudou sobre os deuses, as histórias, as tradições, as magias; praticou com Mick, e procurou na floresta um cavalo branco conhecido como Laoch, com sua sela dourada.

Com Mallick, ela realizou o ritual para o festival do Yule, acendendo os fogos, as velas, para representar o retorno da luz após a noite mais escura do solstício de inverno. Ela fez e pendurou a coroa de flores, o símbolo da Roda do Ano.

Embora ansiasse por uma visão, ou por uma noite com a mãe como tivera com Max, sentiu apenas ondas de poder, ouviu apenas as vozes dos deuses.

Quando o ritual terminou, eles deixaram um pouco do bolo para os pássaros e derramaram um pouco do vinho no chão para a deusa.

Seu primeiro Natal longe de casa fez seu coração doer tanto quanto no dia em que deixara a fazenda. Nem mesmo a árvore de Yule, que Mallick permitira que ela escolhesse, iluminasse e decorasse, a animou.

Mas a Roda do Ano continuava a girar e de repente eles estavam no mês seguinte.

Janeiro trouxe neve e pedaços de gelo ao riacho, que brilhavam à luz do sol. Foi um mês de caçadas, por diversos animais mas também pelo indescritível cavalo branco – que Mick alegava ser um grande garanhão de 2 metros de altura que não levaria nenhum cavaleiro.

Janeiro também trouxe noites que duraram muito e tinham muito espaço para sonhos com corvos e tempestades. Sonhos com um círculo de pedras se elevando em meio a um nevoeiro e criaturas se arrastando na escuridão.

Enquanto o inverno adentrava o mundo de Fallon, dominando-o com suas mãos gélidas, a comunidade de Nova Esperança limpava a neve. Eles caçavam e colhiam nas estufas. A cozinha comunitária que Lana havia criado anos antes produzia barris de sopa, quilos de pão, tortas, manteiga e queijos.

As crianças iam à escola para lições teóricas e práticas. A Academia de Magia Max Fallon ajudava crianças com habilidades a aprender controle, respeito e inclusão.

Com a comunidade agora totalizando mais de quinhentos indivíduos, a segurança – dentro e fora – ainda era essencial. Eles tinham um prefeito e um conselho da cidade, devidamente eleitos, bem como uma pequena força policial e um corpo de bombeiros.

Mais de catorze anos desde que o primeiro grupo de sobreviventes havia parado ali, Nova Esperança vivia seguindo a visão que seus fundadores tinham da comunidade.

Ninguém que tivesse sobrevivido à Catástrofe, que sobrevivera à jornada, que sobrevivera ao Massacre de Quatro de Julho, se esqueceria da importância da proteção da comunidade e de como era tênue a linha que dividia a luz e a escuridão.

Katie Parsoni sobrevivera a tudo isso e sabia, mais do que qualquer um, quão tênue era essa fronteira. Ela não apenas perdera os pais, mas sabia que o pai, sem culpa alguma, havia libertado o vírus que matara todos: a esposa dele, o marido de Katie, toda a sua família (exceto pelos gêmeos ainda em seu ventre) e bilhões de outras pessoas.

Uma praga que derrubara cidades e governos, e também havia desbloqueado magias que habitavam o lado da luz e da escuridão.

Katie sobrevivera e, com a bondade, a compaixão e o heroísmo de duas pessoas, trouxera dois filhos para aquele mundo conturbado e criara outra criança, órfã, como se fosse sua filha.

Ela se perguntou por que seus preciosos gêmeos possuíam magia, enquanto ela e o pai deles, não. Mas, com o tempo, ela viu crianças sem pais com habilidades mágicas desenvolverem dons, e outras, nascidas de mágicos, não mostrarem nenhuma dessas habilidades.

Isso vinha através do sangue e da carne, disso ela não duvidava, mas nem sempre dos pais. Ela acreditava que os grandes dons de Duncan e Antonia vieram, assim como os olhos de Tonia, de seu pai, o avô das crianças. Um homem bom, que não sabia o que corria em seu sangue, que não sabia que a escuridão o usaria para causar tamanha destruição.

Ela se preocupou quando os poderes de seus gêmeos os tornaram alvos fora das fronteiras de Nova Esperança. Alvos dos assassinos denominados Guerreiros da Pureza – alvos, segundo vários rumores, de forças secretas dentro do governo abatido e fraturado, que queria alistar, treinar ou caçar os que tinham poderes.

E, com os dons, as habilidades e a coragem que possuíam, nem a mãe conseguiu mantê-los dentro daquelas fronteiras.

Se ainda vivessem no mundo antigo, seus três filhos teriam lhe dado preocupações em muitas outras áreas. Trabalhos escolares, birras e rebeliões de adolescentes. Não que ela não tivesse lidado com isso, mas, no mundo antigo, não teria que lidar com crianças saindo em grupos de exploração, grupos de caça e batidas de resgate.

Seu filho de 14 anos não estaria dirigindo uma motocicleta – e ela ainda se torturava por permitir isso. No mundo antigo, seus gêmeos nunca teriam feito treinamento de combate, muito menos treinariam outras crianças.

Sua doce Hannah deveria estar sonhando com garotos, ou escutando música muito alta, em vez de dar pontos em feridas e cuidar de ossos quebrados na clínica comunitária.

A escuridão lhes roubara, a todos três, a infância. Na verdade, roubara a todos.

Ainda assim, havia pontos luminosos, lembrou ela, enquanto se vestia. Amizades sólidas, fortes e preciosas como diamantes. Eles faziam parte da construção de algo bom e unido.

E o amor – inesperado, doce e fugaz – chegara até ela através de um homem, um homem bom, que havia ensinado história e abraçara seus filhos e aliviara sua carga.

Quando Austin morreu em uma missão de exploração, ela sofreu muito. Mas o tempo amorteceu a tristeza, e ela se apegou aos pontos luminosos das lembranças.

Acima de tudo, ela se agarrou à alegria de ver os filhos crescerem e se tornarem brilhantes, audaciosos e ferozmente verdadeiros.

Ela precisava acreditar que o que ajudara a construir ali, para eles, os manteria, os sustentaria. Portanto, ainda tinha muito trabalho a fazer.

Katie desceu as escadas da casa onde criara os filhos e percebeu que a lareira já estava acesa na sala de estar.

E encontrou Duncan na cozinha, não só vestido, mas mexendo em seu equipamento para atividades ao ar livre.

Ele abriu seu sorriso amplo, mas os olhos da mãe captaram uma pontada de culpa.

– Bom dia. Eu ia deixar um bilhete para você.

– Ia mesmo?

– Claro. O grupo de exploração vai sair nesta manhã. Eu disse que iria com Flynn e Eddie.

– Mas hoje é dia de aula.

Ele revirou os olhos, tão verdes quanto os dela.

– Mãe. – E, Deus a ajude, ela ouviu a própria voz falando com a própria mãe aos 14 anos. – Eu estou adiantado, você sabe disso. Estou ajudando a ensinar metade das aulas neste estágio, e eles não precisam de mim hoje. E fique sabendo que Tonia vai com Will, Micha e Suzanne a uma caçada.

– Eu ia *pedir* primeiro – disse Tonia ao entrar, lançando um olhar zangado para o irmão.

– Ah, sei.

– Ia, sim.

Katie prendeu os cabelos castanhos e encaracolados, depois levantou as duas mãos e avisou:

– Ninguém vai a lugar nenhum enquanto não tomar o café da manhã. Hannah está lá em cima?

– Está. Ela já vai descer.

Tonia, alta e magra, os cabelos escuros já presos no que Katie considerava ser uma trança de caçadora, abriu a geladeira e pegou o pote de suco misto de vegetais que a mãe fazia em um liquidificador antigo.

– Hannah só vai ficar na escola meio período hoje – disse Duncan, sempre disposto a colocar as irmãs em apuros diante da mãe. – Depois, vai para a clínica.

– Fazer o que é chamado de serviço comunitário – lembrou-o Katie – e que faz parte do currículo escolar.

– Assim como explorar e caçar. – Ele sorriu novamente quando a mãe suspirou. – Só estou dizendo. Se vamos tomar café da manhã primeiro, pode ser torrada francesa?

Ele se aproximou de Katie, envolveu-a com um braço.

– Você faz a melhor.

Um sedutor, pensou a mãe, *quando era de seu interesse*. E ela ainda tinha dificuldade em aceitar que precisava levantar a cabeça para olhar para ele. Para olhar Tonia também, embora não tanto. Somente com Hannah ela podia ficar olho no olho, tanto filosófica quanto literalmente.

– Tire o casaco.

– Sim, senhora prefeita.

Katie sacudiu a cabeça. O trabalho do prefeito era outra coisa que fora convencida a aceitar. E ela se achava muito boa nisso. Pegou os ovos, uma jarra de leite e seu precioso estoque de açúcar e canela.

Nada de melado, isso era coisa dos bons tempos, mas mesmo assim as crianças se enchiam de compota de maçã e comiam como cavalos.

– Torrada francesa? Eba!

Hannah entrou, cabelos castanho-dourados exuberantes, olhos castanho-avermelhados e forma curvilínea, que Katie sabia que atraía os olhares dos garotos.

Não que Hannah mostrasse muito interesse – ainda não. Seu interesse girava em torno da clínica e em aprender tudo o que podia com Rachel, a médica da cidade, e Jonah, o paramédico, marido de Rachel e o herói que fizera o parto dos gêmeos nos horríveis dias da Catástrofe.

Enquanto cozinhava, Katie ouviu o barulho dos irmãos atrás de si provocando uns aos outros, e ela não tinha nenhum problema com isso. *Deixe-os provocar, colocar para fora a energia. Quando estiverem em perigo, defenderão uns aos outros. Sempre o fizeram*, pensou, *e sempre vão fazer.*

Antes que Katie pudesse detê-lo, Duncan pegou a primeira torrada doce do prato, enrolou-a e comeu-a ali mesmo, onde estava.

– Sente-se como um ser humano. Hannah, você vai trabalhar na clínica mais tarde?

– Se você concordar, sim. Rachel disse que eles poderiam precisar de mim. Ray está fazendo visitas domiciliares e Carly pode ter o bebê a qualquer momento, então ela só está fazendo trabalho burocrático. Vickie e Wayne abriram a clínica odontológica hoje, então a clínica médica vai ficar com falta de pessoal.

– Uma tempestade está chegando – disse Tonia, calmamente. – Essa noite. Vai nevar.

Enquanto colocava torradas no prato e acrescentava molho de maçã, Duncan assentiu.

– Pode chegar a alguns centímetros, e vem vento junto.

Eles saberiam. Era parte de seus dons.

– Vai levar tempo para limpar dessa vez – prosseguiu Tonia. – Por isso, grupos de caça e reconhecimento são tão importantes hoje quanto as clínicas.

Katie viu a piscadela de Duncan para a irmã, enquanto enfiava a comida na boca.

E desistiu de discutir. Ela apontou um dedo para Duncan.

– Você não vai dirigir.

– Mãe... Puxa vida. Eu...

– Sem acordo. Eddie ou Flynn vão dirigir. Já sofremos com a neve antes e as estradas fora de Nova Esperança são traiçoeiras. Você não tem experiência em dirigir nessas condições.

– E como é que eu vou ter experiência?

– Não há de ser hoje. Você sabe se Eddie ou Flynn fizeram o pedido para a cota de gasolina?

– Claro que sim. Vamos tentar trazer alguma. Ainda há muitos carros lá fora. Vamos extrair o que pudermos.

– Você deve levar algum alimento, por precaução...

– Eddie está pegando suprimentos da cozinha comunitária. Provavelmente não vamos precisar, mas vamos levar. Estava delicioso. Obrigado, mãe. Tenho que ir.

Ele se levantou e pegou o casaco.

– Você precisa de luvas e...

– Já peguei, estão nos bolsos. Não se preocupe tanto.

Abaixando-se um pouco, ele a abraçou. Em seguida, estreitou os braços.

É o meu trabalho. Meu principal e melhor trabalho.

Ela sabia que ele pegaria a espada e o arco na despensa, e se sentiu mais tranquila por lembrar que ele sabia usar aquelas armas e todas que vinham da sua magia.

– Essa é uma boa maneira de se livrar de lavar a louça. Eu também tenho que sair – acrescentou Tonia. – Senão vou me atrasar.

– Pode ir. Não fique sozinha, Tonia.

– Não vou ficar. – Ela deu um beijo na mãe. – Nós dois estaremos de volta antes do jantar. Boa aula, Hannah.

– Bom trabalho para você também. Pode deixar que eu lavo a louça, mãe. Tenho quase uma hora até a escola. E não se preocupe, eles estarão de volta antes do jantar. É noite de espaguete, e eles não perderiam isso por nada, certo?

Isso fez Katie rir.

– Tem razão. Eles não vão perder isso. Eu amo você, Hannah.

– Eu também te amo.

Eles tiveram que crescer muito rápido, pensou Katie, enquanto calçava a bota forrada com pelos, um verdadeiro tesouro que Duncan havia trazido de suas explorações três anos antes. Tinha apenas 11 anos e já estava vasculhando casas, carros e shoppings abandonados.

Rápido demais.

Ela vestiu a parca obtida com muito esforço, e a usava todos os invernos havia mais de uma década; em seguida, o chapéu e o cachecol que Hannah (a única da família que sabia tricotar minimamente bem) fizera para ela no Natal.

Pegou sua pasta – velha e maltratada, passada para ela pelo primeiro prefeito de Nova Esperança –, deixou a casa que aprendera a amar e rumou ao trabalho para o qual esperava ter provado ser digna.

Em outra vida, ela fora a filha mais nova e a única menina de uma família tradicional, nascida e criada no Brooklyn, bairro nova-iorquino, casada com seu namorado da faculdade. Trabalhava na empresa de marketing da família e, quando ela e seu Tony descobriram que ela estava grávida de gêmeos, fez planos de se tornar mãe em tempo integral e dedicar-se à maternidade.

Talvez, se tudo tivesse corrido como o planejado, ela ainda ajudasse a MacLeod & MacLeod de vez em quando, mas se imaginava levando seus bebês ao parque, chamando os amiguinhos das crianças para brincar, documentando suas primeiras conquistas em belos álbuns e vídeos.

Junto com a mãe e a sogra, ela havia equipado e decorado o quarto dos bebês. E se considerava a mulher mais sortuda no mundo.

Então, aquele mundo desabou. Ela perdeu os pais em um intervalo de poucas horas, depois o irmão, o marido e todo o restante da família. Nas semanas que se seguiram, sofrendo sozinha, aterrorizada, lutou para sobreviver e salvar as vidas que cresciam dentro dela.

Passou a acreditar que sobreviveria por causa daqueles seres.

Agora, caminhava pela calçada de uma comunidade construída por sobreviventes e baseada na esperança. Uma fumaça saía das chaminés, subindo para um céu azul-claro de inverno. Não viu sinais de que uma tempestade se aproximava, mas não duvidava da previsão dos gêmeos.

Se Tonia lhe desse um guarda-chuva em um dia ensolarado, Katie o pegaria.

Caminhou em direção ao centro da cidade, passando pela casa onde sua ex-colega de quarto, a médica da cidade e mentora de Hannah, morava com o marido – o herói de Katie – e seus filhos.

E havia a casa onde Arlys e Will moravam com a família.

Lana e Max haviam morado lá uma vez, com Poe, Kim e Eddie nos apartamentos anexos.

Agora, Poe e Kim tinham uma casa a um quarteirão da Rua Principal, e dois filhos. E o estranho e doce casal formado por Eddie e Fredinha tinha um pequeno sítio bem no limite da cidade de Nova Esperança.

E Fredinha, a fada alegre e infatigável, esperava seu quarto filho.

Será que Fredinha se preocupava quando Eddie saía, como hoje, para explorar? Os Rapinantes continuavam agindo, os Guerreiros da Pureza caçavam, facções de linha dura ainda estavam a todo vapor. Havia tanto com o que se preocupar fora de Nova Esperança... E não pouca coisa com o que se preocupar lá dentro.

O local parecia calmo e pacífico, como qualquer cidadezinha em qualquer livro de história. Viu a placa ABERTO na Bygones, a loja de suprimentos que Bill Anderson administrava; o letreiro que dizia FECHADO ainda estava pendurado na porta do salão de beleza criado e operado por uma esteticista, um barbeiro e uma bruxa.

A lanchonete fora convertida em delegacia. Will, chefe de polícia e filho de Bill Anderson, lideraria o grupo de caça naquela manhã. Os agentes incluíam um ex-policial, um metamorfo e um elfo.

Trabalho de meio período para o elfo, uma vez que Aaron também era instrutor na academia.

Um equilíbrio, pensou. Isso fazia parte do plano, um elemento essencial do projeto elaborado anos antes, na sala de sua casa. Um encontro de pessoas com e sem poderes, criando unidade.

Na maioria das vezes, funcionava.

Em catorze anos, apenas cinco pessoas haviam sido sentenciadas ao maior castigo da comunidade: o banimento.

Ela servira no júri em dois dos cinco casos e rezava, com todas as suas forças, para nunca mais ser chamada.

Fez uma pausa para assistir à disparada de uma raposa, uma furtiva mancha vermelha na neve. Então atravessou a rua tranquila até o prédio antigo que um dia fora uma casa, uma imobiliária e, agora, era a prefeitura.

Ao entrar, acendeu uma única luz. A conservação de energia continuava sendo uma lei municipal.

Katie foi até seu escritório, que escolhera com vista para a Rua Principal, sentou-se à mesa, abriu a pasta. E pôs-se a trabalhar.

Em menos de uma hora a urbanista da cidade chegou com pedidos e o funcionário da prefeitura chegou com outros. Os pedidos eram sobre o fornecimento oferecido para as escolas, a cozinha, as hortas e as clínicas.

Havia relatórios sobre lixo e energia e solicitações para expandir a grade atual para serem lidos no laptop que o chefe de TI e comunicações montara para ela. Se não fosse por Chuck, provavelmente acabariam tendo que repassar anúncios indo de casa em casa ou recorrer a sinais de fumaça.

A escola – do jardim de infância ao ensino médio –, que antes fora uma loja de móveis, precisava de mais reformas e, como sempre, mais material. Cinquenta e oito crianças estudavam ali, mas haveria mais.

O conselho da cidade se reuniria, discutiria, debateria e, como ela determinara, encontraria uma solução.

A urbanista, uma mulher enérgica de 70 anos, bateu na porta.

– Você tem um minuto?

– Claro. Como posso te ajudar, Marlene?

– Com uma boa xícara de café e um chocolate.

– Marlene, por que você me tortura?

Com uma risada rápida e crepitante, Marlene entrou, com suas botas Timberland, e sentou-se em uma das confortáveis poltronas que Will e Jonah haviam trazido quando Katie assumira a função.

– O negócio é o seguinte. Fred, Selina, Kevin e alguns outros acham que dessa vez vão conseguir. Eles acham que sabem o que deu errado antes.

Katie já ouvira aquela conversa algumas vezes.

– Tentar criar um clima tropical... O que poderia dar errado? Ah, sim. – Katie bateu com o dedo na têmpora. – Vários tornados.

– Bem pequenos. E com dano mínimo.

– Perdemos seis árvores.

– O que nos deu mais lenha.

– Uma delas caiu na garagem de Holden Masterson e causou um incêndio.

– Um foguinho mínimo, que Kevin apagou logo. E Holden não precisava daquela garagem. Eles resolveram os probleminhas com magia.

Katie olhou para o teto.

– Probleminhas.

– Querida, eu não sei mais do que você sobre feitiços e todo o resto, mas Fredinha está convicta.

– Fredinha está grávida, cheia de hormônios e desejos de comer chocolate.

– Isso pode até ser. Eu não estou grávida e os hormônios não são problema meu há muito tempo. Eu quero um maldito chocolate. Mais que isso. Limões, laranjas, bananas... e não os pequenos que estão crescendo na estufa. Cana-de-açúcar. Pimenta, mais do que conseguimos com o que o grupo trouxe do sul. Medicação – prosseguiu Marlene, assinalando os itens com os dedos. – Nossos herboristas e grupos holísticos estão a favor.

Kim presidia o grupo holístico e ninguém era mais sensível que ela, segundo Katie. Mesmo assim... tornados.

– E, Katie, Fredinha disse que, se conseguirem fazer isso, conseguirão criar outros climas. Nós poderíamos encontrar uma maneira de extrair o sal, em vez de ter que mandar mais pessoas para buscar essas coisas; geraríamos as nossas.

A história do sal doeu fundo. Era uma das principais prioridades da lista quando Austin morrera.

Mas, como prefeita, ela foi obrigada a deixar o passado de lado e lidar com o agora.

– Vou levar o assunto ao conselho da cidade, mas já adianto que Fredinha e seu grupo vão ter que entrar e defender sua proposta. Criar uma defesa bem forte – disse Katie.

– Eu vou avisar a eles. Mas também preciso avisar você que eles têm uma arma secreta. Os gêmeos – respondeu Kim.

– Meus filhos?

– Propulsores de energia, segundo Fredinha. Ela acha que eles já têm o suficiente, mas que com Duncan e Tonia terão mais chances.

– Ela disse alguma coisa para eles?

– Katie, você sabe que ela não diria nada sem falar antes com você. Ela também é mãe.

– Ok, está bem. – Katie pressionou os dedos nos olhos. – Preciso processar a ideia e falar com o conselho. Depois disso, podemos conversar com Fredinha e seu grupo de bruxos do clima. Ah, céus!

– Você quis o trabalho, senhora prefeita.

– Eu quis? – Katie lançou ao teto outro olhar melancólico. – Não consigo imaginar por quê.

– Que tal eu pedir ao LeRoy que traga um pouco de chá energético? Não é uma boa xícara de café, mas... Oi, Arlys!

– Oi, Marlene. Você acha que o LeRoy teria o suficiente para duas xícaras daquele chá?

– Não vejo por que não – respondeu Kim enquanto se levantava e oferecia o lugar para Arlys.

– Obrigada. Tem tempo para mim, Katie? – perguntou Arlys.

– Como você está? Seu cabelo ficou ótimo.

– Carlotta é um gênio. – Arlys afofou os cabelos curtos, castanhos e sedosos com sutis reflexos em tom de bronze. – E Fredinha apareceu enquanto eu estava lá.

Katie suspirou.

– Então você já sabe sobre o "Projeto Trópicos".

– Sei, e não vou falar nada sobre isso. Ainda não.

– Obrigada. – Ela fez uma pausa quando Marlene voltou com duas canecas fumegantes. – E obrigada a você também, Marlene.

– De nada. Quer a porta fechada? – perguntou Marlene.

– Nós queremos? – perguntou Katie a Arlys.

– Se você não se importar...

– Não tem problema.

Marlene saiu e fechou a porta.

Arlys não perdeu tempo:

– Chuck invadiu algumas comunicações. Guerreiros da Pureza. Eles estão planejando um grande ataque.

– Onde?

– Um assentamento de Incomuns no Parque Nacional de Shenandoah. Pelo que Chuck ouviu, eles criaram uma espécie de comunidade lá. Pacífica. A inteligência dos GPs diz que há entre trinta e quarenta pessoas e que ninguém tem armas.

– O quê? Eles *não* têm armas?

Arlys se inclinou para a frente.

– Eles fizeram algum tipo de promessa, alguma coisa assim... não está claro no comunicado... que proíbe o uso de armas e de magia.

– Se for para ferir, você quer dizer? Esse é o princípio básico: não fazer mal, nem mesmo quando for atacado.

– Sem uso de magia, ponto final. Estou imaginando que seja uma seita religiosa e estou tentando verificar isso. De qualquer forma, eles estarão indefesos. Os GPs estão se mobilizando e pretendem chegar à área até depois de amanhã. Vão cercar a comunidade e acabar com tudo.

– O nosso pessoal pode avisar a comunidade?

– Podemos tentar, mas o Chuck acha que não vai fazer diferença. Eles não vão reagir. Dos trinta ou quarenta, aproximadamente doze são crianças, inclusive bebês.

Depois de soltar um suspiro, Katie pressionou as têmporas.

– Leve isso para Jonah. Vamos precisar de Will e Eddie assim que eles voltarem. Precisamos que Chuck tente identificar a localização da comunidade, depois precisamos de um dos Incomuns que seja bom em projeção astral. Meus filhos não servem – avisou ela, antes que Arlys pudesse dizer alguma coisa.

Katie se levantou de súbito e começou a andar de um lado para outro. Então continuou:

– E não é para proteger os dois, é porque eles são crianças. Para transmitir algo tão importante, convencer essas pessoas a mudar de acampamento, se esconder ou lutar, precisamos de um adulto.

– Concordo com você. Em tudo. Chuck já está conversando com Jonah, e ele acha que tem a localização certa.

Katie olhou pela janela e viu uma de suas vizinhas com um bebê e um cachorrinho na coleira.

– Será que isso nunca vai parar? Nunca vai acabar? Vamos enviar pessoas para lutar por pessoas que não lutam por si mesmas!

– Eu tenho que dizer que isso é o que Will, Jonah e Maggie, como chefes de nossas forças de mobilização, vão decidir.

– Duncan e Tonia também vão, eu sei. Não vou conseguir segurar os dois aqui. Eu poderia tentar. Poderia decretar uma lei, mas estaria apenas adiando o inevitável. Este é o mundo em que eles vivem. O mundo para o qual eu os trouxe. Para o qual você trouxe os seus filhos. Os seus ainda são muito jovens, mas...

– Não serão por muito tempo. Theo já tem 11, Cybil, 9. E as habilidades dela parecem mais fortes a cada dia. De onde vem isso? Eu acho que do lado do pai dela.

Com um ligeiro sorriso, Katie se virou.

– Ela é a cara dele.

– E não é mesmo? Exceto pelas asas.

Levantando-se, Arlys se aproximou para que ela e Katie pudessem olhar juntas para a cidade. E continuou:

– Nós criamos algo bom aqui. Fizemos algo importante. Não podemos parar agora. Enquanto continuarmos construindo e lutando, estaremos vencendo. E você precisa acreditar, precisa ter fé, que um dia o mundo... vai voltar a ser tão terrível quanto era antes da Catástrofe.

Em vez de rir, Katie inclinou a cabeça para Arlys e respondeu:

– Duncan sonha com uma garota. Uma mulher.

– Qual garoto de 14 anos não sonha com uma garota?

Agora, Katie riu.

– Ele não me conta, mas conversa com Tonia, que conta para Hannah, e Hannah me conta. Uma mulher alta e magra, de cabelos escuros, olhos cinzentos. Linda. Às vezes, ela está banhada de luz. Às vezes, está lutando lado a lado com ele na escuridão, na tempestade. Arlys, você acha que é a filha da Lana? Lana e Max? A tal Salvadora sobre a qual alguns dos Incomuns falam... A Escolhida?

Arlys sentia falta da amiga todos os dias.

– Eu penso em Lana o tempo todo. Penso naquele dia terrível em que Max morreu. Em que tantos morreram. Em que ela correu para proteger o bebê, para tentar nos proteger. E eu tenho que acreditar que ela chegou a algum lugar seguro e que teve o bebê lá. Fredinha acredita, sem sombra de dúvida, que a filha de Lana é a resposta.

– Ela seria mais jovem que meus filhos – acrescentou Katie, afastando-se da janela.

– Mas vamos pensar em uma coisa de cada vez. Assim que todos voltarem, vamos fazer uma reunião e descobrir a melhor maneira de salvar um grupo de Incomuns pacifistas. Acho que por volta das oito da noite.

Arlys assentiu.

– Vou arranjar uma babá.

CAPÍTULO 10

Um bruxo atencioso e um pouco fanático fundara a comunidade, chamada simplesmente de Paz. Ele acreditava, com todo o seu ser, que a paz era a resposta para tudo.

Javier Martinez, antes um imigrante ilegal que trabalhava nos campos de algodão no Texas, transportava cimento até o Novo México, colhia e embalava couves-flores no Arizona, agora dedicava a vida que ele acreditava que Deus lhe havia poupado à paz.

Ele despertara para suas habilidades no dia em que a mulher que amava morreu da terrível doença lançada sobre o mundo pelo demônio. Tinha 26 anos. Medo e tristeza fizeram sair relâmpagos da ponta de seus dedos, e aquele relâmpago colocou fogo na casinha onde ele morava com Rosa e três outras pessoas, todas à beira da morte.

Só ele escapou, com os dedos ardendo e a alma gritando. Em sua loucura, ele enviou o raio sobre os campos, outros edifícios e até pessoas.

Tudo queimou até não sobrar nada.

Mas ele sobreviveu.

Vagou pelo deserto, a pele queimando e se ferindo sob o sol implacável. E seguiu, amaldiçoando demônios que só ele via, a ascensão da fumaça, os corvos. Por um tempo, passou fome, as costelas protuberantes sob sua pele chamuscada. Por um tempo, fartou-se com os corpos queimados de ratos e coelhos.

Durante meses, roubou tudo o que podia roubar, saciou sua dor e raiva na bebida.

Ele se enfurecia com os mortos quando os encontrava.

Sobreviveu. Mais tarde, passou a acreditar, com toda a sua alma, que o divino o protegera, que se apiedara dele, que o testara. De que outra maneira ele saberia a hora de se esconder quando os grupos de Rapinantes surgiam? Ou quando se esconder ao ver comboios militares levando pessoas para caminhões? Quantas vezes ele ouvira os gritos dos condenados como ele sendo capturados pelos Guerreiros da Pureza?

Mas eles nunca o encontraram. Não em um ano, nem em dois, nem em três. Não em todos os quilômetros que percorreu, através do deserto e da floresta, por estradas repletas de carros e corpos.

E, assim, ele teve uma visão.

Enquanto tremia e seu corpo era torturado pela tosse em uma brutal noite de inverno, no interior do que restava de um minimercado perto da Rodovia I-70, Rosa apareceu para ele.

Rosa, cabelos macios e olhos suaves, colocou as mãos sobre ele no escuro, no frio, e o aqueceu.

O alívio, o doce alívio do frio mordaz, trouxe lágrimas aos seus olhos.

Através dessas lágrimas, ele a viu pelo que ela era, pelo que sempre fora. Um anjo, uma mensageira do divino, com asas brancas e luminosas.

Levante-se, levante-se!, ordenou ela. *Purifique seu corpo e sua alma. Livre-se do demônio em seu interior, pois somente então você servirá ao seu grande propósito. Levante-se, pois você é o Escolhido.*

Ele estendeu a mão para ela. Em seu delírio, Martinez lutou para ficar de pé enquanto Rosa segurava suas mãos.

O demônio é esperto, alertou-o Rosa. *Feche os olhos e tape os ouvidos para ele. Purifique seu corpo. Rejeite o demônio e o poder que vem dele, pois, se deixar esse poder correr livre, ele vai consumir você, e tudo estará perdido. Vá em frente e ensine a palavra. Vá em frente e reúna o rebanho dos condenados. Purifique, consagre e traga todos para a paz. Leve o rebanho para o vale, mostre a eles o topo da montanha, fiquem isolados do mal do homem e do demônio, e assim, no dia do julgamento final, vocês estarão puros.*

Lágrimas queimaram nos olhos avermelhados dele. Sua voz estava rouca, as palavras doíam como navalhas na garganta, mas mesmo assim ele disse:

– Fique comigo, Rosa. Mostre o caminho.

Você encontrará o caminho quando estiver limpo, quando estiver puro. Eu vou proteger você, como tenho feito ao longo de suas terríveis provações. Arrependa-se e seja salvo. Seja salvo e salve a todos.

Corpo e mente enfermos, Javier Martinez caiu ao chão para se limpar com a neve, observado pelo olho frio, branco e entreaberto da lua.

E assim ele começou sua nova jornada.

Jejuou, encontrou luvas para cobrir os dedos amaldiçoados pelo demônio. Enfureceu-se e orou, enquanto mancava por causa dos pés congelados. Febril, delirante, foi parar em um pequeno povoado. As luzes o cegaram, sombras se moveram ao seu redor. Quando caiu, inconsciente, ouviu Rosa mais uma vez: *Arrependa-se e seja salvo. Seja salvo e salve a todos.*

Durante dias ele pairou entre a vida e a morte, mesmo sob os cuidados de uma curandeira. Seus cabelos, agora grisalhos, caíam em torno de um rosto afilado pela doença e pela fome, como um profeta.

Mas ele sobreviveu.

Nas semanas seguintes, recuperou as forças e sua mente clareou. Explicou, calma e gentilmente, para a curandeira que o salvou com seus dons que os poderes dela eram impuros, disse que ela precisava se arrepender e sentiu tristeza quando ela se recusou a rejeitar seu demônio.

Ele pregou, da mesma maneira gentil, para todos os que o quisessem ouvir e para muitos que se negavam. Quando se sentiu forte o suficiente, caminhou entre eles, um homem magro, de olhos bondosos e convincentes, que falavam de um mundo sem armas, sem morte, um mundo de paz e oração.

De um vale abençoado e um monte santo, onde aqueles que o seguiam viveriam para sempre.

Quando ele se afastou do assentamento, dois o seguiram.

Quando chegou ao Tennessee, contava com doze apóstolos e criou os mandamentos que lhe foram revelados por anjos em seus sonhos.

Somente aqueles que foram infectados por demônios e
se arrependeram serão autorizados a entrar na terra abençoada.

Nenhum membro dos fiéis possuirá ou usará
arma, de qualquer tipo. Uma faca usada para
colher raízes ou na preparação de alimentos
deverá ser santificada.

Nenhuma carne animal será consumida,
nem qualquer parte de uma criatura viva será usada pelos fiéis.

O que pertence a um pertence a todos.

As mulheres, a partir dos 12 anos, cumprirão seu dever divino e multiplicarão o número de fiéis na terra.

Ninguém levantará a mão com raiva, nem para golpear.

Qualquer um que usar o poder do demônio será banido da terra santa.

Ao longo da extensa caminhada para o leste (os anjos proibiam o uso de qualquer veículo motorizado), seu rebanho diminuía e aumentava. Dos trinta fiéis que descansaram por duas semanas perto de Shelbyville para um parto, apenas dezoito escaparam de um ataque de um grupo de Rapinantes.

Os que ficaram para trás, vivos ou mortos, foram exaltados pela glória, explicou Javier. O sacrifício exigido pelo divino era que os outros seguissem em frente.

Alguns morreram de doença ou dando à luz. Alguns fugiram na noite. Outros se juntaram simplesmente pela segurança de estar em grupo, e a maioria deles o abandonou.

Num dia verdejante de primavera, três anos depois de sua redenção, ele conduziu seu rebanho de 23 apóstolos para o topo da montanha.

E lá, com os cabelos grisalhos esvoaçando, o rosto banhado de sol, os olhos enlouquecidos, ele abriu os braços para o vale abaixo.

– Neste vale sagrado viveremos – disse ele. – Neste cálice de solo sagrado adoraremos. E, com nossas orações e nossa fé, o mundo será purificado, assim como nós fomos purificados e tornados dignos para a vinda do divino.

Demorou dias para chegar ao vale, e o rio que corria pela região se inchou com as chuvas da primavera. Eles acenderam fogueiras, armaram tendas.

Como suas mãos e seu coração eram mais puros, as mulheres preparavam a refeição de amoras e aveia. Como suas costas eram mais fortes, os homens juntavam pedras, gravetos e lama para construir abrigos mais fortes.

E ali, naquele vale silencioso, um louco devoto criou sua imagem de paz.

~

Oito anos depois, Duncan agachou-se no chão coberto de neve. O anoitecer se aproximava, fino e cinzento. Através da semiescuridão, o rapaz observou a comunidade.

– Sem defesas. Nada – disse ele, surpreso, para Will. – Sem guardas, sem barreiras. Meu Deus, Suzanne tentou avisar, e eles a ignoraram, pregaram para ela. Não quiseram ouvir. Agora, o inimigo pode se colocar em um desses cumes e matar todos como se fossem moscas.

Will assentiu, movendo-se um pouco enquanto seus olhos azul-escuros examinavam o espinhaço.

– Eu acho que eles vão colocar alguns soldados lá em cima, pegar os que quiserem fugir. Vão querer capturar o máximo que puderem. As execuções são seu grande show.

Ao lado deles, Eddie grunhiu. Seus cabelos cor de palha se dispersavam debaixo do gorro de esqui preto que Fredinha tricotara para ele.

– Os caras conseguiram criar uma situação crítica aqui, meu amigo. Não estão apenas sem defesas, mas quem diabo acampa onde não existe saída? Você chega até o rio e aí faz o quê? Não dá para atravessar a nado nessa época do ano, não mesmo. O frio mataria tanto quanto bala de revólver. A montanha bloqueia aquela saída. Se correrem para a floresta, tudo bem, mas até onde conseguiriam chegar? Nenhum deles está usando botas apropriadas. E, cara, o que são aquelas vestes estranhas?

Flynn, meio dentro, meio fora de uma árvore, pôs a mão na cabeça de seu lobo.

– Podemos perguntar a eles sobre suas roupas depois que salvarmos seus bondosos pescoços. Starr e eu podemos nos aproximar a partir deste ponto.

Starr, silenciosa como fumaça, saiu de uma árvore e simplesmente assentiu. Se ela pudesse dizer algo em duas palavras, não usaria três.

– Steve e Connor seguem em frente a partir daquele ponto. – Flynn fez um gesto em direção a uma faixa de árvores onde outros esperavam, incluindo os dois elfos.

– Ok, então. – Will se mexeu. – Avise a eles.

Isso era fácil, uma vez que elfos eram capazes de se comunicar por telepatia.

– E vamos deixar Maggie levar seu grupo até aquele cume. Qualquer GP que for para lá precisará ser impedido, mas em silêncio. Eddie?

– Diga.

– Leve sua equipe para o sul, com a de Jonah. Os GPs chegarão em breve.

– Eles estão vindo agora mesmo. – Flynn, alto, magro como um galgo, inclinou a cabeça. Seus olhos verdes e afiados estreitaram-se. – Estou ouvindo motores.

– Orelhas de elfo – observou Eddie.

– Direção?

– Sudeste. Uns 500 metros. – Flynn olhou para Starr em busca de confirmação, depois levantou a mão. – Pararam.

– Estão vindo a pé, para que a surpresa seja maior. Assumam posições – ordenou Will. – Vamos ser mais espertos do que eles.

Enquanto se posicionavam, Duncan observou os alvos se reunirem. Eles vieram, com aqueles robes estranhos e sapatos esquisitos, de tendas e do que pareciam ser cabanas de lama e galhos, e se colocaram em um círculo ao redor de uma fogueira central.

Crianças também, percebeu. Bebês carregados em panos amarrados aos pais.

Ninguém disse nada. Quando um dos bebês berrou, a mulher que o carregava lhe ofereceu o seio.

Então, houve silêncio. Ouviu-se apenas o ruído do vento passando pelas árvores, enquanto os que estavam no círculo, inclusive as crianças, puxavam capuzes sobre a cabeça e faziam uma reverência.

Alvos sentados, pensou Duncan. *Cada um deles.* O vento levantava as vestes, expondo as pernas nuas que só podiam estar congelando.

Um homem saiu de uma das cabanas, com longos cabelos soltos e grisalhos voando ao sabor de vento. Ele se colocou no meio do círculo. Ergueu os braços.

– Nós somos os Escolhidos.

– Sejamos dignos – respondeu o círculo.

– Todos fomos pecadores.

– Nós nos arrependemos.

– Vocês rejeitam o demônio dentro de vocês?

– Nós o rejeitamos e a todas as suas maldades.

– Vocês abraçam o divino?

– Nós o abraçamos. E imploramos pelo seu abraço.

Enquanto isso, Duncan se aproximou até ficar ombro a ombro com Tonia.

– Se as fadas não arrancarem todas as crianças – sussurrou Duncan –, precisaremos bloquear ou levar as crianças para a floresta. Depois voltamos para buscá-las.

Vejo três mulheres com bebês. Se não conseguirmos livrar as mulheres, livramos os bebês.

Duas crianças de colo, contou ele, e uma de talvez 1 ano ou mais.

– Combinado.

– Dun? Eles são um bando de malucos.

– Ah, sim, mas isso não significa que mereçam ser massacrados.

Não, mas vamos salvar esses caras hoje à noite, talvez até tirar todos daqui por segurança. E eles vão voltar. Porque são malucos.

Embora não discordasse, Duncan deu de ombros. Hoje é hoje. Amanhã será o que tiver que ser. Além disso, a chance de enfrentar e derrotar um esquadrão de GPs não pode ser desperdiçada.

Ele queria batalha.

Will ergueu a mão, depois, sete dedos, antes de apontar para o cume.

Comunicado dos elfos, pensou Duncan. Sete GPs subindo para o cume. Então ele apontou para a posição de Eddie, piscou dez dedos duas vezes. Vinte se movendo para o sul do acampamento. Quinze, confirmou Duncan, lendo o sinal seguinte, indo para oeste – a posição em que ele estava. Outros oito se movendo para leste.

E uma equipe de seis pessoas se espalhando pela floresta – uma equipe de limpeza, concluiu Duncan.

Os elfos eram muito úteis e mais silenciosos que os transmissores.

Ele ouviu o movimento, o estalo de um galho, enquanto o grupo ao redor do fogo continuava a clamar e responder sobre anjos e inimigos. Ele colocou a mão no joelho da irmã.

– Pronta?

– Com certeza.

Ela se moveu, rápida e quieta como uma cobra, subindo e girando atrás de uma árvore. Colocou uma flecha no arco. Duncan agarrou a empunhadura de sua espada e se levantou.

– Cume seguro – murmurou Will. – Acenda as luzes.

Duncan fez um movimento no ar com a mão livre e transformou a noite em meio-dia. Ele efetivamente cegou qualquer inimigo que estivesse usando óculos de visão noturna. E os gritos começaram.

Alguns no círculo simplesmente caíram de joelhos, talvez, pensou Duncan, por acreditarem que a luz era um sinal de seu deus. Outros se dispersaram.

Tiros começaram e os Guerreiros da Pureza avançaram.

Duncan já ouvira o ditado sobre uma faca em um tiroteio, mas considerava a espada uma outra história. Além disso, uma arma não fazia muito efeito em uma mão amputada.

O homem que ele golpeou soltou um grito estridente quando seu sangue jorrou. A mira objetiva da flecha de Tonia matou mais um, e a resposta de Will acertou outros mais.

Com amplos golpes de espada, Duncan lançou uma onda de poder, fazendo dois homens e uma mulher voarem para trás. Sentindo um movimento à sua esquerda, girou para bloquear um ataque. E foi isso que ajudou quando ouviu o zumbido de uma bala passando por sua cabeça.

Eles tinham espingardas, e as balas eram cartuchos cheios de pedacinhos de metal em vez de pólvora. Os estilhaços salpicavam árvores, cabanas, o chão. Duncan sentiu uma picada no quadril, ignorou-a e deu um soco na direção da arma. Quando ela se derreteu, o atirador gritou e a soltou.

Um dos elfos saiu de dentro de uma rocha e derrubou o atirador.

O caos tomou conta. Um dos curandeiros correu, puxando os feridos para a segurança. Fadas arriscavam a vida para descer, pegar as crianças e levá-las para longe da batalha. Duncan lutou com a determinação para a qual havia sido treinado. Combater o inimigo. Proteger os inocentes e seu próprio povo.

Então, para seu horror, percebeu que três dos Guerreiros da Pureza haviam atravessado o flanco norte. E um deles tinha um lança-chamas. Ele lutou mais, feriu um inimigo e impediu que ele se virasse e corresse em direção ao terreno desobstruído.

Mas seus golpes não foram rápidos o suficiente para impedir a mulher que gritou em triunfo ao mergulhar em chamas um dos homens que estavam ajoelhados.

O grito assustador e estridente e o som terrível de carne crepitante obstruíram o barulho do tiroteio e o zumbido das flechas.

Duncan não parou para pensar, e anos de treinamento desapareceram, esmagados sob seus pés em prontidão. Com um grito selvagem, ele fez os três inimigos saírem correndo. Quase não usou seu poder, apenas o suficiente para bloquear a chama que se apoderou dele.

A espada parecia viva em sua mão quando ele derrubou a mulher e, com a raiva o consumindo, a cortou e retalhou diante dos companheiros dela.

Um quarto homem, que investia em direção às costas de Duncan, desabou com uma flecha cravada no coração. Só então ele percebeu a faca na mão do homem. Em meio à sua fúria cega, só conseguiria vê-la quando fosse perfurado.

Então, tudo pareceu parar. Alguns gritos esmaecidos à distância pediam curandeiros. Duncan ficou parado, o fogo cintilando no rosto, o terrível cheiro de carne queimando tomando conta do ar. E quatro pessoas mortas a seus pés.

Ele ouviu Will gritando ordens para uma busca – pelos inimigos e pelos alvos – e ficou ali, com a espada ensanguentada, pesada, na mão.

Tonia se aproximou dele.

– Vamos embora.

– Eu meio que me perdi. – Ele ainda se sentia um pouco perdido.

– Sim, eu percebi.

Ele olhou para o homem morto, a flecha perfurando seu corpo.

– Obrigado por me salvar.

– Mamãe ficaria chateada se eu chegasse em casa sem você.

Com o braço, ele enxugou o suor, o sangue e o que mais estivesse no rosto, virando-se para ela.

– Ei, você está sangrando.

Tonia estremeceu quando olhou para o próprio bíceps.

– Sim, alguns estilhaços me atingiram. Dói bastante.

– Eu que o diga. Eles me atingiram também. – Ele apontou para o quadril. – Eu cuido de você. Você cuida de mim. E não diremos nada à mamãe.

Tonia ergueu as sobrancelhas e revirou os olhos.

– Ela vai ver o buraco na sua calça e na minha jaqueta.

– Certo. Vamos nos preocupar com isso mais tarde.

Ele colocou a mão no braço da irmã; ela pressionou a dela no quadril do irmão. Olhos nos olhos, eles juntaram o frio e o calor para curar.

Quando Will apareceu correndo, Duncan percebeu, pelo olhar dele, que ele estava pronto para lhe dar uma bronca.

– Você se vira sozinho agora – murmurou Tonia.

– Que merda foi essa, Duncan? Não precisamos de nenhum herói morto. Você corre sem nenhuma cobertura, três contra um?

– Eu só...

– Você só nada – rebateu Will.

– Eles incendiaram o cara, Will. Ele só estava ajoelhado ali, e eles o incendiaram.

– Então você arriscou sua vida por um homem morto. Nós cumprimos nossa missão aqui sem uma única baixa do nosso lado. Teríamos tido uma se sua irmã não tivesse sido rápida o suficiente para acertar o cara que estava prestes a cortar seu fígado. E isso só aconteceu porque você estava ocupado demais para perceber as coisas, brincando de ser a porra de um samurai.

– Ok, já entendi. – Mas parte dele não acreditava que sua atitude estivesse errada. – Me desculpe.

– Desculpas não resolvem. Meu Deus, eu tenho que confiar em você, em todo mundo, para pensar, para seguir o treinamento. O que eu diria à sua mãe?

Fazendo uma pausa, Will passou as mãos no rosto.

Duncan imaginou que haveria mais broncas, mas Eddie vinha mancando e chamou a atenção de Will.

– Você está ferido?

– Ah, só bati o joelho. Rachel pode me consertar. Mas, Will, eu vi Kurt Rove. Rove estava com eles.

– Rove? Você tem certeza?

Algo tomou conta dos olhos de Eddie, algo que misturava raiva fria e dor quente.

– Eu conheço esse filho da mãe, Will. Ele está mais velho, um pouco mais gordo, mas eu conheço o filho da mãe. Ele saiu correndo, o covarde. Confesso que quebrei a hierarquia para ir atrás dele. Foi quando eu bati meu maldito joelho. Não consegui pegar o cara, Will. Eu não consegui pegar o cara.

– Ok, tudo bem. Agora temos certeza que ele ainda está vivo. A gente ainda vai pegar esse cara, Eddie. Um dia, a gente vai.

Duncan queria perguntar por que Eddie recebeu um "ok" quando quebrou a hierarquia e ele recebeu um sermão. Mas sabia sobre Kurt Rove. Sabia que ele fizera parte do Massacre de Quatro de Julho.

– Vamos – disse Will, com a mão no ombro de Eddie. – Vamos levar essa gente para Nova Esperança. E os que não quiserem ir, bem, podemos dar a eles alguns suprimentos. Vamos embora.

– Ok.

Duncan esperou até que eles fossem embora, para evitar que Will se lembrasse de terminar o sermão.

– Ele não vai contar à mamãe – disse Tonia. – Ele pode até ameaçar, assustar você, mas não vai assustar a mamãe.

Ela esperou um momento antes de continuar:

– Você me assustou também, mas eu sei por que você fez isso. Está em nós. Will não entende. Mamãe também não, porque está em nós. Vem com o dom... Não sei explicar. Simplesmente é assim.

Ela suspirou tão fundo que criou uma pequena nuvem.

– Vamos ajudar a arrumar tudo e ir para casa. Não sei, Duncan, mas este resgate não me deu o ânimo que costumo ter quando fazemos algo assim.

– Então, somos dois. Sim, vamos arrumar tudo e ir para casa.

Quando ele se virou para caminhar com a irmã, percebeu um movimento com o canto do olho. Sua espada quase voltou para a mão. A garota que se escondia atrás da cabana se encolheu, choramingou. Lágrimas de medo brilhavam nos olhos azuis, brilhantes como uma flor.

Com um suspiro, Duncan embainhou a espada.

– Não vamos machucar você. Você está segura agora.

Mas ela balançou a cabeça, enrolando o corpo ainda mais.

Você precisa vir com a gente. – Tonia tentou imitar o tom natural da mãe. – Vamos levar você para um lugar seguro e quente.

– As mulheres nunca devem deixar o vale sagrado.

Duncan imaginou que ela talvez tivesse a mesma idade dele, talvez um pouco menos. Ele não achava que isso a qualificasse como uma mulher, mas deixou passar.

– Não podemos mais ficar aqui, não é seguro. Os GPs podem voltar. Como você se chama?

– Eu me chamo... Petra.

– Preste atenção, Petra. Sua mãe ou seu pai está aqui? Podemos ajudar você.

– Minha mãe morreu no parto porque sou amaldiçoada. Meu... meu pai...

Ela apontou para a carcaça enegrecida no chão.

– Eu sinto muito. – Tonia se agachou. – Sinto muito mesmo. Você precisa vir com a gente. Não sobrou nada para você aqui.

– Javier, o Abençoado, diz que...

– Ele não está aqui. – Perdendo a paciência, Duncan estendeu a mão para mostrar os mortos, o sangue, a destruição. – Você está vendo esse tal de Javier por aqui?

– Eles o levaram.

– Eles quem? – Tonia exigiu saber.

– As pessoas que vieram para profanar o vale sagrado. Eu vi que eles o arrastaram para longe.

– Então ele não está aqui – concluiu Duncan. – E não tem mais ninguém aqui agora. Você precisa vir com a gente.

– É um bom lugar – acrescentou Tonia. – Estamos indo para um bom lugar.

– Uma terra santa?

– É um bom lugar – repetiu ela, oferecendo a mão à garota. – Vamos levar alguns dos seus... amigos para lá também. Qualquer um que queira vir. Ninguém vai machucar vocês. Vocês terão comida e abrigo.

E um banho, pensou Tonia, porque, oh, céus, ela estava precisando.

Quando a garota pegou a mão de Tonia e se levantou do chão, Duncan notou que ela era mais ou menos da altura de sua irmã. Os cabelos, presos em uma longa e emaranhada trança, eram louros e estavam sujos. Muito sujos.

O robe (na verdade, era mais um saco, pensou ele) parecia feito de alguma espécie de tecido. O mesmo usado nos sapatos inúteis, que iam até os tornozelos.

Mas ela obedeceu a Tonia em silêncio, por isso ele considerou que o problema estava resolvido. Decidiu ficar para trás – sua própria punição por quebrar as regras – e ajudar a queimar os mortos, já que o solo era muito duro para os enterrarem.

Já em Nova Esperança, assim que terminaram de instalar os que pertenciam ao culto de Javier – onze menores, incluindo os bebês, e três adultos –, voltaram para casa.

Ninguém precisava dele na clínica, onde Rachel, Jonah e os outros médicos e curandeiros cuidariam dos feridos, então Eddie resolveu examinar o joelho pela manhã. Só queria ir para casa.

Também não precisavam dele na cozinha, onde os voluntários serviam comida para os recém-chegados. Não precisavam dele para distribuir roupas nem para acomodá-los na casa que outros voluntários haviam preparado com esse propósito.

Ele queria Fredinha. Queria Joe. Queria olhar para os filhos, que estariam dormindo. Apenas olhar para eles.

Entrou na casa que Fredinha havia transformado em um feliz e colorido lar. Subiu as escadas. Primeiro, olhou no quarto das meninas. Rainbow, a mais velha, estava enroscada sob o cobertor colorido junto com um gato, um cachorrinho e um sorriso no rosto.

Angel, a mais nova, estava esparramada na cama, quase enterrada em sua coleção de bichinhos de pelúcia.

Foi até o quarto do filho. Max. Seu filho do meio, que recebera o nome de um amigo morto, dormia com outro cachorrinho, seu caminhão favorito e, mesmo adormecido, parecia pronto para causar problemas.

Os olhos de Eddie arderam.

Em toda a sua vida, Eddie nunca havia imaginado amar nada nem ninguém como amava os filhos. Ele jamais os teria se não fosse por Max e Lana, assim como jamais teria Fredinha, que só fazia iluminar seu maldito mundo, jamais teria aquela vida.

Foi até seu quarto, onde sabia que Fredinha o estaria esperando acordada. Ela se sentou na cama, com os cabelos ruivos formando um glorioso halo de cachos, a barriga redonda com o quarto filho, fazendo um cobertor de crochê para o novo bebê.

No chão, enrolado no tapete com outro filhote, Joe bateu o rabo em saudação.

– Eu ouvi você entrar. – Fredinha colocou o cobertor de lado. – Bryar mandou uma mensagem há mais ou menos duas horas, dizendo que todos estavam bem.

O sorriso desapareceu do rosto dela enquanto continuou a falar:

– Você não me parece bem. Vou preparar alguma coisa para você comer.

– Não. Não, não se levante. Eu não estou com fome.

Ele fez um sinal para ela continuar onde estava e se sentou, pesadamente, na lateral da cama, um móvel que trouxera de uma casa abandonada a menos de 100 quilômetros de onde viviam, pois sabia que ela gostava de camas com dossel.

– Você está mancando.

– Eu só bati o joelho.

– Rachel ou...

– Amanhã, ok? Eu precisava vir para casa. Alguém vai dar uma olhada nisso amanhã.

– Vou preparar um pouco de gelo para...

– Está tudo bem, Fredinha.

Ela se aproximou, aninhando-se a ele.

– O que aconteceu? O que há de errado?

– Foi ruim. Aquelas pessoas, paradas em pé, formando um círculo, orando, ou não sei que droga era aquela que estavam fazendo. Crianças também, e elas não têm roupas decentes, sapatos decentes. Magras, sujas e... Eu acho que eles devem ser todos malucos, Fredinha.

– As pessoas têm maneiras diferentes de lidar com os problemas, eu acho. Mesmo as loucas.

– Nós tínhamos um bom plano, um bom posicionamento, e funcionou. Na maior parte do tempo, funcionou. Os filhos da mãe pegaram uns dez deles, e outros apenas fugiram, mas recolhemos todas as crianças. Algumas delas ainda bebês, Fredinha. Ainda bebês.

Procurando conforto, ele colocou a mão na barriga da esposa.

– Tivemos alguns feridos, mas nada muito ruim. Todos foram curados e Rachel vai terminar o trabalho em breve. Nada muito grave. Nós trouxemos catorze para cá, sendo que onze são crianças. Alguns dos loucos se espalharam e nosso pessoal não os encontrou, nem os corpos, então... Alguns se recusaram a vir e não podíamos obrigá-los. Mas trouxemos catorze de volta, e isso é importante.

– O que houve, Eddie? Você precisa me contar.

– Estou tentando achar a melhor maneira. – Ele agarrou a mão dela com força. – Eu vi o Rove. O desgraçado do Kurt Rove. Eu o vi atirar em um dos loucos, uma mulher. Atirou nela pelas costas. Então ele fugiu, porque estávamos vencendo, Fredinha. Estávamos acabando com eles e eles fugiram, como os covardes que são. Fui atrás dele. Quebrei a hierarquia e corri atrás dele. Mas não vi o maldito, aquele filho da mãe. Só fiz machucar o joelho, e ele fugiu de mim... Eu não consegui pegar, Fredinha. Não consegui pegar Rove em nome de Max e Lana. Não consegui.

Fredinha abraçou o marido e o amparou enquanto ele chorava.

VISÕES

Quem olha para fora sonha;
quem olha para dentro desperta.

– Carl Jung

CAPÍTULO 11

Três dias depois, uma das mulheres que eles salvaram fugiu da cidade com seu bebê e duas das crianças. O único homem que veio com o grupo de resgate fugiu com um saco de comida, deixando para trás uma menina de 5 anos que alegara ser sua filha.

Rachel estava em sua sala, lendo os históricos dos que permaneceram.

Desnutrição, exposição ao frio, micose, dentes podres – a odontologia teria muito trabalho –, infecção nos rins. Duas garotas de não mais que 14 anos grávidas. Um caso de pneumonia dupla, várias fraturas mal consolidadas. Inúmeras feridas – mordidas de animais ou perfurações – mal suturadas.

E isso sem falar dos problemas mentais e psicológicos.

Ela se ajeitou na cadeira, tirou os óculos que começara a usar alguns anos antes, esfregou os olhos. Tinha os cabelos fartos e encaracolados presos para trás e usava um pouco da maquiagem orgânica que Fredinha lhe dera, pois a fazia se sentir melhor depois de vários dias trabalhando sem parar.

Jonah entrou, sentou-se à mesa. Entregou-lhe uma caneca.

– Finja que é um café preto bem forte.

– Eu adoraria poder esquecer como era esse sabor. Uma boa panqueca, grãos moídos na hora...

Ela bebeu um pouco do chá de equinácea.

– Fredinha está determinada a dar um jeito para que tenhamos grãos de café.

Ela suspirou.

– Agora estou pronta para dizer que vale a pena o risco de eles tentarem... mais uma vez. Sou fraca.

– Jamais. – Ele se inclinou para beijá-la.

Ele precisava de uma aparada nos cabelos, pensou Rachel, embora gostasse da aparência dele quando não se preocupava em ir ao barbeiro.

– Você deu o café da manhã para as crianças e as mandou para a escola?

– Ei, eu cumpro os meus deveres. Henry fez o chá para você. Disse que você estava precisando. Luke lavou a louça. Reclamou, mas lavou.

– São bons rapazes, os nossos meninos.

– Por falar em meninos, tem um que veio daquele culto que... Não estou exagerando, Rachel, acredite em mim...

– Não falei nada.

– O tal menino... ele tem apenas 3 anos. Diz que se chama Gabriel. Ele conversou comigo. Eu não levantei o assunto ontem à noite porque você estava cansada. Nós dois estávamos cansados.

– Temos um grupo de pessoas resistindo ao tratamento básico, um número bastante alto intimidando os demais a resistir. E os que concordam com o tratamento vão demorar a recuperar a saúde. Temos um bebê muito desnutrido e desidratado porque a mãe está na mesma situação e seu leite não é suficiente, e outro de 1 ano, talvez 1 ano e dois meses, ainda não desmamado, cuja mãe morreu no ataque, que está com uma terrível infecção no ouvido.

Enquanto tomava outro gole de chá, Rachel pressionou as têmporas.

– Eles se recusam a aceitar cobertores se forem de lã, não usam botas porque são de couro.

– Doutrinados por uma seita. – Jonah se colocou atrás dela por um momento, massageando seus ombros para livrá-la da tensão. – Mas as crianças podem e vão aprender diferente. Em pouco tempo. Esse menino...

– Gabriel, 3 anos, sexo masculino, desnutrição, micose, outra terrível infecção no ouvido.

– Esse mesmo. Tem alguma coisa nele, Rachel. Eu sinto que ele vai conseguir. Mas o... o da pneumonia dupla, o...

– Isaiah, cerca de 60 anos.

– Ele não vai sobreviver.

– Se aceitasse tratamento...

– Talvez sim, talvez não. Mas não vai escapar.

Como o dom de Jonah o fazia enxergar a morte e, muitas vezes, a vida dos que morreram, Rachel não discutiu.

– E então?

Jonah voltou, sentou-se na quina da mesa.

– As crianças vão precisar de uma família.

– Você tem razão. Os membros da seita se consideram uma família.

– Mas não são. Uma família não permitiria que as crianças morressem de fome quando houvesse animais a serem caçados. Não as deixaria congelar quando houvesse lugares que oferecessem abrigo. Talvez os adultos não possam ser questionados, ou desintoxicados, ou o que diabos queiramos fazer, mas as crianças podem. Certamente, as mais novas. Ele tem 3 anos, Rachel. O pai, ou o homem que ele pensava ser o pai dele, morreu no ataque. A mãe morreu quando ele nasceu, ou logo depois. Ele não sabe muito bem como foi.

Ela vinha assentindo enquanto ouvia, até perceber algo no tom de voz dele.

– Jonah, você está perguntando o que eu acho que está?

Ele pegou a mão da esposa e a esfregou entre as suas.

– Ele precisa de uma casa. Nós temos uma casa. Ele precisa de uma família. Nós somos uma família. Alguma coisa nele é especial, Rachel. Não consigo explicar, mas tem alguma coisa nele. Ele precisa de nós.

Ela caiu de volta na cadeira.

– Jonah... Uma criança de 3 anos. Nossos meninos têm 11 e 8. Uma criança de 3 anos. Que nunca viu um vaso sanitário ou uma banheira, pelo menos até alguns dias atrás. E nossos filhos...

– Precisamos conversar com eles. Eles precisariam concordar.

– Henry concordaria. Tem o coração mole. Mas o Luke... vai ser mais difícil de convencer. – Era mais parecido com ela, pensou Rachel, em aparência e temperamento. – E eu ainda não estou convencida. Só você.

Ainda um pouco confuso, Jonah soltou as mãos dela.

– No minuto em que olhei para ele e ele para mim... Foi imediato. Não como na primeira vez que olhei para Henry e Luke, quando os segurei. Não aquele amor avassalador e surpreendente. Mais do tipo... *Ah aí está você*. Sim, eu estou vendo e sei o que preciso fazer.

– Isso é o seu dom ou é o seu coração mole?

– Sinceramente? Acho que os dois.

– Vamos conversar com os meninos.

Ele pegou as mãos dela e as beijou.

– Eu te amo. Obrigado.

– Eu também te amo, mas há um caminho a percorrer antes dos agradecimentos.

Duncan ia para casa depois de um treino na academia com o melhor amigo, Denzel, um metamorfo. Como Denzel ainda tinha que passar pelo treinamento de combate e armas, nunca havia lutado em uma batalha de verdade nem ajudado em um resgate. Apenas em simulações. Então, como de costume, queria ouvir todos os detalhes da luta no Shenandoah.

Antonia seguia vários passos atrás, com April. Duncan ouvia as garotas rindo, principalmente April, que voejava em círculos. Falando de rapazes, imaginou Duncan. A menina-fada era obcecada por romances.

– Me fala sua pontuação, cara. Quantos você matou?

– Não é assim. Eu já disse. Não é como nos jogos do Chuck, ou nas simulações.

– Ah, deixa disso. Estão dizendo que você pegou três ao mesmo tempo, e quase ficou com a bunda queimada por causa de um maldito lançador de chamas. É verdade, ou não foi nada disso?

Denzel, um cara grande que se transformava em pantera (o que era muito bacana), bateu no ombro de Duncan.

Duncan reviu a imagem do homem ajoelhado, o manto imundo, a barba suja, os olhos vazios de medo e... um arrebatamento. E o jeito que as chamas o pegaram. E o comeram vivo.

Isso não era algo que compartilharia com Denzel, melhor amigo ou não. Denzel era muito mais mole do que pensava ser.

– O que eu fiz foi quebrar a hierarquia, e é por isso que estou preso escrevendo uma droga de uma redação sobre a cadeia de comando.

– Injusto, cara. Eles têm que me dar uma oportunidade de combater.

– Você foi reprovado em tiro com arco, em combate corpo a corpo, e ainda não consegue acertar o alvo com as balas de borracha. Você continua a ir mal em química, e precisa disso, cara, você precisa disso porque pode não haver uma bruxa por perto para fazer fogo, criar uma explosão, ou o que seja. Você quase não passou em táticas básicas.

Denzel revirou os enormes olhos escuros e depois abriu um largo sorriso branco.

– É só eu trazer o Kato e rasgar todo mundo.

– Sei, sei...

Pessoalmente, Duncan achava que Denzel deveria ficar nos esportes, onde ele brilhava, fosse agarrando a bola no futebol americano, fazendo uma cesta no basquete ou lançando um bastão no atletismo.

Nem todo mundo nascera para combater.

– Ei, quer sair hoje à noite? Magna tem um filme de terror para passar no DVD.

Magna, 18 anos, o único elfo preguiçoso que Duncan conhecia, morava em um prédio que todos consideravam a Central dos Elfos, porque muitos deles viviam ali.

A casa de Magna cheirava a suor, louça suja e lixo, que ele deixava de levar para o centro de resíduos e reciclagem.

Não que Duncan se considerasse excessivamente exigente; seu próprio quarto poderia se assemelhar a uma pilha de lixo se sua mãe não exigisse ordem e limpeza.

Embora Magna se recusasse a lutar, afirmando que era contra seu código moral, e muitas vezes desse um jeito de se livrar de qualquer trabalho comunitário, era inofensivo e de boa índole. Duncan gostava bastante dele.

Mas...

– Redação, lembra?

– Que pena. Você devia se livrar disso logo, cara. O Trot vai, e vai levar a Shelly. Aonde Shelly vai, Cass vai. Você bem que estava de olho na Cass.

Ele tinha os dois olhos em Cass no momento, a bonita morena que frequentava o que ele considerava uma escola civil. Desde o verão anterior, ela passara a exibir peitos realmente interessantes.

Mas, se ele deixasse a redação de lado, pagaria por isso. Não só com a ira da mãe, mas com uma dispensa automática da operação seguinte.

– Não posso fazer isso.

– Que droga para você. Quer alguma ajuda?

Ele ajudaria mesmo, pensou Duncan. Abriria mão da diversão para se debruçar sobre uma maldita redação, se Duncan pedisse.

– Não precisa, eu me viro.

– Se você terminar cedo, me procure. Tenho que ir. Te vejo mais tarde.

– Ok.

Ele observou Denzel, ombros largos, braços musculosos, atravessar a rua a galope, com seu rabo de cavalo balançando. Viu o garoto do resgate do fim do ano anterior (o nome dele era Garrett) com sua mochila, correndo pela calçada oposta com alguns amigos. Um deles se transformou em um lobo e logo voltou a ser gente de novo, fazendo os outros rirem.

Garrett fez uma pausa, lançou um enorme sorriso para Duncan e acenou. Então, gritou algo para Tonia.

Apaixonado, percebeu Duncan. O garoto estava interessado em Tonia – fato que lhe traria bastante munição para provocar a irmã.

Boa informação.

Satisfeito, Duncan enfiou as mãos nos bolsos, enquanto Tonia se aproximava. April, com seus voos e risadas, fora embora para casa.

– Por quem April está apaixonada agora?

– Greg.

– Greg, o elfo sardento de cabelos ruivos, ou Greg, o irmão de Denzel, ou...

– O de sardas. Ela acha ele arrebatador.

– O quê?

– *Arrebatador*. Ela ouviu isso em algum DVD. É a nova palavra favorita dela.

– *Arrebatador*. Sério? Por que você anda com ela?

– Ela é divertida. É meio bobinha, mas é divertida. E ela é mais esperta do que você pensa. Foi esperta o suficiente para deixar de lado a paixão que tinha por você.

Ele deixou cair os ombros, enquanto a imagem de April rindo e esvoaçando ao seu redor ainda o deixava mortificado.

– Ela não é meu tipo.

Tonia bufou.

– Você tem 14 anos. Eu sei disso porque, ei, eu também tenho. Então, você ainda não tem um tipo. Os caras da nossa idade que gostam de meninas têm apenas um requisito: peitos.

Ele pensou em Cass... e na redação idiota.

– O que você sabe sobre isso?

– Eu *tenho* peitos.

Ele quase bufou também, então teve uma percepção repentina que o atingiu como um raio e o fez parar.

– Se algum idiota tentar tocar em você, eu vou ficar sabendo.

– Se algum idiota tentar me tocar, eu posso cuidar de mim mesma.

– Nada disso. Se alguém tentar... com você, eu quebro a mão dele, depois a cara.

Tonia sacudiu os cabelos para trás, longos e soltos, sob o gorro de tricô.

– Eu não preciso de você para me defender. E talvez eu gostasse.

– Não quero nem ouvir uma coisa dessas! Eu quebro a mão dele, depois a cara dele, depois eu lido com você.

– Você não *lida* comigo, seu idiota.

Ela o empurrou.

– Você vai ver. – Ele a empurrou de volta.

– Você que cuide da sua vida.

Ela lhe deu uma cotovelada de lado.

– É o que eu estou fazendo.

Ele agarrou o braço dela e deu um puxão em suas costas.

Logo antes de levar um chute (com força suficiente para fazê-lo ver estrelas), ele avistou a garota loura, olhos azuis arregalados de surpresa, tentando se esconder atrás de um arbusto coberto de neve.

Ele deu um aperto de aviso no braço de Tonia e mudou de posição para que ambos ficassem de frente para a garota.

– Ei, oi, hã... Petra, certo?

Ele quase não a reconheceu, já que ela havia escondido muita coisa bonita debaixo da sujeira. Seus cabelos eram louros e dourados, sua pele tinha uma aparência suave. Mas ela recuou, exatamente como fizera no acampamento.

– Estamos só brincando – disse ele, com outro beliscão de aviso para Tonia.

– Garotos. – Tonia deu de ombros exageradamente. – Venha.

– Eu... eu não deveria estar aqui fora.

– Por que não? – Tonia resolveu a situação indo até ela.

– Porque... devemos ficar separados. Foi o que Mina disse.

– Não mais. Nós moramos bem aqui. – Tonia apontou para a casa. – Entre um pouquinho.

– Eu não sei se é permitido.

– Claro que é. – Com seu jeito de assumir o comando, Tonia pegou a mão de Petra, puxou-a para cima e não a soltou enquanto caminhavam. – E aí?

– Não sei...

– Gostei do seu tênis.

Petra olhou para os All Stars pretos e ligeiramente gastos que estava calçando.

– Não é meu de verdade, mas eu não tinha o que calçar. Trouxeram outro, mas era feito de animal.

Tonia a levou para dentro de casa. Com um gesto, ela acendeu o fogo na lareira.

Petra recuou.

– O demônio...

– Por que demônio? – perguntou Duncan, tirando o casaco para jogá-lo no encosto do sofá. – Não acreditamos nisso. Você pode acreditar, se quiser, mas nós, não. Temos um dom que, para nós, vem da luz. Nossa, estou morrendo de fome.

– Ele está sempre com fome – comentou Tonia, quando Duncan foi para a cozinha. – Fique à vontade, tire o casaco.

– Eu...

– Deixa disso. Temos uma irmã, Hannah, que provavelmente está na clínica. Talvez você a tenha conhecido.

Tonia tirou o próprio casaco, jogou-o em cima do de Duncan e esperou enquanto Petra tirava cuidadosamente uma jaqueta azul um pouco grande para seu corpo magro.

– Eu não sei.

– Você foi examinada, certo? – Tonia levou Petra à cozinha. – Os médicos e tudo o mais.

– Eles disseram que eu estou com des...

– Desnutrição. Então, vamos comer.

– Mamãe acertou! – Duncan soltou um grito. – Temos pizza.

– Eles fazem na cozinha da comunidade – explicou Tonia sobre a pizza, enquanto abria uma garrafa de *ginger ale*. – E podemos congelá-la e depois esquentá-la. E temos isso.

– O que é isso?

– Refrigerante de gengibre. Raiz de gengibre, açúcar, limão, fermento para fazer as bolhas e água. Hannah fez esse lote, mas todos nós temos que ter aulas de culinária e química. Fazer coisas como *ginger ale* é química. E é gostoso.

Tonia serviu três copos, enquanto Duncan segurava a pizza até a crosta ficar dourada e o queijo borbulhar.

– Qual é o seu dom? – perguntou ele a Petra, casualmente. Então, deu de ombros quando viu os ombros dela se curvarem. – Muito bem. Então, como vão as coisas na casa do grupo?

– A médica... a médica disse que alguns de nós somos contagiosos e precisamos de medicação, e os bebês que ainda mamam precisam de um leite melhor. E Clarence e Miranda pegaram as botas feitas de animais e agora temos que evitá-los.

– Muito rudes. – Duncan cortou a pizza em fatias.

– É difícil, eu acho, porque vocês viviam em outro lugar que tinha outro pensamento, e agora estão morando aqui, de uma maneira diferente – observou Tonia, pegando os pratos. – Mas não dava para vocês continuarem lá.

– Se o divino traz violência para tirar nossa vida...

– Vocês se deitam no chão e morrem? – Duncan colocou uma fatia de pizza em cada prato. – Não me parece muito divino.

– Quantos anos você tem? – perguntou Tonia, sentando-se ao balcão da cozinha e apontando para o banquinho ao lado dela.

– Não tenho certeza. Eu me tornei mulher, mas ainda não concebi.

– O quê? – Com uma fatia de pizza a meio caminho da boca, Duncan congelou.

– Eu me tornei mulher – repetiu Petra. – Mas, apesar de eu ter me entregado, até para Javier, não fui abençoada com filhos.

– Você está dizendo que tem que fazer isso, e com aquele velho?

– Javier não tem idade – disse Petra, radiante. – É uma grande honra conceber uma criança com ele.

– Besteira. Isso é nojento e errado.

– Duncan...

Mas ele ignorou o aviso da irmã.

– Você queria fazer isso com ele? Ou teve que fazer porque ele criou uma lei ou algo assim?

– É uma grande... Eu tive medo – sussurrou a menina. – Mas essa foi a minha fraqueza. E doeu, mas esse é o sacrifício de todas as mulheres pelo pecado de Eva.

– Isso é ainda mais errado.

Tonia acenou para Duncan sair quando Petra baixou a cabeça.

– Eu cuido disso. Não é assim que as coisas funcionam aqui. E, se você ler livros e ouvir as pessoas mais velhas, não era assim que funcionava antes. Pessoas que faziam coisas assim eram punidas se fossem apanhadas. Você tem direitos. Todo mundo tem. E só porque somos mulheres, isso não dá a ninguém o direito de nos machucar ou nos obrigar a fazer sexo. Ninguém vai fazer isso com você aqui.

– Mas é preciso que haja filhos para aumentar o rebanho, para cuidar dos anciãos, para espalhar a palavra. Tantos deles morrem dentro do útero ou logo após o nascimento... Todas nós cumprimos com o nosso dever.

Tonia, uma feminista nata, porém mais diplomática que o irmão gêmeo, manteve a voz calma.

– Por aqui e em uma sociedade civilizada, as pessoas têm filhos porque querem e porque desejam cuidar deles, amá-los. Quanto tempo você ficou naquele acampamento?

– Não tenho certeza. Eu não nasci lá. Dois invernos, eu acho. Antes, nós apenas nos mudávamos, andávamos e nos escondíamos. E meu pai me batia e me excomungava por causa da minha maldição, embora ele também estivesse amaldiçoado. Javier e o nosso povo não me batiam nem me xingavam. E meu pai também parou quando abraçou a redenção.

– Ele parou de bater em você, mas o resto é apenas um tipo diferente de abuso. – Aquela ideia, toda aquela ideia, deixava Duncan enojado. – Também temos leis aqui. Se alguém machucar outra pessoa, será punido por isso. Todos se ajudam da maneira que podem. Nós cuidamos uns dos outros.

– Uma pergunta – disse Tonia. – Você era feliz lá?

– Eu era... não sei. – Claramente angustiada, Petra torceu os dedos. – Eu não sei.

– Talvez você consiga perceber se se sentir feliz aqui. Ei, a pizza está esfriando.

Petra olhou para o prato.

– Agradeço pelo alimento, mas... isso é carne de animal?

– Pepperoni. – Duncan mordeu sua fatia. – Tire, se não quiser.

– Eles fazem isso na fazenda grande – explicou Tonia. – E distribuem para a cozinha comunitária.

Com cuidado, Petra tirou as fatias redondas e deu uma pequena mordida na pizza. Seus olhos se arregalaram. Ela deu outra mordida, agora maior.

– É tão bom!

– Eles podem fazer sem o pepperoni – disse Tonia, entregando a Petra um dos guardanapos empilhados no balcão.

– Você pode simplesmente pegar?

– Todo mundo trabalha – repetiu Duncan. – Todo mundo come.

– Vocês têm esta casa grande e todas as coisas. – Com olhos maravilhados, Petra olhou ao redor. – Só vocês?

– E nossa irmã, Hannah, e nossa mãe. As crianças não vivem sozinhas enquanto não completam 18 anos. Alguns chegam sem pais ou adultos. Mas alguém os adota e cuida deles.

Petra mordeu o lábio.

– Clarence pode ir, e ele quer ir, com os outros. Para morar. Ele tentou fugir do divino, mas eles o trouxeram de volta. A maldição dele são asas e bolas de luz e...

– Fada – completou Duncan.

– Ele teve que ser ignorado muitas vezes e fechado na barraca de redenção até parar de ceder ao seu demônio. Como ainda era criança, não foi expulso, mas nós temíamos que ele cedesse ao demônio dele novamente quando atingisse a idade do julgamento.

– Não o seu demônio, a sua natureza – corrigiu Duncan. – Seu dom. Ele já machucou alguém?

– Uma vez... duas vezes. Ele brigou com outros garotos que disseram coisas ruins.

– Isso é diferente. Isso é se defender.

– Ele vai hoje à noite, para morar com umas tais Anne e Marla.

– Elas são legais – comentou Tonia, com a boca cheia. – Moram perto da academia. Criam ovelhas e lhamas e tecem cobertores e suéteres. E fazem arte também. É bonito. Anne é uma elfa, mas Marla é civil, ou seja, sem magia. Eu ouvi dizer que antes da Catástrofe, quando moravam em Baltimore, elas iam ter um filho juntas.

– As duas são mulheres. Isso é impossível. E é pecado.

– Não é pecado amar. E antes da Catástrofe havia ciência e tecnologia para ajudar as pessoas a terem bebês quando quisessem. Elas são pessoas muito boas. Clarence tem sorte de tê-las.

– Ele disse... ele me disse que Miranda pode ir com ele. E que essas mulheres aceitariam mais uma. Eu poderia ir.

– Você devia tentar, Petra – explicou Duncan. – Se não gostar de lá, não precisa ficar.

– Eu poderia ir, então, e não ficar?

– Anne e Marla não a obrigariam a ficar se você não estivesse feliz.

– É tão diferente... Tudo é tão diferente...

– Não chore – consolou-a Tonia. – Vai ficar tudo bem. Tome um pouco de refrigerante.

Obedientemente, Petra pegou o copo e tomou um gole. E riu, enquanto enxugava as lágrimas.

– Faz cócegas.

– São as bolhas.

– Eu nunca bebi bolhas antes. Ou não me lembro. Muitas coisas de antes estão embaçadas ou misturadas. Esme disse que tínhamos que voltar.

– Esme?

– Ela saiu, com o bebê, e levou dois dos pequeninos. Disse que tínhamos que voltar ou seríamos amaldiçoados. Mas ninguém quis ir junto. Ela foi embora e disse que voltaria para o solo sagrado, para o vale sagrado. E Jerome também foi. Ele levou as coisas do lugar onde estávamos morando e foi embora. Disse que eu poderia ir com ele, mas eu não quis ir. É bom estar aquecida e ter sapatos, roupas que não arranham, comer pizza e beber isso. Antes, tudo era confuso e difícil, e eu tinha medo, fome e frio.

– Bem... – Duncan colocou outra fatia de pizza no prato dela. – O agora começa agora.

– O agora começa agora – repetiu ela, sorrindo para ele.

Ela comeu a segunda fatia e, como o refrigerante tinha que ser racionado, Tonia lhe serviu suco na rodada seguinte.

– Fico muito agradecida pela comida e a bebida. Agora preciso voltar. Eles vão se preocupar e querer saber onde estou. – Ela se levantou, hesitou. – Se eu não ficar com Clarence e Miranda e ficar com Mina e seu bebê, vocês ainda vão falar comigo?

– É claro que vamos. Nós a veremos na escola e você poderá sair com a gente.

– Eu não sei ir à escola.

– Não se preocupe, você vai entender. Vou levar você até a porta.

Petra começou a caminhar com Tonia, depois parou, voltou-se para Duncan.

– É difícil falar com quem eu não conheço. É bom, mas é difícil. Você matou os homens com sua espada e sua maldição... seu dom – ela se corrigiu, o rosto corado. – Eu sei que eles teriam tirado a minha vida. Somos ensinados sobre as exigências divinas de nunca levantar a mão para outra pessoa, nunca pegar uma arma, mesmo quando nossa vida for tomada, ou a de outra pessoa. É o maior pecado. Mas eu estava com medo de morrer. Eu estava com medo.

– Ficar parado e não fazer nada para ajudar outra pessoa? Me ensinaram que isso é covardia, que, se não é pecado, é a maior das fraquezas.

– Então você não é fraco.

Duncan se sentou, pensativo, enquanto Tonia a levava para fora. Refletiu um pouco mais quando a irmã voltou. Ele sabia que Tonia limparia a cozinha imediatamente, sem pedir ajuda, pois queria ter as mãos ocupadas. Era sua maneira de pensar, ele supôs.

– Eu poderia ter sido ela – disse Tonia.

– Nem em um milhão de anos.

Mas Tonia sacudiu a cabeça.

– Ela tem mais ou menos a nossa idade, talvez um pouco menos. É difícil dizer, mas somos da mesma idade. Se não tivéssemos mamãe, e se mamãe não tivesse tido Jonah e Rachel para ajudá-la a tirar todos nós de Nova York... Se eles não tivessem encontrado Arlys, Chuck e Fredinha e...

– Muitos "ses" que não aconteceram.

– Os "ses" são sobre o que aconteceu ou não. Eu estou dizendo que eu poderia ter sido levada para um lugar como aquele, forçada a viver dessa forma, sofrido uma lavagem cerebral... porque esse é o caso dela, certo? Eu teria sido manipulada até me considerar um lixo. Apenas um lixo usado para fazer bebês e adorar algum *idiota* que alegasse estar falando em nome de alguma merda divina. E eu só teria ficado ali, enquanto me... O filho da mãe maluco ia me estuprar. Porque foi isso o que aconteceu. E eu acreditaria que o que há em mim é o mal, como ela acredita.

– Nesse ponto, você está errada. – Ele se levantou, guardou os pratos que ela havia lavado e secado. – Você nunca seria como ela porque é forte e inteligente e chutaria aquele doente e torceria as bolas dele antes que ele a estuprasse.

Ela abriu um sorriso bobo.

– Eu pensei que precisasse de você para quebrar mãos e caras por mim.

– Eu não falei que você precisaria que eu fizesse isso, falei que é o que eu faria. Você nunca seria como ela. Nada nem ninguém poderia fazer você ser como ela. Talvez, se ficar aqui, se ela se permitir, um dia será quem deveria ser.

– Estou feliz porque não o salvamos. Aquele Javier – disse Tonia. – Eu sei que não deveria estar, e isso vai contra tudo, mas estou feliz que os GPs o tenham arrastado para longe antes que pudéssemos salvá-lo. Se tivéssemos feito isso, se ele estivesse aqui, ela não teria chance alguma. Nenhum deles teria.

Duncan percebeu – e se deu conta de que deveria ter percebido antes – que toda aquela conversa com Petra havia perturbado sua irmã ainda mais do que a ele.

– Eu sei que existe essa... como se chama... escola de pensamento? – disse Tonia. – Isso. E alguns que a seguem acreditam que as coisas já estão destinadas a acontecer, acreditam em sorte, destino e toda essa baboseira. Eu não acredito em nada disso.

Ele afastou aquela teoria e respondeu:

– As pessoas fazem as coisas acontecerem, de um jeito ou de outro. Mas, se eu acreditasse nisso, diria que não era nosso destino salvá-lo, e sim as crianças, como Clarence, Miranda e ela.

Tonia não estava tão certa assim.

– Destino ou não, foi o que fizemos.

– Devemos contar a Rachel, e à mamãe também, mas principalmente a Rachel, por causa do acordo médico... sobre aquele negócio de sexo.

– Tenho certeza de que uma médica tão boa quanto Rachel sabe. Especialmente desde que uma das crianças que eu carreguei, também da nossa idade, estava grávida. Já com alguns meses, me pareceu.

– Meu Deus.

– Mas você tem razão. Vamos nos certificar de que Rachel saiba. Podemos tentar encontrá-la agora.

– É uma coisa de menina. – E ele já tivera conversas femininas mais do que suficientes para o dia. Para o maldito ano.

– Coisa de *menina*? – disse a feminista nata, com escárnio.

– Você é menina, e já que está metida no assunto, pode muito bem ser um tratado entre mulheres. Além do mais, eu tenho uma redação idiota para escrever.

Mas, quando foi para seu quarto, Duncan se jogou na cama para ficar olhando para o teto. Pensou nos peitos de Cass. Pensou nos cabelos dourados de Petra.

E pensou, como sempre fazia, na garota alta e magra, com cabelos curtos e escuros e olhos de nuvens de tempestade.

Não queria saber se ela era real. Ele a tinha visto em sua cabeça, em seus sonhos, com uma frequência muito grande para acreditar no contrário.

Onde ela estaria?

CAPÍTULO 12

Na primavera, Fallon já conseguia manejar uma espada. Mallick a derrubou, a desarmou e a decapitou metaforicamente mais vezes do que ela gostaria, mas ela se lembrou de que ele tinha séculos de prática e ela, apenas alguns meses.

Primavera significava plantar, e a menina da fazenda encontrava conforto na familiaridade do ato. Sabia que, enquanto trabalhava na terra, sua família fazia o mesmo. Não precisava das aulas de matemática que Mallick lhe empurrava para calcular que já havia se passado um quarto do seu tempo de treinamento.

Mallick lhe ensinara o básico: matemática, história, literatura e os aspectos práticos de táticas, estratégias e mapeamento. Quando ele ampliou as lições para engenharia e mecânica, ela se orgulhou da surpresa que ele teve ao ver quanto ela já sabia.

Afinal de contas, ela ajudara o pai a construir, aprendera como as máquinas funcionavam, como consertá-las, até mesmo como construí-las a partir de peças avulsas que encontravam.

Ele a levou mais longe na magia do que a mãe jamais o fizera, e isso deixou Fallon muito satisfeita. Quanto mais ela sabia, mais se abria, mais radiante era o ritmo em seu interior.

Entretanto, o globo de cristal que Mallick lhe dera quando Fallon era bebê permanecia nublado.

Suas habilidades com o arco e flecha melhoraram – em parte por seu desejo inato de se equiparar a Mick, ou até mesmo superá-lo.

Quando o clima esquentou e as folhas começaram a ficar mais verdes, Mallick permitiu que ela visitasse o acampamento dos elfos, o recanto das fadas e o abrigo dos metamorfos. Ela levou presentes em forma de comida, amuletos e bálsamos de cura e considerou as visitas uma espécie de recompensa pelo seu progresso, uma pausa nas tarefas e nos estudos.

Mas ela também aprendeu, como pretendia Mallick, outras culturas, ritos, crenças e histórias. Embora gostasse de conversar com as garotas de vez em quando, ela se via mais atraída pelos garotos, com suas competições e corridas, ou pelos anciãos, que falavam de caçadas e batalhas.

Certa vez, quando corria pela floresta com os jovens elfos praticando escalada em árvores, uma jovem elfa, da mesma idade de Ethan, caiu depois que um galho se partiu.

A elfa caiu com força, o braço direito torcido sob o corpo. Atordoada, a menina apenas choramingou, mas, quando os outros correram para ela e a viraram, ela gritou de dor.

– Bagger, chame a mãe dela – ordenou Mick. – Depressa! Eu acho que o braço está quebrado. Fique calma, Twila. Vai ficar tudo bem.

Mick alisou os densos cabelos que contrastavam com um rosto pálido sob a pele morena. Sangue escorria de arranhões na testa e na bochecha.

Ela apenas gritou novamente.

– Quero minha mãe!

– Eu vou levar você para sua mãe, ok? Eu só vou carregar você e...

– Não. Não mexam nela. Ela pode ter machucado outro lugar.

Embora entendesse que os elfos tinham seus métodos de cura e que uma criança tão jovem precisava da mãe, Fallon deu um passo à frente.

Fallon se ajoelhou e colocou a mão no ombro da garota que chorava.

Lágrimas rolaram sem parar pelo rosto da garota.

– Eu quero a minha mãe.

– Eu sei. Ela está vindo. Você consegue me ver, Twila?

Ela murmurou as palavras enquanto deslizava as mãos logo acima da garota. Cabeça, garganta, coração, tronco, membros.

– Você consegue me ver? – disse ela novamente, com os olhos nos de Twila. Aqueles olhos escuros e cheios de dor, que se concentravam em Fallon. – Você consegue me ver? – repetiu, e observou os olhos escuros brilharem com o transe.

– Consigo.

– Consegue me ouvir, Twila? Você ouve a minha voz? Você ouve o meu batimento cardíaco? Você ouve o que vive em mim se agitar e se elevar?

– Eu ouço.

Fallon ignorou o som de pés correndo, um grito de alarme, e manteve o que ela era, tudo o que ela era, focado na garota.

Atrás dela, o pai de Mick segurou o braço da mãe de Twila.

– Espere. Espere. A Escolhida está cuidando dela.

– Eu estarei em você, você estará em mim. Seus ossos ainda são macios, e a fratura foi simples. Eu estou em você, você está em mim. Dividimos a dor e ela diminui. Aqui. Me veja, somente a mim.

Fallon colocou a mão na fratura, entregou-se ao conhecimento.

– Comigo, Twila. Depressa.

E, segurando o osso quebrado, apertou. Naquele momento compartilhado de calor e dor, sua respiração parou, assim como a da menina. Os olhos de Twila se arregalaram em choque, as pupilas deixando de ser discos imensos e se tornando pequenos pontos, o processo se repetindo até seus olhos se fecharem em um suspiro choroso.

Uma nova lágrima escapou.

– Você está bem agora. Ela está bem.

Com o poder ainda pulsando dentro de si, Fallon recuou. Como podia se sentir tão forte, perguntou a si mesma, com aquela dor fantasma no braço, com aquele tremor?

– Era o braço – conseguiu dizer, enquanto se levantava. – De resto, foram apenas batidas e arranhões. Ela está bem.

Com um grito, a mãe saltou para a frente, pegou Twila no colo e a encheu de beijos nos cabelos e no rosto. Afagando a filha, pegou a mão de Fallon.

– Obrigada.

– De nada.

Fallon se virou para o pai de Mick. Pensava em Thomas como um homem-espantalho, por causa de sua constituição alta e magra e a massa de cabelos de seda cor de milho que ele usava em uma trança espessa.

Naquele momento, ele parecia um pouco atrapalhado.

– O galho quebrou. Foi o jeito que o braço dela ficou dobrado quando ela caiu em cima dele.

– Sim. Tome. – Ele ofereceu o cantil. – Beba um pouco de água.

Percebendo que sua garganta queimava de sede, ela começou a engolir depressa, mas ele colocou a mão no cantil.

– Devagar, menina. Devagar.

Ela obedeceu, e viu o mundo clarear e se acomodar.

– Não vamos esquecer o seu cuidado para com um de nossos filhos. – Ele tocou a mão de Fallon quando ela fez menção de demonstrar que tanta gratidão não era necessária. – Preocupar-se com o outro é o mais importante. Vamos levar Twila de volta ao acampamento e Mick vai levar você para casa. Mick?

– Sim, senhor.

Thomas se virou, pegou Twila.

– Não vamos esquecer – jurou ele, e levou a menina embora, enquanto a mãe acariciava seus cabelos.

Os outros correram atrás deles.

– Eu não sabia que você conseguia fazer isso.

Nem eu, pensou Fallon.

Quando voltou para a cabana, ela encontrou Mallick colhendo mel, uma tarefa da qual ele aprendera a gostar, apesar das picadas ocasionais.

Ele usava um chapéu grande com rede e luvas. Ela ainda podia enxergar as últimas nuvens de fumaça que ele havia evocado para afastar do favo as abelhas que não estavam fora buscando pólen, enquanto removia o caixilho e colocava outro, que os dois haviam construído.

Com o caixilho dentro do balde, ele se virou e a viu.

– Nossas abelhas têm sido bastante produtivas.

Como tinha sido instruído, ele começou a andar com o balde na direção da estufa para sair do espaço ao ar livre, pois o cheiro de mel atrairia abelhas.

Ela caminhou com ele, mergulhando nos aromas da terra e das coisas que cresciam.

– Aconteceu uma coisa.

Ele logo a olhou com apreensão, mas o que viu no rosto da menina o fez relaxar outra vez. Procurou uma faca, aqueceu-a e começou a destapar os favos.

– O que foi?

– Uma das meninas, chamada Twila... Ela tem 5 ou 6 anos, eu acho. Ela caiu. Estava subindo na árvore e um galho quebrou. Bateu o braço com muita força... Quebrou o braço.

Ele fez uma pausa, a preocupação renovada.

– Será que eles precisam da nossa ajuda?

– Não. Eu... eu a curei. Curei o braço dela.

Ele assentiu e continuou a separar mel, própolis e cera. Tudo podia ser usado.

– Como?

Automaticamente, Fallon pegou um vidro limpo para o própolis.

– Eu apenas soube. Nunca tinha feito nada parecido. Nunca havia curado um osso quebrado. E ela estava com muito medo e doía muito. Estava chorando e querendo a mãe, por isso eu tive que acalmá-la primeiro. Eu a coloquei em transe, um transe leve. Nunca tinha feito isso, Mallick, mas eu sabia fazer. Não tive que pensar ou imaginar como faria.

– Foi inteligente da sua parte. Uma criança tão jovem não se acalmaria sozinha.

– Eu fiz o que sabia e o que minha mãe me ensinou. Como procurar as lesões com a mente, com a luz. Foi apenas o braço. E foi rápido, a fratura era simples, regular. Eu fiz uma junção. Com pequenas lesões, não é preciso. É só...

– Superficial – disse ele, e continuou trabalhando.

– Sim, superficial. Mas para curar um osso é preciso mais. E acho que foi rápido, porque eu estava bem ali, porque tinha acabado de acontecer, e ela era muito pequena. Eu acho. Tive que machucá-la um pouco.

– Você compartilhou a dor?

– Foi apenas por um segundo. – Um segundo que ela jamais esqueceria. – O osso colou muito depressa, apenas aquele segundo de fogo e dor, e depois ela ficou bem.

– E você?

– Eu me senti estranha. Forte, mas estranha, e tudo ficou um pouco embaçado. Senti muita sede. Thomas me deu água, e eles levaram Twila para casa.

– Você agiu bem. Você aprendeu.

– Aprendi o quê?

– Algumas vezes, você pensa, planeja e avalia. Outras vezes, você sente e age. E sempre, sempre, confie no que está dentro de você. Confie no que você é. Você agiu bem.

Na manhã seguinte, Fallon achou uma recompensa à sua porta. Um saco pequeno de sal, outro de açúcar – ambos preciosos – e um pequeno pote de grãos de pimenta, algo ainda mais precioso.

Tudo havia sido arrumado em uma linda cesta trançada, coberta com pétalas de flores.

Quando ela pegou a cesta, viu Twila e a mãe. A mulher deu uma palmadinha no bumbum da menina, incitando-a para a frente.

– Eu vim agradecer.

– Obrigada por ter vindo.

– Fiz isso para você.

Ela mostrou uma coroa de flores entrelaçadas com botões de rosas e lindas margaridas, todas brancas.

– É muito bonito.

Aceitando o presente, Fallon fez a garota sorrir ao colocar a coroa na cabeça.

– Você ficou bonita. Como uma princesa, mas mamãe diz que você é uma rainha.

– Eu não sou...

– Eu estive em sua luz. – Twila sorriu para ela, um rosto cheio de confiança. – Era tão brilhante e quente, e nada doía, então não tive medo.

Fallon se agachou.

– Eu estive em sua luz. Era suave e bonita, como as flores.

Twila riu e em seguida abraçou Fallon, antes de correr de volta para a mãe.

Como estava satisfeito com Fallon, Mallick lhe deu uma hora extra para se dedicar à sua busca. Ela foi sozinha, convencida de que a presença de Mick ou mesmo de Faol Ban e Taibhse tornaria o cavalo ainda mais esquivo.

Muito embora – e isso ela era obrigada a admitir – já tivesse tentado sozinha antes, obtendo o mesmo resultado negativo.

Ela havia progredido em tantas coisas – seu feitiço, seu trabalho em sala de aula, no arco e flecha, na esgrima. Dominava o equilíbrio tanto com uma das mãos no lago quanto no chão.

Mas não fizera nenhum progresso na busca por Laoch.

Durante todos os meses de inverno, Fallon havia dito a si mesma que era apenas uma questão de aguardar até que a neve derretesse. Então, ela o encontraria.

Nos primeiros dias da primavera, disse a si mesma que o encontraria quando as folhas ficassem grossas de novo.

Mas, fosse no inverno ou na primavera, sozinha ou com companhia, não encontrara nem vestígios dele.

Naquele dia, como em tantos outros, ela escolheu uma direção aleatória e partiu em sua busca. Confortou a si mesma dizendo que, ainda que não encontrasse o cavalo, os dias iam ficando mais longos, o ar mais quente. E a floresta gerava flores. Cortou algumas, arrancou outras – não apenas para seus usos mágicos e medicinais, mas porque tê-las por perto a fazia lembrar-se de casa.

Só porque era capaz, lançou sua luz sobre alguns lírios do vale, aumentou a sua propagação, fez os pequenos sinos tocarem. A música leve e bonita atraiu borboletas azuis e amarelas.

A magia, a mãe lhe ensinara, deveria trazer alegria para onde pudesse.

E o tilintar dos sinos das flores e as asas coloridas e vibrantes lhe traziam alegria.

Enquanto sorria, admirando o cenário, Fallon ouviu um farfalhar. E uma espécie de marcha. Em seguida, ouviu a respiração forte que só um cavalo teria.

Por um momento, ela foi enganada e seu coração deu um salto rápido.

Então seus sentidos se sintonizaram, se espalharam. E ela revirou os olhos.

– Não seja tão idiota, Mick. Como se eu não soubesse a diferença entre um cavalo e algum elfo que não tem nada melhor para fazer do que tentar me enganar.

– Ah, fala sério, essa foi boa! – Com uma cambalhota, ele saiu de uma moita e pousou de pé, sorrindo para ela. – Nós estávamos caçando... e vamos comer como reis essa noite... e aí eu vi suas pegadas.

– Eu não estava tentando escondê-las.

– Não faria diferença. Eu consigo rastrear os passos de qualquer coisa, qualquer um.

– Sério? Você tem saído comigo há semanas, mas não encontrou o cavalo.

– Esse caso é diferente. Laoch não deixa rastros e fica invisível na maior parte do tempo.

– Você está inventando coisas.

– Ele provavelmente nem está por aqui. – Mick saltou em um afloramento de pedras e afundou até a cintura. – Ouvi dizer que ele mora em uma campina no topo da montanha, onde é verão o tempo todo.

– Você não é bom nem em inventar histórias.

Ele saiu da rocha e pulou para se balançar em um galho.

– Faz tanto sentido quanto um cavalo morar na floresta como se fosse um cervo ou um urso.

– Mallick disse que ele está aqui. E Mallick não mente.

– Então, ele está aqui um dia por ano. Pode ser isso – comentou Mick, enquanto descia, e os dois começaram a andar de novo. – Talvez apenas no solstício de verão. Não está muito longe. Por que você não faz um feitiço ou algo assim?

– Uau, por que não pensei nisso? O que, aliás, eu fiz, mas não é o caminho. Eu não encontrei Taibhse ou Faol Ban com feitiços.

– É você quem está louca por um banheiro.

Ela ia responder à altura quando se deu conta.

– Não é mais por isso. E acho que para Mallick nunca foi por isso. Ele apenas usou essa história para me dar as missões. E agora também não é mais por isso para mim.

– O que é, então? Você já tem um cavalo. E é um bom cavalo.

– Grace é um ótimo cavalo. Isso é diferente, isso é...

Um raio de sol a atingiu. Ela parou e se virou.

– Existem três espíritos. E eles são puros e poderosos. Eles são um, mas também são independentes. Escolheram oferecer sua lealdade e aliança, ou negá-las. Existe fé, existe coragem, existe compaixão? Esses também são um e, ao mesmo tempo, estão separados. Quando os três espíritos se juntam, quando os três espíritos se unem à Escolhida, eles se tornam uma espada quente e flamejante para atingir a escuridão, um espelho brilhante e luminoso para trazer a luz.

Mick não disse nada por um momento.

– Então tá... Você fica muito esquisita quando fala assim.

A visão desapareceu, mas deixou a pele dela formigando.

– Eu me *sinto* muito estranha quando falo assim, mas é verdade. E tem mais. Eles são três, e é como Mallick e seus símbolos. A sabedoria da coruja, a astúcia do lobo, e o cavalo simboliza o heroísmo.

– O que isso faz de você?

– Alguém que precisa deles. – Enquanto falava, ela sentiu. E colocou a mão no braço de Mick. – Fique quieto.

Ela atravessou por entre as árvores e soube quando Mick sentiu o cheiro, assim como ela. O cheiro de cavalo, o cheiro de flores, cavalo e couro.

Ele estava parado, não em um prado no topo de uma montanha, em um verão perpétuo, mas em uma pequena clareira. Flores cobriam todo o chão.

Ela já passara por aquele local inúmeras vezes, e não havia nenhum tapete de flores. Não havia nenhum magnífico garanhão branco de olhos verdes profundos, a crina flutuando ao sabor da brisa primaveril.

A sela era dourada, como Mallick lhe dissera, mas não o metal duro e pesado que ela imaginara. Ela via (e sentia o cheiro) o couro macio e flexível, assim como o brilho dos estribos brilhantes.

– Caramba. – Mick ofegou. – Ele é de verdade. E é realmente muito grande. Eu nunca acreditei que fosse tão grande assim. Uns 2 metros.

A menina da fazenda fez seus cálculos.

– Mais de 2. – E provavelmente, pensou, mais de 130 quilos. Ela fez uma pequena reverência. – Laoch. Eu sou Fallon Swift. Mallick, o feiticeiro, me deu três missões. A primeira era encontrar Taibhse, a coruja branca, com sua maçã de ouro. A segunda, encontrar Faol Ban, o lobo branco, com sua coleira de ouro. E a última era encontrar você, o magnífico Laoch, com sua sela dourada.

Ela começou a se aproximar, mas Mick agarrou seu braço.

– Espere um pouco. Se ele atacar...

– Por que ele faria isso? Eu não sou uma inimiga.

Quando ela entrou na clareira, Laoch balançou o longo rabo e mudou de posição, mexendo as gigantescas pernas. E recuou, erguendo as dianteiras no ar.

Mick se moveu em um segundo, segurando Fallon, colocando-se entre ela e aqueles poderosos e cortantes cascos.

– Tente machucar essa garota, apenas tente! E você vai se ver comigo.

O chão tremeu quando os cascos de Laoch voltaram a tocá-lo. Fallon podia jurar que as árvores tremeram até as raízes.

E ele ergueu a pata dianteira direita, inclinando-se para a esquerda, para exibi-la.

– É ele quem está ferido. Está tudo bem, Mick, está tudo bem. – Ela se soltou. – Eu posso ajudar você, Laoch. Posso ver o que você tem? Vai me deixar ajudar você?

– Droga, Fallon, ele vai te esmagar como se você fosse um inseto.

– Não, não vai. Porque ele me vê, ele me ouve. – Ela olhou nos olhos de Laoch enquanto colocava a mão na perna dele. – E ele me conhece. Posso ver? Quero ajudar. Você se mostrou para mim para que eu ajudasse você.

Ela levantou a pata dianteira do gigantesco animal, passando as mãos suavemente.

– Não sinto nenhuma torção. Ah, agora sim – murmurou, quando examinou o casco. – Tem uma pedra presa. Uma bem grande. Deve doer muito cada vez que ele dá um passo.

Ela encarou aqueles profundos olhos verdes.

– Eu posso ajudar. Você está me vendo – disse ela, enquanto, lentamente, pegava a faca. – Você sabe que eu nunca faria mal a você.

– Fallon.

– Eu sei como resolver isso. Preciso que você confie em mim. E você também, Mick. Preciso que você fique bem parado. Eu posso tirar a pedra. Quero tirar a pedra sem machucar você, por isso você tem que ficar parado. Está ferido, então pode doer um pouco... mas só um pouquinho.

Ela respirou fundo, depois mais uma vez e, com muito cuidado, passou a ponta da faca ao redor da pedra.

– Você a fez ficar bem enterrada. Me desculpe se doer. Eu quase consegui. Fique parado, só mais um minuto.

Ela teve que cavar mais do que gostaria, mas afrouxou a pedra e, com bastante cuidado, puxou-a para fora. E jogou-a para Mick.

– Mais um minuto – disse ela, quase cantarolando, enquanto acariciava a perna do animal e deslizava a faca de volta para a bainha para libertar a outra mão.

Ela colocou a mão sobre o casco ferido, uma área tenra, para aliviar a dor.

– Se você vier comigo, eu tenho um bálsamo que o fará se sentir ainda melhor. Você não precisa ficar. Ou eu posso pedir ao Mick que corra até lá e...

– Fallon.

– Eu vou ficar bem. Você pode chegar lá e voltar bem depressa. Mallick saberá o que lhe dar.

– Fallon – disse ele novamente, e, com alguma impaciência, ela olhou em volta.

Ela viu Taibhse lançar sua sombra sobre o chão antes de escolher um galho.

Viu Faol Ban sair das sombras.

– Eles estão juntos. Nós estamos juntos.

Cheia de alegria, ela acariciou a perna de Laoch. Sentiu o tremor, sentiu aqueles músculos fortes e, instintivamente, recuou.

Maravilhada, ela viu quando o chifre de prata se soltou daquela enorme cabeça. E quando ele mais uma vez se empinou, bufou, as asas prateadas fluindo para fora.

– Cara... Caramba! Ele não é um cavalo.

– Um unicórnio alado. – Fallon soltou um suspiro reverente. – Sua raça é chamada de alicórnio. E ele é meu. Ele é meu e eu sou dele. Como ele é de Taibhse e de Faol Ban e eles são dele. Nós somos nossos.

Ela apontou para o céu, e cores brilharam e se espalharam. *Felicidade*, pensou. E riu quando deixou que sua luz se dispersasse em dezenas de arco-íris.

Ela agarrou a crina branca para se lançar na sela dourada.

– Ele... ele não tem rédeas – disse Mick, gaguejando.

– Não precisamos de rédeas. Quer uma carona de volta?

– Acho que prefiro caminhar. Estou bem aqui embaixo. Ninguém vai acreditar em mim.

– Diga a eles que olhem para cima.

Rindo, ela jogou os braços para o alto. Dando um salto suave, Laoch se levantou e, com a coruja deslizando atrás e o lobo correndo logo abaixo, ela conduziu o alicórnio em uma nuvem de prazer.

Mallick observou Fallon atravessar o céu florescente no cavalo branco. *Uma estrela cadente*, pensou, *brilhante e gloriosa.*

O homem sentiu o coração apertar quando ela mergulhou, subiu, deu voltas e girou. O feiticeiro responsável pela Escolhida sentiu sua alma se elevar.

– Pelo menos ela conseguiu se segurar – resmungou Mallick, baixinho.

Ela abriu um braço para a coruja, mergulhou e aterrissou a um passo do lobo que se aproximava.

Então, foram até ele. Ela foi até ele, radiante como o sol.

A beleza e o poder daquela cena deixaram Mallick sem palavras.

– Eu o encontrei! Você não falou que era um alicórnio.

– Não cabia a mim. Laoch escolhe se quer se revelar em toda a sua natureza.

– Bem, ele fez isso. Mick deve ter feito xixi nas calças. – Sem parar de rir, ela afagou o pescoço de Laoch. – Ele é tão lindo! Mas precisa de um pouco de bálsamo. Havia uma pedra no casco dianteiro direito. Eu tirei e aliviei a maioria das contusões, mas foi profundo, e ele precisa de mais cuidados.

– Vamos cuidar dele.

– Eu sei o que eles são para mim, o que somos uns para os outros.

– Laoch nunca teria permitido que você o encontrasse se você não soubesse.

– Precisamos aumentar o estábulo, para quando ele quiser ficar.

Ela jogou as pernas para o lado e se deixou cair no chão, uma queda considerável, com uma espécie de fluidez despreocupada.

– Vamos fazer isso.

– Mas não uma baia. Apenas um abrigo. Ele não quer ficar num lugar fechado. Só quer uma cama e água. Ele pode ir e vir quando quiser.

Quando Taibhse voou para uma árvore próxima, Fallon fez um carinho no lobo antes de se aproximar da cabeça de Laoch.

– Eu entendo agora. Grace é minha, mas ela não foi criada para a guerra. Laoch foi, e ele é meu também. Eu gostaria que ele pudesse simplesmente voar, correr ou apenas ser ele mesmo. – Ela colou o rosto no do cavalo. – Que todos nós pudéssemos. Mas não podemos, não é?

– Há batalhas pela frente. Mas não hoje.

– Não hoje. – Ela deu um passo para trás. – Vou pegar o bálsamo.

– Você não disse nada sobre o seu grande desejo.

– Acabei de dizer que gostaria que pudéssemos ser nós mesmos.

– Eu estava me referindo ao banheiro.

Ela o encarou por um momento, depois riu.

– Quase me esqueci disso. Mas não quer dizer que não queira um banheiro. Trato é trato. Vamos precisar de materiais. Mas Laoch precisa do bálsamo. E de uma maçã.

Mallick ficou com o cavalo, a coruja e o lobo sob um céu ainda revolto de cores. Ele observou a garota que enviaria para a guerra entrar correndo em casa.

Sentiu um enorme orgulho e um dolorido pavor.

CAPÍTULO 13

Em um dia ensolarado de junho, Fallon fez Mallick cair sentado.

Embora sua habilidade com a espada tivesse melhorado continuamente durante a primavera, o momento surpreendeu a ambos. Mallick ficou no chão, sem fôlego, a espada ao lado, já que escorregara de sua mão pela força do golpe. Fallon ficou de pé, plantada no chão, as duas mãos segurando a espada, quando se virou para outro golpe.

Com a própria respiração irregular, o rosto molhado de suor, ela lentamente abaixou a espada. Então a ergueu novamente, junto com a outra mão, balançando-a contra o azul puro do céu, enquanto soltava gritos. E dançava.

– Uhul! *Finalmente!*

Ela balançou os ombros, fez uma dancinha e, com a espada na mão, executou uma espécie de pirueta batendo os pés com força no chão.

– E com as costas viradas para mim e essa dança boba, eu poderia matá-la meia dúzia de vezes.

– Ei, posso ficar alegre? Me deixa curtir a minha *vitória*! – Então ela parou, limpou o suor da testa com o pulso. – Você não me deixou ganhar de propósito? Você não fez isso, fez?

Ele se sentiu envergonhado ao perceber que queria alegar que o fizera. A garota, que o atacara feroz e astutamente, ferira seu orgulho e seu traseiro na mesma medida. Mas isso era uma tolice maior do que a dança dela. É verdade que uma menina de 13 anos o superara (dessa vez), mas ele se lembrou de que fora ele quem a treinara.

Então, a vitória também era dele.

– Não. Por que eu faria isso?

Ela voltou a pular, dançou um pouco mais, depois se colocou em posição. Sorriu com malícia.

– Vamos de novo.

– Quando alguém age com arrogância na batalha, perde.

– Eu me sinto arrogante e vou derrubar você de novo.

Ele se pôs de pé e murmurou:

– *Nid wyf yn credu hynny.*

Com um sorriso largo, ela pegou a espada novamente com as duas mãos.

– *I yn gwybod.*

Mallick jogou o cabelo para trás, começou a se colocar em posição. Então, simplesmente parou e a olhou fixamente.

– O que você disse?

– Eu disse que vou derrubar você de novo.

– Não, depois disso.

– Você disse que duvidava que eu fosse conseguir, com o maior mau humor do mundo. E eu apenas disse que sabia. Tipo, eu sei que vou. Estou pronta.

– Eu falei em galês.

– O quê?

Com a espada ao seu lado, ele se aproximou.

– *Ydych chi'n deall?*

Ela o encarou por um momento, soltou um suspiro.

– *Dwi'n gwneu.* Como? – indagou ela, impressionada. – Eu entendo as palavras, mas não entendo como consigo entender.

– *An dtuigeann tú?*

– *Tá.* Mesma pergunta, mesma resposta, mas isso era irlandês. Como é que eu sei que era irlandês?

– *Come ti chiami?*

– Eu não entendi isso, ou o que isso é.

– Eu perguntei seu nome em italiano. Isso virá também.

– O que virá? Isso é loucura. – O pânico tomou conta dela. Como ela poderia saber o que não sabia? – Eu não estudei essas línguas, o galês nem o irlandês. Aliás, irlandês é um idioma? Como eu sei disso? E agora eu sei que, quando você resmunga *damnar air*, está dizendo "merda" em irlandês. Achei que você estava xingando em galês, já que disse que nasceu no País de Gales.

– E agora terei que ser mais cauteloso com meus xingamentos.

– Essa não é a questão, droga! Eu não entendo como eu sei. Espere, espere. – Ela fechou os olhos com força, apertou a lateral da cabeça. – Gaélico-escocês, isso está aqui também.

– Elas têm uma raiz – explicou Mallick. – A raiz brotou em você.

– Como? Como é que eu sei o que não sei... o que não sabia?

Ele plantou a espada no chão, inclinou-se sobre ela, um homem que esperara um milênio por momentos como aquele.

Você é A Escolhida, Fallon Swift. Está dentro de você. O conhecimento, as respostas, até mesmo a capacidade de derrubar seu professor. Você acha que todos os que encontrará, todos os amigos, todos os inimigos, falarão apenas inglês? Aqueles que você liderar, aqueles contra quem lutará, aqueles que protegerá? Você precisa entender todos, e eles precisam entender você. Afinal, o que é a linguagem senão pensamentos expressos em palavras?

Ele raramente a tocava, mas colocou a mão em seu ombro.

– Essa é mais uma vitória sua. Eu não esperava que acontecesse tão depressa. O crédito é seu, não meu.

As palavras pareciam um enxame em sua cabeça, como abelhas construindo uma colmeia.

– Não consigo raciocinar. Está tudo estourando na minha cabeça.

– Acalme a mente. O conhecimento é uma bênção, um poder e uma arma. Neste momento, enquanto as raízes brotam, receba a bênção. Agora você pode me xingar em vários idiomas.

Isso a fez sorrir um pouco, e o sorriso varreu a ponta de pânico.

– Às vezes eu sinto que vou estar pronta. Que vou saber o que fazer, como fazer. Outras vezes... eu só quero ir para casa.

Tanta coisa, pensou Mallick, *para uma menina jovem, em uma bela tarde de sol.* Ele havia jurado treinar e proteger, mas de que servia isso sem algum zelo?

– Está ouvindo as abelhas zumbirem? Está vendo o jardim que plantamos florescendo? Você sente o cheiro da terra, das coisas que crescem. Você sente o ar ao seu redor, aquecido pelo sol? Ouça, sinta, veja. Mais fundo.

Com a mão ainda no ombro dela, ele levantou a outra no ar. E eles se viram no alto da colina, onde a mãe dela havia parado tantos anos antes, olhando para a fazenda.

Sua mãe, lavando a roupa suja. Lençóis ondulando ao sabor da brisa. Ethan jogando uma bola vermelha para todos os cães perseguirem ao mesmo tempo. Sua risada animada no ar. Travis tentando andar equilibrando-se nas mãos, enquanto Colin o provocava. A troca de zombarias, tão normal, tão real.

E seu pai caminhando atrás da mãe para agarrá-la, girá-la e beijá-la. O amor, mais verdadeiro que qualquer coisa que ela conhecia, atingiu seu coração.

As abelhas zumbiam, o jardim florescia com o cheiro da terra e das plantas que cresciam. O sol aquecia o ar.

– O tempo vai passar – disse Mallick. – Você não vai voltar como saiu, mas vai voltar.

As mangas da camisa de seu pai estavam enroladas até os cotovelos. A risada forte e feliz de Ethan quando os cachorros saltavam para pegar a bola vermelha. Lençóis ondulando às costas da mãe. O rosto de Travis vermelho devido ao esforço, enquanto andava com as mãos, Colin dançando em círculos ao redor dele.

Deus, oh, Deus, uma parte dela, a parte mais profunda de seu coração, queria correr, apenas correr até eles. Mas o resto, o que ela sabia, o que estava em seu sangue, a impediu.

– Como eu vou voltar?

– Mais forte.

– Posso voltar assim de novo? Só para ver todos eles por um minuto?

– Quando você aprender a fazer isso, vai poder.

– Então eu vou aprender.

Agora seus irmãos lutavam, assim como os cachorros. Sua mãe levou a roupa lavada para dentro e seu pai pegou a bola vermelha e a atirou, para que os meninos e os cães a perseguissem.

E Fallon ficou na clareira, ouvindo as abelhas, sentindo os aromas do jardim, a luz do sol.

– Obrigada.

– As vitórias devem ser recompensadas – disse ele, e se afastou.

– Muito bem. Pegue sua espada, porque eu quero outra vitória.

No dia mais longo, quando o sol alcançou seu auge, Fallon lançou o círculo. Com sua espada, desenhou um pentagrama dentro dele e, em cada um dos pontos, colocou uma vela. E as acendeu.

Ela havia colocado girassóis e dádivas do jardim, ervas frescas, água fria e clara do riacho.

Evocou o deus do fogo, agradeceu por sua luz. Agradeceu à deusa pela fertilidade que ela concedia à terra.

Mallick a assistiu realizar o ritual e pensou em Samhain quando viu o poder dela se levantar.

Ele o via agora, quando a menina erguia a espada, enquanto os cabelos dela, bem curtos, flutuavam no ar que ela fazia mexer.

– A espada dele vai flamejar. Ele é sangue do meu sangue. Minha espada recebe o fogo dos deuses. Eu sou carne de sua carne. Minha luz, a luz dele, a luz deles, a nossa luz atacará a escuridão. Minha vida, a vida dele, a vida deles, as nossas vidas se unem para esse propósito. O sol vai nascer e se pôr, nascer e se pôr. A terra vai florescer e descansar, florescer e descansar. Magias despertadas não voltarão a dormir. A hora do sono já passou, e aqui eu faço o meu juramento.

Fallon continuou:

– Neste dia, nesta hora, sob o sol, entre as flores, eu sou sua serva, eu sou sua filha. Vou enfrentar o que a mim vier, seja dócil, seja selvagem. Você, que forjou meu destino, acenda a chama dentro de mim, e contra a escuridão eu juro arder, ainda que leve dez mil dias. Eu lhe dou o que você pede de mim. Se assim for seu desejo, que assim seja.

Ela abaixou a espada e ficou em silêncio. Não empalideceu como antes. Já demonstrando, pensou Mallick, a soldado que se tornaria.

– Não posso voltar agora – disse ela, baixinho, e não como uma criança. – Cheguei longe demais, tenho muito em mim para voltar agora.

– Você fez o seu voto.

– Eu havia planejado fazer o ritual que minha mãe faz para o solstício de verão. É muito bonito. Espiritual, eu acho, mas simplesmente bonito. E então... eu fiz uma escolha. *J'ai fait un choix.*

As sobrancelhas dele se levantaram.

– Francês.

– *Parlo italiano anche.* Eu não falava antes de começar o ritual. Não penso em nada. Não está martelando dessa vez, mas é muita coisa.

– Eu sei. Você precisa fechar o círculo. Depois, terá o resto do dia livre.

Ela queria isso, mas...

– É muita coisa, mas ainda há muito a ser aprendido. Eu preciso de mais prática. Preciso aprender mais.

– Então, vamos trabalhar. Esta noite você vai à fogueira. Uma celebração traz equilíbrio para trabalhar e estudar.

– Eu quero ir. Você deveria ir também. Deveria... – pressionou ela, sentindo que ele daria uma desculpa. – Uma celebração traz equilíbrio.

– Muito esperta.

Ela sorriu.

– Ouvi isso em algum lugar.

Naquela noite, depois do pôr do sol do dia mais longo, Fallon dançou ao redor da fogueira com elfos, fadas e um bando de metamorfos. E o peso do trabalho, do aprendizado e do futuro desapareceu. Por uma noite, apenas uma noite, pôde ser apenas uma garota em uma festa.

Colocou na cabeça a coroa de flores que Twila havia feito; fez uma magia para conservá-la. Trouxe mel, manteiga de maçã e pão adocicado com groselhas como presentes para seus anfitriões. E, como durante seus meses com Mallick ela havia crescido 3 centímetros, procurou a astuciosa jovem elfo Jojo, que era conhecida por sua habilidade de encontrar qualquer coisa, e pediu calças novas. Em troca, ofereceu uma pulseira que fizera com couro trançado.

Enquanto a fumaça se enroscava, o fogo crepitava e os tambores soavam, Fallon se sentou com uma elfa que amamentava seu bebê. Antes da Catástrofe, a elfa fora uma estudante de intercâmbio. Para testar a si mesma, Fallon manteve a conversa com Orelana em francês.

– A família com quem morei era muito gentil. Eu tinha ido para casa no Natal e voltei para os Estados Unidos no dia 2 de janeiro. Ninguém sabia, não naquele momento, o que já havia acontecido. Ninguém sabia, então deixei minha família na França e voltei para os Estados Unidos. Voltei para a escola e comecei a ver, comecei a ouvir. Mas mesmo assim ninguém parecia saber. O pai da família americana foi o primeiro a ficar doente. Enquanto ele estava no hospital, a mãe também adoeceu, e em seguida, Maggie, a filha, que tinha a minha idade. Tão rápido, tudo tão rápido e tão terrível... No hospital, muitos doentes, muitos moribundos. Liguei para minha família, e meu pai já estava doente. Tentei ir para a França, mas não consegui passagem. Fui ao aeroporto para tentar chegar mais perto de lá, mas estava uma loucura.

Com cuidado, ela mudou o bebê para o outro seio e continuou:

– Pessoas doentes, pessoas desesperadas, pessoas irritadas. Empurrando, batendo, gritando. Polícia. Soldados com armas. Eu corri de lá. Levei horas para voltar para a casa, agora vazia, onde fiquei. Tantos carros indo e vindo, tantas pessoas doentes dentro deles. Tentei ligar para minha família francesa novamente, mas não consegui. Nunca mais falei com minha mãe, nem com meu pai, nem com meu irmão.

Fallon olhou para o fogo, observou o crepitar de vermelho e dourado no centro azul e quente. Por fim, disse:

– Foi uma época terrível, mas deve ter sido mais difícil para pessoas como você, que não estavam perto da família.

– Eu sei que meu pai morreu. Ele já estava doente. Mas tenho esperanças de que minha mãe e meu irmão tenham sobrevivido. Eu estava apavorada, e fiquei na casa vazia. Tinha medo também porque senti a mudança em mim.

– Seu sangue élfico.

– Exato, isso me assustou. O que eu era? Por quê? A família vivia no que eles chamavam de subúrbios. Você sabe o que é isso?

– Sei. No caminho até aqui, Mallick me mostrou. Comunidades fora das cidades.

Orelana assentiu.

– Isso mesmo. Um lugar tranquilo, rico, uma casa grande e adorável, mas, por dentro, eu estava sozinha e com medo. Do lado de fora, ouvia tiros e gritos, gargalhadas horríveis. E também via lindas luzes.

– Fadas.

– Isso mesmo. – Ela colocou o bebê no ombro, afagou as costas dele.

– Alguma coisa dentro de mim sabia que as luzes eram boas. Peguei o que achava que precisaria. Eu tinha apenas 19 anos, veja você. Uma vida de privilégios. Uma jovem em sua primeira viagem à América, longe de casa. Uma boa aluna, com sonhos de me tornar estilista. Estilista – repetiu Orelana, com uma risada. – Peguei o que pude carregar na mochila e segui as luzes.

– Como você chegou aqui?

– Eu sentia essa... necessidade dentro de mim, não apenas de seguir as luzes, mas de tomar esse caminho, e não qualquer outro, virar nessa estrada e não na outra. Durante dias, deixei essa necessidade me guiar, assim como ela me orientava a me fundir a uma árvore ou ao declive de uma colina quando alguma coisa ruim se aproximava.

Ela olhou para Fallon com um sorriso quando o bebê, quase dormindo, arrotou. Depois, continuou:

– Aprendi a não temer o que havia dentro de mim, aprendi a usar isso. Sempre que eu via corvos voando em círculos, eu me escondia. Quando ouvia brigas, eu me escondia. Ou corria, depressa, como só os elfos são capazes, para não ser pega. Mas os homens me pegaram. Soldados.

– Você foi levada? Eu não sabia.

– Eles disseram que me ajudariam, que me levariam para um lugar seguro. – Ao se lembrar, Orelana abraçou o bebê, balançou o corpo um pouco para embalá-lo. – Eles me deram comida e água. Eu estava tão cansada, com tanto medo, com tanta fome... Mas os elfos ouvem muito bem, como você sabe, e também ouvem pensamentos quando são altos o suficiente. Então, eu os ouvi falar e pensar sobre os centros de contenção, sobre laboratórios e testes. Campos de isolamento, todas essas palavras e pensamentos assustadores. Eu estava com outras três pessoas na traseira de um caminhão com metal pesado nas laterais, isso evitava que soubéssemos onde estávamos e aonde estávamos indo.

– Eu não sabia que você tinha estado em um centro de contenção.

– Eu nunca cheguei lá. Um dos soldados pensou muito alto, bem alto mesmo, para falar comigo. Minh – chamou ela.

Fallon olhou para o elfo que conversava com alguns dos homens e balançava uma criança sonolenta em um dos joelhos. Ela sabia que ele era o companheiro de Orelana e que os pais dele eram vietnamitas que haviam se mudado para os Estados Unidos, mas não sabia que ele havia sido um soldado.

Liderar, pensou, exigiria mais do que entender palavras em qualquer idioma. Seria preciso conhecer as histórias daqueles que diziam tais palavras.

– O que ele disse para você?

– Ele pensou: *Isso não é um lugar para ajudar os outros. É prisão. Esteja pronta.*

– O que ele fez?

– Primeiro, eu devo dizer que ele era um bom soldado, queria servir ao seu país. Mas não revelou sua verdadeira natureza aos outros com os quais servia. Como já tinha visto os acampamentos e centros, ele sabia o que aconteceria se contasse. Sabia o que estava acontecendo com os outros. Havia outros que serviam e que fizeram o mesmo, e descobriam uns aos outros. Alguns deles...

Ela fez uma pausa para ajeitar o bebê, deixar uma das mãos livre para pegar uma xícara e beber.

– *Esteja pronta*, pensou ele para mim, e pouco depois o caminhão parou, porque uma pessoa da resistência, uma bruxa, o fez parar. Eles armaram uma explosão, não no caminhão, mas perto. E mais outra.

– Na confusão, Minh deu a volta com a velocidade de um elfo, pegou o garotinho, que era um metamorfo de não mais de 3 anos, e disse à mulher que cuidava dele, que se tornara sua mãe, para ir embora correndo. Eu peguei a mão de uma garota, uma imune, e a puxei para fora. Nós corremos para a mata, onde mais gente esperava para nos ajudar. E escapamos.

– Minh liderou ataques contra um dos campos, um dos centros – prosseguiu ela. – Com Thomas e outros. Eles libertaram alguns, e alguns morreram, de ambos os lados. Nós viemos até aqui para tocar nossas vidas. Você conhece o garoto ali, o Gregory?

Fallon olhou para um grupo de adolescentes que fingiam estar entediados.

– Claro. É o que vira lobo.

– Era ele o menino que estava comigo no caminhão. Darla, embora não seja Incomum, vive com a matilha. Afinal, é mãe dele. A garotinha, a imune, é uma soldado da resistência. Envia mensagens para mim e para Minh de vez em quando.

– É uma boa história. Uma história forte.

– É importante nunca esquecer quem e por que somos. – Ela colocou de lado a xícara, soltou um suspiro de satisfação. – Eu não falo minha língua materna há anos. Você me deu um presente.

– É minha primeira conversa em francês, então foi um presente para mim também. Fico feliz porque Minh estava lá para salvar vocês.

Ainda bem que ele era um soldado e queria servir. E fico feliz por ele ter entendido como servir e tenha tido a coragem de fazer o que era certo.

– Eu me senti grata a ele naquele dia. Admirei sua coragem durante as semanas e semanas que se seguiram, sua capacidade de ajudar a liderar, a cuidar. Mas eu me apaixonei por ele em uma noite de primavera bem aqui, aqui onde estamos sentadas agora, quando o vi cantando para uma garotinha que havia tido um pesadelo.

Fallon conhecia aquela luz nos olhos de Orelana quando ela olhou para Minh. Ela vira isso na própria mãe, olhando para Simon.

– Aí está um homem que lutaria, pensei, que escolheria o que é certo e se arriscaria por isso. Um homem que cuidaria. E alguém que acalmaria uma criança com uma canção. Mas pensei muito alto – disse Orelana, com uma risada. – Não tinha aprendido a acalmar meus pensamentos. Então ele me ouviu. Ele me ouviu e olhou para mim e, como era corajoso, permitiu que eu ouvisse os pensamentos dele. – Ela suspirou. – Litha, o primeiro dia do verão, é um momento para o amor e os amantes. Um dia você vai olhar, e vai saber.

Ela deu um tapinha no joelho de Fallon.

– Agora preciso colocar o bebê para dormir.

Fallon sentou e ficou observando o fogo. Não tinha certeza de que algum dia haveria tempo para amar ou ser amada. Não tinha certeza de ter dentro de si algo que colocaria aquela luz em seus olhos.

Ela fizera um voto. Equilíbrio, refletiu. Uma dança em torno da fogueira no solstício, boa comida e amizades. Sua primeira conversa em francês. Mas, para compensar *aquela sensação*, ficara sabendo que Minh era um soldado, parte da resistência. Alguém que conhecia, caso ela precisasse saber, os locais que eram usados para campos e centros.

Talvez ainda fossem os mesmos.

Ele viu Mallick tomando vinho. Mas, enquanto bebia, ele se aproximou de Thomas e Minh, que havia passado a menininha para o irmão mais velho, além de alguns dos anciãos.

Ela duvidou que falassem de amor.

Batalhas, invasões, suprimentos, estratégias, segurança.

Não precisava ter ouvidos de elfo para saber o que os responsáveis pela liderança diziam.

Ela fizera um voto, aceitara seus deveres. Um dia, eles a procurariam para discutir aqueles planos. Era preciso estar pronta. Apoiando o queixo no punho, ela olhou para o fogo, as partes interiores azuladas, o estalo de calor vermelho, e se perguntou se veria o futuro.

Quando conseguiu ver, ela se levantou e se afastou da música, das vozes, da dança.

– Ei! – Mick foi atrás dela. Ele tinha um olhar apalermado que a fez ter certeza de que ele conseguira beber pelo menos uns dois goles de vinho das fadas. – Aonde você vai?

– Para casa. Está tarde.

– É o solstício de verão. – Ele subiu correndo um tronco de árvore e se desequilibrou. Quando estava quase caindo, ela percebeu que ele devia ter bebido mais do que dois goles. – Estamos indo ao recanto das fadas, dar um mergulho. Você poderia ir também. – Ele pegou a mão dela.

– Não, eu não posso. Tenho que começar cedo amanhã.

– Já é amanhã. A noite é agora. – Ele lhe deu um puxão, tentando trazê-la de volta para a festa.

– Mick, estou cansada. – Na mente, no coração. Até os ossos. – Vou para casa.

– Você vai se sentir melhor depois de um mergulho. – Ele se virou para ela, sob a luz do luar filtrada pelas folhas das árvores. – É a noite do solstício. É magia. Tudo é magia esta noite.

Ela ouviu os pensamentos dele. Eles lhe deram uma sacudida, um aviso, mas ela não se esquivou a tempo. Talvez, apenas talvez, parte dela estivesse na dúvida. Talvez até quisesse.

Então, na noite quente do solstício de verão, sob o luar filtrado pelas folhas, ela permitiu que ele a beijasse.

A sensação era doce, talvez pelo vinho das fadas, talvez pelo momento. Como ela poderia saber? Era seu primeiro beijo. Era... reconfortante, mesmo agitando levemente algo em seu interior, que ela não conseguia entender bem.

Doce, pensou, analisando o beijo durante a experiência. E macio. Por mais um instante, ela deixou o beijo se prolongar, desejando a sensação do doce e do macio.

Mas então se afastou. Agora, notou que os olhos de Mick estavam atentos. Viu neles desejo, também.

– Você é tão bonita... – sussurrou ele, estendendo a mão para ela novamente.

– Eu não posso. – Alguma outra coisa se agitou dentro dela, e dessa vez ela reconheceu a sensação de arrependimento. – Eu sinto muito.

– Eu gosto de estar com você. Gosto de você.

– Eu também gosto de você. Mas eu não... Me desculpe – disse ela de novo, inutilmente.

– Está bem. Está bem. Como você preferir. – A rejeição era clara em seu rosto. – Eu achei que você poderia querer se divertir de verdade. Ser normal por uma noite. Mas acho que você só quer ir embora e mergulhar na sua importância de ser A Escolhida.

– Isso não é justo. – E doeu como um tapa. – Isso realmente não é justo.

– É o que você está fazendo. O que você sempre faz. Porque se acha muito importante. Você acha que é melhor do que todo mundo.

No tapa seguinte, forte e inesperado, ela revidou:

– Eu sei que sou melhor do que você. Agora eu sei que sou muito melhor do que você.

Ela o empurrou de volta e, com lágrimas ardendo nos olhos, se afastou.

– Você me beijou de volta! – gritou ele.

– Não vai acontecer de novo. – Ela lançou os olhos lacrimejantes para o céu. – Isso é outro voto.

E marchou para dentro da clareira. As velas acesas durante o dia brilhavam e, encantadas, brilhariam até o amanhecer. Ela queria soprá-las, passar a mão e desligar sua luz, enrolar-se no escuro.

Sabia que não fora feita para o macio e o doce, mas para a batalha e o sangue. As batalhas e o sangue que enxergara no coração azul do fogo. A batalha se desenrolando ao redor dela, enquanto cavalgava Laoch através de espadas em luta, a chuva de flechas, os raios vermelhos. O sangue em seu rosto, em sua espada, ainda quente daqueles que havia matado.

E nas cinzas, nas cinzas sujas do fogo, ela viu o surgimento de corvos, ouviu-os gritar enquanto sobrevoavam em círculos os mortos e moribundos.

Ela olhara para a fogueira do solstício de verão, e as flautas e os tambores do banquete se transformaram em batidas de guerra. Olhara e enxergara o próprio futuro.

Entrou na cabana vazia e, pela primeira vez em meses, trancou-se em seu quarto. Encolhida na cama, chorou até as lágrimas secarem.

Antes do amanhecer, Fallon – uma garota ainda tímida, em seu 14º aniversário – fez seu terceiro voto da noite.

Que aquelas seriam as últimas lágrimas que derramaria devido ao que estava por vir.

Ela não viu nem sinal de Mick por uma semana e achou isso muito bom. Determinada, estimulou Mallick a lhe ensinar mais, a lhe dar mais, a testá-la mais. No final da semana, já podia fazer essas exigências em espanhol e em português.

Ele sabia que algo a incomodava, mas, quando tentou – talvez desajeitadamente, como admitiu – saber qual era o problema, ela se calou. Fechada como um cofre.

Ele também admitia que aquela fome súbita e insaciável por conhecimento e habilidade o esgotava. Então, quando ela saía com Grace ou Laoch, ele suspirava de alívio. E tirava uma soneca.

Isso porque à noite ela o enchia de perguntas sobre as batalhas em que havia lutado, as batalhas que conhecera. Perguntando, insistindo, exigindo cada detalhe, debatendo, até que a mente dele se confundia, esquecendo o motivo de uma batalha ter sido perdida ou vencida.

Ele sabia que ela fazia o mesmo com Minh, Thomas e a fada guerreira Yasmin. Não apenas sobre batalhas, mas também localizações. Acampamentos, assentamentos, números, instalações dos campos de contenção, campos de internação.

Ele suspeitava que ela tivera alguma discussão com Mick, já que há tempos não via o garoto por perto, e uma pergunta casual sobre ele resultou em uma Fallon zangada reagindo com: *Por que eu deveria saber?*

Mas Mick apareceu de novo, e a frieza inicial de Fallon em relação a ele parecia ter cedido. Entretanto, ela raramente corria pela floresta com ele, e agora passava mais tempo com o próprio Mallick, ou com os mais velhos dos clãs e bandos.

Quando o verão foi terminando, ele parou de se controlar durante a prática da espada. E ainda assim ela o superava durante quase a metade do tempo.

Fallon ficou mais alta, os músculos mais afiados, mais definidos. Ela raramente ria, e ele descobriu que sentia falta desse som. E, quando chegaram ao final do seu primeiro ano juntos, lamentou ver a guerreira de olhos frios devorar a menina.

No aniversário dela, sabendo da própria falta de habilidade, ele pediu a uma das elfas que assasse um bolo de especiarias. Presenteou Fallon com uma varinha que criara a partir de um galho de sorbus, uma árvore da família das rosas que encontrara em uma longa jornada ao Himalaia. Colocou na ponta dele um cristal de quartzo puro e claro, entalhando símbolos de poder; em seguida, usou três raios de luz para fortalecê-lo, impregná-lo e consagrá-lo.

Ele havia feito isso para ela um século antes de seu nascimento.

– Mallick, é lindo. – Ela levantou a varinha, virou na mão para testá-la. – E forte. Obrigada.

– Ela vai servir a você. Você pode praticar com ela criando um feitiço de camuflagem. Quando voltarmos.

– Voltarmos? Para onde estamos indo?

– Como é o aniversário do seu nascimento, pensei em irmos para o alto da colina, de onde se vislumbra a fazenda, para que você possa ver sua família.

O rosto dela se fechou.

– Não precisa. Eles estão bem, é isso que importa. Você quer me levar a algum lugar no meu aniversário?

Ela se levantou, pegou um dos mapas e o abriu.

– Quero que me leve até aqui.

Franzindo a testa, Mallick olhou para o que ela indicava com o dedo.

– Cabo Hatteras. Fica na Carolina do Norte. Por quê?

– Vila de Hatteras, no cabo, especificamente. Talvez eu queira ver o mar. Eu nunca vi. Talvez eu queira andar na praia.

– Mas não é esse o motivo. – Decepcionado, ele olhou no fundo dos olhos dela. – Você não está me dizendo a verdade.

– Não é mentira. – Ela deu de ombros. – Eu gostaria de ver o mar e caminhar na praia, porque eu também nunca fiz isso. Mas quero ir porque lá é onde fica um dos centros de contenção que Minh conhece. Pelo menos ficava. Quero ver se ainda está lá, qual é a sua configuração, a segurança, os números.

Ele poderia recusar o pedido. Mas não conseguiu pensar em um motivo para fazê-lo – e sabia que em pouco tempo ela não precisaria dele para uma viagem astral.

– Muito bem.

– Agora?

Ele colocou a mão no ombro dela.

– Agora.

CAPÍTULO 14

Ela estava em uma praia de areia dourada e viu o mar.

Vasto, poderoso, os verdes se derretendo em azuis, ondas subindo e descendo, expelindo espuma branca como se fosse uma renda líquida. O sol, glorioso em uma cavidade de céu sem nuvens, jorrava sobre o mar, deixando cair pontos de luz dançantes.

A imagem a fez perder o fôlego.

Ela já vira o mar em fotos, livros, DVDs, mas a realidade superava tudo aquilo. A pura maravilha do cenário explodiu através dela. O som do cenário, o batimento cardíaco acelerado do oceano, o rugido gutural de seu movimento constante ecoaram dentro dela.

Aves marinhas voavam e pegavam carona na corrente de ar sobre a água e a areia.

Ela se infundiu nesse perfume que jamais havia sentido e deixou a *vida* ali existente inundá-la ao sabor do vento forte que chicoteava sua blusa.

Incapaz de resistir, ela deu um passo à frente. A água lambeu suas botas quando ela se agachou para mergulhar os dedos no Atlântico.

– É gelada.

Em seguida, levou o dedo à língua.

– Salgada. Poderíamos encontrar maneiras de extrair o sal.

Ao mesmo tempo que sua mente trabalhava nesse problema, ela pegou uma pequena concha branca. Então, mais duas. Pensou em Colin, que ia gostar de ter essas conchas para sua caixa de tesouros.

Levantando-se, ela as guardou no bolso. Quando o fez, percebeu o rápido clarão, um brilho, um respingo.

– Um peixe tão grande alimentaria todos no acampamento.

– Sereia – corrigiu Mallick –, não peixe.

– Sereia.

– Ou tritão. Não deu para ver direito.

– Já ouvi histórias – disse Fallon. – Eles vivem nos oceanos?

– Em mares, baías, enseadas, até rios.

– Eles têm guerreiros?

– Sim, e ferozes.

Ela assentiu, guardou a informação e se virou.

Em seguida, vislumbrou o que um dia foram casas acima da praia, construídas sobre plataformas de madeira. Tempo, vento e tempestades haviam levado telhados e janelas. Pórticos pendiam das construções, como se embriagados.

– Eles devem ter mandado embora todo mundo que morava aqui. Os mortos devem ter sido queimados ou enterrados. Mas usaram as construções, mantiveram. Para alojamento de guardas, armazenamento de provisões e operações técnicas. Mas agora está tudo arruinado.

Ela foi em direção às casas enquanto falava, achou bem diferente caminhar na areia. Seus pés afundavam, era uma sensação que tanto a divertia quanto a irritava.

– Eles escolheram esse local, segundo Minh, pois podiam controlar a única cntrada, já que o outro lado termina na água. Mar de um lado, entrada controlada do outro, e só um caminho através de uma estreita faixa de terra. Podiam controlar tudo e criar um lugar isolado para uma prisão. Se alguém escapasse, para onde iria? Mas não conseguiram controlar o clima. Furacões, tempestades e erosão. Os que administravam a prisão ficariam tão isolados durante as tempestades quanto os presos.

Mallick não sabia sobre aquele lugar. Mas Fallon, sim, pois perguntara, enchera as pessoas de perguntas, cavara detalhes como se tivesse nas mãos uma pá.

– Minh esteve aqui?

– Uma vez, ele me disse, nas primeiras semanas, quando ainda acreditava que protegiam os indefesos. Ele achava que estavam trazendo as pessoas aqui para uma quarentena até que a cura chegasse. Mas descobriu que era mentira. – Fallon se distraiu um pouco e então disse:

– Dunas... Aveia-do-mar? E aquelas flores? Tantas coisas novas! Você sabe o nome?

– São gailárdias.

Ela repetiu a palavra enquanto subiam nas dunas.

– Lá. – Ela apontou e continuou andando. – O centro de contenção. A prisão.

Feito de concreto e aço, o prédio não tinha janelas e ficava no meio da estrada coberta de areia. Torres de vigia erguiam-se em todos os cantos, e Fallon viu em pelo menos uma delas algum tipo de arma. Devia ter vomitado balas com uma trovoada terrível. A construção também ficava acima do solo, sobre estacas e placas de aço.

Em outra torre, um grande ninho de alguma ave marinha. Um bom posto, pensou Fallon, uma boa posição estratégica, para pássaros ou homens.

O prédio tinha dois andares de um cinza hostil e tristonho. Ela observou que no segundo nível havia algumas janelas com venezianas de aço.

Ao redor erguia-se uma cerca alta, de metal, com placas que avisavam sobre cargas fatais de eletricidade. O portão, largo o suficiente para um dos grandes caminhões que estavam lá dentro, permanecia bem fechado, firme, preso com correntes.

– Eles abandonaram isso aqui. A areia está por cima das rodas dos caminhões e há ferrugem devido à água e ao sal. Na estrada que sinto sob meus pés há lugares que são intransponíveis devido à areia, e para o norte, ali? Tudo caído. Inundado, talvez. Eles abandonaram o local. Mas quero ir lá dentro, e você pode me levar.

Reconhecendo a pontada de impaciência na própria voz, Fallon se virou.

– Desculpe. Quero agradecer por me trazer e pedir que me leve para dentro do prédio. Quero ver como é.

– Eles se foram, Fallon, como você disse. Não há mais vida aqui.

– Eu preciso ver.

Ele assentiu.

– Abra o portão. Você tem o poder. Reflita – acrescentou Mallick quando ela deu um passo e se aproximou mais. – Como você se aproximaria do portão se houvesse gente lá dentro? Se o inimigo estivesse lá?

Ela deixou de lado a vontade de simplesmente lançar seu poder e explodir o portão. Correntes e cadeados, observou, muito simples. Mas, se o inimigo estivesse dentro, ela precisaria de algo mais sutil do que uma explosão para se safar das câmeras de segurança, dos vigias e das fechaduras eletrônicas.

Então pensou nas estratégias e táticas que aprendera com o pai e nas magias que desenvolvera com a mãe.

– Primeiro, eu lançaria um encanto nas câmeras. Não faria sentido deixar que o inimigo soubesse da nossa chegada. Não ia deixar que parassem de funcionar, mas eu diria algo como... "Pelo poder que há em mim, veja apenas o que eu quiser que você veja. Todos de carne e osso, vocês estão cegos até que esse feitiço seja desfeito." – Fallon estendeu as mãos, quebrou os elos e continuou: – Se eu travasse a porta, o inimigo mandaria alguém para checar. – Ela se aproximou mais, examinou os portões. – Se isso fosse um ataque de verdade, nós viríamos à noite. Haveria sentinelas nas torres. Solução mais rápida: arqueiros simultâneos. Para limitar as baixas, magias de sono simultâneo, mas isso seria mais complicado. Então, o portão... Não, primeiro o alarme do portão.

– Muito bom – murmurou Mallick.

– Um técnico poderia desativar. Mais uma vez, a maneira mais rápida é a melhor. – Ela estendeu o punho e abriu os dedos. – Com tudo já desativado, sobraria o portão.

Ela fechou as duas mãos em punho, apertou-as uma contra a outra, com força. Lentamente, então, as separou. O portão estremeceu e se abriu de pouco em pouco.

Ela respirou fundo.

– Está tudo enterrado na areia, fica mais pesado.

Seus músculos tremeram, o suor acumulou em sua testa, mas o portão se abriu um pouco mais.

A frustração ondulou através dela, como se lhe desse um soco.

– Abra, droga!

O portão se abriu com um estrondo de metal quebrando e areia se agitando.

– Eu acho que o processo poderia ter sido mais silencioso – reconheceu Fallon.

– Consideravelmente. Da próxima vez você faz a areia se afastar.

Reconhecendo o erro, ela estufou as bochechas e soprou o ar.

– Teria sido melhor. Enfim...

Ela atravessou o portão, caminhou por mais areia, uma espécie de praia seca onde caminhões e equipamentos flutuavam.

Observou a ampla porta de aço.

– Essa aqui eu explodiria. Entraria de uma vez. Torceria para termos algumas informações, uma noção da configuração interna, mas entraria depressa. Deve haver outra porta, talvez mais. Nos fundos, nas laterais. Faria o mesmo com todas elas. Entrar rápido e por todos os lados. Eles estariam armados, então seria preciso neutralizar... essa é a palavra que meu pai usa... neutralizar o maior número possível, o mais rápido possível, e proteger os prisioneiros, tirar todo mundo de lá. Essa é a missão. Levar para fora, em segurança, o maior número de pessoas detidas.

Ela olhou para Mallick.

– Posso explodir agora?

– Pode.

Ela mexeu os ombros, esfregou as mãos uma na outra.

– Um pouco de diversão pelo meu aniversário.

O poder veio com a força de um raio, quente e enorme. E provocou uma sensação muito boa. Um estresse que ela nem sabia que carregava se soltou em um único soco brutal.

As portas de aço se abriram de repente.

– Bum, bum!

Um pouco tonta, ela entrou.

Sem energia elétrica, o prédio estava às escuras, mas a luz do sol entrava pelas portas recém-abertas. E o primeiro corpo (ossos dentro de um uniforme queimado e esfarrapado) estava a poucos metros da entrada.

– Meu Deus. Meu Deus.

– Luzes. – Mallick agarrou a mão dela. – Comigo. Luzes.

Fallon estremeceu, mas uniu seu poder ao dele para criar um brilho verde-claro.

Com a luz, a garota viu outra porta atrás dos restos mortais, barras dentro de um vidro grosso. Através da porta, viu um centro de segurança com uma estação de guardas. E mais, muito mais mortos.

Restos esqueléticos estavam caídos em cadeiras atrás de monitores desligados. Eles se espalhavam pelo chão de concreto enegrecido por algum fogo ímpio.

Mallick soltou a mão de Fallon e abriu a porta gradeada. Entrou e se virou para a garota quando viu que ela não o seguiu.

Pálida à luz encantada, os olhos escuros revelando todo o choque. Não apenas pelos mortos, não só, Mallick sabia, pois ele também ainda sentia a fetidez de magias sombrias, presa ali dentro durante anos.

Quase pegou a mão dela novamente para levá-la para casa, para longe dos mortos e da escuridão. Mas isso era uma fraqueza que seu amor pela menina incitava, não era o dever do professor para com a Salvadora.

– Você precisa enfrentar. Isso foi, é e continuará sendo uma guerra, e a guerra traz a morte. Morte causada pelo homem ou por magias. Na guerra, você causará a morte, pela sua espada, pelo seu poder, pelas suas ordens. Para ser justa, para ser sábia, para ser forte o suficiente para trazer a morte, você deve enfrentá-la, ver seu preço.

Fallon tremeu, mas passou pela porta.

Viu mais portas. Dezenas e dezenas de portas de aço alinhadas nas paredes de concreto. Uma escada aberta levava ao segundo andar, onde havia ainda mais portas.

Ela se obrigou a ir até uma delas, embora parecesse estar flutuando mais do que andando. Abriu a portinhola e espiou através do vidro reforçado. Com menos de 2 metros e meio de largura e profundidade, a cela sem janelas tinha um vaso sanitário preso ao chão e um beliche estreito, com os ossos de quem quer que tivesse se enrolado ali em cima.

A raiva subiu junto com o choque, e ela fez a porta se abrir, depois outra, e outra, fazendo com que o barulho de metal sobre a pedra explodisse e ecoasse. Alguns dos mortos haviam sido amarrados nos beliches. Alguns eram crianças. Todos estavam sozinhos.

A raiva crescia dentro dela, e, com um grito furioso, Fallon levantou as mãos e lançou seu poder. Mais portas se abriram, algumas com força suficiente para quebrar o aço.

– Eles ainda estão presos aqui. Eu sinto. – Sua voz era rasgada pela indignação. – Está sentindo também?

– Sim.

Ela puxou as plaquetas de identificação de um corpo que estava no chão, apertou-as com força.

– Mostre para mim – ordenou, fechando os olhos. – Mostre.

Ela o viu, como ele tinha sido.

– Sargento Roland James Hardgrove, Exército dos Estados Unidos, designado para a Operação Recolhimento. Comandante Coronel David Charles Pickett. Idade: 36. Casado, dois filhos.

Agarrando as plaquetas, ela as pressionou.

– Ele dizia às pessoas que as levaria para um lugar seguro. Se encontrasse resistência, usava a força, força mortal quando autorizado. Essas eram as ordens. Um soldado segue ordens. Sua equipe trouxe o último grupo. Dois homens, três mulheres e dois menores. O menino, de cerca de 8 anos, lhe lembrou o filho, mas ele tinha ordens a cumprir. Completou a transferência, preencheu a papelada e estava indo para o refeitório quando morreu... Ordens. Ele seguiu ordens.

Ela deixou cair as plaquetas de identificação, aproximou-se de uma das paredes chamuscadas e colocou as mãos sobre ela.

– Outros seguirão as minhas ordens. Tenho que enfrentar a morte para mandar, para enviar outros para executar e causar sofrimento. Então, me mostre. Mostre para mim o que transformou luz e vida em morte e escuridão.

– Fallon, você não está pronta para...

Ela virou a cabeça de súbito. Seus olhos, quase negros de poder e fúria, brilhavam.

– Os poderes internos, os poderes externos, eu evoco. Mostrem agora e mostrem tudo. Se meu dever toca a escuridão, então as cortinas se abrirão. E verei, sentirei e ouvirei. Assim é meu desejo, assim seja.

Muito, pensou Mallick, muito para uma menina. Mas os dados estavam lançados.

O corpo de Fallon estremeceu, sua cabeça caiu para trás e as visões cegaram e escureceram seus olhos.

Vozes soavam em sua cabeça, chorando, gemendo, implorando.

– Muitos, muitos. Não consigo ouvir. Meu Deus, são muitos.

Noite. Embora ninguém nas celas soubesse se era dia ou noite. Eles os conduziram, já drogados pela comida e a água distribuídas na jornada. Então, caminharam lentamente, obedientes, oferecendo pouca resistência, quando foram examinados, despidos, catalogados e receberam roupas de prisioneiros. A maioria estava quase em transe quando foi conduzida às celas.

Alguns sonharam e gritaram durante o sono. Alguns resistiram aos medicamentos injetados dia após dia. E alguns, lutando, foram contidos até outra droga chegar.

Os detidos foram levados para o laboratório do centro para testes.

Divididos por categorias de MHI – manifestação de habilidades incomuns – e data de contenção.

Exigindo tudo de si mesma e dos próprios limites, Fallon fundiu sua mente com o espírito de uma garota amarrada a uma mesa em uma sala bem iluminada. Janis, estudante do ensino médio quando a Catástrofe chegou. Uma líder de torcida tentando tirar boas notas em Química.

Ele tirou sangue da garota, o homem de rosto vazio, jaleco branco e máscara cirúrgica. Conectou-a a uma máquina, colocando pequenos aros gelados em seu peito nu.

As roupas haviam sido tiradas e ela sentia muita vergonha por estar deitada completamente nua sob as luzes, sob os olhos e as mãos dele.

– Por favor. Eu quero minha mãe. Cadê minha mãe?

Elas haviam fugido juntas, o pai da garota morrera. Fugiram porque asas haviam crescido em Janis e sua mãe teve medo. Estavam indo para a casa da avó, mas não a encontraram. Continuaram fugindo.

E os soldados vieram.

– Por favor – disse ela novamente, mas o homem que colocava agulhas nela, que prendia os discos frios, não disse nada.

Ela tentou virar a cabeça, mas descobriu que não conseguia se mexer. Teria sofrido um acidente? Estaria paralisada?

– Por favor – disse a moça mais uma vez. – Me ajude.

Então percebeu que não emitia som. As palavras estavam apenas em sua cabeça, porque ela não conseguia falar.

Não conseguia falar, não conseguia se mexer. Mas conseguia ver, e sentir. Quando uma lágrima desceu pelo seu rosto, o homem a enxugou com cotonete, colocando-o em um pequeno pote. Em seguida, rotulou-o.

– Brody, estimulante, no 2.

Uma mulher surgiu no campo de visão da moça, foi até uma máquina e tocou um mostrador.

Janis sentiu o rápido choque elétrico no corpo.

No monitor, a mulher recitou os números. Frequência cardíaca, pressão arterial, respiração.

– Aumente para 4 – ordenou o homem.

Agora o choque foi como um tapa, e Janis gritou em sua mente. O instinto de fuga fez suas asas se abrirem, desejando voar para longe.

– Manifestação no nível 4. Vamos restringi-las.

Eles a machucaram, machucaram muito, feriram suas asas.

Mesmo com todos aqueles medicamentos, algo dentro dela se lembrou de que eles a haviam machucado antes. Lembrou-se de que sua mãe já não estava lá. Fora levada para outro lugar.

A dor a inundou, como antes, quando ele usou o bisturi para cortar um pedaço da asa. Mais lágrimas caíram, e dessa vez foi a mulher quem as recolheu.

– Como antes, a seção da asa perde a luminescência quando extirpada.

O homem selou a porção ensanguentada da asa em um saco plástico. Selou-a, rotulou-a.

– Precisamos de cabelo com raiz, Brody. Dez amostras da cabeça, dez do púbis. Mais uma amostra da urina. Todas as amostras devem ser enviadas ao Departamento de Química por correio especial.

– Só isso?

– Dessa vez, sim. Podemos pegar mais quando precisarmos.

Ele não sorriu, mas algo como um sinal de satisfação surgiu em seu rosto. Com todo o seu coração, Janis o amaldiçoou. Não pela dor, não mais, mas por aquele único olhar de satisfação.

Então o fogo entrou, negro e brutal.

– Não – murmurou Fallon. – Não, não, não dela. Mas de onde, de quê, de quem? Mostrem.

Soldados ocupavam seus postos. Três que estavam de folga comiam no refeitório: sopa de feijão, purê de batata de caixinha, pãezinhos duros com sua ração de margarina. Dois estavam fumando do lado de fora. Os cigarros valiam 5 dólares cada no submundo, mas o Exército os fornecia gratuitamente.

Um deles fazia a limpeza da cela da presa que estava no laboratório. O comandante exigia que cada centímetro do centro fosse limpo. Sem outros detentos programados para testes até o amanhecer, o soldado Coons planejava aproveitar um pouco do tempo livre para ver um DVD antes de dormir em seu beliche.

O comandante estava em seu escritório no segundo andar, lendo atentamente alguns relatórios. Tinha uma foto de sua família (esposa, filha, filho, genro, nora e dois netos) na mesa.

Sua amargura com a morte deles pelo vírus ardia continuamente. Sua crença de que aqueles nas celas abaixo tinham culpa por isso era absoluta.

Em uma daquelas celas, um bruxo havia enlouquecido. Abraham Burnbaum um dia fora um proeminente neurologista, um homem próspero dedicado ao trabalho e à família. Um homem que retribuía, que usava toda a sua habilidade para salvar vidas. Que gostava de golfe e vela. Assim como o comandante, ele assistiu à morte de seus entes queridos, e nenhum de seus conhecimentos, habilidades e conexões na comunidade médica os salvou.

Somente ele e o neto, que tinha seu nome, haviam sobrevivido. O pequeno Abe, com sua risada rápida e gorgolejante, sua paixão por dinossauros e lealdade absoluta ao Homem de Ferro, havia sobrevivido e, como o avô, começara a mostrar habilidades que o cientista em Burnbaum teria considerado absurdas.

Por mais de um ano, ele havia mantido o garoto em segurança. Mesmo quando tiveram que sair de casa em Alexandria, pois a luta chegara perto demais, ele o protegeu. Fez da fuga uma aventura. Caminhadas, esconderijos, pesca, acampamentos na floresta, ou em uma casa já abandonada.

Levou o menino para o sul. Climas mais quentes, temporadas de colheita mais longas.

Foi quando cometeu um erro. Cansado, foi descuidado, ou apenas ingênuo. Pensou que poderia fazer um lar para o garoto na pequena casa em ruínas perto da divisa da Carolina do Norte. Por um tempo deu certo, e eles se mantiveram afastados da estrada.

Mas eles vieram, os soldados, entrando tão rápido que ele logo soube que seria impossível escapar. Ele podia lutar: tinha uma arma, tinha os poderes estranhos dentro dele. Mas temeu pelo garoto.

– Abe. – Ele puxou o menino para a cozinha. – Rápido, agora. Para o esconderijo.

– Mas, vovô...

– Lembre-se do que combinamos. – Abraham puxou a porta para o porão. – Lembre-se do que você prometeu.

– Eu não quero...

– Você prometeu. Desça e não faça nenhum barulho. Não importa o que aconteça. Não saia até eu vir buscar você. Ou até você ter certeza de que eles se foram. E quando souber que eles se foram, o que você faz?

– Fico quieto e conto até 100 dez vezes.

– Só comece a contar depois que não ouvir nenhum barulho. – Ele cutucou o neto para fazê-lo descer a escada. – Depressa. Nenhum barulho. Eu te amo, garoto.

– Eu te amo, vovô.

Fechou a porta e, como já treinado muitas e muitas vezes, escondeu aquela entrada. A maçaneta desapareceu de vista, nenhuma abertura ficou à mostra.

Eles não bateram nem pediram que ele saísse. Entraram pelas portas dianteiras e traseiras, armados. Mesmo quando ele começou a levantar as mãos, um atirou nele. Não uma bala, embora doesse. Ele cambaleou sob o efeito do tranquilizante.

Ouviu as botas dos homens invadindo a casa, ouviu ordens berradas para encontrar o garoto.

Acordou mais tarde, a mente confusa, em uma sala pequena. Contido em uma cama, lutou para raciocinar, apesar dos medicamentos.

O pequeno Abe. Será que haviam descoberto o seu menino?

Podiam fazer o que quisessem com ele, desde que Abe permanecesse a salvo.

Eles o torturaram, usando uma droga paralisante, enquanto faziam seus testes hediondos. Às vezes ele ouvia gritos, mas nunca duravam muito. Ninguém se dirigiu a ele exceto para interrogá-lo e, depois de alguns dias, nem mesmo para isso.

Ele se reconfortou por ter mantido Abe em segurança. Deixava-se sonhar com aquela risada gostosa, aqueles olhos travessos.

Mas os dias, as semanas, os meses de cativeiro solitário, os medicamentos, os testes brutais sufocaram toda a sua esperança.

Seria Abe aquele que ele ouvira gritar? Pedindo sua ajuda?

Ele gritou e, quando os homens entraram, tentou lutar, tentou encontrar a magia escondida pelos remédios. Acendeu um fogo, o suficiente para chamuscar um de seus captores, o suficiente para levar uma surra até que outra pessoa desse uma ordem.

Eles o amarraram ao beliche novamente, injetaram mais remédios, fizeram mais testes.

Eles o enlouqueceram, e a loucura o fez mergulhar na escuridão.

E a escuridão é astuta.

O cientista provocou em si mesmo uma convulsão, uma pequenina, apenas o suficiente para que eles reduzissem a dose das drogas. Passou a demonstrar apenas obediência, mesmo quando o levavam aos chuveiros e o molhavam. Mesmo quando o torturavam.

Durante esse tempo, ele se juntou à escuridão ao seu redor, ofereceu a ela a sua existência, ouviu sua gargalhada maldosa dentro da cabeça.

Eles seriam queimados, todos eles. Um fogo retinto, corvos negros voando em círculos, fumaça preta subindo e bloqueando o sol.

Evocou a escuridão, deu a ela palavras em sua mente que desconhecia. Viu-a sorrir para ele, ouvir suas promessas.

Eles queimariam, todos eles queimariam, e ele se levantaria das chamas. Triunfante.

Então, quando uma fada agonizante amaldiçoou seu atormentador, Abraham soltou todo o seu ódio, sua raiva, sua loucura, derramando-os de si mesmo em chamas negras. E eles queimaram, todos queimaram.

Mas a escuridão, assim como a loucura, é astuta, e o varreu junto com o resto.

Tremendo, suando, Fallon escorregou pela parede.

– Eu vi. Eu vi. Estou enjoada. Vou vomitar.

– Descanse, agora. – Mallick a ajudou a se levantar. – Durma.

Ele a levou embora.

Depois que a deitou na cama, ele acendeu velas brancas, colocou sálvia para defumar, banhou o rosto da menina. Quando ela se mexeu, ele lhe deu uma poção para aliviar o enjoo e o choque.

– Eu vi... – Ainda via. Veria para sempre. – Eu preciso contar para você.

– Você me contou enquanto via, enquanto ouvia, enquanto sentia. Você me contou tudo. Agora, precisa descansar. Você se esforçou mais do que deveria. Não estava pronta para tanta coisa.

– Se eu não estivesse pronta, não teria conseguido.

– Se estivesse totalmente pronta, não teria se sentido mal. Isso deve melhorar agora, e eu vou fazer um chá que vai acalmar o resto.

Mas ela segurou a mão dele.

– Ele era um bom homem, Mallick. Ele era um bom homem. Um médico, alguém que curava. Ele se sacrificou para salvar o neto. E eles nem sequer o informavam se haviam encontrado o garotinho, se ele estava bem.

Não diziam. Assim como não contavam à menina, Janis, onde sua mãe estava. Por que foram tão cruéis?

– Para quebrar o espírito das vítimas. Um espírito quebrado é mais debilitante do que um corpo quebrado.

– Eles quebraram a mente dele, e isso é perigoso. Eles quebraram a mente, então ele se abriu para a escuridão e a escuridão o ouviu. Alguma força escura o ouviu e...

– E o explorou.

– Isso, explorou. E mentiu para ele, porque ele está tão morto quanto o resto. Janis nunca machucou ninguém, mas acho que, quando ela amaldiçoou o cara do laboratório, isso deu mais forças ao que quer que trabalhasse em Abraham, muito mais. Eu acho que... Havia tantas vozes que não consegui ouvir no começo, então tive que empurrá-las para trás. Mas eu acho que havia tantos quebrados, tantos querendo revidar que de alguma forma tudo se levantou, e quando Abraham acendeu o pavio, tudo explodiu.

– É possível. Muito possível. Assim como é possível que, com tantos contidos, já houvesse escuridão entre a luz. E isso também ajudou o fogo.

– Você está certo. – Ela fechou os olhos por um momento. – Eles tinham 146 pessoas trancadas. Havia espaço para 150. Alguns simplesmente morreram, outros foram enviados para outro lugar. Entretanto, naquela noite, havia 146. Foi há dez anos. No dia 14 de março, às 19h27.

Fallon apertou ainda mais a mão de Mallick quando ele balançou a cabeça.

– Precisamos voltar – continuou ela. – Precisamos cuidar dos mortos. De todos eles. E temos que purificar o solo.

– Tem razão, os mortos devem ser cuidados e seus espíritos, liberados. Um lugar de crueldade pode ser destruído e o solo, purificado.

Ele ficou orgulhoso por ela ter pensado naquilo, por saber a importância de fazê-lo.

– Mas não hoje – disse ele. – Amanhã. Eles esperaram até agora. Vou falar com Minh, acho que ele vai querer ir. Alguns dos outros também.

– Amanhã – concordou Fallon. – Mas não vamos destruir o edifício. É bem construído e tem boa localização, podemos precisar dele.

Ele foi fazer o chá. Ela estava mais fraca do que percebia. Na próxima vez, não vai ficar assim, pensou Mallick. Ela já havia demonstrado ter uma cabeça mais fria do que a dele. Depois do que vira e ouvira através dela? Ele queria destruir tudo o que estava no local.

Mas a guerreira, a líder dos guerreiros, entendeu que guerra significava morte. E também prisões.

– Ela nunca mais será uma criança – disse a si mesmo, enquanto acrescentava mel ao chá para mascarar o gosto amargo do restaurador. – Não depois de hoje.

Bem no dia de seu nascimento, refletiu ele. Muitas vezes, a luz era tão maliciosa e cruel quanto a escuridão.

Ele a ouviu caminhar, embora preferisse que ficasse deitada por mais uma hora. Então, ouviu o chuveiro. Os canos faziam um pouco de barulho, mas funcionavam. E ela havia feito por merecer.

Imaginou que ela queria se livrar do cheiro ruim da prisão, da mancha da morte. E percebeu que queria fazer exatamente o mesmo.

Saiu para caminhar até o riacho. Quando estivessem limpos outra vez, ele tiraria o bolo de especiarias que já tinha sido preparado para ela. Torceu para que ela gostasse.

Equilíbrio, pensou ele, enquanto se despia. Um pouco de bolo e chá, uma tarde tranquila e sem tarefas para ela.

Uma pequena maneira de equilibrar a feiura daquele dia, bem como a triste missão que enfrentariam no dia seguinte.

CAPÍTULO 15

O inverno chegou depois do outono, trazendo um frio brutal, ventos uivantes e neve implacável. Apesar disso, Mallick não desistia dos treinamentos físicos. Batalhas, dizia ele a Fallon, não esperavam pela amena primavera.

Ela aprendeu a lutar com uma espada em uma das mãos e uma faca na outra. E quando Mallick triplicou-se em uma ilusão, aprendeu a lutar contra vários inimigos.

Ela morreu muitas vezes, mas aprendeu.

Montava Grace por prazer e Laoch, pela emoção e para praticar, já que cavaleiro e montaria deveriam ser um durante uma batalha.

Armada com uma espada e um escudo pequeno, ela lutou contra Mallick a cavalo. A neve caía em flocos grandes, enquanto o vento gutural os girava muitas e muitas vezes, metal encantado contra metal encantado.

O experiente Gwydion, o cavalo de Mallick, atacava, recuava, girava com um destemor que Fallon admirava e respeitava. Fallon sabia que Laoch excedia até mesmo aquela habilidade, assim como sabia que a desvantagem da montaria estava em quem a montava.

Ela ia melhorar.

Espadas se chocavam, o som do toque abafado pela cortina de neve. Todas as horas que ela empunhara a espada, todos os baldes de água que levantara e transportara davam a ela uma força vigorosa. Apesar do frio, a excitação aquecia seus músculos. E, com um olhar e habilidade que não possuía apenas alguns meses antes, ela passou pela guarda de Mallick e atingiu seu coração.

Ele apenas assentiu.

– De novo – disse ele, dessa vez conjurando a ilusão de uma batalha ao redor de ambos. Guerreiros a cavalo, a pé, flechas voando, bolas de fogo explodindo.

Gwydion atacou e a espada de Mallick brilhou. Mas ela estava pronta. Bloqueou-o com o escudo e martelou nele, enquanto Laoch fazia Gwydion recuar.

Apesar dos gritos de guerra, dos gritos dos moribundos, ela ouviu a respiração ofegante de Mallick. E, com sua força jovem e afiada, deu um golpe atrás do outro. Em seguida, varreu o ar com seu escudo, golpeando seu mestre até fazê-lo cair do cavalo.

Ele caiu na neve pisoteada, com um estrondo.

Com um amplo sorriso, ela se inclinou para a frente.

– Você vai desistir dessa vez? É a terceira vez em uma hora que eu...

Seu sorriso desapareceu quando ele permaneceu deitado, os olhos fechados.

– Merda!

Ela saltou do cavalo e foi até ele. Quando começou a deslizar as mãos sobre Mallick, ele abriu os olhos e fez um aceno.

– Apenas sem fôlego.

– Me desculpe. Por favor, me desculpe. Tem certeza de que não está ferido?

– Eu sei se estou ferido ou não, e não estou. – Ele se sentou. – Você me fez cair do cavalo, mas, com seu ataque tão focado em apenas um oponente, meia dúzia deles poderia tê-la atacado pelos flancos.

– Não. Laoch me diria.

O olhar de Mallick se deslocou para o cavalo, que agora estava tranquilo.

– É mesmo?

– Diria. E eu posso sentir... nem todos, nem sempre... mas posso sentir quando um dos seus fantasmas vem contra mim. Entre nós, nós sabemos. E é preciso se livrar do inimigo primário. Você me ensinou isso. Pegue o primário, depois pegue o resto.

Ele apenas grunhiu, mas ela ouviu aprovação naquele som. E fadiga.

– Temos que escovar os cavalos. Eles estão aqui há mais de uma hora – disse ela.

– Eles são criaturas fortes e saudáveis. E eu também sou. Vamos mais uma vez.

Mas, quando ele se levantou e começou a remontar, surgiram os gritos.

Mick veio correndo, deslizando sobre a neve a uma velocidade que mal deixava rastros. Seus cabelos, cobertos de neve, esvoaçavam atrás dele.

– Vocês têm que vir! – gritou ele. – Vocês precisam vir.

No mesmo instante, Fallon agarrou a empunhadura da espada.

– O que foi? Um ataque?

– Não, não. Doença. As pessoas estão doentes. Meu pai... Vocês têm que vir.

– Mais devagar. – Mallick se adiantou, colocou as mãos no ombro de Mick. – Que doença? Quantos?

– Muitos. Febre e calafrios, e meu pai não consegue respirar. Tosse. Os chás e poções não estão funcionando. Vocês têm que vir.

– Você também não parece tão bem – afirmou Fallon.

– Estou bem. Estou... – Então ele contradisse a própria afirmação ao ter um acesso de tosse. – Meu pai...

– Entre.

– Não, eu tenho que...

– Entre – repetiu Mallick. – Precisamos de remédios. Você está febril. Fallon, prepare o chá. Milefólio...

– Milefólio, sabugueiro, hortelã. Eu sei. Não perca tempo – disse ela a Mick, puxando-o para a cabana, sinalizando para os cavalos os seguirem.

– Sente-se perto do fogo – ordenou ela a Mick, acendendo a lareira.

Gengibre, pensou ela, tomilho e mel. Para a tosse. Alcaçuz, equinácea, acrescentou, enquanto juntava as ervas contra a febre.

Colocou uma caneca de água para ferver e acrescentou as ervas para fazer a infusão.

– Vocês têm cobertores suficientes?

– Eu acho que sim. – Tremendo um pouco, o menino a olhou com desespero. – Precisamos nos apressar.

– E os metamorfos, as fadas?

– As fadas estão tentando ajudar, algumas estão doentes também. Os outros estão bem. Pelo menos estavam.

– Beba isso. Eu tenho que pegar mais suprimentos. Temos remédios na oficina. Mallick está selecionando o que é necessário, e eu posso conseguir mais daqui e da estufa. Vamos assim que tivermos o necessário.

– Alguns dos mais velhos temem que seja como a Catástrofe. Eles se lembram da Catástrofe. Estão com medo.

– Não é a Catástrofe. – Colocando a mão na testa dele, ela olhou. – É um vírus, é pneumonia. Dá no pulmão.

– O que é isso? O que é "pneumonia"?

– Não é a Catástrofe – disse ela rapidamente. – Beba isso. Eu volto logo.

Ela correu até a oficina.

Pneumonia disse ela, enquanto Mallick enchia dois pacotes. – Viral.

Ele assentiu.

– Vá para a estufa e pegue...

– Eu sei o que pegar.

Ela saiu correndo. Sua mãe ajudara a curar três pessoas com pneumonia na aldeia e ela presenciara o tratamento. E Mallick havia tratado dessa doença específica em seus estudos de cura.

Encheu outro pacote, correu de volta para o chalé no mesmo instante em que Mallick descia os degraus.

– Faremos mais remédios no acampamento dos elfos. Pegue Laoch e leve Mick com você.

Assim que montou, ela estendeu a mão para Mick. A mão do menino, úmida e sem luvas, tremia na dela.

– Você precisa se segurar em mim. Vamos bem depressa.

– Eu aguento. Vamos. Vamos logo.

A neve voava enquanto Laoch avançava por ela. Quando sentiu que o aperto de Mick ao redor de sua cintura era firme o suficiente, ela levou Laoch para o alto, fazendo-o voar acima da neve, ganhando velocidade enquanto se desviava das árvores. Embora soubesse que Mallick ficaria para trás, ela poderia começar a preparar os chás.

No instante em que entraram no acampamento, Mick pulou da montaria. Mesmo tropeçando e cambaleando, foi até a cabana que dividia com o pai.

– Preciso da ajuda de qualquer um que esteja bem – gritou Fallon. – Precisamos preparar chás.

Orelana, pálida de exaustão, acrescentou madeira ao fogo.

– Os chás não ajudaram em nada. Pensamos que ajudariam, ou teríamos mandado buscá-la mais cedo. A doença veio muito depressa.

– Estes chás são melhores, vão fazer mais efeito. Precisamos fazer cataplasmas e potes para vaporizar.

Ao redor do fogo central, ela instruiu Orelana e três outros a preparar e fazer misturas, mal olhando ao redor quando Mallick chegou.

– Quem está mais doente? – perguntou ele.

– Meu filho mais novo. Meu mais novo e o Velho Ned – gritou Orelana, apontando para uma cabana. – A neta de Ned está cuidando dele. Ela não está doente. Minh está com o bebê.

Mallick entregou a Fallon um dos pacotes.

– Você sabe o que fazer. Vou começar por Ned.

Ela pegou um dos potes, colocou o pacote de Mallick no ombro e depois um dos seus.

– Fique e ajude a fazer mais, Orelana. Eu sei onde fica sua cabana.

– Ele é só um bebê. Parecia melhor, mas hoje de manhã... É só um bebê!

– Ajude a fazer mais.

Fallon saiu correndo. Podia sentir a doença, as febres tão quentes e altas que achou incrível que não tivessem derretido a neve. Entrou na cabana onde Minh estava sentado à beira de um berço, banhando o rosto do bebê com um pano.

– Ele não quer mamar. Não fez nem um ano ainda... Só tem 10 meses.

Fallon se ajoelhou, passou as mãos sobre o bebê. Ambos os pulmões continham fluido e a febre era alta. Os olhos, parados devido à febre, encaravam o nada. Como os de uma boneca.

– Ele precisa beber este chá e esta poção.

– Ele não está desmamado. Ele...

– Mas você vai me ajudar – disse ela, calmamente, pegando um conta-gotas no estojo. – Ele é pequeno e não precisará tomar muito, mas dê o máximo de chá que conseguir. Primeiro isso, Minh.

Enquanto Minh dava o chá ao bebê, gota a gota, Fallon pegou uma pequena panela na cozinha, usou o jarro de água para enchê-la e colocou ervas, cristais esmagados, gotas de outra poção.

– Agora a poção. Quatro gotas para começar.

Minh lutou para conseguir, pois o bebê se mexia e recusava.

– Tem um gosto amargo, mas ele tem que engolir quatro gotas.

Minh pegou o filho e, embora seus olhos lacrimejassem, segurou os braços do bebê com um dos seus e o forçou a engolir as gotas.

– Bom, muito bom. Aqueça a panela – murmurou Fallon. – A água ferve e o vapor sobe. – Enquanto a água borbulhava, ela pegou um pano. – Isto aqui está limpo?

– Está.

– Ele não vai gostar, mas vou cobrir a cabeça dele com o pano. Você vai segurar a cabeça dele sobre o vapor. Se ele chorar, tudo bem. Estará puxando o vapor de cura para os pulmões. Ele vai tossir. Pode ser ruim. Mas você tem que segurar.

Vai doer?

– A tosse dói. – Ela pegou outro pano. – Mas vai liberar o líquido e a doença.

O bebê tossiu, gemeu, e lágrimas escorreram pelo rosto do soldado quando Fallon pegou a doença no pano.

– Deite o bebê, agora.

– A respiração dele está melhor. Está melhor, você não acha?

– Está, sim. – Mais uma vez, ela colocou as mãos sobre o bebê. – Menos fluido. Mas... Ela puxou mais para fora, para dentro de si mesma. Virou a cabeça, tossiu no pano. – Ele ainda está com febre, mas não tão alta. Continue dando o chá e mantenha o cataplasma no peito. Vou ajudar alguns dos outros, mas volto logo. Temos que fazer tudo isso de novo.

– Fazer tudo de novo... – repetiu Minh, fechando os olhos.

– Não vai ser tão ruim, prometo, mas temos que fazer de novo. E talvez uma terceira vez. É mais difícil para os bem pequenos e os muito velhos. Ele vai descansar, e, quando o fizer, leve o pano com a doença para o pote que eu vou deixar fervendo lá fora. Precisa ser higienizado.

– Pode deixar. Pode deixar. Muitas bênçãos para você, Fallon. Diga a Orelana que ele está melhor.

– Pode deixar. Mais chá, Minh.

Assim como Mallick, ela foi de cabana em cabana, tratando os mais velhos e os mais novos primeiro. Os que estavam bem o suficiente continuaram a preparar chá e misturar poções.

Quando entrou na cabana de Mick, ela viu Thomas tremendo em seu catre. Ele tentou se levantar quando ela entrou, mas caiu de costas com a violência da tosse.

– Você tem que ajudar – disse Mick. – Ele tomou o chá. Eu dei o chá para ele.

– Ótimo. Eu trouxe mais. O suficiente para vocês dois. Beba o seu. – Então ela se aproximou de Thomas e colocou um braço sob ele para ajudá-lo a se sentar. – Beba.

Quando ele conseguiu tomar alguns goles, ela pôs a bebida de lado, colocou as mãos sobre ele. Como o bebê, como vários outros, ele estava com fluido nos dois pulmões.

– Duas xícaras, Mick, dois potes de água, quatro panos.

– Ok.

Enquanto ele reunia os itens, ela fez o emplastro.

– Você vai deixar isso no peito dele o dia todo. Vou deixar remédio para renovar o emplastro. Duas vezes por dia, até que os pulmões estejam limpos.

Ela derramou a poção nas xícaras, entregou uma para Mick.

– Beba. – E ajudou Thomas a beber. – Tudo. Até a última gota.

Colocou remédio na água e deixou ferver.

– Vamos colocar um pano em cima da cabeça e depois você vai colocar a cabeça sobre o pote no vapor. Agora inspire o vapor. Vamos usar o segundo pano para pegar o que você cuspir.

– Isso é nojento.

– Não é muito bonito.

Ela continuou, paciente após paciente, depois voltou ao começo e revisitou todos. Pouco antes do anoitecer, encontrou Mallick sentado ao lado do fogo, bebendo uma caneca de cerveja.

– Pensei que perderíamos o Velho Ned – disse ele. – Mas ele é duro na queda e não está pronto para morrer.

– O bebê... o bebê de Minh e Orelana... está mamando.

– Vamos deixar mais chá, poção e a mistura para o vapor. Mas acho que o pior já passou. Vamos voltar amanhã para ter certeza. Temos que ir para o recanto das fadas.

Ele assentiu, bebeu mais um gole.

– Assim que eu terminar minha cerveja. Mandei um mensageiro conferir. A situação não é tão grave lá, não se espalhou tanto. O grupo de metamorfos continua saudável. Não há sinal de doença entre eles, mas vamos deixar alguns remédios preventivos.

Ele observou o fogo por um instante.

– Você agiu muito bem hoje. Ofereceu conforto e alívio, muito provavelmente salvou vidas. E fez isso com cuidado e cabeça fria. Nem uma vez eu tive que dizer a você o que ou como fazer.

– Você já tinha me ensinado. E minha mãe também.

– Nem tudo o que você fez ou sabe veio dos meus ensinamentos ou dos de sua mãe. Separe o que eles precisam até amanhã, depois visitaremos o recanto das fadas e o refúgio dos metamorfos para ajudar. Então, pelos deuses, vou querer outra cerveja, um prato de comida e minha cama.

– É contagioso. Você precisa tomar uma poção preventiva. Eu vou tomar uma, se você disser que preciso, mas eu não fico doente.

– Você não é imortal, pode, sim, ficar doente, mas, de fato, é mais resistente que nós. – Ele soltou um suspiro. – Já eu, como não sou, vou tomar o preventivo. Nunca descobri uma maneira de melhorar esse gosto horroroso.

– Bem, apenas se coloque em transe e imagine que tem gosto de cerveja, vinho ou o que quiser. Não terá, mas você vai achar que tem, e é a mesma coisa, não é?

Ele pousou a caneca, olhou para ela.

– Isso é brilhante, e fico incomodado por não ter tido essa ideia antes.

Ele tomou o preventivo por dois dias seguidos, por insistência de Fallon. Fizeram rondas em todos os acampamentos por uma semana inteira.

Mick apareceu de madrugada, totalmente recuperado, e trouxe a calça nova, mais comprida, que Fallon pedira e um par de botas novas, um tamanho maior.

– Como você sabia que eu precisava de botas?

– Eu presto atenção nas coisas. Sua calça está muito curta e você está tendo problemas para fazer os pés caberem nessas botas velhas.

– Essa nova é muito boa. Macia e resistente. Obrigada.

– Eu que fiz.

– Você? – Ela as avaliou mais uma vez, o couro marrom suave e macio, as solas robustas. – Não tinha ideia que você sabia fazer botas.

– Eu sou um elfo – disse ele, secamente. – Enfim. Talvez eu veja você na lagoa das fadas mais tarde. A água está quente.

– Talvez.

Ele desviou o olhar por um momento, contemplando o manto branco de neve.

– Eu estava realmente com medo pelo meu pai. Ele nunca ficou doente daquele jeito. Nunca vi tantos de nós doentes. Você o salvou... nos salvou... você e Mallick. Estou... estamos todos muito agradecidos. O Velho Ned está fazendo uma bota para Mallick. Está quase pronta, e ele mesmo vai trazê-la. Então... vejo você mais tarde.

E, depois da doença, sua amizade com Mick foi curada.

Durante o inverno, através da neve, nos céus mais cinzentos do que azuis, Fallon viu duas vezes corvos voando em círculos. Não muito perto, pelos seus cálculos. A uns 8 quilômetros, talvez mais.

Mas era um sinal de que, enquanto ela treinava, enquanto aprendia, enquanto permanecia segura, outros lutavam e morriam.

Duas vezes ela pediu a Mallick que a deixasse levar Laoch e se aproximar. Apenas para observar. Apenas para ver – e aprender. Duas vezes ele recusou.

Em março, quando os ventos sopraram e os brotos da primavera permaneceram tentadoramente fora de alcance, ela viu mais uma vez, perguntou mais uma vez. Ouviu mais uma recusa.

A terceira vez acendeu o estopim de sua raiva.

– Como eu vou aprender quando só luto com você, com espadas encantadas para não causar ferimentos? Você não consegue mais ganhar de mim quando estamos a cavalo nem quando estamos no chão. Eu consigo atirar uma flecha mais longe do que você, e já acerto melhor o alvo. E agora com esse fogo?

Ela soltou as mãos, fez o fogo acender, as velas flamejarem, a poção no caldeirão flutuar e retornar ao recipiente. E continuou:

– Eu sou tão boa quanto você.

– Eu ainda sou seu professor e você, minha aluna.

– Eu sei, mas estou pedindo para me deixar saber o que está acontecendo no mundo. Durante toda a minha vida, eu fui protegida. Na fazenda, agora aqui.

– Você não está pronta.

– Como você sabe? De repente eu vou *ficar* pronta quando tiver 15 anos? Além do mais, eu já tenho quase 15 anos.

– A idade não é a baliza.

– Então o que é?

– Abra aquela porta. – Ele apontou para o armário trancado.

Ela marchou até lá, puxou a maçaneta. Colocou a mão e a raiva sobre a fechadura.

– Você trancou a porta, não consigo abrir.

– Não tranquei. Quando você for capaz de abrir essa porta, me pergunte novamente. Eu vou trabalhar em paz agora. Vá fazer qualquer outra coisa em outro lugar.

– Ótimo. Eu também não quero ficar perto de você.

Ela saiu pisando forte e entrou, com raiva, no quarto. Não queria sair com aquela temperatura insuportável lá fora. Não queria andar nem nadar no lago das fadas. Não queria mais estar ali.

Desabou na cama.

– Eu só quero ver. Eu quero ver outra coisa. Outras pessoas. Eu quero ver... – resmungou novamente. – Eu quero ver, eu quero ser... livre para começar a missão que me foi dada. Preciso começar a fazer a minha parte, deixar a minha marca e vencer a escuridão.

Ela não pretendia lançar o feitiço. Ele apenas atravessou seu corpo. Fallon não sentiu nenhuma mudança, nem mesmo quando se levantou e refletiu um pouco mais.

Então, olhou para a bola de cristal em sua mesa. E viu que ela havia clareado.

– Eu quero ver – repetiu. – Agora, nesta esfera, minha visão clareou. Eu vou ver o que preciso ver.

Ela viu tudo, nítido e claro, dentro do globo. Não o que era ou o que seria, mas o que tinha sido.

Assistiu, mesmo com o coração martelando no peito, mesmo sentindo o medo lhe eriçar os pelos do corpo; assistiu a tudo.

Sabendo o que viria a seguir, o que deveria vir, ela amarrou sua espada e colocou seu arco no ombro. Colocando as mãos sobre o globo de cristal, deixou que ele a levasse para dentro.

Mallick tentou se libertar da raiva e da profunda sensação de ter sido ofendido. Pelo menos tentou. Mas, quando Fallon voltou para a oficina, quase duas horas depois do que ele imaginou ser uma briga boba, percebeu que não tinha conseguido se livrar daquelas sensações ruins.

– Eu não vim pedir desculpas – disse ela.

– Então não há razão para você interromper o meu trabalho.

– A bola de cristal se abriu para mim.

Ele tirou os olhos do que estava fazendo e a encarou. Estava um pouco pálida, ele notou, e o olhar ainda repleto de visões.

– E o que você viu?

– Eu vi Nova Esperança. Vi o ataque. Vi meu tio e a maldita mulher dele matarem meu pai biológico. Eu conheço os rostos deles agora. Conheço aqueles rostos. Eu vi meu pai biológico proteger minha mãe e a mim com o próprio corpo, a própria vida. Vi sua dor e sua raiva. E a onda de matança. Eu estive lá.

– Lá?

– Entrei na bola de cristal.

A primeira reação dele, a ira, exigiu muita força de vontade para não explodir.

– Como?

– Estava aberto para mim. Eu me abri para ele. Era preciso. Eu tinha um dever lá. Minha mãe correu para salvar a mim e seus amigos. Ela correu, pesada, comigo dentro dela, sozinha, de luto, sangrando. Correu, se escondeu, fugiu e, em determinado momento, caiu exausta, perto de desistir. Ela me disse que eu fui até ela naquele instante e que eu disse algo, embora ela não me conhecesse. Não sabia que eu era filha dela. E o que eu disse a fez seguir em frente. Então eu apareci, fui até ela e disse o que precisava ser dito.

Ele se aproximou, serviu vinho para si mesmo, depois um pouco para um segundo copo. Adicionou água e deu para Fallon.

– Você já viu mais do que eu lhe mostrei. A bola de cristal é sua. Nela, com ela, você verá mais.

– Eu segui minha mãe por um tempo, para ter certeza. Ela estava tão cansada, o coração tão quebrado, mas tão forte... Mais forte do que eu poderia imaginar. Eu vi isso, e vi os rostos dos que mataram meu pai biológico. Não vi se o que ela jogou os matou. Mas sei que, se estiverem vivos, eu vou matar os dois. Eu sou a morte deles. Juro.

Ela se voltou e foi em direção ao armário trancado, tentou novamente. A porta não cedeu.

– Eu vou abrir essa porta.

– Tenho certeza que vai, quando for a hora.

Ela bebeu o vinho e franziu a testa para o copo.

– Não é tão ruim. Quando eu entro na bola de cristal estou protegida?

– Você está aqui e lá ao mesmo tempo, e está vulnerável em ambos os lugares.

– Ok. Vou dar uma volta. Preciso arejar a cabeça.

Quando ela saiu, ele se sentou, já não se sentindo irritado nem insultado, mas com mais medo do que esperava. Ela iria para dentro do globo de cristal de novo, e agora Mallick não poderia impedir. Esse passo era dela, como sempre fora.

Aos 15 anos, Duncan tolerava as aulas na escola. Ensinava mais do que aprendia, mas sua presença ali satisfazia sua mãe e a mantinha calma.

Ele trabalhava em turnos, na busca por suprimentos, em missões de reconhecimento, em grupos de caça. Quando obrigado, assumia turnos nas hortas comunitárias, no comitê de lixo e rejeitos e no de energia e manutenção.

Aprendera primeiros socorros e podia substituir um paramédico.

Gostava de treinar com armas, jogar basquete e andar de moto pela estrada da fazenda. Gostava também de ficar com os amigos, divertir-se com Denzel, ouvi-lo tocar violão, ou ganhar dele no futebol.

Já fizera muito mais do que colocar as mãos em um belo par de seios, e gostava disso também. Muito.

Naquela primavera, começou a ajudar a planejar e organizar missões de resgate, além de se juntar aos soldados.

Como ele e Flynn haviam capturado um Guerreiro da Pureza ferido em uma missão anterior, levando-o para ser interrogado, Duncan fizera por merecer sua participação no planejamento da emboscada que eles prepararam para aquela noite.

– Quase 150 quilômetros de distância. – Eddie olhou para o mapa novamente. – Nunca fomos tão longe. Muita estrada entre aqui e lá.

– E, de acordo com o nosso convidado, mais de trinta presos, torturados e prontos para serem executados. – Will estudou outro mapa, um que Arlys o ajudara a criar. – Ele disse que eles têm cerca de cem pessoas, mas só metade delas são soldados. Construíram muros, cercas de arame farpado aqui, e aqui, guardas. Centro de comunicação aqui, onde era a biblioteca da cidade, e prisão aqui, onde era a delegacia local.

Enquanto falava, Will apontou para os desenhos no mapa.

– Esses são os principais alvos – acrescentou Duncan –, depois de neutralizarmos os guardas, atravessarmos o portão ou passarmos pela cerca. Se não abrirmos o portão, ou tirarmos um pedaço da parede, ou da cerca, poderemos acabar encurralados lá dentro.

– Exatamente. E, antes de chegarmos lá, temos que passar por campos de Rapinantes, que os relatórios informaram estarem aqui, aqui e aqui. Então, vamos rever todos os passos. Se alguém achar algum problema, ainda podemos resolver.

Quando Duncan saiu para se juntar ao seu esquadrão, Denzel se aproximou, com os cabelos presos em dúzias de tranças puxadas para trás com uma faixa.

– Você não pode falar com Will para me deixar entrar nisso? Por favor, cara.

– Não posso. Você foi reprovado de novo no treinamento com armas. E em química.

Denzel, já com mais de 1,80 metro de músculos compactos, chutou uma pedra.

– Química é um saco.

Duncan se recostou na moto.

– Você precisa estudar mais. – *Nunca vai acontecer*, pensou Duncan, mas ele odiava ver a decepção no rosto de Denzel. – Você tem velocidade, agilidade. Só precisa estudar mais e escolher uma arma, praticar.

– Kato é a minha arma.

Com um sorriso largo, Denzel riscou o ar com uma garra de pantera.

– Você me entendeu. Olha, você é ruim em química, eu sou ruim no violão. Eu ajudo você e você me ajuda. Talvez a gente melhore.

Eles já haviam tentado antes, com resultados lamentáveis de ambas as partes, mas poderiam tentar novamente, decidiu Duncan.

– Eu topo. – Ainda assim, ele lançou em direção aos caminhões, motos e armas um olhar melancólico.

– Eu tenho que ir.

– Estamos combinados.

Eles bateram os punhos e Denzel recuou para a calçada, a fim de observar os guerreiros saírem.

Duncan saltou para sua moto, com Antonia atrás. Os primeiros dias e noites de abril continuavam muito frios, mas ele queria sentir a agilidade e a velocidade da moto. Não que fossem correr pelos 150 quilômetros, especialmente porque, em partes do trajeto, muitos veículos antigos ainda bloqueavam o caminho.

Eddie dirigia o velho Humvee de Chuck e, por mais lento que o veículo tivesse se tornado, na opinião de Duncan ele era útil para passar por aqueles montes de ferrugem. Além disso, eles o haviam blindado, tornando-o uma arma bastante útil.

Partiram à noite, calculando velocidade, distância, possíveis atrasos e desvios, com planos de chegar ao ataque uma hora antes do amanhecer.

Ao ver sua mãe e Arlys, fez uma continência para elas. Outros saíram para ver o grupo de resgate partir. Duncan viu os irmãos que ajudara a resgatar. E Petra.

Deu um sorriso rápido para a moça. Sabia que ela estava interessada nele, mas, por mais bonita que fosse, era ainda muito nova.

Dali a um ano, quem sabe?

– Ela é pegajosa – disse Tonia em seu ouvido.

– O quê?

– A adoração do herói. É tão pegajosa que vai entupir seus poros.

– Ah, para com isso.

Ele lançou a moto para a frente e deixou Nova Esperança para trás.

Atingiram o primeiro bloqueio no quilômetro 51 e pararam, enquanto Eddie atravessava o gargalo. Em sua própria moto, Maxie, uma das elfas do grupo original de Flynn, parou ao lado de Duncan e gesticulou para o leste.

Centelhas atravessando a escuridão, fumaça subindo.

– Rapinantes – disse Maxie. – Eles queimam tudo só por prazer. Precisamos enviar uma equipe para expulsar todos de lá.

Normalmente, ele teria concordado com ela e se oferecido para participar. Mas ainda tinham 80 quilômetros pela frente.

– Provavelmente terão ido embora antes de chegarmos. Os Rapinantes costumam acender as fogueiras só depois de terem arrasado algum lugar.

– É verdade. – Ela olhou para a frente, acelerando a moto. – Como se fosse um tiro de misericórdia.

Maxie tinha cabelos roxos com penas presas nas laterais. Era uns três anos mais velha do que Duncan e tinha seios seriamente interessantes.

Enquanto seguiam em frente, a possibilidade de convencê-la a ficar nua com ele o manteve ocupado por 16 quilômetros – e através de outro bloqueio na estrada.

Anda e para, pensou, anda e para. Ele queria chegar lá, começar a agir. Quando faltassem cerca de 5 quilômetros, todos parariam. Duncan e Antonia iriam para o noroeste, com Maxie e Solo, o metamorfo. Outra equipe iria para o nordeste. Duncan se livraria dos guardas e sua principal tarefa passaria a ser o portão. Abri-lo, lançar alguns raios – ele estava cada vez melhor nisso – e voltar ao prédio que via no mapa em sua cabeça. O arsenal.

Bum, bang, bum.

Invadir. Tonia seguiria para a prisão com sua equipe; a dele iria para o centro de comunicação. Quase todo mundo ainda estaria dormindo, e ainda estariam de pijama quando começassem a procurar suas armas.

Guardas, portão, arsenal, comunicações, pensou ele. E se veriam em um mundo de sofrimento.

Estavam a 25 quilômetros de distância quando os faróis atingiram a garota montada em um cavalo branco no meio da estrada.

Parecia uma estátua, iluminada pela luz azul da meia-lua.

Ele a reconheceu quando o grupo parou. Dos sonhos. Ele a conhecia dos sonhos, e essa ideia o deixou abalado, preocupado e emocionado.

– É uma armadilha – gritou a moça. – Eles sabem que vocês estão vindo.

Ele desceu da moto, agitado. Prazer, raiva, fascínio, tudo isso o golpeando de uma só vez.

Será que ela sabia que uma dúzia de armas estava apontada para ela? Se sabia, não parecia se importar.

Will saltou da caminhonete.

– Se você fizer algum movimento para pegar uma arma, estará cometendo um erro.

– Eu não sou sua inimiga.

Eddie caminhou até ela, ladeado por Will.

– Quem diabo é você, então? E onde conseguiu esse cavalo?

– Nós nos encontramos. – Ela desmontou, simplesmente levantando uma perna e saltando, para liberar as mãos e erguê-las. – É uma armadilha – repetiu.

– Eddie, vá avisando a todos para esperar.

– Eddie? – repetiu a garota. Duncan observou seu rosto, tão sério, florescer com um sorriso. – Eddie Clawson. Onde está o Joe?

– Ele ficou lá no... Como você sabe sobre Joe?

– Eu sei de muitas coisas sobre você. Sei como Lana e Max o encontraram, como você ensinou a eles sobre correntes de neve nos pneus. Você toca gaita e vem do Kentucky. Eu vi nos mapas onde isso fica.

– Ouça bem, menina, você vai ter que... – Eddie adiantou-se enquanto falava, e então viu os olhos dela. – Ah, meu Deus. Ah, meu Deus do céu... Você tem os olhos dele.

– Eu sei.

– Você tem os olhos do seu pai. – Ele correu os últimos passos, abraçou-a. – É a filha de Max. Filha de Max e de Lana.

– Você era amigo dele. Eu sou sua amiga. Meu nome é Fallon.

A ESPADA E O ESCUDO

Os homens são, por vezes,
mestres do próprio destino;
A culpa, meu caro Brutus, não está nos astros,
mas em nós mesmos, por nos fazermos submissos.

– *Júlio César*, de William Shakespeare, Ato I, Cena II

CAPÍTULO 16

Com as mãos nos ombros de Fallon, Eddie recuou, os olhos marejados, observando o rosto da menina.

– Ela deu o nome dele a você. Fallon. Você se parece com ele, e com ela também. Tem o melhor dos dois. Sua mãe está bem?

– Ela está muito bem.

– Eu... eu prometi a Max que procuraria por ela e por você. Mas não cumpri minha promessa.

– Isso não é verdade. Você arriscou sua vida para tentar chegar a eles durante o ataque. Mas Max estava morto e minha mãe já havia partido.

– Onde ela está?

– Não posso revelar. Não é hora. Me desculpe, mas ela está bem.

– Ok. Ok. – Eddie esfregou as mãos no rosto. – Depois voltamos a esse assunto. Mas agora... você tem o quê, 14 anos? O que está fazendo aqui sozinha, nesse cavalo gigante?

– Alertando vocês. Eles sabem que vocês estão vindo. É uma armadilha.

Will deu um passo à frente.

– Espere, Eddie. E como é que você sabe? – perguntou ele a Fallon.

– Você é o líder?

– Will Anderson.

– O seu pai é o Bill, e ele estava com Eddie e os outros. Eles deixaram sinais para você seguir, para chegar a Nova Esperança. E você chegou. Minha mãe me contou sobre você, sobre todos vocês. Mas eu sei sobre a armadilha porque... Eu sou filha de Max Fallon e Lana Bingham. Sou descendente dos Tuatha de Danann. O homem que você encontrou é um fiel verdadeiro. Ele deixou que você o capturasse para que ele pudesse lhe dar informações falsas, para levar vocês a uma armadilha.

– Ele estava quase morto – afirmou Duncan, aproximando-se.

E sentiu um impulso acolhedor, lento e profundo. Ele a conhecia. Conhecia de seus sonhos. Mas estivera presente na captura e testemunhara a condição do prisioneiro.

– Um fiel verdadeiro – repetiu Fallon. Seus olhos se prenderam aos dele. – Você é Duncan, e sua irmã gêmea, que está ao seu lado, é Antonia. Seu dom é como o meu e você sabe, *sabe* que estou dizendo a verdade. O nome do prisioneiro é Patrick. Nigel Patrick. Ele se ofereceu para ser baleado, espancado, abandonado em um local onde sabiam que vocês passariam.

Soou como verdade dentro dele, mas...

– Como eles sabiam que passaríamos por lá?

– Isso eu não sei, não me foi mostrado. Mas eles estão esperando por vocês. A uns 5 quilômetros daqui. Soldados armados, 25 deles. Fortificaram os muros. Um dos homens no comando é Lou Mercer. O irmão dele foi morto no ataque a Nova Esperança, o ataque que matou meu pai biológico. Mercer quer o seu sangue, até mais do que White e seus companheiros querem o meu. Para Mercer, é um assunto pessoal.

– Ela é filha do Max – disse Eddie. – Não iria mentir.

– Com ou sem armadilha, não podemos deixar as pessoas lá – observou Duncan.

– Estou aqui para ajudar vocês. – Fallon pegou um mapa, iluminou-o com um movimento da mão. – Patrick disse que a prisão está aqui, mas não está. Está aqui. O arsenal está aqui. E eles têm tanques de combustível. Aqui. Ele contou a vocês sobre o portão principal, mas não falou nada sobre o outro, no lado oeste. Está sendo vigiado, mas eles esperam que vocês cheguem por aqui. Sua primeira linha, aqui, 25 homens com armas automáticas, posicionados em ambos os lados da estrada. Eles vão pegar vocês em um fogo cruzado, enquanto um esquadrão se move para a sua retaguarda e impede qualquer retirada. Eles estão armazenando munição há semanas, preparando-se para isso. Os que sobreviverem à primeira onda de ataques ficarão sem saída. Matar ou capturar. Eles querem alguns de vocês vivos, se possível.

– Para torturar e executar.

Ela assentiu para Will.

– Eles querem muito capturar Duncan ou Antonia. Ambos, se possível.

– É mesmo? – Duncan inclinou a cabeça. – Quanto estamos valendo?

– Mercer odeia todos os Incomuns, mas alguns ele odeia mais. Espera usar vocês, especialmente se puder fazer com que um cause sofrimento ao outro, como uma forma de passar pela segurança e tomar Nova Esperança, já que não conseguiram da outra vez.

– Boa sorte para eles.

– Ele não conhece nem entende vocês – afirmou Fallon. – Temos que agir depressa agora, caso contrário, eles vão enviar olheiros. Enviem alguns a pé a partir daqui, para ficarem atrás das primeiras linhas e quebrá-las. Então, vocês os recolhem quando chegarem aos portões, uma equipe para o principal, outra para o que fica a oeste.

– Você não está no comando – observou Duncan.

O olhar que ela lhe lançou era tão frio quanto o ar.

– Eu nasci para isso, ou não estaria aqui. Eu tenho um professor muito rigoroso e uma janela de tempo muito pequena para ajudar com isso. Vocês vão precisar se organizar para o ataque e enviar os que estão a pé para o lugar certo. Eu vou explodir os tanques de combustível.

– Sozinha?

Ela deu a Duncan um sorriso que revelava sarcasmo.

– Estarei com Laoch. – Ela colocou a mão no rosto do cavalo e se virou para Eddie: – Você sabe o que eu sou. Você sabe por que a minha mãe fugiu naquele dia, com o sangue do meu pai no corpo e o coração partido.

– Sei, ela fez isso para proteger você e a nós. Eles queriam você morta. Queriam matar A Escolhida.

– Você é amigo dela, então é meu amigo também.

– Isso é muito gentil – comentou Duncan –, mas como é que você espera passar? Acha que é só chegar lá com seu cavalo e bater no portão?

– Não. Quando eu explodir os tanques de combustível, eles vão se distrair, vão correr de um lado para outro. Daí entra o Will. Você consegue fazer o resto? – perguntou ela a Will.

– Consigo. Claro. Vamos coordenar tudo. Flynn, elfos e metamorfos a pé, para flanquear a primeira linha.

– Ótimo. – Fallon aprovou. – Rápido e silencioso. Você conhece minha mãe – disse ela a Flynn.

– Eu também conheço Max. Nós esperamos muito tempo por você.

– A espera está quase no fim.

Ela ouviu com atenção enquanto Will planejava o novo ataque, formando equipes. E tentou manter o rosto impassível, enquanto seu coração martelava, seu sangue corria rápido e quente sob a pele.

– Você tem certeza sobre as localizações? – perguntou Will. – Prisão, arsenal, alojamento de escravos?

– Certeza absoluta. Confie em mim.

– Parece que vamos confiar.

– Ok, estou a favor de tudo isso, mas ainda dependemos de uma garota e um cavalo explodindo o combustível. Como? – Duncan exigiu saber.

Em resposta, Fallon girou o corpo para as costas de Laoch e passou a mão pelo pescoço do animal.

O chifre dele surgiu em tom de prata. Suas asas se abriram.

– Caramba! – Eddie deu um passo cuidadoso para trás. – Um unicórnio voador. Me belisque para ver se não estou sonhando.

– Um *alicórnio*. – Com olhos brilhantes, Tonia empurrou o irmão para o lado e, olhando nos olhos de Laoch, acariciou-o. – Eu nunca vi um desses. Não sabia que eles realmente existiam. Ele é lindo!

– Eles não vão estar olhando para o alto. E eu vou... – Fallon abriu a mão e produziu uma bola de fogo – ... atingir os tanques de combustível com duas dessas. Você pode confiar na minha mira também.

– Menina, você é realmente demais. – Eddie sorriu para ela. – Espere até eu contar à Fredinha.

– Fred, do Queen! Minha mãe a chama assim às vezes. É uma das suas amigas mais amadas.

– Eu também amo muito a Fredinha.

– Temos que agir rápido. Eu só tenho uma hora aqui.

– Espere. Você pode voar baixo o suficiente para me soltar na prisão?

– Tonia...

Tonia fez sinal para Duncan se calar.

– Os prisioneiros são nossa prioridade. Ela explode os tanques, desce e me solta. Todo mundo vai estar correndo para todo canto. Qualquer guarda que aparecer, eu lido com ele. Levo os prisioneiros pelo portão oeste, onde estarão os paramédicos e o transporte. Você consegue baixar o suficiente para fazer isso dar certo?

Fallon assentiu.

– Eu levo você até lá.

– Will?

– Você sabe quantos guardas vigiam a prisão?

Fallon fechou os olhos.

– Vejo dois do lado de fora, um dentro. Um homem e uma mulher do lado de fora, um homem lá dentro.

– Não a solte a menos que só haja mesmo dois. – Will fez um sinal para Tonia. – Você consegue enfrentar dois.

– Claro que posso. Estou com ela. – Ela se apoiou no braço de Fallon para subir.

Ambas sentiram algo, uma conexão instantânea, profunda e forte no sangue.

Tonia se sentou atrás de Fallon.

– Estou feliz em conhecer você e esse animal incrível.

Também estou feliz em conhecer você.

– Vamos começar – disse Will. – Primeiras equipes, agora. Tonia, se você cair, sua mãe vai cortar minha cabeça e exibir no centro da cidade em uma travessa.

– Deixa comigo.

Então, virando-se para Fallon, Will disse:

– Boa sorte. Vamos entrar quando ouvirmos a explosão.

– Então, preparem-se. Não vai demorar.

Com isso, Laoch dobrou as poderosas pernas e se ergueu no ar, abrindo suas enormes asas prateadas.

– Quando você acha que já viu de tudo... – murmurou Eddie.

– Estamos colocando muita fé nessa menina – resmungou Will.

– Ela é A Escolhida.

Will olhou para Flynn e assentiu.

– Em suas posições.

Duncan voltou para a moto, mas não conseguia desviar o olhar do cavalo e das amazonas. Sentia a alegria da irmã. Era algo que brilhava tão forte quanto aquelas asas. E sentiu outra coisa, algo que não conseguia identificar, vindo de Fallon.

Decidiu pensar sobre isso mais tarde. Agora, tinha um trabalho a fazer.

– Isso é incrível! – Tonia levantou o rosto para o vento. – Estudamos alicórnios na escola, mas ninguém nunca viu um. Agora, estou *montando* um!

– Ele é maravilhoso. Você é corajosa em pensar primeiro nos prisioneiros.

– Você sabe o que os GPs fazem com eles?

– Ouvi falar. – *E já vi*, pensou ela, *através da bola de cristal*. – É bom se segurar. Vamos voar bem rápido agora.

– Eu adoro velocidade!

Tonia descobriu que "rápido" era um eufemismo. Teve que segurar o grito de guerra que soava em seu interior e se perguntou, enquanto o vento batia, enquanto o chão passava depressa lá embaixo, se elas se tornaram apenas uma imagem indistinta, como um elfo em plena corrida.

– Estou vendo a emboscada. Eles estão exatamente onde você disse. Teria sido uma carnificina.

– Você consegue conjurar bolas de fogo? – perguntou Fallon.

– Preciso de mais tempo do que você, e ainda não consegui fazer uma tão grande quanto a sua. Mas minha mira é incrível.

– Poderíamos acertar o arsenal, depois dos tanques de combustível, no caminho para a prisão. Não para destruir tudo, mas para impedir que eles pegassem mais armas. Depois, seu povo pode pegar o que sobrar e destruir o resto.

– Boa ideia. Vamos fazer isso.

– Primeiro, o combustível.

As duas deslizaram sobre o muro, acima dos guardas e soldados em posição. Ela viu a prisão, o arsenal, as casas. O cadafalso.

E três caminhões-tanque de combustível.

– Odeio ter que explodir tudo isso. Poderíamos usar a gasolina.

– É um desperdício – concordou Fallon. – Mas é a melhor alternativa. Talvez a única. Segure-se.

Embora não se impressionasse fácil com magias, Tonia admirou a velocidade de Fallon. Uma, duas, três bolas de fogo do tamanho de melancias foram arremessadas. E admirou sua precisão à medida que cada uma delas ia atingindo os tanques.

Eles explodiram como bombas, lançando estilhaços, deixando o local em chamas. Ela viu o metal em chamas voar, enquanto o cheiro quente de gasolina impregnava tudo.

Fallon virou Laoch em um círculo apertado e mergulhou para o arsenal.

– Vamos fazer um círculo de fogo em volta – gritou Fallon, enquanto as pessoas logo abaixo saíam correndo, espalhando-se, em completo pânico.

– Um círculo completo, para que ninguém possa passar. Você consegue abrir sua mente para o elfo, Flynn?

– Consigo.

– Avise a ele o que estamos fazendo, para que ele possa espalhar a notícia. Eu não pensei nisso até estarmos no ar, ou teria dito a Will. Traga o fogo, o máximo que puder.

Tonia procurou no fundo de si mesma e, com o corpo pressionado contra Fallon, surpreendeu-se com a rapidez com que produziu uma bola de fogo. Mediu a distância, escolheu o lugar, atirou a bola.

– Muito bem.

– Eu jogo no time de beisebol de Nova Esperança. Flynn também – acrescentou ela enquanto Laoch girava para circundar o prédio e as duas erguiam uma parede de fogo.

Acima do rugido das chamas, causando mais explosões, elas ouviram tiros.

– Prepare-se para pular – gritou Fallon, enquanto aceleravam no ar. – Nos vemos depois.

– No posto de controle.

– Não, eu não posso ficar. Vou ajudar até ser puxada de volta, mas vou ver você depois.

– Puxada para onde?

– Prepare-se. – Fallon levou Laoch a outro mergulho. – Não tem nenhum guarda do lado de fora. Os covardes fugiram. Boa sorte. Salte!

Ela viu Tonia pousar, colocar uma flecha no arco e abrir a porta com força.

Fallon fez Laoch subir. E sentiu os primeiros sinais do repuxo. Restava pouco tempo, pensou, avaliando a batalha que se desenrolava lá embaixo em busca de fraquezas, fossem dos inimigos (para se aproveitar), fossem dos aliados (para ajudar). Duncan, com outros dois, parou a moto em frente à parede de fogo. Ela esperava que ele pudesse apagar o fogo lançado pela irmã, mas não tinha certeza quanto ao que ela mesma lançara. Então, abriu uma porta para ele e sua equipe, fazendo o fogo recuar o suficiente para abrir caminho.

Ele olhou para cima, encontrou o olhar dela, sustentou-o por um momento, só por um instante, que pareceu infinito.

Então ela e Laoch se viram na clareira, de frente para Mallick. Ele pegou o globo de cristal.

– Você está ferida?

– Não. – Ela desmontou e acariciou Laoch. Pensou em como os estilhaços voaram ao explodir, indo tão alto. Mas o animal não tinha um único arranhão. – Não estamos feridos.

– Deu tudo certo?

– Eu consegui alcançar a comitiva antes que eles chegassem à emboscada. Alguns deles conheciam meus pais, então acreditaram em mim. O mapa que você me ajudou a desenhar e que me ensinou a iluminar no escuro foi útil. Eu segui o plano que você aprovou, exceto...

Ele ergueu as sobrancelhas.

– Exceto?

– Tonia pediu para cavalgar comigo para chegar à prisão mais rápido. E juntas... Eu só pensei nisso quando já estávamos no ar. Fizemos um círculo de fogo ao redor do arsenal para que o inimigo não conseguisse mais armas. Assim os soldados de Nova Esperança poderiam pegar o que tivessem tempo para carregar e depois o destruiriam.

Ele refletiu.

– Uma emenda aceitável ao nosso acordo.

Ele não saberia se ela não tivesse contado, reconheceu. Não tinha permissão para ver o globo.

– O resto é com eles, mas estão na vantagem. Se eu tivesse ficado um pouco mais...

– Uma hora. Nós combinamos. Cuide do seu cavalo, depois entre.

– Eu quero ver. O globo vai me mostrar.

– Só quando você entrar. Laoch precisa da sua atenção.

– Ele foi perfeito, Mallick. – Ainda vibrando devido à jornada, à batalha, ao voo, ela se virou para acariciar Laoch. – Estávamos presos um ao outro. Ele sabia, eu sabia, cada movimento, cada segundo. Você estava certo quando disse que Grace não foi feita para a batalha. Ele foi.

Ela levou o cavalo embora.

Você também foi feita para a batalha, pensou Mallick, e entrou para esperar por ela.

Eles a chamariam de Batalha de Fogo.

Fora mais que um resgate, pensava Duncan, enquanto dirigia para casa em alta velocidade, com Tonia atrás. Eles haviam resgatado todos os prisioneiros, libertado mais de vinte escravos e acrescentado doze armas semiautomáticas, 22 pistolas, quatro caixas de granadas, duas espingardas de cano curto e quilos de munição aos próprios depósitos.

Os veículos que não desativaram ou destruíram, levaram para Nova Esperança.

Uma derrota, pensou ele, uma incrível derrota para os inimigos. O que quase fora um massacre havia se transformado em uma das maiores vitórias da Resistência de Nova Esperança.

– Não acredito que ela simplesmente desapareceu no ar.

Duncan revirou os olhos. A cada poucos quilômetros, Tonia gritava alguma variação da mesma frase em seu ouvido.

– Pode acreditar, porque foi o que ela fez.

– Ela voou para longe.

– Eu já disse que não foi assim. Ela estava lá, depois não estava. Simplesmente desapareceu.

– Ela não era uma projeção astral. Eu toquei nela. Eu estava naquele cavalo, ela estava lá.

– Ela estava lá. De repente, não estava mais.

Como diabos ela fizera aquilo?, perguntava-se Duncan a cada quilômetro percorrido. Ele queria muito descobrir e fazer também.

– Ela tinha algo especial.

– Sim, sim. A Escolhida. A Salvadora. É verdade que ela possui um cavalo que é um troço que eu nunca tinha visto igual, e as bolas de fogo são muito legais, mas ela parecia uma garota-bruxa normal para mim.

– Você não tocou nela. Quando eu a toquei, senti um zumbido, uma coisa no sangue. Ela não é exatamente como você e eu, é alguma coisa diferente. E eu tenho pensado nisso desde que tive tempo para pensar, em vez de lutar. Eu a estava tocando, pressionada contra ela no cavalo, quando fiz o fogo. Eu nunca fiz isso tão rápido, nunca tão grande. Apenas aconteceu, Duncan. Eu acho que foi por causa do contato. O contato físico.

– Se ela tivesse ficado, poderíamos ter feito mais perguntas. Por que aquela maldita pressa?

– Eu esqueci de contar para você, mas ela disse algo sobre não ter muito tempo antes de ser puxada de volta. E não, ela não disse para onde, como ou por quê. Estávamos um pouquinho ocupadas.

O vento frio e ríspido soprou sobre eles, mas Duncan sentiu o cheiro da primavera que despertava.

Em sua mente veio uma imagem de Fallon, o rosto iluminado, dançando em volta de uma fogueira. Uma coroa de flores brancas nos cabelos escuros.

– Ela queria ficar – disse Duncan.

– O quê?

– Droga. – Não queria ter dito aquilo em voz alta. – Ela queria ficar. Eu senti isso dela. Sim, existe uma conexão. Eu senti isso quando olhei para ela logo antes de ela desaparecer no ar. Ela queria ficar e lutar, mas... não era a hora.

– Uma coisa é certa: se ela não tivesse aparecido hoje à noite, muitos de nós, talvez a maioria, não estaríamos voltando para casa.

– Como ela sabia? Essa é a minha pergunta.

– Nós dois já tivemos visões – lembrou Tonia.

– Você já teve uma tão clara e detalhada que seria capaz de desenhar a porcaria de um mapa? Um mapa preciso?

Ele queria aquela habilidade também. Desejava muito.

– É como se ela tivesse estado dentro daquela base. Ela sabia quantos guardas vigiavam a prisão, sabia sobre os tanques de combustível.

– E explodiu todos eles – acrescentou Tonia, cheia de alegria. – Nós não somos Os Escolhidos, Dun. Ela sabe mais porque ela é mais.

Não importava, Duncan gostaria de estar com ela por mais que uma hora, para ter certeza disso.

Quando entraram em Nova Esperança, Tonia foi com o grupo interrogar, tratar e abrigar aqueles que haviam sido aprisionados ou escravizados. Duncan esperava que Hannah passasse a maior parte da noite na clínica.

Muitos dos que eles trouxeram estavam em péssimas condições físicas.

Duncan foi com outro grupo transferir as armas confiscadas para o arsenal da cidade.

Quando Will foi interrogar Patrick, Duncan não esperava vê-lo novamente até o dia seguinte. Mas, em menos de uma hora, Will entrou no arsenal.

– Aquele rato filho da mãe confessou? – perguntou Duncan. – E que diabos vamos fazer com ele?

– Não, e vamos enterrá-lo. – Will andou de um lado para outro na sala. – Aquele desgraçado! O desgraçado se enforcou na cela.

Eddie soltou um suspiro.

– Quer saber, Will? Talvez tenha sido a melhor coisa que aconteceu. Agora não precisamos decidir o que fazer com ele. Já está feito.

– Eu precisava falar com ele. – Tremendo de frustração, Will deu um soco na palma da mão. – Preciso descobrir como eles sabiam que o procuraríamos bem no lugar onde ele estava. Preciso descobrir o que mais eles sabem.

– Eles já se aliaram a Incomuns Sombrios antes – apontou Eddie. – Aqueles imbecis, Eric e Allegra. Achamos que tínhamos matado os dois lá na Pensilvânia, mas eles sobreviveram. Talvez tenham sobrevivido ao que Lana fez com eles quando mataram Max. Ou conseguiram outro Incomum Sombrio. Alguns deles têm visões, como Lana tinha, como alguns dos nossos também têm.

– Talvez. – Will se virou, olhos frios em um rosto cansado. – Ou temos um espião entre nós.

– Ora, o que é isso, Will?

– Nós trazemos pessoas para a comunidade. Acabamos de trazer mais. Algumas ficam, outras seguem em frente.

– Mas você sabe que interrogamos todos muito bem.

– Mais algumas horas lá fora e Patrick teria morrido no dia em que o encontramos. – Duncan se preocupou com aquela ideia. – Hannah me disse, e ela saberia. Rachel teve que operá-lo, e ele teve ferimentos internos também. Foi por isso que no começo eu tive dificuldade em acreditar na menina, a tal Fallon.

– Ele realmente acreditava na missão – disse Will. – E não é o único. Já vimos esse tipo antes.

– Eles são meio malucos, a maioria – comentou Eddie.

– Eu gostaria de pensar assim. – Will esfregou o rosto. – Não sei o que seria melhor. De qualquer maneira, vamos ter que tomar mais medidas de precaução.

– Já temos escudos mágicos, mas podemos providenciar mais. Se alguém que trabalha para os GPs já estiver dentro do escudo, temos que descobrir como essa pessoa está vazando as informações.

– Provavelmente não é por magia. Sei que de vez em quando eles trabalham com os que têm magia – prosseguiu Eddie –, mas na maioria das vezes, não. Eles odeiam essas pessoas até a alma. Foi mal, Duncan.

– O ódio é recíproco, então, tudo bem. Não é tão difícil levar as informações para fora, é? Você se voluntaria para um grupo de caça, um destacamento de buscas, um grupo de olheiros. Ou uma das fazendas. Deixa uma mensagem em algum posto de controle...

– Eles também têm alguns meios de comunicação. Alguém poderia estar com um rádio, transmitindo informações. Vamos começar por aí – decidiu Will. – Providenciem os escudos, comecem a checar as transmissões e, detesto ter que dizer isso, observem de perto quem entrou nos últimos seis meses. Um dos escravos, talvez mais de um, pode ter sofrido lavagem cerebral, ou ter sido doutrinado.

Ele foi até a janela, olhou para fora.

– Se Fallon não tivesse nos avisado... eu teria levado a gente direto para um massacre.

– A culpa não é sua – disse Eddie, com toda a convicção.

– Eu aceitei o trabalho, a responsabilidade é minha. Agora, vou enterrar o filho da mãe que eu achei que tínhamos dominado o suficiente.

– Ele nos deu informações erradas. Concordo com o Eddie nisso, Will. Ele ferrou com todos nós. Nós acreditamos nele porque ele nos disse a verdade. A maior parte. Eu vou ajudar você a enterrar o cara.

– Não, obrigado. Pinney e eu vamos cuidar disso. Será bom para ele. Pinney estava vigiando o tal Patrick. Apenas uma precaução, até voltarmos. Ele pegou no sono. Não havia razão para não dormir. Ninguém imaginava que o desgraçado fosse um suicida. Pinney acordou, voltou para verificar a cela. E lá estava Patrick, pendurado. Ainda quente, segundo ele. Ele cortou o lençol, tentou trazê-lo de volta à vida. Mas não conseguiu.

– Também não é culpa do Pinney.

– Não, Eddie, não é culpa dele. Nem dele nem de ninguém. Patrick fez sua escolha, escolheu um lado. Bem, vamos parar de conversar e começar a agir. Pegue essas coisas e tranque tudo. Não precisam fazer um inventário completo agora. Apenas tranquem, vão para casa. Vejo vocês amanhã.

– Will, eu sei que você não consegue parar de pensar em como nós quase fomos emboscados, e como isso aconteceu, mas nós todos estamos em casa. Fizemos o que nos propusemos fazer e voltamos sãos e salvos. Não se esqueça disso.

– Não vou esquecer.

Eddie suspirou novamente quando Will saiu.

– Fico feliz por eu nunca ter ficado no comando. É um cargo muito pesado. Ser soldado já é difícil o suficiente, mas é muito mais difícil ser aquele que dá as ordens. Então, vamos ser bons soldados e seguir ordens. Vamos trancar tudo, ir para casa. Eu quero contar à Fredinha sobre a filha da Lana.

Enquanto guardavam o resto para um inventário futuro, Eddie cutucou Duncan com o cotovelo.

– A menina é muito bonita, hein?

– Bonitinha – respondeu Duncan.

– Bonitinha uma ova. Aquela garota é linda.

– Pelo amor de Deus, Eddie, você tem idade para ser pai dela.

Talvez Eddie tenha se chocado um pouco ao perceber que isso era pura verdade.

– Você não tem idade para ser o pai dela e não é cego.

– Eu meio que tenho uma garota.

– Claro. – Eddie trancou tudo, colocou as chaves no bolso, esperou que Duncan adicionasse uma camada protetora. – Qual é a dessa semana?

Com uma risada rápida, Duncan deu de ombros.

– Tenho muita coisa com que me preocupar para levar algum relacionamento a sério.

– Concordo. Na sua idade...

– E, tudo bem, ela era gostosa. Não sei se era tão linda assim, mas era mesmo bem gostosa.

– Tem os olhos do pai – acrescentou Eddie. – Fiquei muito impressionado em ver aqueles olhos de novo, na filha do Max. Vá dormir um pouco, cara, você fez por merecer.

– Você também.

Horas depois, quando finalmente dormiu, Duncan sonhou com a garota de olhos cinzentos, a garota em um cavalo branco com asas prateadas. Uma garota que atravessara um lugar tão iluminado que os olhos doíam. E que empunhava uma espada, um escudo contra o fogo que brilhava como mil sóis.

Quando levantou o escudo e a espada, ela era o próprio sol.

CAPÍTULO 17

Fallon lutou contra Mallick e seus guerreiros fantasmas. Tomou alguns golpes ilusórios, mas que doíam de verdade. Depois de um tempo, ela decidira lutar com dor.

Não sangraria, mas sentiria cada golpe.

Então, quando a espada de um dos fantasmas fez um sulco raso em seu ombro esquerdo, ela sentiu a pontada quente de metal cortando a carne.

Mas continuou a lutar.

Nas primeiras vezes que lutou com dor, o choque de um golpe ou corte deixou sua mente em pânico. E a matou. Então ela entendeu por que Mallick insistia tanto para que ela não parasse.

A ferida não a deixou apenas desnorteada, ela também enfraqueceu. Mallick insistiu para que treinasse mente e corpo e lutasse com ambos.

O suor escorria pelo rosto de Fallon, e sua perna direita não tinha firmeza, devido ao buraco feito pela espada de Mallick, mas a garota derrotou dois dos quatro adversários e lutou brutalmente com Mallick e o fantasma restante.

Sentiu que sua força estava no fim: a adrenalina só a levaria até ali. Para acabar logo com a luta, Fallon lançou uma bola de fogo no último fantasma, rolou pelo chão e, em seguida, atacou com a espada as pernas de Mallick.

Quando ele caiu, ela cravou a lâmina no peito dele. E então desabou no chão.

– Tudo dói.

Com o fôlego em farrapos, ele assentiu.

– Verdade.

Franzindo a testa, Fallon olhou para ele. Seu rosto, suado como o dela, estava consideravelmente pálido sob a umidade.

– Você também está lutando com dor? Por quê? Eu é que estou em treinamento.

– Quando sua espada atinge um oponente, eles sentem. Então, como agora estamos em um ponto mais avançado do treino, eu também sinto.

Ela se levantou, foi até o poço e pegou água com a concha.

– Beba. Não há necessidade de você lutar com dor, nem mesmo de lutar. Use os fantasmas. Assim você vai até poder me observar e avaliar melhor.

Olhando-a por cima da concha, Mallick bebeu.

– Eu sou capaz de lutar, e lutar com dor.

Ela já havia aprendido, e essa fora uma lição fácil, que seu professor tinha um orgulho considerável.

– "Capaz" é uma coisa, e você é muito capaz. É que não precisa. Na verdade, se você assistisse, em vez de lutar, conseguiria avaliar melhor meus pontos fortes e fracos.

Ele tomou um gole novamente.

– Você está protegendo um velho, menina?

– O velho fez um buraco na minha coxa direita. – Para provar, ela esfregou o ponto que latejava. – Estou apenas sendo prática. Nós lutamos todos os dias, por isso conhecemos as técnicas um do outro, os ritmos e os pontos fracos. Claro, tem algumas mudanças, mas, no geral, se você faz que vai para a esquerda, eu sei me esquivar para a direita e evitar um golpe nas costas. E você ergue o ombro direito, só um pouquinho, quando vai dar o toque final.

– É mesmo?

– É.

Como seu corpo doía e latejava, Fallon se deixou cair outra vez e deitou-se de costas para ver nuvens brancas e fofas serpenteando pelo céu azul antes de continuar:

– Provavelmente não vou enfrentar muitos inimigos que conheça tão bem quanto você.

– Da próxima vez, vamos lutar com a mão esquerda.

Fallon ficou interessada na mudança e se apoiou no cotovelo.

– Com a esquerda?

– Pode chegar um momento em que, como você disse, as coisas mudem. Mas não hoje. Corpo a corpo, quatro adversários, sem armas.

– Agora?

Ele lhe entregou a concha e o restante da água.

– Beba. Lute. Vou aceitar sua sugestão e observar.

– Estou ferida pelo...

– Outra excelente sugestão – disse ele, com calma. – Você perdeu sua espada em uma batalha anterior e agora enfrenta novos inimigos corpo a corpo.

– Eu ainda teria a minha faca.

– Suponha que não, para esse treino.

– Minha magia?

– Ela sempre está com você.

Ela engoliu a água e entregou a concha para Mallick quando se levantou. Fallon gostava muito de lutar corpo a corpo. Seu pai lhe ensinara os aspectos básicos do boxe, da luta de rua e do caratê. Mallick expandira isso com diferentes formas de caratê, kung fu e tae kwon do.

Os katas que ele lhe ensinara, que insistira em que praticasse, a atraíam. Ela gostava da dança fluida e mortal desses movimentos.

Ele conjurou quatro fantasmas, dois homens e duas mulheres. Fallon achou a mulher menor mais desafiadora. Parecia elástica e feroz.

Enquanto eles se formavam, ela decidiu tentar o homem maior primeiro. Ele parecia forte e brutal. Por ser grande, julgou, provavelmente não tinha agilidade.

Antes que pudessem atacá-la, Fallon os atacou, desferiu um chute voador e acertou o maior deles bem na garganta. Virando-se para trás, rolou o corpo, quase não conseguindo evitar um chute na cabeça. Rodopiou criando um vento para confundir os adversários e atacou a segunda mulher.

Observando, Mallick dava voltas na luta. *Ainda não*, pensou, ela ainda não tinha um verdadeiro equilíbrio nas armas: corpo, mente e magia. Mas se viu satisfeito com o progresso de sua pupila.

E sentiu um grande orgulho de seu destemor.

Ela sofreu golpes; um soco na bochecha direita, um chute violento no quadril esquerdo. Mas aprendeu a usar a dor e o impulso.

Quando a mulher menor deslizou no chão – com velocidade e força – e agarrou Fallon com as pernas, a menina usou aquele impulso para empurrar e chutar. E sua pontaria provou-se excelente quando suas botas bateram com força nos testículos do homem que ainda resistia. Quando ele caiu, ela jogou magia nele e o eliminou.

Girando, ela foi para cima da mulher menor, conseguiu agarrá-la pelo pé quando ela tentou chutá-la e a empurrou, com força, contra o oponente restante.

A pequena era mesmo ágil, como Fallon suspeitara, e deu uma cambalhota para trás, colocando-se de pé. Mas como Fallon derrubara a segunda mulher, conseguiu algum tempo para respirar. Quando levou outro chute, viu estrelas, ouviu-as zumbindo dentro da cabeça. Girou novamente, tão depressa que se sentiu tonta.

Soco nas costas, chute nas costas, chute lateral. O suficiente para derrubar a mulher fantasma no chão. Então Fallon esmagou a mão dela com um chute forte.

A satisfação não durou muito, pois Fallon caiu para trás sob uma chibatada de poder. Despreparada, caiu de mau jeito e reprimiu um grito quando torceu o tornozelo. Ela levantou a mão, usou poder contra poder.

Através de uma névoa – ela havia batido a cabeça –, Fallon viu a mulher menor pular em sua direção, com uma faca na mão que não estava ferida.

Então a sobrevivência, instinto sem pensamento, entrou no jogo. Fallon sacou seu poder e o lançou. A faca voou da mão do inimigo para a dela, da mão dela para o coração do inimigo.

Furiosa, inundada de dor, ela se levantou.

– Desgraçada – disse ela, quando os poderes colidiram. – Você já era.

Com uma das mãos para cima, empurrando, empurrando poder contra poder, ela fez a outra recuar e lançou uma lâmina de fogo, que cortou o ar tremeluzente e atingiu o alvo. O último de seus oponentes irrompeu em chamas.

Fallon deu alguns passos apressados, desistiu e se sentou no chão.

– Eu não sabia que era capaz de fazer isso.

– Raramente sabemos o que somos capazes de fazer quando encurralados.

– Você não me disse que um deles seria uma bruxa.

– Você acha que vai lutar apenas com os sem magia?

– Não, mas... um aviso teria sido bom.

– Batalhas e guerras nunca dão avisos.

Ele se aproximou de Fallon e se agachou para levantar o rosto dela.

– Minha visão está um pouco esquisita – comentou ela.

– Hum. Uma concussão leve. Feche os olhos, vou arrumar isso.

Ela obedeceu e disse:

– O tornozelo está ruim. O esquerdo. Não está quebrado, mas sofreu uma torção.

– Eu vou cuidar disso. Respire devagar.

Quando o zumbido nos ouvidos diminuiu, Fallon conseguiu respirar como ele pedira. Então perdeu o fôlego de novo quando ele passou a cuidar do tornozelo. Dor... uma névoa vermelha. *Olhe através da névoa, para a luz*, pensou. Sentiu vontade de vomitar, mas imaginou a náusea como um lago, se acalmando, se acalmando, suavizando, se acalmando.

A mão dele deslizou sobre o quadril latejante da garota e então, para surpresa de Fallon, pousou com suavidade em seu rosto.

Ela abriu os olhos, olhou dentro dos olhos dele.

– Você sempre diz que algumas contusões visíveis servem como um lembrete para sermos mais rápidos, mais fortes e mais inteligentes na próxima vez – afirmou ela.

– Eu não acho que você vá esquecer. Como você conjurou a lâmina de fogo?

– Raiva. – Mas a cura a deixou sonolenta e ela levantou os joelhos e apoiou o rosto neles. – A menor tinha uma faca. Você disse "sem armas".

– Ela trapaceou, como farão muitos que você vai enfrentar. Agora, teste o tornozelo.

Ele a ajudou a se levantar, observou-a caminhar.

– Um pouco inflamado – disse ela –, mas não dói. Eu consigo ficar em pé sem problemas.

– Visão embaçada, enjoo?

– Não, já passou.

Satisfeito, ele assentiu.

– Você terá uma hora de folga e, depois, vai preparar seis poções sem ler as receitas e criar outras duas. Se você se sair bem, o resto da tarde será seu.

– Depois das poções, quero usar o globo. Quero ir a Nova York.

– Não posso permitir isso.

Não pode, não vai, não deixo, pensou ela. Para cada sim que conseguia dele, recebia vinte nãos.

– Nova York e Washington ainda estão em guerra. Ainda detêm a maior população de Incomuns Sombrios. Nós vamos ter que tomar essas cidades de volta. Como posso saber, a menos que eu veja? Você sempre diz que eu preciso olhar e ver.

– Ainda não é hora.

– Isso é outra coisa que você sempre diz – argumentou a menina.

– Porque ambos são verdade. Você vai olhar, e vai ver, quando for a hora.

Ela esperava exatamente isso e já tinha uma justificativa pronta.

– Ele vai me levar para antes. Como fez quando eu vi o plano dos Guerreiros da Pureza de armar uma cilada para o povo de Nova Esperança. Me deixe entrar, ver a Nova York que minha mãe conhecia e amava. Onde ela e meu pai biológico se conheceram e viveram.

– Isso é uma boa estratégia. Pedir algo que sabe que será negado, depois pedir menos, na esperança de que não seja.

– Não, não é isso. – Era verdade, em grande parte, mas não exatamente. – Eu quero ver o agora. Quero ir para Nova York, para Washington, para outros lugares e ver o agora. Mas percebi que tinha uma chance maior de ver o antes. – Ela deu de ombros. – Acho que a resposta vai ser a mesma.

– É uma estratégia um pouco clichê, porque costuma funcionar.

A esperança floresceu.

– E dessa vez funcionou?

– Você vai descobrir depois de fazer as poções. Vá. Eu gostaria de trabalhar no jardim por uma hora. Em paz.

– Vou tomar um banho. Bem demorado.

O banho foi glorioso, mesmo com os canos fazendo barulho e a água parecendo mais ser cuspida do que derramada. O ritmo leve da água aliviou as dores remanescentes e as torções, e o sabonete tinha o mesmo cheiro do recanto das fadas: um aroma suave, de natureza e de paz.

Enquanto se vestia, Fallon planejou o resto do dia. Decidiu que ia ler pelo restante da hora e depois faria as poções. Queria criar uma que formasse uma névoa, que cegasse o inimigo.

Então, finalmente, ela entraria no globo de cristal e veria a grande metrópole de sua mãe, como um dia fora. Com certeza, veria os pais juntos. Mallick sabia que esse era seu verdadeiro objetivo. Ela queria ver as pessoas que a fizeram, o lugar onde viveram.

Muita coisa para ser vista em uma hora, pensou. Mallick nunca permitia mais do que uma hora, mas mesmo assim Fallon faria com que fosse o suficiente.

Então, esperando o momento certo, pediria outra hora em outro lugar. Até pedir para ir ao primeiro escudo. O lugar com que sonhara, com campos, bosques e colinas, e o círculo de pedras.

Ela olhou para o globo de cristal. Não trairia a confiança de Mallick. Não entraria sem ele autorizar. Mas ele nunca a proibira de olhar.

Caminhando para o globo, colocou a mão sobre ele.

– Deixe-me ver, e só ver. Aqui, minha mente, corpo e espírito ficarão enquanto você, com visões, guiará o meu caminho.

O globo brilhou e mostrou a ela, em plena luz do dia, o que ela só vira sob a luz da lua.

Campos verdes e dourados, agora de vegetação bastante alta, e arbustos, agora densos. Cervos escuros pastavam. *Como é agora*, pensou. As colinas subiam para o céu, uma luz fina brilhava através das árvores, mas a terra estava abandonada.

E as pedras, cinzentas na escuridão, circundavam a terra enegrecida.

Mesmo através do globo de cristal, ela sentiu uma batalha de poderes, um conflito, a luz contra a escuridão.

Ouviu os pássaros, a força do vento passando por entre a grama, o eco de lugares vazios.

Em seguida, o chão queimado se moveu, pulsou, bateu como um coração sombrio. E os pássaros silenciaram sob o grito áspero de corvos sobrevoando em círculos as pedras.

A escuridão penetrou na floresta. Enviou um nevoeiro que serpenteava pelo chão e deslizava ao redor das pedras.

Do escuro, do nevoeiro, ela ouviu uma voz murmurar:

– Minha.

A voz a puxou, como uma mão com garras. Um aperto que cortava.

A voz, no globo, em sua cabeça, disse:

– Venha.

O medo congelou o sangue de Fallon. Garras perfuraram sua pele, uma dor aguda, um prazer sombrio. Ela balançou o corpo por um instante porque algo bateu dentro dela, algo quente, escorregadio. Ela estremeceu com isso, contra isso, confusa, assustada. Excitada.

Se entrasse, saberia mais, sentiria mais, veria mais.

O chão pulsava mais rápido, como seu próprio sangue. O chamado dos corvos parecia um grito. E a luz ficou cada vez mais fraca, mais fraca, indo em direção à escuridão.

Perplexa, ela puxou o corpo de volta, sentiu a dor quando as garras marcaram as costas de sua mão.

– Não. – Ela prendeu a respiração. – Não. Eu não vou até você. Você não vai ficar com o que roubou. Volte para o inferno.

Então o instinto, o mesmo que a fizera atirar uma lâmina de fogo, a fez lançar uma luz através do globo de cristal. Os corvos caíram sem vida no chão; a escuridão recuou com um silvo.

Fallon se afastou lentamente e viu Mallick, com a espada na mão, à porta de seu quarto.

– Eu não queria...

– O que você fez? Você entrou?

– Não! Não, eu juro. Eu queria olhar, ver o lugar do primeiro escudo. Eu sonhei com ele e queria ver o local. Está deserto, mas não morto. Eu senti a luz e a escuridão guerreando, a escuridão está mais forte lá agora. E ela veio. Eu...

Ela olhou para a própria mão, sem marca alguma.

– Ela falou. E pegou minha mão com suas garras. E eu senti... – Ela pensou que soubesse, e a vergonha tomou conta dela. – Isso me fez sentir...

– Eu entendo. – Ele embainhou a espada. – A sedução pode ser outra arma. Você a recusou, a repreendeu. E destruiu seus arautos. Tem certeza de que não entrou? Não de propósito, Fallon. Ela conseguiu atrair você, mesmo que só por um instante?

– Não. Ela é forte, mas o globo de cristal é meu. Ele não pode me levar aonde não quero ir. Eu quase entrei, por um minuto eu desejei. Mas não entrei. Como você soube que era para vir aqui?

– Você me chamou, de uma mente para a outra. Eu sempre virei quando você me chamar.

– Você pode me chamar também?

– Posso.

– Eu sempre virei quando você me chamar.

Ele colocou a mão em seu ombro.

– Você agiu bem. Vamos comer alguma coisa antes de começarmos a trabalhar.

– Eu preciso mesmo comer. E estou pronta para passar algum tempo com poções, em vez de... Você ouviu isso?

– O que você ouviu?

– É como... uma música. Talvez as fadas estejam vindo nos ver, mas...

– Não são as fadas.

– Não, não é exatamente isso. – Algo cantou em volta dela, dentro dela. – Mas é lindo.

Ela saiu e, sem dizer nada, Mallick a seguiu pela pequena cabana, subindo as escadas até a oficina.

Era como mil vozes chamando por ela, mas de forma tranquila e amável, mais como se lhe dessem as boas-vindas, não ordens.

O armário agora estava aberto e emitia uma luz pulsante, assim como a escuridão pulsara no solo profanado.

– Você abriu a porta? – perguntou Fallon.

– Não. Você abriu.

– Como?

– Refutando a escuridão, por sua honra, por sua aceitação. Pegue o que lhe pertence, menina.

Com o coração tremendo, ela foi até o armário. Dentro da luz havia um livro grosso, a capa com entalhes profundos de símbolos mágicos. O livro cantava – harpas, sinos e vozes que agitavam sua alma.

– É meu?

– Isso e tudo mais, se você assim escolher. Outra curva no caminho, Fallon Swift. Continua sendo uma escolha sua.

Dentro dela, ao redor dela, através dela: a música.

Fallon deu um passo à frente, inundada de luz, e levantou o livro.

– Parece pesado, mas não é.

Ele tem peso, pensou Mallick. *Muito peso.*

– Uma menina abrirá o Livro dos Feitiços, dizem os oráculos. E tudo o que estiver lá dentro estará dentro dela. Ela saberá, e, sabendo, entrará no Poço de Luz. Lá, ela tomará sua espada e seu escudo, forjados na luz, temperados pelo fogo. E então A Escolhida se levantará.

Fallon abriu o livro.

O canto soou, um coro estrondoso. Um vento soprou, quente e tempestuoso, com gosto de terra e mar, flor e carne, enquanto chamas ardiam através das páginas.

E escreviam o nome dela.

A força do poder roubou sua respiração. Nela, ao redor dela, através dela, vindo dela.

A cabeça de Fallon caiu para trás, seus olhos se reviraram e ficaram brancos, enquanto o poder a inundava. E mesmo assim ela abriu os braços para receber mais.

Ela se levantou, alta e magra, as pernas trêmulas, e bebeu na fonte que lhe pertencia. Como na noite de seu nascimento, relâmpagos cortaram o céu e o vento uivou e açoitou as árvores.

O canto aumentou, levantou-se no ar quente e rodopiante. Na janela acima, o céu explodiu em luz.

Quando a tempestade passou, quando as vozes se acalmaram, ela fechou o livro.

– É... é muito.

– Todos os feitiços já escritos, conjurados, lançados, sombrios ou de luz, para o bem ou para o mal, estão dentro de você. Esse conhecimento e o peso dele lhe pertencem. Essa confiança e o fardo de carregá-la lhe pertencem. Outros podem abrir o livro, mas não ouvirão sua voz.

– Meu pai pagou o preço para eu estar aqui. Há sempre um preço, eu sei disso. Mas eu já vi qual é o custo por não pagar, quanto ele é pior.

Ela colocou o livro sobre a mesa, sua mão sobre ele.

– Primeiro, ele foi seu.

– Não, ele nunca foi meu. Ajudei a criá-lo e o mantive seguro por muito tempo. Esse tem sido meu dever e minha honra. – Mallick colocou a mão sobre a dela. – Você quer ir ao Poço de Luz, Fallon Swift?

– Quero. – Ela soltou um longo suspiro quando se virou para o armário, para a luz. – Mas eu deixei minha espada lá embaixo.

Mallick deu um passo para trás e cruzou as mãos.

– Você não vai precisar dela.

Confiando nele, confiando em si mesma, ela foi até o armário. Com um último olhar para Mallick, entrou.

E pulou.

Desceu, desceu através da luz branca e brilhante, pelas paredes de um branco puro. O ar corria por ela sem fazer um único som.

Ela olhou para o alto, onde a luz girava acima – como água – e abaixo, onde reluzia.

Aterrissou de pernas abertas, uma das mãos apoiada no chão brilhante do poço. Sentiu uma batida no mesmo ritmo do seu coração. Seu sangue era luz.

Quando se colocou de pé, a luz fluiu ao seu redor, como água, como um toque de mãos, um bater de asas.

Pensou na fazenda, em sua família, nas cavalgadas com Grace, nas corridas pela floresta. No zumbido das abelhas, no som da roupa lavada balançando no varal. Nos anos em que a luz a havia protegido e a todos que amava.

Pensou em Max Fallon, que lhe dera a vida e sacrificara a própria em seu favor, e fechou a mão sobre os símbolos que usava, os quais uniam seus pais.

Pensou em Mick, Twila, Thomas e todos os que conhecera e aprendera a amar.

Pensou em cidades grandes e campos desertos. Nas pessoas de Nova Esperança e em todas que, como elas, lutaram para sobreviver e reconstruir.

E pensou em Mallick, que esperara centenas de anos para levá-la até onde ela estava agora.

A escolha era dela, pensou, mas todos haviam preparado o caminho.

Banhada pela luz brilhante, ela olhou para o longo vale de fogo.

– Outro salto. É a fé. Eles têm fé em mim. Eu tenho fé neles e na luz.

Ela pisou nas chamas.

O calor banhou sua pele; a luz brilhou em seus olhos.

Ela sentiu seu hálito.

– Eu faço a minha escolha. Agora, ouça minha voz. Na luz e no fogo eu faço este voto, aceitando o que os deuses me outorgaram. Eu sou sua filha, filha do vento e do fogo, da terra e da água. Com magias de luz eu assumo a luta. Com esta espada, com este escudo, lutarei no campo de batalha.

Ela caminhou através das chamas, agarrou a empunhadura da espada, agarrou a correia, levantou a espada e o escudo.

– Eles são meus! – exclamou. – Assim como o livro é meu, como a coruja, o lobo e o cavalo são meus. E eu sou deles.

Ergueu o escudo, que trazia um brasão de cinco partes unindo os cinco elementos com magia. Empurrou a espada para o alto, o mesmo símbolo na empunhadura.

Ela brilhou, prateada como as asas de Laoch, e a chama que correu do cabo à ponta ardia em um fogo branco.

Na luz e no fogo, erguia-se A Escolhida.

Mallick esperou. Quando viu o clarão e as velas flamejantes, soube que, naquele instante, ela havia penetrado na chama.

E também sentiu a mudança dentro de si. Agora, seu relógio voltaria a correr, seu ciclo de vida recomeçaria. Ele conheceria o envelhecimento. E por isso a abençoou.

Buscou a bainha que havia feito para ela muito antes de seu nascimento e colocou-a ao lado do livro.

Quando Fallon saiu, a luz diminuiu atrás dela. Mas ardia em seu rosto e em seus olhos.

Ele se dobrou sobre um dos joelhos.

– O quê? Não!

– Esperei centenas de anos por este momento. Vou reconhecer a grandeza dele, portanto, fique quieta! Eu prometo dedicar minha magia, minha espada e minha vida a você, Fallon Swift. Juro minha fidelidade a você, à Escolhida.

– Ok, mas levante-se. Isso é constrangedor.

– Algumas coisas não mudam. – Ele se levantou.

– Você não tem que prometer o que eu já sei.

Ela olhou para o armário, a luz suavizada.

– O poço é incrível – disse Fallon. – A luz é de um brilho fortíssimo, mas ao mesmo tempo é suave... como a água. Acho que é por isso que se chama Poço de Luz. E o fogo... Eu via a espada e o escudo brilhando como ouro em meio às chamas. Estavam prateados quando eu os tirei. E senti que eram meus.

– Porque são.

– É só... Você já esteve lá? No Poço de Luz?

– Uma vez, há muito tempo. Para colocar a espada e o escudo para você.

– Você os colocou lá... – sussurrou ela.

– Guardei esta bainha para você.

– É linda.

– Vai dar um nome à sua espada? É uma tradição – explicou ele. – Uma tradição que acrescenta poder.

– Solas. Luz.

– Um bom nome. Você me permite marcá-lo na lâmina?

Ela a estendeu para Mallick, que então, tocado pela fé da menina, gravou na lâmina, com o dedo, o nome que ela escolhera.

– Quer se sentar?

– Eu sinto que poderia correr 20 quilômetros. – Ela andou pela sala, girando a espada para que a lâmina captasse o sol. – E depois mais 20.

– Sente-se. Por favor.

Ela se sentou. Parecia vibrar.

– Não há mais nada que eu possa ensinar a você.

Ela parou de admirar a espada para, boquiaberta, encará-lo.

– O quê?

– Agora você sabe mais do que eu. O conhecimento está em você e seu poder está muito além do meu.

– Mas... o que vamos fazer agora?

– Seu tempo aqui está acabando, mas nesta etapa final vou ajudar você a se concentrar e aprimorar o que já sabe. Vamos colocar em ordem tudo o que você recebeu hoje.

– Tudo que eu recebi através do livro e do poço.

– Isso. Mas você já abriu o livro, pegou a espada e o escudo, já pode partir se quiser. Não posso obrigá-la a ficar. Estou pedindo que confie em mim, pedindo que acredite que eu sei do que você precisa nesse tempo que nos resta.

As palavras a atingiram como uma flecha.

– Está dizendo que eu posso ir para casa?

– Isso mesmo. Você completou as missões e aceitou seus deveres. Você tem o conhecimento. As habilidades.

– Mas também está dizendo que ainda temos trabalho a fazer.

– Acredito que ainda temos.

Ela se levantou de novo, andou de um lado para outro.

– Eu quero ir para casa. Às vezes sinto tanta saudade da minha família que mal consigo respirar. Eu evoco o cheiro dos cabelos da minha mãe, ou a sensação das mãos do meu pai nas minhas, as vozes dos meus irmãos... Faço isso só para conseguir enfrentar tudo e respirar novamente. Eu quero muito ir para casa.

– A escolha é sua.

– Eu quero ir para casa – repetiu Fallon. – Mas sei que esses dois anos, quase dois, não eram só para me treinar e me ensinar. Isso era uma grande parte, mas a outra parte era me acostumar a estar longe deles, de casa.

Ele se sentou outra vez.

– Isso não é um conhecimento adquirido a partir do livro, mas da lógica.

– Você é ótimo em lógica. Eu não vou poder ficar na fazenda, com eles. Não sei aonde vou ter que ir, até onde e nem por quanto tempo. Mas vou estar longe de casa, da minha família. Esses dois anos farão com que seja mais fácil. Vou sentir falta deles, mas não a ponto de não poder respirar. E o mesmo vai acontecer com eles, certo? Vai ser mais fácil para eles também.

Ela se sentou novamente e continuou:

– Eu sei que ainda não aprendi tudo que podia aqui. Não terminei meus estudos, e preciso que você me ajude a fazer isso. Então, vou ficar e trabalharemos pelo tempo que ainda resta. Mas quando eu for para casa, vou precisar de um tempo para ficar lá. Para estar com eles. E existem coisas que preciso fazer lá, começar lá. Antes que eu tenha que me afastar de casa e deles de novo, preciso de um tempo.

– Agora a decisão é sua, não minha.

– Então, é isso o que eu quero. Preciso fazer algumas coisas para proteger minha família antes de ter que sair de novo. Quando eu tiver esse tempo e fizer o que precisa ser feito, será a hora de partir outra vez.

– Muito bem. Por enquanto, leve Faol Ban e Taibhse para uma caçada, ou vá cavalgar Laoch. Aproveite a tarde.

– Eu não fiz as poções.

– Mas fez outras coisas.

– Vou fazer as poções. – Ela se levantou, com um sorriso largo. – Não vai levar muito tempo.

– Arrogância.

– Confiança – corrigiu Fallon, e se pôs a trabalhar.

CAPÍTULO 18

O verão chegou e foi embora, os dias quentes e luminosos preenchidos com estudo e prática. Com a aproximação do outono, os dias quentes passaram a colidir com noites frias, até o ar entrar em guerra. Ao longe, nuvens em forma de funil rodopiavam no céu roxo, disparando pedras de granizo para esfarelar as folhas que morriam.

As fadas murmuravam que a guerra do vento, do gelo e do calor servira como um sinal, pois o de treinamento da Escolhida se aproximava do fim e a verdadeira batalha da luz contra a escuridão havia começado.

Fallon achava que era um fenômeno puramente científico.

Ainda assim, quando as tempestades despencaram sobre a cabana, irromperam com a fúria de chuvas torrenciais, relâmpagos repentinos e o bramido dos trovões ecoando por toda a floresta.

Fallon criou um trovão próprio, com uma fúria inesperada, quando Mallick a fez enfrentar três rodadas de combates e, em seguida, criticou sua luta.

Suas botas estavam cobertas da lama do chão pantanoso da última chuva e ela limpou do rosto o sangue ilusório dos fantasmas que derrotara.

– Eu venci, venci todos eles. Todas as vezes.

– Você está ferida – disse Mallick –, porque foi lenta e desleixada.

Os pulmões dela queimavam, mas isso não era nada diante da ira que crescia em seu interior.

– Eu estou de pé. Eles, não.

Tão calmo quanto ela estava invocada (o que só a irritava ainda mais), Mallick rejeitou os resultados e enfatizou o processo:

– Cinco vezes você perdeu o equilíbrio. Duas vezes não conseguiu usar seu ímpeto e perdeu sua vantagem.

– Essa observação é idiota.

– Um linguajar rude não vai manter você viva no campo de batalha e só enfatiza as suas fraquezas.

– Foda-se isso e você também.

Enfurecida, insultada, ela conjurou três fantasmas e os atacou. Cega para tudo, menos para a necessidade de revidar, avançou, cortou e explodiu um poder que irrompeu em chamas enquanto sua fúria fervia. Com a fervura, veio o vento e, depois, o trovão.

Mate, pensou, montada na própria raiva. *Mate todos*.

Então o relâmpago, vermelho como sangue, respingou sobre ela, cortou o céu cinza borbulhante, disparando lanças e forquilhas. Enquanto ela decapitava o último fantasma, um golpe abateu e cortou a árvore onde Taibhse costumava se empoleirar.

A árvore explodiu, lançando dardos afiados, adagas de madeira e folhas rasgadas para todos os lados.

Encharcada, cheia de lama e confusa, Fallon correu em direção ao fogo.

– Meu Deus! Taibhse!

– Ele foi esperto de manter distância da sua fúria e estupidez.

Ela olhou para o céu, procurando as asas brancas, enquanto nuvens ferventes se dobravam sobre si mesmas.

– Ele está bem?

– Você saberia se ele não estivesse.

Tremendo, ela afastou dos olhos a mecha de cabelo molhado de suor.

– Eu poderia ter... Eu estava muito zangada, mas não tive a intenção de...

– "Não ter a intenção" não quer dizer nada. Você colocou outros em perigo, destruiu uma coisa viva só por ressentimento. Você usou mal seu dom.

Ele não gritou; ela teria preferido. Em vez disso, sua voz projetou gotas de um desgosto que a esmagou.

Lágrimas afluíram em seus olhos. Segurá-las fez doer seu estômago, mas ela conseguiu. Não merecia o conforto das lágrimas.

– Desculpe. Não tenho justificativas. Mas...

– "Mas" precede uma justificativa.

Ela engoliu as palavras de Mallick, embora fossem duras e amargas.

– Limpe a sua bagunça – disse ele, as palavras tão frias que a fizeram estremecer.

Ele se afastou e fechou a porta da cabana com firmeza.

Enjoada, despedaçada, ela bloqueou a chuva e caminhou até os restos ferventes da árvore. Viu a fumaça subir no céu azul de verão, resfriou os escombros.

Lentamente, com dificuldade, Fallon reuniu o que poderia ser usado para lenha ou para atiçar o fogo, carregou tudo aos poucos e empilhou. Seu corpo doía (os fantasmas conseguiram acertar alguns golpes duros), mas a culpa doía mais. Levou horas para arrumar tudo, já que não usaria magia para isso.

Quando terminou, escolheu um graveto, colocou-o entre as mãos e ofereceu sua penitência. Permitiu que as lágrimas caíssem, deixou que elas e seu sopro cobrissem o graveto para trazer as raízes. Disse as palavras humildemente, enquanto o plantava. Segurando as mãos sobre ele, Fallon chamou uma chuva leve para despertar as primeiras folhas.

– Do que foi arrancado, uma nova vida começa. Eu peço perdão pelos meus erros.

Ela pegou uma vara carbonizada, estudou-a e começou a criar para si mesma um aviso e um lembrete.

Depois de terminar, entrou na cabana: ferida, exausta e com a garganta seca. Queria um banho e muitos copos de água fresca, mas subiu para a oficina.

Mallick estava sentado, um copo de vinho ao lado. Não lhe dirigiu sequer um olhar.

– Não há desculpas. Deixei o orgulho me levar e usei minha raiva para destruir. Prejudiquei uma criatura viva, e poderia ter feito pior porque eu... abri mão do domínio da raiva. Não me controlei. Só queria matar para provar que você estava errado. Você não estava errado.

Ela precisava que ele soubesse, entendesse, ainda que não pudesse perdoar.

– Eu posso usar raiva no campo de batalha. Eu preciso sentir. Mallick, se eu não *sentir* raiva, alegria, tristeza e tudo mais, serei menos. O sentimento me fortalece. Mas agora eu sei, sei muito bem, que, sem controle, meu poder, minha força e meus sentimentos são uma fraqueza.

Ele tampou uma garrafa de líquido âmbar e a rotulou.

– Então você aprendeu uma lição valiosa. Talvez a mais valiosa de todas.

– Eu não usei magia para limpar, mas trouxe a vida de parte da árvore. Plantei uma nova e pedi perdão.

Ele se virou para ela, pronto para dar seu próprio perdão. E viu o bracelete entalhado de madeira no pulso da mão com que ela segurava a espada.

Espantado, chocado, virou-se para ela.

– Você fez um *enfeite* para si mesma? Vai usar o que destruiu para o seu próprio adorno?

– Não, não, não é um enfeite. É um lembrete.

Ela estendeu o braço.

Ele o segurou, outro sermão já na ponta da língua. Então, observou o bracelete.

Trazia o símbolo de cinco pontas e as palavras *Solas don Saol.*

Luz para a vida.

– Eu vou derramar sangue. Vou tirar vidas. Vou mandar pessoas para a batalha ou dar tarefas que podem acabar com a vida delas. Se eu aceito isso, tenho que acreditar nisso. Luz para a vida. Para lutar a guerra que vai acabar com a guerra. E nunca, jamais, atacar sem motivo ou controle, como fiz hoje. Vou usar isso para me lembrar. Sinto muito. Você me perdoa?

Ele a olhou. Um olho enegrecido, uma bochecha bastante arranhada em um rosto ainda tão jovem. A juventude não poderia ser uma desculpa para ela, mas ele esquecera que era um motivo.

– Vamos perdoar um ao outro.

– Você não fez nada.

– Eu deixei minha própria raiva me levar e descuidei de você. A cura é um dom, e eu ignorei o meu para punir você. Sente-se e deixe que eu cuide de você, como eu deveria ter feito.

De manhã, depois de uma noite de sonhos, Fallon se levantou para pegar os tributos e deixar seus presentes. Sentiu o cheiro do outono no ar, seu sabor e sua fumaça. E pensou em sua casa.

Enquanto preparava o chá, decidiu que durante seu tempo livre naquele dia entraria no globo de cristal e visitaria Nova York outra vez. A que sua mãe tanto amara.

Tantos aromas, pensou, *tanta cor e movimento. E barulho!* Ela já andara pelas calçadas sob os edifícios imponentes, deslumbrando-se com todas aquelas maravilhas. Carros, tantos carros criando um constante som de trovão. Pessoas, muitas pessoas, correndo em belos trajes. Vitrines cheias de roupas, sapatos, bolsas, pedras preciosas, ouro e prata brilhando por trás dos vidros.

Comida. Por toda parte. Em carrinhos, vitrines, lojas, até nas calçadas. O cheiro de carne, flores, gasolina e tudo o mais. O cheiro da humanidade.

Ela havia assistido a uma jovem Lana de avental branco e chapéu de cozinheira, no meio de uma ampla cozinha cheia de gente e de mais barulho, gritos, movimento, vapor, calor. Era maravilhoso.

Assistira a Max escrevendo em uma sala cheia de livros e fotos. Seus dedos ocupados digitando letras – um teclado, ela sabia o que era um teclado. E as letras, as palavras, pareciam mágica na tela.

Ela voltaria, decidiu, talvez até o dia em que os vira caminhar em um grande espaço verde, de mãos dadas e rindo.

Ela não olharia, não hoje, para o presente, como já fizera com Mallick ao lado. Não olharia através do globo para o prédio chamuscado, os escombros de outras edificações, a sujeira e o sangue. Hoje, não haveria gritos em sua cabeça.

Deixou o chá em infusão e saiu para coletar os ovos e alimentar as galinhas.

Mallick já estava do lado de fora, parado depois de seu pequeno jardim.

Diante dele, onde a velha árvore estivera, onde ela plantara aquela pequena muda, outra árvore surgira.

Já grande, os galhos se estendendo, curvando-se como se levantados em direção ao céu. Folhas em forma de coração cresceram verdes e vistosas. Enquanto caminhava em direção a ela, Fallon calculou que seriam necessários três homens, com as mãos unidas, para rodear aquele tronco gigantesco.

– Você encantou a muda – disse Fallon enquanto olhava para a árvore, sorrindo. – É linda.

– Eu não fiz nada – respondeu Mallick.

– Então, como... eu encantei apenas um galho da antiga árvore, usei lágrimas e sopro para chamar as raízes e uma chuva para estimular as primeiras folhas. Não pedi para ela crescer e mudar. Eu ia cuidar dela e pedir às fadas que zelassem por ela depois da minha partida. Talvez as fadas tenham...

– Não. Isso veio de você e para você.

– Eu juro que não...

Ele pegou o braço dela, bateu um dedo no bracelete dela.

– *Solas don Saol.* A sua luz trouxe vida, e esta é uma árvore da vida.

– Uma árvore da vida. Existe mais de uma?

Algumas. São raras e especiais, mas existe mais de uma. Com isso, você deu e recebeu um presente.

– Ela vai dar frutos para nutrição, cura e conforto.

Mallick virou-se para ela, cruzou as mãos enquanto a visão a tomava.

– Suas raízes abraçam a deusa da terra. Seus ramos sobem ao deus do sol. Suas folhas dão vida ao ar, apanham a chuva. Será um lar para pássaros, e suas canções vão adoçar este lugar para sempre. Ela conecta todas as coisas, a terra, o ar, o fogo, a água e as magias. O que anda, o que voa, o que rasteja, tudo se junta através dela para a luz.

Virando-se para Mallick, Fallon pegou as mãos dele, e, nos olhos dela, ele viu mais do que visões. Viu a mulher no interior da menina.

– Não é para mim, Mallick, o feiticeiro, mas para você – prosseguiu Fallon. – Você encontrará descanso e conforto aqui quando seu trabalho estiver concluído. Este é meu presente, nosso presente, por sua lealdade, seu serviço e seu sacrifício.

Ela levantou a mão. Frutas, como um arco-íris profundo, um leque de joias, despontaram nos galhos. Ela continuou:

– E aqui... Os frutos da vida, como os frutos da sua devoção, finalmente amadurecem.

Ela baixou a mão e soltou o ar.

– É sua. É para você. Eu vejo agora o que pedi. O que fui capaz de pedir por sua causa.

Por um instante ele não conseguiu falar, e teve que lutar para encontrar a voz, para estabilizá-la.

– Estou honrado. É um presente maravilhoso. Ele abençoa o que veio a ser minha casa.

– Este lugar? Ele é um lar para você?

– Estou contente aqui, quero viver e trabalhar aqui quando eu não for mais necessário em outros lugares.

E ele descansaria lá, pensou Fallon, na terra, debaixo da árvore, quando seu tempo neste reino chegasse ao fim.

– Agora, há ovos para recolher e uma vaca para ordenhar. Quando fizermos o que deve ser feito hoje, comece com suas despedidas.

– Despedidas? – A surpresa a fez levantar a cabeça de súbito. – Estamos indo embora? Mas ainda tenho mais três semanas.

– Partir demandará algum tempo. Os amigos que você fez aqui vão querer fazer homenagens e presentes. Você também deve fazer presentes para os amigos que está deixando. Nosso tempo aqui está acabando. Essa árvore não é apenas um grande presente, mas um sinal. Você está pronta.

– Ontem mesmo você disse que eu fui desleixada e que minhas defesas foram descuidadas.

– E foram. Mas mesmo assim você está pronta. Pegue os ovos.

Ele pegou o balde que havia separado e saiu para ordenhar a vaca.

– Eu vou para casa – sussurrou Fallon. Então, com uma risada, começou a girar em círculos. – Eu vou para casa!

Mick foi o mais difícil. Ele ficou amuado, discutiu e bateu pé.

– Seja paciente – aconselhou Mallick quando ela reclamou, mais uma vez, da atitude de Mick. – Partir é difícil. Mas também é difícil ficar para trás.

Ela não queria ser paciente; queria dar um soco no garoto. Em vez disso, ela o ignorou, pois Mallick estava certo e partir demandava tempo. Houve festas, celebrações e presentes. Últimos mergulhos na lagoa das fadas, últimas corridas com os elfos. E novas revelações.

– Se Mick continuar me evitando, ele nunca vai me ver correr até o topo da árvore mais alta da floresta. E eu nem vou ter que agradecer a ele por me ensinar a escalar uma árvore.

– Você vai agradecer a ele por sua ajuda e sua amizade, quando o vir.

– Se eu o vir. – A ideia de não o ver fez doer seu coração. – Acho que vou agradecer a ele, sim. Eu não seria capaz de subir em um tronco, me virar e mergulhar dos galhos, se ele não tivesse me ensinado.

Mallick suspirou.

– Pense, menina.

– Em quê?

– Você acha que tal habilidade pode ser ensinada a alguém que já não a possua dentro de si?

– Bem, ele me mostrou como... e eu consigo dar impulso... Espere um pouquinho. Você está dizendo que eu tenho sangue de elfo? Minha mãe não tem. Ela nunca disse que meu pai biológico tinha.

– Você é A Escolhida apenas para os bruxos e bruxas?

– Não, mas...

– Você carrega tudo dentro de si, em seu sangue e espírito, então você tem tudo em seu interior.

– Você quer dizer que eu posso correr quase tão rápido quanto alguns dos elfos porque eu tenho... Mas e as fadas? Eu não tenho asas.

– Você encontrou o recanto das fadas, nadou no lago delas. Elas vêm até você. Você ouve as vozes das pequeninas.

– Claro, mas... eu não mudo de forma. Mudo? Posso? Se eu posso, por que você não me disse, não me treinou, não me ajudou a encontrar meu espírito animal?

– Pense. – Ele suspirou novamente. – Você os encontrou.

– As missões? Mas eu não posso... – Ela se interrompeu, compreendeu. – Eu conseguiria, ou vou conseguir, se precisar... mudar para aquelas formas. E mais, eu posso me fundir com eles, todos três, ver através deles. Você me treinou, em tudo isso. Eu não percebi que era isso. Nós viemos aqui por conta disso, para que eu vivesse perto dos outros, passasse esse tempo aprendendo seus modos, seu jeito, suas habilidades. Eu achei que isso fosse o meu tempo livre. – Ela revirou os olhos. – Eu continuava em treinamento.

– Isso não diminui seu divertimento. Agora, vá encontrar Mick. Você sabe muito bem que pode encontrar esse garoto. Diga adeus a ele. Partiremos amanhã.

– Amanhã? Você não tinha dito que...

– Acabei de dizer.

– É quase uma semana antes do que eu tinha pensado. Eles não vão estar me esperando. Ah! – Ela sorriu. – Ah, será ainda melhor. Vou fazer uma surpresa para a minha família! Obrigada.

Ela o abraçou. Ele se permitiu envolver a parte de trás da cabeça da menina, enquanto pensava: *Sim, sim, é difícil ser deixado para trás.*

Ela não encontrou Mick, mas o atraiu. Cavalgou Laoch com Taibhse no braço e Faol Ban a acompanhando, tomando um caminho sinuoso para o recanto das fadas.

Chegando lá e conhecendo as fraquezas do amigo, fez um piquenique com bolinhos, tortas de frutas e chá.

Com a coruja em um galho, o cavalo solto e à vontade, Fallon apoiou a cabeça no lobo, enquanto ele se deitava atrás dela. E abriu um livro.

Não demorou muito.

Quando sentiu a presença dele, ela virou uma página, pegou um bolo para dar uma mordida.

– Eu poderia dividir com você, mas não se você continuar sendo chato comigo.

– Não me importo com seus bolos. Eu vim nadar. – Ele saiu do meio das árvores e, iluminado pela luz verde, tirou as botas e a camisa e mergulhou no lago, usando bermudas gastas e largas. – Você não é dona deste lugar, você sabe. Eu estava nadando aqui antes de você vir, e vou nadar aqui depois que você for embora.

Ela virou outra página.

– Vou sentir falta de nadar aqui. Eu poderia até sentir sua falta, se você não fosse tão idiota.

– Você não vai sentir falta de nada nem de ninguém. Isso é tudo conversa fiada.

Ele mergulhou fundo e, quando veio à tona, ela havia colocado o livro de lado. Sentada, com as pernas cruzadas, ela encontrou os olhos irritados do menino.

– Você sabe que não é conversa fiada, assim como sabe que eu tenho que ir. Você sempre soube disso. Minha família está me esperando. E o resto, todo o resto que preciso fazer também está me esperando, mas primeiro vou ver minha família. Eu sinto muita falta deles, mas era mais fácil estar longe porque você era meu amigo. Você ainda é meu amigo, embora diga coisas feias para mim, coisas que você sabe que não são verdadeiras. Mesmo você sendo um idiota e apesar de termos desperdiçado as duas últimas semanas, que poderíamos ter passado caçando, nadando e aproveitando a nossa amizade. Agora, o tempo passou. Mallick disse que partiremos amanhã.

– Amanhã? – Ele se lançou para fora do lago. – Por quê?

– Ele disse que é hora. Disse que estou pronta. Não vá... – disse ela, rapidamente, quando percebeu que ele estava se preparando para se afastar correndo.

– Você está pronta. Você não se importa como eu me sinto. Não se importa com o que sinto por você.

– Isso é besteira e você sabe muito bem. Eu nunca tive um amigo de verdade antes de você. Meus irmãos e algumas garotas das outras fazendas, da aldeia, mas não um amigo de verdade. Por isso nunca tive que dizer adeus a um amigo. Eu quero ir para casa, mas é difícil dizer adeus. Fica ainda mais difícil quando meu amigo está com raiva de mim por eu fazer o que preciso fazer.

– Só porque você tem uma espada mágica... – Ele parou a frase no meio, cansado e enojado com o próprio veneno. – Que se dane. – Depois de resmungar sua nova frase favorita, ele se sentou ao lado dela. – Eu posso lutar. Eu vou lutar.

– Eu sei.

– Meu pai disse que ainda não. Eu disse que poderia ir com você, lutar, mas ele disse que ainda não. Quando?

– Eu não sei. Mas sei que vou ver você de novo. Eu sei disso.

Ele pegou um bolo, franziu a testa. Comeu.

– Eu nunca senti por ninguém o que sinto por você.

– Você é meu primeiro amigo de verdade e o primeiro garoto que eu beijei.

– Mas você não quer me beijar de novo.

Guiada pelo instinto, ela colocou as mãos no rosto dele, pousou os lábios nos dele.

– Você vai beijar muitas outras garotas depois que eu for embora.

– Provavelmente.

Rindo, ela apontou o dedo para o peito dele.

– Mas ainda vai ser meu amigo.

Os dois ficaram em silêncio por algum tempo, ombro a ombro, de frente para o lago.

– Quando for a hora de lutar – disse ele –, quando eu encontrar você de novo, você vai me beijar?

– Provavelmente.

Então ele riu e bateu o ombro no dela.

– Eu fiz uma coisa para você – disse ela, pegando o presente na mochila. Ela havia trançado tiras de couro para formar uma pulseira, prendendo ali pedras protetoras.

– É muito legal.

– Está vendo? Você enrola no braço... – Ela colocou a pulseira nele. – E aí dá um laço. Assim.

– É muito bonita. – Ele suspirou e colocou a mão no bolso. – E eu fiz isso para você.

Ele havia esculpido o rosto dela na pedra que ela tirara do casco de Laoch.

– Eu tive que pedir ajuda ao meu pai, mas...

– É maravilhoso. É de Laoch, então é ainda mais maravilhoso. E realmente se parece comigo. Obrigada. – Ela virou a cabeça, sorriu para ele. – Amigos?

Ele deu de ombros e pegou uma tortinha.

– Acho que sim.

Ela fez as malas. Levaria para casa mais do que trouxera, mas agora possuía dois cavalos para ajudar a carregar suas coisas.

Em menos de dois dias, pensou, enquanto embalava o globo cuidadosamente para viajar, *vou estar em casa*. Colocou o escudo na capa protetora que os metamorfos haviam feito para ela, mas prendeu a espada na cintura.

Dois dias na estrada. Poderia encontrar Rapinantes, Guerreiros da Pureza e até meras pessoas violentas.

Assoviou para Laoch, já que ele carregaria a maioria de seus pertences. Prendeu a primeira carga nas costas dele, voltou para buscar o restante. Quando saiu, encontrou Mallick esperando por ela e segurando as rédeas de Grace.

– Demorei mais do que pensava. É muita coisa. Estou pronta e vou ficar aqui para você pegar sua sacola e buscar Gwydion.

– Não tenho nada para pegar.

– São só dois dias, mas talvez... O quê? – O choque a fez dar um passo para trás. – Você não vem comigo?

– Eu vou com você, é claro. Eu a tirei de sua casa e vou levá-la de volta. Mas não preciso do meu cavalo ou de um pacote. Não vamos demorar dois dias.

O coração dela se acelerou.

– Agora? Assim, de repente? Nós vamos disparar? Eu nunca disparei para tão longe.

– Por isso eu vou com você, para ajudar, pela última vez.

Ela quis argumentar. Apenas começara a ter a habilidade de se transportar de um lugar para outro desde que voltara do Poço de Luz. Mas pensou como seria chegar logo à fazenda. Ver o rosto da mãe dentro de poucos minutos, em vez de dias.

Esse pensamento a encheu de alegria e nervosismo.

– Suas coisas estão prontas? – perguntou Mallick.

– Estão, está tudo aqui. Eu só...Uau!

Fallon olhou ao redor, a clareira, as galinhas, a horta, a árvore, a cabana, a floresta. Por conta do nervosismo, seu coração continuava disparado. Ela disse:

– Os elfos vão ajudar você a colher da horta... E, se você precisar de ajuda com as abelhas, as fadas...

– Você acha que eu não consigo fazer isso sozinho? Acha que sou incapaz? – interrompeu ele.

– Não, mas estou aqui há dois anos. Você não terá mais o meu trabalho escravo. – Ela montou em Grace, ergueu o braço para Taibhse. Esperou até que Faol Ban estivesse entre os cavalos. – Tem certeza disso? Vamos mesmo disparar? Não estamos sozinhos, então não vai ser como fizemos antes.

Ele colocou a mão na rédea de Grace.

– Faça a sua parte, menina.

– Ok, ok.

Fallon atraiu o poder, assimilou sua força, sentiu tudo mexer em seu interior. E, logo antes de liberar tudo que tinha, viu Mick na beira da floresta.

Levantou a mão em despedida, viu o garoto levantar a dele. E fez o disparo.

E se viu na colina com vista para a fazenda.

Ela sorveu o ar, a vista, os sons. Quando olhou para Mallick, seus olhos brilharam de poder e emoção.

– Estou ficando muito boa nisso.

– Você precisa de mais prática, mas está boa o suficiente.

– Papai já está no campo com os garotos. Cortando o feno. Mamãe deve estar lá dentro. Você quer cavalgar Laoch até lá?

– Eu não vou descer. Vá para sua família.

– Você não vem? Mas...

– Eu a trouxe em casa e agora vou voltar para a minha. Vá para a sua família.

– Espere, ei... Mallick. – Ela disse isso abruptamente e inclinou-se para agarrar a mão dele antes que ele se fosse. – Você é minha família também. Você é da família. Que bênçãos radiantes recaiam sobre você.

Apertou a mão dele com força e, em seguida, a soltou.

– O mesmo para você, Fallon Swift. – Ele tocou de leve o joelho da menina e, em seguida, recuou. E desapareceu.

Ela guiou Grace do cume em direção à estrada da fazenda, dizendo:

– Estamos indo para casa.

No campo, Ethan olhou para cima. Meu Deus, como ele havia crescido! Ele gritou alguma coisa, acenou com os braços e começou a correr. Todos começaram a correr.

Na cozinha, Lana sentiu algo mudar, desvanecer, se abrir. E, com a respiração ofegante, saiu de casa correndo. Viu sua filha, sua linda menina, galopando pela estrada com uma enorme coruja branca no braço, acompanhada de um lobo branco e de um enorme cavalo branco.

Lana correu, os cabelos se soltando dos grampos, o coração cada vez maior e batendo cada vez mais forte. Quando Fallon saltou do cavalo para os braços dela, o mundo, que ficara fora de foco por dois longos anos, se tornou claro e límpido novamente.

– Ah, minha filhinha, minha filhinha!

Segurou Fallon como se ela fosse se dissolver, quase perdeu o equilíbrio e chorou.

– Mamãe!

Fallon se aconchegou nela, quase enterrou o rosto nos cabelos dela, até que Lana a puxou de volta.

– Ah, meu Deus, como você mudou! Está tão alta, tão linda! Você cortou o cabelo! – Ela passou os dedos pelos cabelos da filha, depois pelo rosto dela. – Adorei! Eu te amo. Meu Deus, eu senti tanta saudade! Senti sua falta todos os dias.

Então Simon chegou correndo, levantou Fallon do chão e a girou muitas e muitas vezes.

– Aqui está ela! Aqui está a minha menina.

Fallon riu, abraçando o pescoço dele.

– Pai!

Ele cheirava a fazenda. Cheirava a lar.

– Meu Deus, você está linda! O que aconteceu com seu cabelo? Eu pensei que fosse morrer de tanta saudade. – Ele puxou Lana para dentro do abraço e agarrou as duas com força, bem apertado, enquanto murmurava: – Minhas meninas... Minhas lindas meninas.

Com gritos e muito barulho, os garotos entraram. Relutantemente, Simon soltou Fallon para que os irmãos pudessem cercá-la.

Comovida, quase tonta com tanta agitação, Fallon tentou abraçar todos de uma só vez. Eles a encheram de perguntas. Ela logo percebeu que não reconhecia a voz de Colin. Voz de homem.

Isso a fez lembrar que eles não ficaram parados em sua ausência. Haviam crescido bastante. Colin estava mais forte; Travis, de repente, desengonçado; Ethan não era mais um bebê.

Jem e Scout correram e a rodearam, enfiando-se no meio de todos para se aproximarem também.

– A turma está toda aqui. – Fallon riu. – Quase. Cadê Harper e Lee?

Ela viu a cabeça dc Ethan baixar antes de Lana explicar:

– Eles morreram no inverno. Sinto muito, querida. Partiram juntos, enquanto dormiam.

– Ah.

Cortou seu coração saber que ela nunca mais os veria, que não tivera a chance de se despedir.

– Nós os enterramos debaixo da árvore – explicou Travis. – Com vovó e vovô. Você pode ir visitá-los.

– Eu vou. – Ela olhou em volta, para as colinas, a floresta, o jardim, as abelhas, os campos. – Parece tudo igual. Estou muito feliz que pareça igual.

– Você não está igual.

Ela devolveu o olhar de avaliação de Colin.

– Você também não.

– Eu declaro hoje o Feriado da Família Swift – anunciou Simon, e os garotos aplaudiram. – Gente, vamos trazer as coisas da Fallon para dentro, cuidar dos cavalos. E onde você conseguiu esse garanhão magnífico? Isso é o que eu chamo de um cavalo de verdade.

– Ele não é exatamente um cavalo – disse Ethan, aproximando-se de Laoch. – É mais que isso.

– É mais que isso – confirmou Fallon. – Querem ver?

Ela encarou Laoch. Ele jogou a cabeça para trás. Revelou o chifre e abriu as asas.

– Caramba – Simon conseguiu dizer, sorrindo, enquanto os meninos se aproximavam para tocar no animal.

– Ele não vai machucar vocês. – Imaginando o que a mãe faria, Fallon pegou a mão de Lana. – Ele nunca machucaria o que é meu. O nome dele é Laoch.

– Onde você o conseguiu? – Ethan esfregou o rosto no de Laoch.

– É uma longa história.

– Ela inclui como você encontrou aquele lobo branco e a coruja? – perguntou Simon.

– Exatamente.

– Eu quero ouvir isso.

– Você deve estar faminta. Pode nos contar suas histórias enquanto come. Vou preparar panquecas!

Fallon não teve coragem de dizer que não estava com fome. Além disso, as panquecas da mãe despertavam o apetite de qualquer um.

– Os rapazes vão cuidar das suas malas. – Lana deslizou um braço ao redor da cintura de Fallon.

Enquanto ela conduzia a filha para a casa, Colin fez menção de protestar. Simon o impediu com um olhar e explicou:

– Sua mãe precisa ficar um pouco sozinha com ela. Vocês vão ter muito tempo para conversar. Além disso, não é todo dia que você cuida de um unicórnio voador.

– Alicórnio – disse Ethan ao pai. – É um alicórnio.

– É mesmo? Bem, vamos tirar as coisas de Fallon do alicórnio e levá-lo junto com Grace para o cercado... embora uma cerca seja inútil. Depois, vamos comer panquecas!

Dentro da casa, Fallon perambulou pela cozinha. Já sentia o cheiro do fermento da massa que crescia na grande tigela branca da mãe e das ervas nos jarros no peitoril da janela.

– Eu ia fazer um banquete para a sua volta, íamos decorar... – Lana fez uma pausa. – Ele tratou você bem? Mallick a tratou bem?

– Sim. Também foi muito severo, e sabia ser bem duro, mas sempre me tratou bem. Ele me ensinou muito. Uma vez, ele me deixou ver vocês, no fogo. Não era para ele fazer isso, mas eu estava com muita saudade.

– Eu senti você, e isso alegrou meu coração. E a espada...

Colocando a mão na empunhadura, Fallon assentiu.

– Então você abriu o Livro dos Feitiços e entrou no Poço de Luz. – Afastando-se, Lana começou a reunir os ingredientes para as panquecas. – Vamos falar sobre isso, tudo isso, mas acho que, agora, enquanto comemos, vamos falar de outras coisas. Da sua tríade branca e...

Ela se interrompeu novamente quando a filha a abraçou de novo.

– Não se preocupe. Estou em casa agora.

Por quanto tempo?, pensou Lana, mas fechou a mão sobre a da filha.

– Sim, você está em casa agora.

CAPÍTULO 19

Fallon comeu as panquecas e percebeu quanto sentira falta da comida da mãe. Divertiu os irmãos com histórias das missões e do recanto das fadas. Contou a eles sobre Mick e sobre como aprendera a escalar árvores igual aos elfos.

Naquele momento, em torno da mesa da cozinha, ela fez os dois anos de treinamento soarem como uma aventura.

E não enganou ninguém.

Como um feriado fora decretado, as tarefas ficaram para mais tarde. Ela deixou os irmãos se revezarem acariciando Faol Ban, que tolerou a gangue de garotos estoicamente. Quando Fallon levantou o braço, a coruja deslizou do galho da árvore e se aproximou dela.

– O nome dele é Taibhse.

– Por que você deu um nome tão estranho para ele? Por que fez isso com os três? – perguntou Colin.

– Significa fantasma, assim como Faol Ban significa lobo branco e Laoch significa herói. É irlandês, e eles já tinham esses nomes quando foram até mim.

– Por que você não deu a eles outros nomes em inglês? – continuou Colin. – A única pessoa por aqui que fala irlandês é a velha da Fazenda das Irmãs.

– Eu também falo – declarou Fallon, com naturalidade, e Colin não respondeu.

Senti falta da comida, pensou Fallon, e, por mais estranho que fosse, *senti falta desse olhar desconfiado e desafiador no rosto de Colin.*

Travis passou os dedos levemente na ponta da asa da coruja.

– Você pode... dizer o nome dele de novo? – pediu.

– Taibhse.

– Você acha que ele viria para mim?

– Talvez, mas você precisaria de uma luva de falcoeiro. Por causa das garras.

– Fallon não precisa de uma luva porque ele é dela. – Ethan olhou para a irmã. – Podemos cavalgar Laoch?

– Você quer voar?

Lana, que estava simplesmente bebendo e observando os filhos, deu um salto e um passo à frente.

– Acho melhor não.

– Eu posso levar um de cada vez – alegou Fallon. – É seguro. Prometo.

– Ora, meu bem... – disse Simon, dando uma piscadela para Lana. – Eu mesmo quero dar uma volta. Aposto que você também quer.

– Eu primeiro! – exclamou Colin. – Eu sou o mais velho.

– Ethan primeiro – corrigiu Fallon. – Ele pediu primeiro.

Fallon assobiou. Laoch não precisava de asas para voar sobre a cerca; ultrapassou-a com um único e delicado salto.

Lana prendeu a respiração quando sua filha se lançou na sela dourada, e murmurou uma pequena prece quando Simon deu um impulso e colocou Ethan atrás da irmã, mas sabia reconhecer quando era minoria.

– Segure-se em mim – disse Fallon a Ethan.

Asas se abriram, patas dianteiras se levantaram. E Lana viu sua menininha e seu filho mais novo subirem no ar com a risada de Ethan retumbando.

Magnífico, pensou. Uma imagem encantada. Uma irmã dando a seu irmão a emoção de sua vida, sim, mas mais do que isso. Uma guerreira em seu cavalo de batalha.

– Ela não mudou – disse Simon. – Mas não é a mesma.

– Ela ainda é nossa. Isso nunca vai mudar.

Eles tiraram o dia para se divertir, para amar. Aceitando os outros desafios de Colin, Fallon escalou árvores, pulou de galhos e deu saltos-mortais.

Com Travis, ela foi até a macieira e as covas dos cachorros.

– Papai foi o que ficou mais triste – disse ele. – Porque eles eram da mãe dele. Na noite em que morreram, Ethan disse ao papai que eles tinham que ir. Você sabe como ele conhece os animais.

– Sei.

– Papai se sentou com eles quando foram dormir, e ficou perto quando morreram. Ele foi o que mais sofreu.

Ela colocou o braço em volta dos ombros de Travis.

– Eles faziam parte da família, e a família vem em primeiro lugar para o papai.

– Eles precisam saber das outras coisas. As coisas que você não está contando. Eu não sei de tudo. Já consigo ver mais do que antes de você partir, mas você agora bloqueia melhor.

– E você sabe que tentar ver é falta de educação.

Ele apenas deu de ombros.

– Às vezes a gente tem que ser sem educação. Eu sei que alguma coisa tem a ver com a espada. Posso ver?

Ela a tirou da bainha e, depois de uma breve hesitação, deixou que ele a segurasse.

– Que palavra está escrita aqui? É parecida com... É sol?

– Quase. Luz. O nome dela é Luz. E ninguém que quiser usar a luz em nome das trevas poderá empunhá-la. Como eu a tirei do fogo, eu a levarei nas batalhas, e o sangue que a manchar será o sangue da besta e de todos os que a seguem. E, embora ela traga a morte, sua lâmina brilha límpida. Luz para a vida.

Travis devolveu a espada, enquanto Fallon suspirava novamente.

– Você ficou mais assustadora.

– É... Eu sei.

– Vamos ter que aprender a usar espadas?

– Sim. Eu vou ensinar.

– Legal.

Ela esperava adiar isso por pelo menos alguns dias. Poder deixar de lado as coisas difíceis e apenas estar em casa. Mas Travis tinha razão: seus pais precisavam saber. Só restava descobrir como contar.

Ela ficou na cozinha com a mãe quando os meninos saíram com Simon para alimentar os animais. E, sentindo o cheiro do presunto assando – seu prato favorito –, ajudou a preparar batatas.

Apesar de o retorno da filha ter sido tão inesperado, Lana decidiu fazer um banquete.

– Eu é que fazia a maior parte da comida na cabana. Mallick é um péssimo cozinheiro. Só precisei de algumas refeições para perceber que você me fez um grande favor me ensinando a cozinhar. Fiquei muito boa nisso. Não tão boa quanto você, mas muito boa.

– Você sempre foi muito boa na cozinha.

– Uma das fadas era padeira. Ela me mostrou como fazer o que ela chamava de bolo arco-íris. É muito gostoso.

– Você me ensina?

– Precisamos de uma pitada de pó de fada, das pequenas. É o que cria o arco-íris. Eu conheci Max Fallon.

– Eu nunca pensei em usar... O quê?

Lana, que picava as ervas, olhou para a filha.

– Max? Você teve uma visão?

– Não, mãe, não uma visão. Eu o conheci. Falei com ele, como se estivesse conversando com você.

– Ele morreu, Fallon.

– Eu sei. Foi o primeiro Samhain que passei fora de casa. Foi durante o ritual, a primeira... ascensão de poder, de um poder real, em mim. Eu acho que chamei por ele. Não me dei conta na hora, mas acho que foi isso. E, naquela noite, eu tinha saído escondido para tentar encontrar o lobo, mas acabei encontrando Max. Meu pai biológico.

– Max... – Lana colocou a faca sobre a mesa e se sentou. – No Samhain, quando o véu se afina.

Fallon não sabia como a mãe estava se sentindo. Mas aquilo tinha que ser dito.

– Ele veio até mim. Ele amava você, mãe, e me amava também. Ele está orgulhoso de você e de mim. Nós caminhamos juntos na floresta, e eu o levei ao recanto das fadas. Tivemos a noite inteira para conversar, para eu o conhecer de verdade.

Fallon foi até Lana, ajoelhou-se e segurou as mãos dela.

– Você precisa saber o que ele me disse. Precisa saber que ele está feliz, e que é grato por você ter encontrado Simon.

– Ah, Fallon...

Quando as lágrimas caíram em suas mãos unidas, Fallon apertou mais forte.

– Ele é grato por você ter encontrado alguém tão bom, tão forte, alguém que você ama e que ama você e a mim. Ele está feliz por você... por nós termos construído uma vida e uma família.

– Você teve esse tempo com ele, e isso... Não consigo nem explicar o que isso significa para mim. Vocês conseguiram recuperar um pouco do que foi roubado de vocês. Eu amava Max, Fallon. E eu vejo traços dele quando olho para você. E eu amo Max, mas...

Fallon sentiu algo se soltar dentro de si, porque agora entendia. Sabia o que a mãe sentia.

– Você amava Max e ainda o ama, mas Simon Swift é o amor da sua vida. Não apenas seu marido, não apenas o pai dos seus filhos. O amor da sua vida. Eu sei disso, sinto isso. Fico feliz por isso. Fico muito feliz.

– Você está tão adulta... Senti muito a sua falta. Foram tantas mudanças, tantas coisas novas...

– Eu beijei um menino.

– Ah... – Dividida entre risadas e lágrimas, Lana segurou o rosto de Fallon. – Mick, não foi?

– Como você sabe?

– As mães sabem. Você gostou?

– Foi... bom. Ele é legal quando não está sendo insuportável. Mais ou menos como Colin. Acabei de perceber isso. Foi bom, mas ele não vai ser o amor da minha vida. Além do mais, não sei se um dia eu vou ter isso.

– Não fale assim. Nunca coloque obstáculos para o amor. Mas esse tipo de amor pode esperar alguns anos.

– Eu pensei que já era muito adulta.

– Não contradiga sua mãe quando ela está sendo contraditória.

Fallon deitou a cabeça no colo de Lana.

– Eu tenho muito mais para contar, para você e para o papai. – Fallon recuou e se levantou. – Mas eles estão voltando.

– Não estou ouvindo nada.

– Provavelmente é por causa do meu sangue élfico.

– O quê?

– Ainda tenho muitas coisas para contar.

Ninguém – bruxa, fada ou elfo – assava um presunto como sua mãe. Ninguém preparava um jantar de comemoração comparável ao dela. Eles comeram como reis, com velas e fogo crepitando.

Fallon notou que a hierarquia entre os irmãos não havia mudado. Colin ainda reinava, com seu status de primogênito. Travis ainda podia, quando quisesse, nivelar-se a Colin com sagacidade e palavras. Ethan permanecia com sua natureza ensolarada.

Quando se pegou imaginando como poderia ajudar a aprimorar as forças individuais dos irmãos e a corrigir seus pontos fracos para que enfrentassem melhor o que estava por vir, afastou esses pensamentos.

Ainda não era hora.

Esperou até depois do jantar, quando os meninos resmungaram por ter que arrumar a cozinha.

– Eu vou dar uma olhada nos cavalos. Papai, quer vir comigo?

– Claro. Quero ver de novo aquele seu supergaranhão.

Ele pegou a mão da filha enquanto caminhavam da casa aos estábulos, em meio à noite fresca.

– O que você quer me contar?

– Eu nunca consegui esconder nada de você, não é mesmo? Tenho muito o que contar, para você e para a mamãe. Mas eu já contei essa parte para ela, e preciso contar para você. Eu conheci Max Fallon.

– Como?

A facilidade da pergunta, a simplicidade e a tranquilidade fizeram com que os músculos tensos de Fallon relaxassem.

– Você sabe: magia, Samhain, ritual, essas coisas.

– Hum-hum.

– Passamos a maior parte da noite andando e conversando.

– Ótimo. – Ele abriu a porta do estábulo. – Isso é muito bom.

– Você não vai perguntar sobre o que conversamos, o que ele disse para mim?

– Querida, ele é seu pai.

Você também é.

– Verdade. – Ele tomou o rosto dela nas mãos e lhe deu um beijo na bochecha. – Você tem dois pelo preço de um.

Simples assim. Com ele era sempre. Isso era força, percebeu Fallon, sabendo, naquele momento, que todo homem que conhecesse, qualquer homem que considerasse, seria comparado a ele.

Qualquer homem, qualquer que fosse, teria um parâmetro alto ao qual se equiparar.

Ela foi até o estábulo, até Grace, acariciou a cabeça da égua e ofereceu uma das cenouras que trouxera no bolso.

– Você me disse que Max Fallon foi um herói.

– E foi.

– Ele disse o mesmo sobre você. Disse que você é um herói.

– Eu sou um fazendeiro.

Lágrimas brilharam nos olhos dela, porém lágrimas boas. De amor.

– Você é o meu herói.

Ele a puxou para si.

– Não existe nada melhor para um pai do que ouvir a filha dizer isso. Nada.

Eles caminharam até Laoch.

– Ele deve ter mais de 2 metros. Se eu pudesse voltar no tempo, pegaria meu celular e filmaria você montada nele.

– Você me ensinou a cavalgar, a construir com madeira, a atirar uma bola, a bloquear um soco, a amar e respeitar a terra, a ser generosa e a não admitir nenhuma babaquice.

– Eu não ensinei você a falar assim.

– É claro que ensinou.

Ele teve que rir.

– Minha culpa.

Ela ofereceu a segunda cenoura ao pai.

– Dê a ele.

– Tome aqui, grandalhão.

– Eu agora conheço Max Fallon. Eu agora o amo, não apenas como uma foto ou as palavras dentro de um livro. Não apenas de histórias que me contaram, mas pelo homem. Eu conheço você. Eu sei agora que tudo o que você me ensinou foi importante e me ajudou a ser quem sou. Conheço mais de você depois de ter estado longe.

Ela suspirou e continuou:

– Max Fallon era meu pai biológico. Você é o papai. E eu te amo.

Ele a abraçou, com força.

– Você acabou de me falar uma coisa ainda melhor que o lance do herói.

Ela conhecia seus pais, seus hábitos, duvidava que tivessem mudado. Esperou até que os irmãos adormecessem, até que os pais achassem que ela também dormia. Então, foi até a cozinha.

Estavam sentados à mesa, como ela sabia que estariam depois de um dia muito importante, bebendo vinho e conversando.

– Não consegue dormir? Você deve estar cansada – disse Lana, levantando-se. – Toda a agitação da longa viagem. Quase dois dias, você disse. Vou pegar alguma coisa para ajudar você a relaxar.

– Não estou cansada. Demoramos mais de um dia para chegar lá. Mas não voltamos a cavalo.

– Você realmente voou por todo o caminho, montando o garanhão? – perguntou Simon.

Ela balançou a cabeça.

– Ok, acho que posso começar a contar as coisas por isso – decidiu Fallon. – Mesmo que seja o fim, em vez do começo. Você já disparou? – perguntou ela à mãe.

– Como assim?

– Bem, como... – Fallon sacudiu os pulsos, desapareceu e reapareceu do outro lado da sala.

– Ah, meu Deus! – Lana conseguiu dizer, enquanto Simon soltava uma gargalhada de prazer.

– Faça de novo.

– Simon!

– É sério. Faça de novo.

Lana apertou os olhos.

– Vou precisar de mais vinho.

Atendendo a ambos os pedidos, Fallon disparou até a despensa e disparou de volta, com a garrafa.

– Eu bebi um pouco de vinho – contou Fallon.

– Bebeu? – perguntou Lana, calmamente.

– Na verdade, misturado com água. Um tipo de medicamento. Enfim, eu posso ensinar vocês a disparar.

– Eu ouvi dizer que algumas pessoas conseguiam, mas, como nunca tinha visto com meus próprios olhos, achei que fosse apenas uma lenda.

– Não é, e posso te ensinar. Você tem mais poder do que usa e do que tem usado desde que... Há muito tempo, tem sido apenas em casa, magia curativa ou para fazer crescer as plantas. Você tem mais do que Max, porque...

– Porque você cresceu dentro de mim.

– Exato. Então, eu posso ensinar você a disparar, e outras coisas. Não posso ensinar tudo, mas algumas coisas.

– Você disse algo sobre sangue élfico. O que quis dizer?

– Eu tenho um pouco de tudo. Mallick disse que isso é parte do significado da Escolhida. Um pouco de todos em um só. Eu.

Simon decidiu que mais vinho não faria nenhum mal, e o serviu.

– Você vai ter asas também?

– Acho que não, mas... talvez. Eu poderei mudar quando eles entrarem em mim.

– Quem?

– Os três que eu trouxe comigo. Todos eles, segundo Mallick... Bem, acho que é melhor eu voltar ao começo: fomos atacados no caminho para a cabana. Rapinantes.

Ela os levou ao longo daqueles dois anos da melhor maneira que pôde. As coisas difíceis, deixou de fora. Viu o pai cobrir a mão da mãe quando lhes contou sobre terem ido à prisão, o que encontraram lá, o que fizeram.

Enquanto ela contava, Lana se levantou e fez chá.

– Papai me ensinou o básico da luta corpo a corpo. Você sabe mais do que nos ensinou. Não nos ensinou tudo porque achava que éramos jovens demais. Preciso continuar meu treinamento. Eu posso trazer os fantasmas, mas você poderia ajudar a treinar os meninos. E eles precisam saber usar uma espada.

– Por que uma espada? – perguntou Simon.

– Ainda há muitas armas, mas nem sempre são fáceis de encontrar, e munição é ainda mais difícil. Nós podemos fazê-las. Mas lâminas, flechas, punhos, pés podem e são tão letais quanto, e fáceis de encontrar. Algumas pessoas já estão usando isso, até preferem a espada ou o arco.

Ela contou o que vira em sonhos. O homem com a espada falando com ela de fora do círculo de pedras. Contou como viu o mesmo lugar através do globo de cristal.

– Eu posso entrar no globo e ir para o que vejo nele. Eu estou lá e aqui, ao mesmo tempo. É difícil explicar.

– Não é projeção astral? – perguntou Lana.

– Não, é diferente. É como uma fenda, mas eu estou em ambos os lugares. Foi como encontrei a equipe de resgate. Como conheci gente de Nova Esperança.

– Você... Nova Esperança?

– Eddie. Flynn. Outros.

– Você conheceu Eddie! – Por um momento a preocupação de Lana se foi. – Ele está vivo? Está bem?

– Sim. Ele perguntou por você. Eu não pude dizer a ele onde você está, ainda não, mas disse que você estava bem. Conheci Duncan e Tonia.

– Os gêmeos. – Com uma risada de felicidade, Lana pressionou a mão no coração. – Os gêmeos de Katie? E Hannah?

– Ainda não.

Meu Deus, os bebês de Katie... Eles devem estar quase adultos agora.

– Eles são guerreiros. Mas acho que Hannah não é. Duncan tem uma moto e usa uma espada. Tonia usa um arco. Eles são treinados em outras armas, mas essa é a preferência de cada um.

– Katie deve estar... Você não a conheceu?

– Ela não estava no grupo de resgate.

– Nem Arlys, Fredinha, Rachel, Jonah?

– Também não. Conheci Will Anderson. Ele os lidera agora.

– Will. – Lana assentiu. – Sim. Sim, faz sentido.

– Era uma emboscada.

– O quê? Meu Deus. Alguém se machucou?

– Eu vi, através do globo, o que os Guerreiros da Pureza tinham feito, como planejavam atrair a equipe de resgate para uma emboscada. Eu fui a Mallick. Ele me deixou passar e avisá-los, dizer a eles como transformar a emboscada em outra emboscada.

Você planejou isso? – perguntou Simon.

– Eu treinei e estudei, e tive a vantagem de ver onde o inimigo estava, conhecer suas posições, então consegui planejar e mapear.

– Você poderia me explicar isso melhor algum dia.

– É claro. Nenhum dos seus amigos saiu ferido, mãe. E eles resgataram pessoas que estavam sendo torturadas, escravizadas e outras que seriam executadas.

– Você está encobrindo alguma coisa. – Lana juntou as mãos. – Você lutou. Lutou com eles. Eu posso ter canalizado meu poder para coisas mais suaves, Fallon, posso ter feito tudo para construir uma vida segura para meus filhos, mas eu estive na guerra. Já vi a morte e já a causei. Não pense em esperar até estar sozinha com seu pai para contar o resto.

Lana se virou para Simon.

– Ela vai explicar tudo para nós dois.

– Você está certa. – Simon roçou os lábios na mão da esposa. – Sua mãe tem razão. Conte tudo agora.

– Ok. Eles tinham tanques de combustível... – começou ela.

Fallon relatou todos os acontecimentos.

– Eles são soldados fortes, as pessoas de Nova Esperança. Você ia gostar deles, pai.

– Sua mãe sempre disse isso.

– Depois da batalha, depois de mais treinos, depois que vi o primeiro escudo através do globo e a escuridão que havia lá dentro tentou me atrair para ela, foi então que o Livro dos Feitiços me chamou.

A lua se pôs antes que ela terminasse de contar tudo.

– Eu provavelmente deixei algumas coisas de fora, mas não de propósito. Precisava que vocês soubessem de tudo, porque não seria certo não saberem. E não contar a vocês faz parecer que eu acho que vocês são fracos, e não são. Eu quero um tempo para ficar em casa tranquila, como hoje. Apenas ficar aqui. E treinar e praticar, para ajudar vocês e os meninos a treinar e praticar. Então... eu saberei quando tiver que ir. Eu saberei.

– Aonde você vai? – Lana pegou a mão da filha.

– A Nova Esperança – responderam Fallon e Simon juntos.

Fallon sorriu para ele e assentiu.

– Isso mesmo, Nova Esperança. Tantas coisas começaram e terminaram ali... Tantas coisas estão esperando ali... É aonde eu preciso ir.

Fallon suspirou e continuou, com o olhar mais grave.

– Para Nova Esperança... Aonde a luz os levou, aonde os sinais os levaram, onde o sangue do meu pai manchou a terra. Ali, para levantar um exército, para forjar armas contra a escuridão. De lá para as grandes cidades, para os escombros e a ruína, através dos mares, debaixo da terra. Traição, sangue, mentiras dão frutos amargos, e alguns cairão pelo caminho. Com o surgimento de magias, com o choque entre a luz e a escuridão, os mundos tremem.

Em seguida, Lana se levantou, pegou uma pequena garrafa em um armário.

– Duas gotas – disse ela.

– Eu não fico mais enjoada com as visões.

– Talvez não, mas você não costuma ter uma depois de ter passado a noite acordada. Duas gotas. Coloque a língua para fora.

Embora pensasse que era uma bobagem, Fallon fez o que a mãe mandou. Lana se inclinou e beijou o topo da cabeça da menina.

– Eu sei como é quando isso acontece tão rápido e com tanta força. É como ser preenchida e esvaziada ao mesmo tempo.

Com um suspiro, Fallon se inclinou para a mãe, sendo reconfortada por alguém que entendia, realmente entendia.

– Esse poder que existe em nós oferece muito. – Suavemente, Lana acariciou os cabelos de Fallon. – Mas também exige muito. Eu não me esqueci do que é sentir a onda de poder surgir dentro de mim, ou de como é lutar. Como usar tudo o que tenho, tudo o que sou, para lutar. Agora, porque me deram tempo e amor, tenho mais pelo que lutar.

– Eu não quis dizer antes, mas... Eu vi você através do globo de cristal. Em Nova York, a vida que você levava antes, a maneira como teve que partir. E como você foi forte, sempre seguindo em frente, sempre. Nas montanhas, o que você fez lá, o que teve que enfrentar. Eu vi você lutar por si mesma e por mim, e pelos outros, dia após dia, mês após mês. Eu vi aquele dia em Nova Esperança.

– Eu teria poupado você disso.

– Por quê? – Fallon se afastou, os olhos ferozes. – Eu vi pessoas que haviam começado a construir algo bom, algo precioso e real. Honrando seus mortos, celebrando a vida. Eu vi os rostos daqueles que vieram para me matar. Eu conheço esses rostos agora. Vi meu pai biológico dar a vida por você, por mim, e vi você revidar.

– Foi a dor.

– Foi o *poder*. O seu e o meu. Quantas vidas você salvou naquele dia? E quantas mais, quando, comigo na barriga, com o sangue dele em seu corpo, você correu, sozinha? Deixou outro lugar, outra casa que amava, amigos que se tornaram uma família. Você pegou o anel dele, por amor. Você pegou sua arma. Uma mulher pensa nos anéis, mas um guerreiro pensa na arma, mãe, e mesmo em dor e choque você foi uma guerreira.

– Eu tinha uma filha para proteger.

– E protegeu. Sozinha, com fome, com medo, você continuou.

– Eu quase desisti. Você me ajudou.

– Você não teria desistido. Você nunca desiste. Eu só dei um impulso quando você precisava. Eu vi você chegar ao cume acima da fazenda, e vi em seu rosto algo que não tinha visto desde que tinha fugido. Vi esperança. E...

Fallon estendeu a mão e pegou a de Simon.

– Eu vi essa esperança ser concretizada em bondade, em confiança e em amor. É uma lição, uma prova de que a confiança pode ser construída entre estranhos, mas eles têm que dar o primeiro passo, e isso é fé.

– Quando foi que você ficou tão inteligente? – perguntou Simon.

Ela apertou a mão dele e olhou no fundo dos seus olhos.

– Eu vi você matar um homem que não lhe deu opção, embora você tivesse dado uma escolha a ele. Não foi o primeiro nem o último. Eu venho de guerreiros: minha mãe e meus dois pais. E do poder e da força. Da bondade. Quando tenho medo de não ser boa o suficiente, corajosa o suficiente, esperta o suficiente, penso em vocês, no que vocês me ensinaram e no que vi através do globo.

Ela esfregou os olhos, e de repente parecia de novo uma menininha que ficara acordada até tarde demais.

– Eu queria que nada do que está fora da fazenda, do que está chegando, tocasse os meninos. Mas vai acontecer. Você sabe mais, o soldado sabe mais do que você nos contou, ou contou à mamãe, ou nos ensinou. Eu... vi o soldado também, no antes, através do globo.

O fato de saber que olhava para os olhos de sua filha, que estava falando de um soldado para outro, rasgou um pouco o coração de Simon.

– Você vai tirar alguns dias – disse Simon a ela. – Chame de dias dos dois Rs: Relaxamento e Recreação. Em seguida, vamos começar a treiná-los.

– Você teve um dia longo – observou Lana. – Vá dormir um pouco.

– Estou mesmo cansada.

– Sim, dá para perceber. Vá se deitar.

Assentindo, quase dormindo, ela abraçou Lana, depois Simon.

– Estou muito feliz por estar em casa.

Lana a observou ir, ouviu seus passos na escada.

– Simon.

– Nós vamos conversar. Vamos refletir e vamos conversar. Mas, no momento, tem mais alguém que precisa dormir. Você está exausta, meu bem, e eu não estou muito melhor.

– Eu sabia. Eu soube desde que ela estava dentro de mim, e eu continuo com dificuldade para aceitar. Não quero que isso aconteça, não com a minha filha.

– Eu também não quero.

Ele se levantou e pegou a mão dela.

– Vamos fazer o que os pais fazem.

– Que é...?

– Vamos nos preocupar até enlouquecer e fazer tudo o que estiver ao nosso alcance para ajudá-la. – Eles começaram a subir a escada. Simon continuou: – Você acha que pode aprender esse negócio de disparar? Porque bem que seria útil para você me trazer uma cerveja gelada.

Ele estalou os dedos, fazendo-a rir depois de um dia muito longo.

CAPÍTULO 20

Ela tirou uma semana. Ajudou com a colheita, ensinou a mãe a fazer um bolo arco-íris, foi pescar com os irmãos e caçar com Taibhse e Faol Ban.

À noite, sobrevoava os campos e colinas com Laoch.

E, embora estivesse feliz por estar em casa, sentia falta de Mallick e da rotina de trabalho, treinamento e estudo. Sentia falta de Mick e de todos os outros, e dos momentos tranquilos, sozinha, no recanto das fadas.

Mas Fallon passou seu 15º aniversário em casa, com a família, e aproveitou cada momento.

Quando a semana terminou, seus irmãos começaram a treinar, mas viam a atividade como um jogo. Isso aborreceu muito a menina, mas ela aceitou as sugestões do pai. Afinal, disse a si mesma, ele havia treinado soldados antes, e criado filhos.

– Tudo começa como um jogo – disse Simon. – Eles são crianças.

– Colin tem a mesma idade que eu tinha quando fui embora. Mallick não me deixou tratar isso como um jogo.

– Colin não é você. Mas eles vão aprender. E mais: vão competir. Um com o outro, depois com você. Então vão melhorar, vão entender que não é um jogo.

Assim, durante o outono e o inverno, os treinos pareciam, na maioria das vezes, um jogo. Por ora, Fallon deixou o treinamento mágico de Travis e Ethan para a mãe e tolerou as reclamações e a preguiça demonstrada quando ela os orientava nas tarefas.

Leitura, matemática e mapeamento.

Eles gostavam de traçar estratégias de batalha, e Travis se mostrou excelente nesse aspecto.

Quando se tratava das katas, da ginástica e de resistência pura, Ethan superava os irmãos mais velhos como se tivesse nascido dando cambalhotas.

Entretanto, quando, durante os dias inclementes e cheios de vento de março, ela começou o treino com espadas, Colin mostrou-se feroz, rápido e mortal.

O suficiente para irritá-la um pouco quando o via dominar em poucos dias movimentos e técnicas que ela levara semanas para desenvolver.

Fallon começou a treinar com ele no corpo a corpo e, embora ganhasse sempre, ele a fazia suar.

Com o pai, as coisas tiveram que ser diferentes. Ele treinava com ela, e obedecia às regras rígidas. Mas os golpes não eram consumados. Além disso, ele desenhara uma linha no chão e não a ultrapassava de forma alguma, não importando os argumentos da filha.

Ele jamais golpearia os próprios filhos.

Fallon acabou aceitando um meio-termo: levaria apenas um pequeno choque que simbolizaria qualquer golpe.

Mesmo com todos esses impedimentos, a garota não conseguia vencer o pai sem usar magia. Aprendia cada vez mais com ele.

Na primeira vez que usaram facas nas lutas (para deleite dos irmãos), Simon fez o que fazia sempre que um instrumento cortante era necessário ao treinamento: testou-as em si mesmo.

– Não cortam a roupa, não cortam fundo a pele, na verdade nem tiram sangue – explicou Fallon ao pai, como fazia antes de cada treino com espadas.

– É melhor prevenir do que remediar.

Ele passou a própria faca, depois a dela, nas costas do braço antes de dar o ok final e devolvê-la.

Enquanto cercavam um ao outro, os meninos gritavam afrontas ou encorajamentos. Lana apareceu e teve um sobressalto, como sempre acontecia, ao ver o marido e a filha se enfrentando. Olhos atentos e corpos em vias de colidir.

Sua garganta ficou embargada desde o primeiro golpe.

Simon atacou, mas girou o corpo para longe quando Fallon tentou lhe acertar um chute.

Uma dança terrível que parecia nunca ter fim.

Por um acordo tácito, depois do chute Fallon e Simon se endireitaram e recuaram.

– Acho que empatou! – gritou Lana, enquanto os meninos reclamavam e vaiavam.

– Você é boa.

Simon limpou o suor do rosto.

– Você também.

Então ele deu um sorriso largo.

– Eu estava me segurando.

– Ah, é? Eu também.

– Ok, então. – Ele tentou esticar os ombros antes de voltar para a posição de luta. – Não se segure.

– Você também não.

Eles atacaram.

Horrível, horrível, pensou Lana, os golpes, os ataques, as lâminas se encontrando. Os solavancos dos corpos, os choques que corriam pelas contusões e pelos cortes ilusórios.

Então, com uma velocidade que fez os garotos vibrarem, Simon se virou, pegou Fallon por trás e cortou sua garganta.

– Isso foi muito melhor – disse Fallon, com a respiração em frangalhos enquanto se dobrava e apoiava as mãos nas coxas.

– Você também.

– Me mostre aquele movimento.

– Claro, mas veja o problema: se essas facas cortassem, eu provavelmente estaria fraco e tonto com a perda de sangue. A adrenalina pode ter me ajudado, mas você chegou bem perto de cortar algumas artérias. É aí que você deve se concentrar, se puder. Vá para o músculo braquial, a artéria femoral, a jugular, e acabará mais depressa.

– Eu sei, mas eu só poderia ter chegado a eles se...

Ela sacudiu a mão, empurrou-o de volta com um soco de poder e cortou uma longa linha no antebraço dele.

– ... se fizesse isso.

– E por que não fez?

– Primeiro, porque preciso do treinamento. Além disso, eu poderia estar lutando contra alguém que também tivesse poder, então estaria empurrando ou bloqueando outras magias enquanto estivesse tentando um ataque. Se o oponente não tiver poder, magias devem ser usadas apenas para salvar vidas. Se você tiver que tirar uma vida com magia, não pode fazer isso só porque é mais fácil. Você precisa... precisa saber a diferença.

Ele balançou a cabeça e olhou para ela, de guerreiro para guerreiro.

– O que eu sei é o seguinte: você tem que fazer tudo que for preciso para se manter viva. Use o que precisar usar. Porque, se você morrer, a luta termina, e não apenas para você. Para outras pessoas sob o seu comando, outras que você não poderá proteger. Vidas inocentes não devem ser perdidas só para que você possa lutar de forma "justa". Nada é justo em uma guerra.

Ele embainhou a faca e, em seguida, lhe deu um beijo no rosto.

– Você me deixou exausto, querida.

Enquanto ele falava, Lana apareceu ao seu lado e ofereceu-lhe uma cerveja gelada.

– Opa. Que bom, obrigado.

– Estamos treinando há bastante tempo. Acho que é hora de uma pausa. E, Fallon, eu realmente poderia usar sua ajuda com uma coisa – disse Lana, enquanto a levava para dentro de casa e fechava a porta.

Lá dentro, ela continuou:

– Seu pai não entende... Ele sabe que usar magia para machucar alguém vai contra o que somos, mas também sabe como é lutar pela sua vida e pela de outros.

– Você tem razão...

– Foi difícil para mim e para Max quando tivemos que usar nossos dons para ferir pessoas. E é para ser difícil mesmo. Mas, Fallon, seu pai tem razão. Se você, algum de nós, precisar usar o dom como arma, temos que usar. Não como se fosse uma coisa qualquer, não porque é mais fácil, como você disse, mas temos que usar. Mesmo que seja em alguém sem poder.

– Eu já fiz isso. Não sei quantas vidas tirei quando explodi aqueles tanques de combustível... e usei magia para fazer aquilo.

– Quantos você salvou? Bons soldados e pessoas inocentes? Você fez o que tinha que fazer, e temo que tenha que repetir aquilo muitas e muitas vezes.

– Eu posso escorregar para a escuridão – respondeu Fallon, calmamente.

– Não vai acontecer. Seus dois pais não caíram na escuridão. Eu não caí. Você não vai cair.

– Quanto mais eu treino, quanto mais tempo passo aqui... Eu pensei, e disse a Mallick, que precisava de um tempo para estar em casa. Pensei que fosse um presente para mim, estar aqui depois de dois anos longe. Mas é mais. Eu ainda estou aprendendo. É para eu treinar... e aprender.

Fallon se afastou antes de continuar:

– Eu sei que as pessoas estão lá fora, lutando, morrendo, sofrendo. E eu estou aqui, ainda aqui. Pensei que, quando pegasse a espada e o escudo, eu estaria pronta. Mas já se passaram meses e eu ainda estou aqui.

– Não se trata apenas de lutar por você.

– Eu sei... assim como sei que não é hora de ir.

Inquieta, Fallon andou de uma janela para outra enquanto dizia:

– Algumas pessoas da minha idade, mais jovens até, já estão lutando, e eu estou esperando para... liderar. Estou só esperando. E eu deveria estar trabalhando para isso, para a liderança. As fazendas, a aldeia, aqui mesmo... Eu não estou liderando. Não estou descobrindo quem vai lutar, quem tem as habilidades necessárias ou algum conhecimento que possa ser usado. Não estamos treinando ninguém além da nossa família. Eu sou uma idiota.

– Não me insulte. Eu não criei filhos idiotas. Você tem seu tempo, aqui, e só aqui, com sua família. Treinamento, ensino e prática. Se agora é hora de você fazer mais, começar com os vizinhos, é o que faremos.

– Só se papai for comigo. Eles vão dar mais atenção ao que eu disser se ele estiver junto. Eles conhecem bem o papai, já a mim, verão apenas como uma adolescente.

Satisfeita, orgulhosa, Lana assentiu.

– Você precisa conquistar a confiança deles.

– Exato, e vou conseguir. Vou mesmo. É por isso que estou aqui.

– Por isso que ainda está aqui – corrigiu Lana. – Você começou o que precisava começar, e agora é hora de começar outra coisa. Você é uma adolescente, Fallon. E é impaciente. Conquistar confiança, criar exércitos, tudo isso leva tempo.

– Então é melhor eu começar. Amanhã... Ei, está ouvindo isso?

– O que você está ouvindo?

– Vozes. De...

Ela as seguiu, com Lana atrás dela, até seu quarto. Até o globo de cristal.

– Está ouvindo? – perguntou Fallon.

– Ouço alguma coisa agora. Não está claro.

– Você consegue enxergar?

– Está borrado.

– Pegue a minha mão.

O globo clareou para Lana.

Homens, mulheres, em caminhões, a cavalo e, por mais maluco que parecesse, em tanques. Fortemente armados, observou Lana, todos em roupas escuras, o rosto enegrecido contra o brilho do luar.

Um ataque noturno.

– Guerreiros da Pureza – explicou Fallon. – E alguns Rapinantes, que provavelmente estão nisso tanto pela recompensa quanto pelo desejo de matar. Talvez os GPs tenham pagado para que se juntassem a eles.

– Eu conheço essa estrada. – O medo apertou a garganta de Lana. – É a estrada que leva direto a Nova Esperança. Meu Deus, esse aí é um dos Mercers, no caminhão da frente. Ele não envelheceu bem e a cicatriz no rosto é horrível, mas sei que é um deles.

– Lou Mercer. Don já morreu. E esse aí conseguiu aquela cicatriz na explosão dos tanques de combustível. Ele está muito raivoso. Eu tenho que ir.

Fallon se virou e pegou a espada, que deixara de lado para a luta corpo a corpo.

– Isso ainda está por vir, então tenho tempo para avisá-los. Tempo para eles se prepararem.

– Eu vou com você.

– Preciso de você aqui. Ainda não consigo passar sem a fenda. Preciso que você fique com o que está aqui. Preciso de Will. Will Anderson.

Ela colocou a mão sobre o globo de cristal, trouxe a imagem de Will à mente e ao globo.

– Meu Deus, é Will! – Lana agarrou o braço de Fallon, olhou mais de perto. – E a Katie. Essa é a Katie. Ah, meu Deus, olhe para eles.

Ela viu, sentada à mesa com Will, a mulher com cabelos escuros cacheados e os olhos generosos que ela havia passado para o filho.

– Onde eles estão? – perguntou Fallon.

– Não tenho certeza, eu... Na cozinha, na casa onde Katie e Rachel moram. Ou moravam enquanto estive lá. E Jonah. Ele se mudou para a casa de Rachel. Eles pintaram as paredes, mas ali é a cozinha. Não consigo ouvir o que estão dizendo. Não consigo ouvir direito.

– Eu tenho que passar. – Ela se virou para a mãe. – Tenho que avisá-los. Duas noites... será daqui a duas noites. Eu sei onde fica a casa. Você me disse, e, mesmo que eu não soubesse, o globo me levaria. Mas você tem que ficar aqui.

– Diga a eles... apenas diga a eles que eu os vi.

– Vou dizer. Fique aqui. Fique comigo.

Mais uma vez, Fallon colocou as mãos no globo. Agora, imaginou a casa e a cozinha.

E deslizou através do globo de cristal.

Ela sentiu o cheiro de algo queimando antes de chegar por completo. Sacou a espada quando Duncan se virou com a dele.

Aço colidiu com aço.

– Essa é uma boa maneira de ser estripado.

Ele abaixou a espada, mas não a embainhou.

– Você não se dá ao trabalho de olhar antes de atacar?

– Defender – corrigiu ele. – É na minha casa que você acaba de surgir.

– Estou procurando por Will Anderson.

– Ele não mora aqui.

– Eu sei que ele não mora aqui, mas ele estava aqui. Tem alguma coisa queimando.

– Droga.

Ele pegou a frigideira e, com as mãos ocupadas, apagou o fogo com um movimento da cabeça.

– Não ponha a culpa em mim. – Claramente, pela maneira como a olhou, ele a culpava. – Já estava queimando quando cheguei.

– Eu gosto do meu queijo-quente bem crocante.

Ele virou o sanduíche em um prato. Um lado certamente crocante, o outro muito queimado.

– Apenas me diga onde encontrar Will para que eu... Está de noite.

– É o que costuma acontecer quando o dia acaba.

Quando Fallon agarrou o braço de Duncan, ele sentiu a urgência que havia dentro dela.

– Que dia é hoje?

– Vinte e nove de março. Ou 30, tecnicamente, já que acabou de dar meia-noite. O que você quer?

– Will.

– Bem, você tem a mim. Vá falando – disse ele, dando uma boa olhada na espada que ela trazia. Em seguida, segurou o braço de Fallon e o levantou. Leu a gravação da espada: – Luz.

Como você sabe o que isso significa?

– Um dos meus instrutores na academia estava visitando parentes em Boston quando a Catástrofe chegou. Ele acabou aqui. Ele ensina irlandês.

O olhar do garoto, aquele verde bem profundo, foi da espada para o rosto dela.

– Então, A Escolhida atende ao chamado, abre o Livro dos Feitiços e, assimilando tudo o que ele tem, viaja para o Poço de Luz – disse ele. – Ali, do fogo eterno, ela ergue a espada e o escudo.

Ele a soltou antes.

– Foi assim mesmo? – perguntou Duncan.

– Eu não tenho tempo para isso. Onde Will mora? Aqui, com sua mãe?

– Não. Meu Deus! Cara, ele é casado há pelo menos um milhão de anos.

– Com quem? – Fallon poderia arrancar os próprios cabelos, ou os de Duncan. – Minha mãe vai querer saber.

– Arlys.

– Ela vai ficar feliz com isso, mas eu não posso me distrair. Eles estão na casa onde Arlys morava? Eu sei onde é.

– Não, e você não vai incomodar Will à meia-noite. Ele está exausto e meio doente.

– Ele está doente? Eu posso ajudar.

– É um resfriado e ele já está sendo tratado. Precisa dormir, segundo os médicos e bruxos que o trataram, então, nada de ir acordá-lo.

Ele pegou o prato, colocou-o na mesa e se serviu de um copo de leite.

– Quer?

– Não. Não posso perder tempo.

– Então, sente e explique logo o que houve. Eu aviso o Will pela manhã.

Ela calculou que poderia voltar através do globo de cristal, trazer de novo a imagem de Will, tentar novamente. Mas parecia inútil. E precisava aceitar que poderia haver uma razão para ter errado o alvo.

Então se sentou.

– Depois de amanhã, à noite, eles vão atacar. O grupo, ou uma parte do grupo deles, daquela emboscada frustrada.

– Mercer?

– Ele está muito zangado. Não será um ataque aprovado por todos os GPs.

– Ele se separou do grupo?

– Ele se queimou muito na explosão daquela noite. Está com ódio desde então. E perdeu status com Jeremiah White. Foi rebaixado. Não consigo saber de tudo, e só senti isso porque a fúria dele é gigantesca. Não quis esperar para tentar saber mais. Só sei que ele está trazendo mais de cem com ele, além de dois esquadrões de Rapinantes.

Duncan assentiu, calculando friamente.

– Eles são conhecidos por se associar. Os GPs permitem que os Rapinantes fiquem com alguns dos que possuem magia, como recompensa. Mortos ou vivos.

– Eles invadiram o arsenal, ou o que sobrou dele. Mataram alguns dos próprios soldados para fazer isso. E invadiram outros assentamentos. Estão trazendo um bom número de armas militares e dois tanques.

– Tanques? Nós poderíamos usar um par de tanques. Espere, volto já. – Ele fez menção de sair, mas voltou. – Não coma o meu sanduíche.

– Está queimado.

– Não coma – repetiu ele.

Fallon ficou tensa, andou de um lado para outro. Meia-noite, horas depois do tempo que havia planejado. E agora estava presa em uma cozinha que cheirava a pão queimado, em vez de estar falando com o líder.

Bem, ela poderia contar à mãe que eles tinham queijo ali, e que a cozinha de Katie tinha paredes da mesma cor que os narcisos que ficavam em uma garrafa fininha sobre a mesa.

E que o filho de Katie tinha reflexos muito rápidos, mesmo não sendo capaz de preparar um queijo-quente.

Ele voltou, usando jeans escuros já acinzentados nos joelhos e uma camiseta preta. Os cabelos tinham um toque dos cachos da mãe e caíam desajeitadamente nas costas da camisa.

Ele carregava um rolo de papel, lápis e alguns mapas desenhados a mão. Bem desenhados, percebeu Fallon, enquanto Duncan os abria na mesa. Um de Nova Esperança, outro da área ao redor da cidade.

– Muito bem. – Ele se sentou, pegou o sanduíche com uma das mãos e o mordeu. – Pode me mostrar. Qual estrada eles estão usando?

Ela pegou um lápis, depois parou e estreitou os olhos para ele.

– Vocês descobriram quem contou ao grupo do Mercer onde vocês estariam explorando no dia em que encontraram o homem ferido?

– Não. Estamos de olho em algumas pessoas. Tem uma mulher que fazia parte de um culto. Um bando de malucos filhos da mãe. Ela ainda está aqui... tem um bebê... mas se mantém isolada. Ela se recusa a usar roupas normais. Pode ser que trabalhe para os GPs, embora eles tenham invadido o acampamento em que ela estava e nós tenhamos salvado a vida dela e a de muitos outros. Um bando de malucos malditos.

Duncan suspirou.

– Tem alguns outros. Um cara que se alojou a 2 quilômetros da cidade. Não se mistura na maior parte do tempo. Ele troca mercadorias, mas só com os que não possuem magia. E tem o Lenny. Ele não bate bem da cabeça. Will teve que trancá-lo algumas vezes desde que ele chegou. Ele perde a cabeça de repente. Quando está normal, é calado e um pouco assustador. Mas estamos trabalhando nisso. Se tivermos alguém na comunidade que trabalha com os GPs, vamos acabar descobrindo. Ou pode ser que já tenham partido, e é o que a maioria acha mais provável. As pessoas se mudam mesmo.

– Eu não quero que você conte isso a ninguém em quem não confie completamente. A ninguém que não faça parte da estrutura de comando. Nem amigos, ninguém, nem a alguma garota que você queira impressionar.

– Você é uma figura. – Ele deu mais uma mordida no sanduíche. – Eu entendo que, mais cedo ou mais tarde, você vá liderar as forças da luz contra as das trevas e tudo mais. Vou estar do seu lado quando isso acontecer, mas agora temos um excelente sistema de informações com Chuck, Arlys e o comitê de comunicação. Não ouvimos nada sobre esse ataque que você está descrevendo. Mas sei que você não estaria aqui de brincadeira. Por enquanto, como não ouvimos falar sobre uma garota guerreira por aí, tenho muito mais experiência em campo do que você. – Duncan deu outra mordida no sanduíche e continuou: – Além disso, não preciso ficar me gabando para impressionar as garotas. Então, me mostre onde você os viu no mapa, me diga o que sabe. Pode até acrescentar suas ideias, se quiser.

Ela o ouviu, suas palavras tinham lógica. Mesmo assim, hesitou mais um instante.

– Tem algum infiltrado por aqui. Não está sentindo?

Ele franziu a testa e pegou o copo de leite.

– Sim, estou sentindo. E fico muito irritado por não conseguir descobrir quem é. Já tentei. Não consigo. Então, não precisa se preocupar achando que vou falar sobre isso com alguém que eu não conheça por dentro e por fora.

Fallon fez um rápido esboço no rolo de papel para coordenar com os mapas.

– Essa rua.

– Direto na Rua Principal? Audacioso.

– Mercer... Ele está com raiva e não é muito inteligente. Ele culpa os que possuem magia por tudo o que não é do jeito que ele quer que seja. Não é um fiel verdadeiro, como aquele cara que se sacrificou. Ele é um fanático e só subiu nas fileiras através de boas conexões e da própria crueldade. Ele gosta de nos ver sofrer. Gosta de fazer qualquer um que ajude ou faça amizade com os bruxos sofrer. Nova Esperança é para ele um... Você sabe o que é o Santo Graal?

– Claro que sei. Eu leio livros, estive na escola. Vi Monty Python.

– Quem?

– Que desperdício, você não conhecer Monty Python... – disse Duncan, enquanto dava mais uma mordida no sanduíche. – Como você sabe tanto sobre Mercer?

– Eu vi isso nele. Ele não tem... Como explicar? Não tem filtro. Simplesmente não tem. Ele pensa, ou sente, e é a verdade dele. Matamos o irmão dele e, anos depois, nós o humilhamos e o desfiguramos.

Ela estranhou o que Duncan desenhou no canto do papel.

– Como você sabe qual é a aparência que Mercer tem agora?

Duncan observou o desenho. O rosto magro, o resquício de barba, a cicatriz rústica e ondulada que enrugava o lado esquerdo da boca e do olho.

– Não sei. Estou tirando isso de você. Não sei como. Está certo?

– Sim, está certo. Você desenha muito bem.

– É... Isso eu sei fazer muito bem.

– Ler as pessoas é algo que você sabe fazer bem?

– Normalmente, não tão bem como estou fazendo com você. – Ele a olhou. – Vibrações, sabe como é.

– Um dos meus irmãos lê as pessoas, mas ele entende e respeita a privacidade.

– O que posso dizer? Estava absorvendo quando você falou sobre ele. E vi o rosto dele. Quantos estão vindo?

– Mais de cem. Dois tanques, cerca de vinte caminhões. Alguns são caminhões militares que eles às vezes usam para transportar prisioneiros. Dez a cavalo, armados com espadas. Os Rapinantes em motocicletas.

Enquanto ela falava, Duncan rabiscava anotações.

– A cavalo, espadas, isso está claro. Eles vão entrar com os tanques primeiro, depois de enviarem um esquadrão para matar nossos guardas. Isso é o que eu faria.

– Isso é o que eu também faria – concordou ela. – Então, eu colocaria uma fileira aqui, a 1 quilômetro de distância.

– Uma boa distância. Não vamos deixar que eles entrem na cidade. Vamos acabar com os tanques primeiro.

Eles se debruçaram sobre o papel, os mapas, os planos, por quase uma hora. Fallon imaginou que Will e os outros iriam refiná-lo ainda mais e ofereceu a eles todas as informações necessárias.

– Não amanhã à noite, na noite seguinte. Eu vou assistir – disse ela. – Se precisarem de mim, eu estarei aqui. Mas acho que não vão precisar. Os Rapinantes não têm nenhuma lealdade para com os GPs, e esses GPs? Mercer? Eles não têm lealdade a ninguém. Só querem sangue e vingança.

– Isso mesmo, nós vamos resolver. Obrigado pelo alerta. Outra vez.

– Diga a Will e à sua mãe que minha mãe os viu. Ela quer que eles saibam que ela os viu.

– Como ela os vê? Como você vê?

Ela começou a sorrir, e, quando o fez, uma forte comoção se fez sentir dentro dele. Então o sorriso desapareceu e uma visão obscureceu seus olhos.

– Não confie nas frutas, nas flores. A fruta é sombria por dentro, as flores escondem a mordida da serpente.

– Que fruta, que flores?

– Não sei. Desculpa. – Ela passou as mãos pelos cabelos, pois a visão, tão curta, tão cheia de escuridão, fez sua cabeça doer. – Tenho que ir. Eu vou voltar, caso precisem de mim.

– Você ficou muito pálida. Quer...

Ela desapareceu.

– Deixa pra lá, então. Até a próxima.

Fallon retornou através do globo de cristal, e quando já estava junto da mãe, desmaiou.

Acordou na própria cama, Lana segurando sua mão.

– Estou bem. Só um pouco tonta.

– Vou pegar um pouco de água e um fortificante.

– Não. Fique aqui comigo um minuto. Quanto tempo eu fiquei fora?

– Quase duas horas. Meu Deus, Fallon, quase duas horas e você não se dividiu. Você atravessou completamente. Eu só consegui ver pequenos pedaços, e só de vez em quando. Não consegui ver você.

– Passei tempo demais, isso explica. Nunca fiquei mais de uma hora, e eu... eu forcei por tempo demais, e sei que não deveria fazer isso. É preciso ir aos poucos. Desculpe, você deve ter ficado muito preocupada.

Ela levou a mão de Lana ao rosto e se acalmou.

– Antes de voltar, tive uma visão curta, rápida e muito intensa. Isso me deu uma dor de cabeça terrível.

– Náuseas?

– Não, apenas dor de cabeça e um pouco de tontura.

– Deixe-me ver. – Suavemente, Lana passou as mãos sobre o rosto da filha, sobre sua cabeça, esfregou suas têmporas. – Isso ajuda?

– Um pouco. Parece profundo.

– Eu sei do que você precisa, vou buscar. Não tente se levantar.

Lana disparou. Todo o treinamento e prática com Fallon valeram a pena. Agora, a enorme preocupação aumentava seu poder e sua velocidade. Ela voltou com um copo de água, um frasco e um pano branco.

– Você vai beber isso. – Ela pingou gotas azul-claras na água. – Três goles. Pausa. Três goles, pausa, e repita tudo pela terceira vez. De três em três – ordenou, apoiando a cabeça de Fallon.

A menina obedeceu, e sentiu a camada mais profunda da dor diminuir durante a segunda dose.

– Estou melhor.

– Mais uma. De três em três. Onde você sente isso?

– Aqui. – Ela tocou a testa. – Mas não está forte agora.

– Deite-se e feche os olhos. – Ela colocou o pano, dobrado três vezes, na testa de Fallon. – Qual foi a visão?

– Fruta envenenada, flores que não eram flores, uma serpente. Não sei se era para mim ou para Duncan. Foi com Duncan que conversei, não com Will.

– Eu vi. Imaginei que fosse Duncan. Ele tem os olhos de Katie. É um rapaz muito bonito.

– Ele é esperto. E metido a esperto também. – Ela abriu os olhos. – Montamos um plano, nós dois.

– Feche os olhos.

– Duncan é esperto – repetiu Fallon. – Ele vai levar as informações para Will, bem cedo, de manhã. Will pegou um forte resfriado e os curandeiros disseram que ele tinha que dormir. Ou pelo menos foi o que Duncan disse. Eu vou assistir, por precaução, mas sinto que eles não vão precisar da minha ajuda dessa vez. Estão preparados. Pedi a ele que contasse a Will e Katie quc você os viu.

Sua fala começou a ficar enrolada quando Lana deslizou os dedos sobre o tecido.

– A cozinha da Katie tem paredes cor de narciso. Ela tem narcisos na mesa. Bonitos. Duncan queimou o sanduíche, mas comeu mesmo assim.

– Isso é bom, é ótimo. Durma agora, meu amor. Durma.

Lana ficou ali para se certificar de que Fallon estava realmente adormecida, depois saiu e levou embora o frasco e o pano. E fez a única coisa que lhe restava fazer.

Começou a preparar o jantar para a família.

JORNADAS

A esperança é como o sol, que,
enquanto viajamos em direção a ele,
lança a sombra de nossos fardos para trás.

– Samuel Smiles

CAPÍTULO 21

Fallon achava que conhecia o pai, todos os seus meandros, seus altos e baixos. Entretanto, nas semanas que se seguiram, descobriu partes nele que nunca tinha visto.

Ela sabia, é claro, que as pessoas da aldeia – os vizinhos das outras fazendas, os que administravam o moinho, teciam panos, faziam música e fabricavam armas – gostavam dele e o respeitavam.

A aldeia tinha estrutura e sistemas próprios. Embora seu posicionamento nas montanhas, a uma distância razoável do que um dia foram cidades e do que outrora fora uma expansão urbana, a tornasse um local dc pouco intcrcssc para Rapinantcs, caçadores de recompensas, GPs, ou mesmo para o governo dividido e em dificuldades, alguns incidentes aconteceram ao longo dos anos.

Ela sabia também que o pai ajudara a combater aqueles que queriam roubar ou enganar, os que desejavam destruir pelo puro prazer de provocar dor e sangue. Mas, de modo geral, as pessoas de fora os deixavam em paz.

Os habitantes da vila, que ela conhecia por conta das viagens de escambo, da escola e da ajuda com ferimentos ou doenças, passavam os dias cuidando da própria vida. Comida precisava ser colocada na mesa, roupas precisavam proteger os corpos, botas precisavam proteger os pés, bebês precisavam nascer e mortos precisavam ser enterrados.

Ela sabia que, para a maioria, era simplesmente a filha de Simon e Lana. Uma criança. Para começar a criar um exército, precisava do pai para abrir caminho.

Ele começou com as fazendas, ajudando nos campos ou ficando com as mãos cheias de óleo ao auxiliar no reparo de equipamentos.

As pessoas o ouviam. Ela viu isso por si mesma quando ele realizou a primeira reunião na fazenda, com cerca de dez vizinhos.

– Eu cresci aqui – disse ele. – Agora, meus filhos estão crescendo aqui. Mas o mundo em que eu cresci desapareceu. E o único mundo que nossos filhos conheceram é diferente de tudo que vivemos. Todo mundo aqui perdeu alguém para a Catástrofe, todo mundo conheceu a violência que veio com ela e depois dela. Alguns de vocês vieram para cá para escapar disso, para construir uma vida no mundo que nos resta.

Ele respirou fundo.

Continuou:

– Tivemos sorte. Graças à nossa localização, não tivemos muitos problemas. Pelo que ouvimos no rádio e das pessoas que passam por aqui, sabemos que existem outros lugares onde as pessoas estão tentando construir uma vida. Alguns têm sorte; outros, não.

Houve alguns murmúrios de concordância, mas a maior parte das pessoas permaneceu em silêncio para ouvir o que Simon Swift tinha a dizer.

– Podemos continuar como estamos, torcendo pelo melhor, torcendo para que a má sorte passe longe de nós. Mas sabemos que isso não é o bastante. Já perdemos pessoas quando a má sorte bateu por aqui.

Darlie Wertz, uma mulher magra com dois filhos adolescentes, apertou as mãos e disse:

– Estamos mais bem preparados agora. Não queremos nenhum problema. Por que procurar complicações?

Fallon sabia que Darlie havia perdido toda a família na Catástrofe e adotara os garotos. Um deles, Charlie, fora marcado: tinha o pentagrama gravado a fogo na testa.

– Darlie, há menos de quatro meses, três pessoas passaram por aqui, uma delas praticamente morta. Foram pegas em uma invasão a menos de 100 quilômetros daqui.

– Cem quilômetros são muita coisa. As coisas não são mais as mesmas.

– Não, não são as mesmas. Eu não vejo nenhuma chance de voltarmos a ser o que éramos.

Você vê, sim. Fallon praticamente ouvia os pensamentos do pai e toda a compaixão que carregavam.

– Alguns anos atrás, eu estava na minha varanda e matei um homem. – Ele continuou falando com firmeza, enquanto a plateia murmurava. – Não tive escolha, já que ele e o sujeito que o acompanhava planejavam pegar o que era meu e provavelmente me matar por pura diversão. Mas eles vieram aqui, os Guerreiros da Pureza, atrás de Lana. Do bebê que ela carregava.

Mais rumores, demonstrações de desconforto, gente pigarreando.

– Lana teve que fugir de um lugar onde seus amigos, gente muito boa, estavam tentando construir uma vida, uma comunidade.

Simon olhou para Lana e assentiu.

Ela tomou a palavra:

– Nós pensamos que estivéssemos preparados. Mas não estávamos. Não o suficiente para impedir que matassem tantos. Como muitos de vocês, eu vim para cá fugindo, mas aqui é a minha casa. Essa é a minha casa e quero, mais do que tudo, que meus filhos se sintam seguros e felizes, quero viver com Simon aqui. Mas eles não vão permitir.

– Você não tem como saber – afirmou Darlie.

– Diga isso a Macon Addams – interrompeu Simon. – Nós o enterramos depois que os Rapinantes atacaram.

– Mais de três anos atrás.

– Rapinantes – continuou Simon. – Guerreiros da Pureza, caçadores de recompensas, militares desonestos, militares seguindo o que acreditam ser ordens do governo, trancando pessoas em prisões e laboratórios.

– Isso são rumores.

– Você sabe que não são. Todos nós ouvimos os relatos das pessoas que passaram por aqui. Ou temos nossas próprias histórias, alguns de nós.

Maddie Bates, da Fazenda das Irmãs, não largou seu tricô enquanto falou:

– Eu vi um desses rumores por dentro. Soldados, alguns deles com tanto medo de mim quanto eu deles. E, para alguns, o medo trazia o ódio. Passei seis meses em um porão, sendo testada. Se você tentasse lutar, eles usavam armas de choque e coisas piores. Eu não sabia o que tinha dentro de mim, não tudo, naquela época. Mas descobri e me libertei. Eles nunca mais vão me colocar em um porão ou em um de seus laboratórios. Você ama seus filhos, Darlie, sei que ama. Está me dizendo que não lutaria com tudo o que tivesse se aqueles que colocaram essa marca no seu Charlie voltassem para buscá-lo?

– Eles não vão voltar.

– Mãe... – começou Charlie, colocando a mão no braço dela. Então, virando-se para todos, ele disse: – Ela está com medo, só isso. Eu tinha

9 anos quando eles me marcaram, e isso foi um ano depois que soldados... soldados americanos... vieram e levaram minha mãe embora. Ela me obrigou a me esconder, por isso eles não me encontraram quando a levaram.

O rapaz manteve a mão reconfortante no braço da mãe e continuou a contar sua história:

– Nós também pensávamos que estivéssemos seguros. Não estávamos fazendo mal a ninguém, e construímos um lar, uma pequena comunidade de pessoas que não faziam mal a ninguém. Mas eles vieram assim mesmo.

– Isso foi antes, Charlie – insistiu Darlie. – Isso foi antes...

– Foi três anos depois da Catástrofe, e ainda assim eles vieram atrás de nós. Meu pai era fuzileiro naval e morreu na Catástrofe. Ele tinha orgulho de servir, mas foram os soldados que arrastaram minha mãe para longe, três anos depois que meu pai morreu. Eu nunca mais a vi. Foram os GPs que me pegaram quando fugi dos soldados, e eles me bateram e me marcaram. E teriam me enforcado, como fizeram com tantos outros, se alguns dos que estavam presos não tivessem reagido. Alguns deles morreram lutando para que outros pudessem se libertar. – Ele suspirou e continuou: – Meu pai era um fuzileiro naval, e sei que o senhor foi do Exército, Sr. Swift. Tenho certeza de que, se meu pai estivesse aqui, ele concordaria com o senhor. O senhor está dizendo que temos que aprender a lutar, temos que montar um exército. Mãe... – Ele apertou o braço dela quando ela soltou um pequeno soluço. – Vocês têm que compreender, minha mãe provavelmente morreu me protegendo, e eu vi outros morrerem me protegendo. E há dez anos você, mãe, tem me protegido. Há oito anos você protege o Paul.

Ele olhou para o jovem que se tornara seu irmão, e que retribuiu com um sinal de cabeça.

– É hora de nos protegermos. E é hora de vocês revidarem. – Charlie, um elfo com cabelos cor de palha e uma pequena cicatriz irregular sob o olho esquerdo, onde um anel em um soco lhe abrira a pele, olhou para Fallon. – Você tem a espada e o escudo?

Quando Fallon assentiu, a voz de Darlie falhou.

– Isso não faz sentido. Eu já disse a vocês...

Paul, pequeno e sempre calado, um garoto sério, de 17 anos, que sempre media suas palavras, se manifestou:

– Faz, sim. Charlie e eu, nós a amamos muito, mas é hora de encarar a realidade e deixar de lado as ilusões.

– Ela é apenas uma menina.

– Ela é a minha menina. – Simon manteve os olhos em Darlie. Ele sabia, e Fallon sabia, que já conquistara os outros. – E eu queria muito que ela fosse apenas uma menina, como você deseja que seus filhos sejam apenas meninos. Mas não é assim, e nunca vai ser. Podemos colocar tudo isso de lado por enquanto. É muita coisa para assimilar ao mesmo tempo. Mas o que não podemos deixar de lado é que precisamos estar preparados e dispostos a lutar por nossa família, nossos vizinhos, nossa terra e o mundo que vamos construir.

– Eles costumavam chamar aquele lugar de campo de treinamento – disse Maddie, ainda tricotando. – Eu acho que você seria um ótimo treinador, Simon. Minhas irmãs e eu, e Lana, tenho certeza, ficaremos felizes em ajudar com o treinamento mágico. Por que não nos diz como quer planejar as coisas?

Ele tinha um plano. Fallon percebeu que ele sempre tivera um plano.

Simon conversou com os anciãos da cidade e com vários outros, a maioria ex-militares, enquanto tomavam cerveja ou comiam torta.

Ele se assegurou de que Fallon falasse o mínimo possível com os não mágicos. Precisavam começar as coisas com calma, um passo de cada vez.

Simon e outros instrutores escolhidos a dedo começaram o que consideravam um treinamento básico. A idade mínima era de 16 anos. E toda participação era voluntária. Para os mais novos, Simon fez o mesmo que fizera com os próprios filhos: calistenia, esportes e defesa pessoal básica.

Ele levou Fallon para os treinamentos, dizendo que a tática seria ela ir devagar. Trabalhar com ele e com a mãe.

A garota ficou chocada ao ver quantos jovens que possuíam magia não tinham nenhum treinamento para explorar seus dons, e quantos entre os mais velhos não tinham sequer explorado os deles.

Porque, Fallon entendeu, eles queriam acreditar no mesmo que Darlie acreditava. Que estavam e permaneceriam seguros, que o mundo deles era uma espécie de bolha que jamais seria invadida.

Ela entendeu também que seus dois anos com Mallick haviam sido essenciais. Era capaz de treinar outras pessoas, sabia separar desculpas esfarrapadas de preocupações genuínas.

Durante toda a primavera, a bigorna do ferreiro trabalhou. Não transformou arado em espadas – eles precisavam arar –, mas havia bastante sucata, e uma bruxa e alquimista trabalhando no calor escaldante da forja, para fortalecer o metal.

Outros derreteram metal para fazer balas e ensinaram como isso era feito.

Durante o verão e o outono, até a primeira geada depois de seu 16º aniversário, Fallon ensinou e treinou, conjurou e se armou.

O soldado que havia em seu pai observou-a forjar o aço em armas com as próprias mãos.

Às vezes com o pai, às vezes com a mãe (nenhum dos dois a deixava ir sozinha), ela voou em Laoch para conseguir suprimentos. Mágicos e militares.

Mas, como o que os olhos não veem o coração não sente, ela viajava sozinha através do globo de cristal, nas profundezas da noite, para estudar terras desconhecidas, andar por lugares assinalados em seus mapas que considerava estratégicos.

Uma vez, ela visitou os escombros de um memorial dedicado a um grande presidente. Camuflada na escuridão, ouviu tiros, explosões, viu um trio de pequenos tornados girando sobre a cidade, cuspindo luzes negras.

E Incomuns Sombrios voando como morcegos.

Ela continuava se perguntando: por que aqueles que queriam governar, que queriam reconstruir a cidade que guardara todas aquelas tradições, temiam as magias que os ajudariam? Não fazia sentido, não era uma boa estratégia.

Quantos de sua espécie eles teriam trancafiado, "testado", atormentado? Matado. Só porque eram diferentes.

Como achavam justificativas para caçar seres humanos, até mesmo crianças?

E por isso eles lutaram duas guerras: contra a escuridão dos Incomuns Sombrios e contra a luz dos outros. O resultado foi que sua cidade, sua capital, transformou-se em um eterno campo de batalha.

Enquanto saqueadores vagavam livres, enquanto cultistas violentos torturavam e matavam inocentes.

– Esta cidade está morta – disse Fallon, em voz alta. Sentia o gosto da fumaça. – Nunca mais será o que foi, nem o que poderia ter sido.

E quanto sangue será derramado quando nos levantarmos e reagirmos, por causa de pessoas como vocês, pessoas que temem e odeiam? – Colocando a mão na empunhadura de sua espada, ela prosseguiu: – E nós vamos reagir.

Fallon pensou em sua família, seus vizinhos, no sacrifício que estava por vir. Pensou em Nova Esperança, pensou em tudo o que a coragem e a união eram capazes de construir... e perder.

Nós vamos reagir repetiu.

Supôs que foi o fato de Nova Esperança ter surgido em sua mente o que a fez ir até lá através do globo, em vez de voltar para casa.

Pela segunda vez, ela e Duncan desembainharam suas espadas. E, pela segunda vez, aço bateu contra aço.

Quando as espadas se tocaram, uma luz explodiu e inundou a ambos por dois segundos.

Ele praguejou e recuou.

– Toda vez é isso.

Desorientada, um pouco tonta, ela lutou pela própria dignidade.

– Talvez você esteja sempre atrapalhando meu caminho. O que está fazendo aqui?

– Segurança. O que você está fazendo aqui?

Ela não tinha certeza de onde estava, então se esquivou.

– Só vendo se está tudo bem.

Ela sentiu o cheiro da floresta e, quando sua visão se ajustou, após a explosão de luz, ela a viu para além de um fino fio de neve.

A sombra de um prédio, outras estruturas... estufas. E uma horta com... repolhos e couves, ela identificou pelo cheiro.

Mais adiante, um milharal farfalhando aos primeiros ventos do inverno.

A horta comunitária, percebeu. O milharal onde seu pai morrera. Assassinado.

Ela deu um passo em direção ao milharal.

Duncan agarrou seu braço.

– Espere.

É como a luz, pensou ela, aquela explosão quando a mão dele a agarrou. Ela se desvencilhou.

– Eu quero ver.

Ela seguiu sobre uma camada de neve.

Enquanto caminhava, podia ver, sentir. Alto verão, sol brilhante, música, cor, grelhas fumegando e plantas florescendo.

Tiros e gritos.

– Alguém morreu aqui, bem aqui. – Ela olhou para o chão. – Uma mulher, uma bruxa, protegendo uma criança.

– Doze pessoas morreram – disse Duncan. – Doze dos nossos morreram em pouco tempo. Levou apenas alguns minutos. Vinte e quatro feridos, entre eles algumas crianças.

Ela foi até o milharal.

– Meu pai morreu aqui. – Fallon se agachou e tocou o chão. – O irmão dele e sua companheira. Eles apareceram ali. – Ela apontou. – Pontas de asas chamuscadas, mas as bordas cortavam como lâminas. Uma dádiva da escuridão.

– Eles faziam sacrifícios de sangue nas montanhas da Pensilvânia. Umas coisas bem ruins. Eddie, Poe e Kim estavam lá em cima com sua mãe e seu pai e nos contaram o que aconteceu. Meu pai morreu na Catástrofe. Minha mãe colocou o nome dele na árvore do memorial. – Duncan fez um gesto em direção ao memorial. – O do seu pai está lá também.

Ela olhou para a árvore. As estrelas acima brilhavam em silêncio em meio à neve fina.

– Você pode me mostrar?

Ele a acompanhou, identificou a estrela onde se lia MAX FALLON.

– Não sei quem colocou. Nunca pensei em perguntar.

– Não importa quem foi. O importante é que os mortos sejam homenageados.

– Foi por isso que você veio aqui? Queria ver isso?

– Não. – Mas ela estendeu a mão, roçou a ponta dos dedos na estrela com o nome do pai. – Eu não queria vir.

– Linhas cruzadas?

Ela olhou para ele, no brilho das estrelas. Ele havia crescido desde que ela o vira pela última vez, e tinha um pouco de barba escura. Ele não se preocupou em colocar um chapéu, então a neve caía sobre seus cabelos, tão desgrenhados e desleixados quanto antes.

Ele não estava se comportando como um idiota, pensou ela, então ela também não seria uma.

– Acho que sim. Eu fui para a capital, Washington.

– O quê? Quando? O que está acontecendo?

– Agora mesmo. Quer dizer: eu fui para lá e depois queria ir para casa, mas pensei em Nova Esperança e... pensei no porquê. – Ela se afastou. – Por que eles estão tentando nos matar ou nos trancar? Os Guerreiros da Pureza são fanáticos, uns religiosos fanáticos... ou se escondem atrás de sua versão de Deus.

Que é a versão do White.

– E deles também, caso contrário não o seguiriam. Os Rapinantes, eles são o que são. O que provavelmente eram antes da Catástrofe, ou queriam ser. Caçadores de recompensa, eles querem a recompensa, ou apenas apreciam a caça. Mas os outros... Por quê? A maior parte do mundo morreu de forma horrível, e eles desperdiçam tempo e vidas nos caçando.

– Eles acham que somos culpados.

– São cegos e ignorantes.

– Não posso discordar – respondeu Duncan. – O que você viu lá? Em Washington?

– Morte. Morte clamando por mais mortes. Não há mais nenhum coração batendo lá. Você entende o que eu quero dizer?

– Entendo.

– Daqui a algum tempo, teremos que retomar a cidade, mas o símbolo que ela um dia foi está acabado. – Ela se virou para Duncan. – Lá onde minha família mora, estamos nos mobilizando. Treinando.

– Já está mais do que na hora.

– Existem outros lugares, não tão diferentes daqui, da minha casa. Nós vamos precisar deles. Vocês descobriram quem é o traidor?

– Não. Não tivemos mais problemas daquele tipo. Precisamos descobrir quem foi. Mas estamos observando. Os GPs atacaram, como você disse naquela noite na cozinha.

– Eu sei. Eu vi.

– Você estava aqui?

– Não. Vocês não precisaram de mim.

– Como você foi para Washington e depois veio de lá até aqui? Você chispou?

– Chispei?

– Tipo assim.

Ele agarrou a mão dela. Fallon sentiu uma agitação, e então pararam na beira da horta.

A mão dela formigava.

– Chamamos isso de disparar.

– Chispar, disparar. É a mesma coisa. – Algo que ele levara semanas de prática focada para aprender, mais semanas para aperfeiçoar. – É desse jeito?

– Não, é diferente. – Ela olhou fundo nos olhos dele. – Eu vi você ao luar, andando pelas árvores através da neblina, em direção a um círculo de pedras. Em direção ao primeiro escudo. Você me disse que eu tinha que escolher. Olhou direto para mim através do sonho e disse que eu tinha que escolher. Eu escolhi.

– Eu vi você parada ao luar, no nevoeiro perto do círculo de pedra. Você carregava sua espada. Essa aí. Solas. E, quando você a levantou, o céu se abriu com um raio.

– O que acontece em seguida?

– Eu sempre saio do sonho. Acordo ou saio dele. Nunca vejo. Eu vi você no campo de batalha, lutei com você lá. E... fiz outras coisas.

– Que outras coisas?

Ele deu um puxão forte na mão de Fallon e, quando o corpo dela o tocou, pegou nos cabelos dela livre e colou os lábios nos dela.

Não foi parecido com Mick, não foi suave, doce ou... gentil.

Foi um beijo firme e quente, que a fez tremer por dentro.

Ela poderia tê-lo afastado – e teria feito, se tivesse conseguido pensar nisso. Mas tudo se agitou, estremeceu e oscilou dentro dela.

Os dedos de Fallon se cravaram no ombro de Duncan de uma só vez, pois aquela conexão, aquele conflito, aquele caos nem um pouco suave – ao contrário do que sugeria a palavra *beijo* – soprou através dela em uma tempestade.

Então ele a empurrou longe com tanta força quanto a puxara. Seus olhos arderam nos dela, e não pareciam muito satisfeitos.

– Eu só imaginei. É meio irritante.

– Me solte ou vou fazer você me soltar.

– Nós poderíamos ver quem ganha a batalha, mas... – Ele ergueu as mãos, as palmas abertas, e recuou. – Acho que você ainda não teve esse sonho.

– Eu não sonho com você.

Mentira, mentira.

– Você acabou de dizer que sonhou.

– É diferente. – Tudo parecia diferente, o que era bem mais do que "meio irritante". – Você não tem o direito de me agarrar assim.

– Você não disse não. Nem pensou. Quando uma garota diz ou pensa que não, é não. – Ele segurou a mão dela, que guardava a espada, só por precaução. Sorriu. – Diga que não quer.

Em vez disso, ela o empurrou para trás, um pouco mais forte do que pretendia, e recuou através do globo de cristal.

– Você também não disse que não daquela vez – murmurou ele. – Nem pensou.

Ele olhou para cima quando a neve fina se transformou em chuva fraca.

– Ela não é meu tipo! – disse ele aos céus. – Então me deixe em paz.

Ele ouviu um trovão distante, que soou bem parecido com uma risada.

Fallon não tinha tempo para pensar em garotos ou beijos. Parte dela sentia que Duncan beijava mais como homem do que como menino – ou pelo menos como alguém que já beijara bastante.

Não importava. Ela tinha trabalho a fazer, e dos grandes. Não apenas formar um exército, soldado a soldado, mas pensar o que fazer quando o tivesse.

Fallon pensava em Washington muitas vezes. Afastava o pensamento, e ele voltava. Uma cidade morta, mas pessoas viviam em suas cinzas, algumas delas trancadas.

Prisioneiros, experimentos e armas.

Desde a Catástrofe, aqueles que se apegavam desesperadamente ao poder ou o desejavam haviam liberado toda a sua violência. Os que possuíam magia criaram relâmpagos assassinos e ventos de fogo, e as bombas feitas pelos homens transformaram cidades em escombros.

O problema com as bombas era que elas podiam se voltar contra aqueles que as lançavam. Em suas jornadas noturnas, Fallon visitou as crateras e ruínas dos estados do Texas, da Califórnia, da Flórida e de Nevada.

O poder destrutivo chamuscava sua alma, mas o pior, muito pior, era perceber que os seres humanos eram capazes de usar tamanha maldade para destruir seus pares.

Quantas mais haveria, apenas esperando serem acordadas?

Erradicar aquele poder, aquele mal, tinha que ser uma prioridade.

– Mesmo que você descubra como desarmar ou destruir todas as bombas e todos os drones, do mundo todo – dissera Simon a Fallon, durante uma de suas aulas de estratégia de fim de noite –, eles farão mais.

– Destruiremos as novas também. É muito fácil matar quando você não está olhando seu inimigo nos olhos. Você não vê a criança se escondendo debaixo da cama quando as chamas invadem a casa. Quando a magia negra é lançada, é para causar destruição. É a mesma coisa com as bombas. Estamos pedindo às pessoas que lutem com espadas, armas de pequeno porte, seus punhos e seus poderes, quando um dos inimigos tem a capacidade de transformá-las em pó com... tecnologia. Precisamos encontrar uma maneira de destruir essa tecnologia. Como vamos conseguir prosperar depois das batalhas, depois de todo o sangue, sacrifício e risco, se alguém, em algum lugar, puder matar milhares com uma máquina, com um código?

Ela deixou a mesa e andou de um lado para outro na cozinha, onde sempre se reuniam.

– É a magia do homem – continuou Fallon. – O atômico, o nuclear, o assassinato remoto. E é tão obscuro quanto um raio sombrio, o corte de asas e o enforcamento de crianças.

– Se formos realistas, o que você está querendo pode ser logisticamente impossível.

– Alguém acreditava, de forma minimamente realista, que fosse possível bilhões de pessoas morrerem em poucas semanas em todo o planeta? Que um escudo quebrado em um círculo de pedras em um campo na Escócia mataria tantos e, por causa das mortes, mudaria o mundo?

– Não. Não estávamos preparados.

Agora temos que estar, pensou ela. *Temos que estar preparados.*

– Você e minha mãe insistiram para que estudássemos história, e nós estudamos. Guerras, muitas delas inúteis, travadas pela ganância ou em nome de uma fé distorcida, e depois, reconstruir os escombros apenas para guerrear novamente. Mas isso mudou, pai. De lanças, espadas e flechas para armas, explosivos e bombas. Para armas capazes de destruir tudo. Oppenheimer estava certo: "Eu me tornei a morte, o destruidor de mundos." Não sobrevivemos à Catástrofe para deixar o resto cair. É mais fácil destruir do que construir. Nós vamos descobrir uma maneira de tornar isso mais difícil, de destruir a capacidade de assassinar as massas.

– Então, se nós, sei lá, transformarmos bombas em flores, salvaremos o mundo com lanças, flechas e espadas?

– E táticas, coragem e luz. – Ela esfregou a mão na pulseira que havia feito da árvore. – Você está pensando que, se conseguirmos fazer *isso*, eles vão construir bombas de novo. Eles vão reconstruir as cidades, plantar e criar comunidades. E alguns construirão bombas e armas para matar as massas novamente, e alguns o farão acreditando que é para defesa, proteção, um efeito dissuasivo.

– É verdade, mas vai demorar um pouco.

Fallon pensou sobre o assunto, estudou e considerou métodos de todos os ângulos que pôde imaginar. Toda noite passava pelo globo. Ficava na pista do que um dia fora O'Hare, em Chicago. A torre que guiava os aviões se fora. Aviões em hangares, nos portões, nas pistas, queimados até a fuselagem. E restos de corpos dentro dos destroços, dentro de terminais, hangares e escritórios. Ninguém os havia enterrado.

Ela andou pelos corredores de um pequeno hospital rural no Kansas e por uma escola vazia na Louisiana. Viu cavalos, alces, búfalos e cervos de cauda vermelha correrem pelas planícies em Montana.

Também viu assentamentos e fazendas, notou que a maioria se reagrupara, reconstruíra a vida em lugares remotos.

Uma vez, entrou em um bunker no interior de uma montanha. Todos os computadores estavam mortos e silenciosos. Seu primeiro instinto foi assegurar-se de que permaneceriam daquele jeito, já que o lugar não servia só para defesa, mas também tinha capacidade de ataque.

Mas ela havia aprendido com os pais, com Mallick, com o que vivia dentro dela, a duvidar do próprio instinto. Enquanto vagava pelos balcões, botões, interruptores e teclados, percebeu que não sabia o suficiente. E se, tentando eliminá-los, ela os despertasse?

Em vez disso, explorou o lugar, impressionada que homens fossem capazes de construir tanta coisa em um local tão profundo.

E, como fizera com todos os outros lugares para onde viajara, marcou o ponto em um mapa.

Naquela noite, ela sonhou.

Estava em um nevoeiro, ao luar, no círculo de pedras, onde estudava o chão chamuscado e rachado no interior. Sentia um peso dentro de si, como chumbo.

– Tantas perdas, tantas mortes. – Sua voz fluiu pelos campos vazios e foi levada pelo vento. – Foi tudo um sacrifício para que eu pudesse existir? Foi o meu sangue que abriu a porta para a luz e a escuridão.

– Nosso sangue. – Duncan surgiu ao lado dela. Mais velho, como naquele sonho de muito tempo antes. – Somos primos, afinal, se você voltar alguns séculos. Você vai ficar aqui e culpar um menino ou o velho em que ele se transformou?

– Seu avô não é culpado. O que o usou é. Como permitiram que isso acontecesse? Por que não impediram?

– Por que você acha que sempre existem respostas para as perguntas?

– Porque existem.

– Então responda: estamos realmente de pé aqui e agora ou isso é outro sonho?

– As duas coisas.

Ele deu um sorriso largo e pegou a mão dela. Uma grande parte do peso simplesmente se afastou de Fallon.

– Eu preferia estar na cama com você do que neste maldito campo, debatendo porquês e filosofias.

– Você me beijou na neve.

– Você não disse não.

Ele a beijou agora, sob a lua, firme e quente, como fizera na fina nevasca.

Branco, pensou ela, enquanto se movia para ele. Neve branca, lua branca.

Então, os corvos gritaram, formando um círculo negro no alto. E, nas árvores, no nevoeiro crescente, algo escuro como a morte se agitou.

– Chegou a hora – disse Duncan.

Ela assentiu, sacou a espada e, levantando-a, queimou os corvos até virarem cinzas. Com Duncan, ela se virou para as árvores e para o que ali esperava.

– Chegou a hora – concordou Fallon, e atacou junto com ele.

Ela acordou, a vela que havia acendido durante o sono estava queimando, o globo de cristal brilhando em todo o seu esplendor. Pegou o ursinho de pelúcia que Ethan havia guardado fielmente para ela e o acariciou.

– Chegou a hora – sussurrou, e levantou-se para contar à família.

CAPÍTULO 22

Fallon esperou. Os animais precisavam ser alimentados; os ovos precisavam ser colhidos; as vacas, ordenhadas; as baias, limpas; e o feno, recolocado.

Ela ajudou com o café da manhã, mas não disse nada, pois sabia que precisava conversar primeiro com os pais. Só os três.

Conhecendo Travis, manteve sua mente e seus sentimentos desligados, mesmo quando tirou alguns momentos para avaliar cada um dos irmãos.

Colin, alto e resistente, enfiando a comida na boca enquanto falava sobre o treino com espadas. Havia não muito tempo, parecia ontem, ele estava falando sobre ir pescar ou jogar bola depois que os deveres de casa e o trabalho estivessem concluídos.

Travis, astuto e magro, comendo sem pressa, sem planejar nenhum truque, como costumava fazer, mas provavelmente pensando em atirar com o arco ou aprender um novo feitiço.

E Ethan, gentil e sábio, enfiando bacon no bolso para dar aos dois cães. E importunando o pai para deixá-lo cavalgar um animal maior e mais veloz.

Não eram mais crianças, pensou Fallon. Potenciais soldados, guerreiros em formação. Obra dela.

Mas ainda eram aqueles mesmos irmãos que discutiram, brigaram e mostraram sua mágoa quando ela dissera que precisava partir.

Fallon trocou um olhar com a mãe, depois com o pai – um olhar que havia aperfeiçoado, um sinal de que precisavam conversar a sós.

Ela esperou. A mesa precisava ser tirada, pratos precisavam ser lavados. Se a livrassem das tarefas, os irmãos suspeitariam. Então, a rotina tinha que ser seguida. A normalidade trazia ao mesmo tempo dor e conforto.

– Tenho algumas coisas que preciso fazer por aqui antes de ir à aldeia – anunciou Simon. – Vão em frente, garotos, selem seus cavalos e sigam direto para lá. Sem desvios – acrescentou, lançando um olhar significativo para Colin. – Vou deixar Fallon e sua mãe na Fazenda das Irmãs e sigo atrás de vocês.

– Posso cavalgar o Trovão? – pediu Ethan.

– Não. Vá em Pixie.

– Mas o Trovão quer que eu monte nele.

– Então ele também vai ficar bem desapontado. Você não vai montar um garanhão. Ainda não. E se começar a discutir, vou encontrar umas coisas para fazer por aqui e vai acabar não saindo.

– Saco!

Mas, como os dois irmãos já haviam saído correndo, ele não insistiu, e foi atrás deles.

– Podemos nos sentar?

Lana voltou para a mesa. Quando Simon se sentou com ela, os dois uniram as mãos debaixo da mesa.

– Eu tenho que ir – disse Fallon, rapidamente, empurrando as palavras que sabia que iriam magoar, na esperança de diminuir a dor.

– Tem certeza? – perguntou Lana.

– Tenho. Tenho certeza. Eu sinto muito.

– Quando?

Ela olhou para Simon.

– Preciso fazer algumas coisas antes.

– Uma semana? Você pode esperar uma semana, no máximo duas?

– Eu... posso. – Ela esperava mais sofrimento e alguma discussão sobre esperar meses, não dias. – Preciso juntar alguns suprimentos e quero traçar a melhor rota, e pensei que vocês poderiam me ajudar com isso. Preciso alistar mais pessoas pelo caminho, começar mais campos de treinamento. Eu conheço o caminho que tomei com Mallick, e vou começar por ali. Mas precisarei me desviar para alcançar Nova Esperança. E quero atingir o maior número de lugares no caminho, onde espero encontrar pessoas dispostas a lutar.

– Você não vai direto para Nova Esperança? – perguntou Lana.

– Não. Quando eu chegar lá, quero poder dizer a eles que tenho mil soldados, mágicos e não mágicos.

– É um número bem alto, minha querida – comentou Simon.

– Temos 168 aqui. Há mais cem na floresta, perto da cabana de Mallick. Vou conseguir mais. Pode levar alguns meses, mas o tempo está bom. Eu quero mil porque é um número alto, e menos não terá o mesmo impacto. Vou reunir todos, e vou chegar a Nova Esperança até o fim de agosto.

– E depois... – Lana se conteve. – Estou me adiantando demais. Uma semana. – Ela olhou para Simon, que assentiu.

– Estaremos prontos – garantiu ele.

– Eu vou mandar notícias – prosseguiu Fallon. – Vou disparar até aqui, ou vir através do globo. Ou através do fogo.

– Acho que você não entendeu. – Ainda segurando a mão de Simon, Lana pegou a de Fallon e juntou as três. – Nós vamos com você.

– Comigo? – Genuinamente atordoada, Fallon ficou boquiaberta. – Vocês não podem.

– Eu fiz a viagem de Nova Esperança até aqui com você – lembrou-a Lana. – Vou fazer a viagem de volta ao seu lado. Nós todos vamos.

– Mas... pensem bem. Eu posso ficar meses na estrada...

– Criando um exército – completou Simon. – Você bem que precisa de alguma ajuda com isso... E não é que temos alguma experiência nesse quesito?

– Os meninos são muito jovens.

– Ethan é o único mais novo do que você era quando partiu por dois anos – observou Lana.

– Eles estão treinando, se esforçando. Se eu não achasse que eles eram capazes, não os deixaria ir.

– Eles vão pensar nisso como uma aventura – acrescentou Lana. – Os três.

– Mas não será. Rapinantes cruzam as estradas. Guerreiros da Pureza caçam os Incomuns e escravos. Fora dessa nossa... dessa bolha, há caçadores de recompensas, militares e gente louca, capaz de enfiar uma faca no outro para tomar o que está em sua mochila. Não é uma simples aventura.

Lana se inclinou para a frente, os olhos veementes.

– Eu estava grávida de seis meses, sozinha, na maioria das vezes a pé, muitas vezes faminta, e sendo caçada fora desta "bolha", como você a chama.

– Sim, mas...

– Você não está sozinha em poder e determinação, Fallon. Este homem? Este homem? – repetiu ela, com uma voz tão quente quanto seus olhos, quando pegou a mão de Simon. – Ele luta desde muito antes de você nascer. Ele nos protegeu e aos nossos vizinhos desde que o mundo anterior acabou e este começou.

– Eu não quis dizer...

Naquele momento, quando sua mãe parecia feroz o suficiente para liderar um exército, Fallon não sabia o que quis dizer.

– O quê? Dizer o quê? – retrucou Lana. – Que somos fracos demais, brandos demais, ingênuos demais para encarar a realidade do que está por vir? Não somos. Estamos afirmando que nossos filhos estão prontos. Estamos dizendo que nossa filha não vai sozinha, não dessa vez. Não sozinha. E ponto final.

– Eu não pretendia... E a fazenda?

– A fazenda não vai a lugar algum. – Simon deixou a veemência para a esposa e falou com tranquilidade. – Já conversamos muito sobre isso. As irmãs, Jack Clanson e seu pessoal cuidarão das coisas aqui. Vamos levar os cavalos, porque precisaremos deles, e os cães, porque abandoná-los partiria o coração de Ethan. Vamos levar o que os cavalos conseguirem carregar, e estaremos prontos em uma semana. Quando sua mãe diz ponto final, menina, é ponto final mesmo.

Por que ela não vira aquilo? Nos olhos deles ou mesmo através do globo de cristal? Ela poderia simplesmente ir embora, partir em... uma disparada. Mas eles a seguiriam. Zangados e magoados.

– Eu nunca imaginei que...

– Vá se acostumando – sugeriu Lana.

– Ainda há algum treinamento a ser feito aqui.

– E pessoas para fazer isso – declarou Simon. Ele se levantou, beijou-a com força e continuou: – Vou sair, dizer às pessoas que precisam ser informadas de que partiremos em uma semana. Imagino que você e sua mãe tenham coisas para fazer aqui. Lana, se quiser o caminhão para ir até a Fazenda das Irmãs mais tarde, posso deixar tudo arrumado para você.

– Vamos a cavalo. Vamos contar aos meninos hoje à noite.

– O plano é esse.

Simon beijou a esposa e, em seguida, deixou suas duas mulheres sozinhas.

– Eu não acho que você seja fraca, ou branda.

Mais calma agora, Lana inclinou a cabeça.

– Apenas ingênua.

– Não. Não exatamente. É só que vocês não se afastam da fazenda há muito tempo. Está pior do que quando você saiu de Nova Esperança.

– Segurança e força andam em grupo. Seis juntos, em vez de um só. Somos uma família. Nós vamos como uma família.

– Eu não aguentaria se alguma coisa acontecesse com algum de vocês – admitiu Fallon. – Tenho medo.

– Eu vi meus filhos se tornarem homens muito, muito antes do que gostaria. Eu soube, antes de você nascer, o que você seria, e mesmo assim foi, e é, muito difícil deixá-la ser o que é.

Estendendo a mão, ela cobriu a de Fallon.

– Mas eu aceito tudo isso, porque preciso. Agora, você, minha preciosa garota, tem que nos deixar sermos o que somos. Eu sempre soube que você um dia iria sem nós. Sempre soube que um dia veria meus filhos partirem sem mim. Mas não dessa vez, Fallon. Nós vamos todos juntos.

Lana se levantou.

– Precisamos fazer um inventário, uma lista do quc lcvar – continuou Lana. – Vamos começar isso antes de irmos para as Irmãs.

Assentindo, Fallon se levantou, pois, mesmo sendo a Salvadora, seu pai tinha razão: quando a mãe dizia ponto final, era mesmo ponto final.

Uma semana se transformou em duas com o desafio de uma família inteira partindo a cavalo, em uma jornada longa e perigosa. Sem nenhuma maneira de saber quando algum deles voltaria.

Eles consideraram a ideia de pegar o caminhão, um reboque para cavalos – até mesmo uma carroça –, mas acabaram desistindo. Por certo teriam que sair das estradas tanto quanto ficariam nelas. Além disso, a logística e o tempo gasto em busca de combustível tornava o uso do caminhão complicado demais.

Cavalos eram mais lentos, mas Fallon não estava com pressa. Embora ainda esperasse chegar a Nova Esperança no fim de agosto, algumas semanas a mais não fariam diferença.

As pessoas que levaria eram mais importantes.

Lana insistiu que cada centímetro, cada canto da casa exigiria uma faxina. Fallon viu isso não apenas como orgulho, mas como uma necessidade de lembrar à casa, com seus espíritos e suas recordações, que ela era amada.

Simon caminhou pelos campos com aqueles que atuariam como cuidadores da fazenda, e examinou os equipamentos, o celeiro, os silos, todas as dependências. Era sua versão de faxina, pensou Fallon.

Por mais que quisesse ir, por mais que os sonhos a incitassem a começar, ela aproveitou a demora dos pais para falar separadamente com cada irmão.

Para conversar com Colin, aproveitou o orgulho que o garoto tinha em ser o filho mais velho e seu instinto de proteção. Disse que ela e os pais dependiam dele para cuidar dos irmãos mais novos, e seria preciso que ele fosse um exemplo de cautela e obediência.

Com Travis, apelou para o intelecto, a astúcia e o dom. Disse saber que ele era muito esperto e que por isso precisava dele, pois ele sabia tão bem quanto ela que os outros irmãos poderiam fazer alguma bobagem. Então, se Travis *sentisse* que isso poderia acontecer, ela contava com ele para tomar conta da situação.

A conversa com Ethan foi um só apelo às emoções. Seus pais estariam muito preocupados e sobrecarregados, então Fallon disse saber que podia contar com Ethan para ouvi-los com atenção e ajudá-los a não se preocupar tanto. Ele também seria seu batedor principal, já que os animais muitas vezes sentiam perigo diante das pessoas, e ninguém conhecia os animais tão bem quanto ele.

Fallon esperava manter os três irmãos na linha, pelo menos nos primeiros quilômetros, mas imaginou que teria que repetir os discursos – e criar novas estratégias – algumas vezes mais antes de chegarem a Nova Esperança.

Com o passar dos dias, Fallon percebeu que os pais estavam certos. Mais do que isso, ela viu que o fato de terem ido juntos, em família, foi uma nova escolha, e a escolha certa.

E, numa suave manhã de maio, com as folhas verdes brotando e o sol espalhando sua primeira luz dourada sobre as colinas, eles se dirigiram para o sul como uma família unida.

Os irmãos conversavam como maritacas e os cachorros (quase tão jovens e tão animados quanto os meninos) saltitavam. Mas Fallon viu lágrimas brilharem nos olhos da mãe quando Lana olhou para trás uma última vez.

– Ela vai estar aí quando voltarmos, querida – disse Simon.

Lana lhe deu um sorriso e não olhou para trás novamente.

Eles cavalgaram o primeiro dia com Taibhse voando alto. Os irmãos nunca se cansavam, nem Faol Ban, e, quando os cachorros se mostravam fatigados, Ethan colocava Scout em seu cavalo e Simon pegava Jem.

Atravessaram os primeiros quilômetros sem incidentes, então Fallon quase relaxou o suficiente para se divertir com o deslumbramento dos irmãos.

Eles nunca tinham visto tantas e tão largas estradas, tantas casas amontoadas no que consideravam um lote de terra.

Nunca tinham ouvido o vento assoviar pelas janelas de veículos abandonados nem lido placas que prometiam comida e alojamento à frente.

Apesar das janelas quebradas e das pichações dos Rapinantes em um antigo mercado (outra novidade para eles), Travis começou a imaginar uma batalha heroica.

Mas então viram os restos mortais, corroídos até os ossos pelo tempo e pelos comedores de carniça, pendurados no que um dia fora um mastro de bandeira.

Ela não se opôs quando o pai foi até lá e desmontou do cavalo. Fallon escutou a manivela guinchar quando ele abaixou a corda.

– Ethan, segure os cachorros. Colin, traga a pá.

Será que eu teria seguido em frente?, perguntou-se Fallon. Teria olhado, sentido pena, mas passado reto pelos mortos, em vez de parar para fazer o que era certo?

Mallick teria dito a ela que aquele momento era outra lição a ser aprendida.

Ela desmontou e pensou em pegar a segunda pá, mas viu que Colin já a tinha nas mãos, e, ao lado do pai, o irmão cavou um túmulo para um morto desconhecido na faixa de grama cheia de ervas daninhas ao lado do estacionamento esburacado.

O vento agitava os farrapos da bandeira no poste e fazia com que o toldo quebrado sobre a porta do mercado estralasse, metal batendo em metal.

– Ele tentou fugir.

Ela olhou para Travis, viu que não era uma história inventada, era uma visão.

– Você não precisa olhar... – começou, mas ele lhe lançou um olhar que a fez se calar.

– Alguém precisa olhar. Alguém precisa saber. Ele tentou fugir, mas não foi rápido o suficiente. Eles levaram suas botas e sua mochila, depois o enforcaram porque ele não tinha serventia, era velho demais.

Fallon colocou a mão no braço de Travis. Ele tremeu ao toque, não de medo, ela percebeu, mas de raiva.

– Nós vamos detê-los – disse Fallon, e Travis olhou para ela por mais um instante. – Vamos detê-los – repetiu a garota, e virou-se para a mãe e encostou o rosto no ombro dela.

Então endireitou os ombros e foi ajudar o pai.

Ela observou Ethan colher ervas daninhas que tinham flores e colocá-las no túmulo. O que quer que seu pai tenha dito enquanto colocava a mão na cabeça de Ethan, fez seu irmão mais novo assentir.

– Eu estava errada – disse Fallon à mãe. – Eu estava errada sobre eles serem jovens demais para a jornada. Pedi a eles que treinassem para lutar, mas não estava pronta para eles verem o porquê. Eu estava errada.

Para marcar essa curva em seu caminho, ela se virou para o prédio, estendeu as mãos, deixou o poder subir e sair.

As caveiras com ossos cruzados, os palavrões, tudo isso desapareceu. Em seu lugar, ela forjou o símbolo de cinco pontas e as palavras que entalhara em seu bracelete. Em seu lembrete.

Solas don saol

No fim da tarde, ela os levou para fora da estrada, para a floresta, onde o mapa dizia que encontrariam um riacho. Enquanto descansavam e molhavam os cavalos, ela foi até o pai.

– Há um assentamento a cerca de 5 quilômetros. Eu quero dar uma olhada enquanto você espera aqui.

– Vamos juntos, Fallon.

– É apenas uma precaução. Eu sei que eles não são GPs, mas não sei se são amigáveis.

– Você não descobriu isso durante um dos seus passeios à meia-noite? – Quando ela não disse nada, ele bateu no queixo dela com o dedo. – Nós sabemos onde estão nossos filhos. Mais ou menos.

Eles foram juntos.

O assentamento já fora uma pequena cidade montanhosa e não tinha mais do que 2 quilômetros de ponta a ponta. Antes da Catástrofe, as casas, as duas igrejas, o único bar e a pequena loja de artigos gerais tinham sido um lar para menos de duzentas pessoas.

Agora, cerca de oitenta faziam o melhor que podiam. Nada de garagem ou estufa comunitárias, observou Fallon, mas sim individuais. Nenhuma segurança organizada, já que não havia ninguém de guarda. Apenas algumas pessoas que saíam de casa ou atravessavam gramados carregando armas compridas.

Ela ouviu um bebê chorar, percebeu o lamento triste de uma vaca e viu um menino perseguir uma galinha que batia as asas descontroladamente.

De longe, ouviu o rápido estalo de uma bala.

Olhou para o pai, sabendo que estranhos esperariam que um homem assumisse a liderança.

– Não estamos atrás de confusão – disse Simon.

Um homem deu um passo à frente; apesar do rosto barbeado e dos cabelos bem cortados, ele tinha um pouco de sujeira na bochecha.

– O que querem aqui?

– Talvez a chance de esticar as pernas um pouco. Eu sou Simon Swift. Esta é minha esposa, Lana. Nossa filha, Fallon. E nossos filhos, Colin, Travis e Ethan.

Esperto, pensou Fallon. Os nomes conferiam humanidade àquela família desconhecida.

– Não temos nada para dividir.

– Não estamos procurando mantimentos. Você está no comando?

– Não precisamos de nenhum comando.

– Tim, não seja tão idiota – disse uma mulher, de repente.

Quadris largos, rosto extremamente magro e uma massa de cabelos grisalhos. Ela usava calça jeans, tão remendada que quase não se via o tecido original.

– Mae Pickett – disse ela, e, apoiando o rifle no ombro, ofereceu a mão a Simon. – Esse é Tim Shelby. De onde vocês são?

– De poucos quilômetros ao sul de Cumberland.

– É mesmo? Eu tinha um primo morando lá. Bobby Morrison.

– Desculpe, acho que não o conheço.

– Bem, ele provavelmente já morreu, e sempre foi um idiota. Belos cavalos. – Ela levantou a mão. – Nós não roubamos de estranhos aqui. E também não temos muito para ser roubado.

– Isso é bom para nós dois – disse Simon, fazendo-a rir.

– Você encostou em hera venenosa – comentou Lana.

Mae estendeu a mão para esfregar a erupção que subia inflamada do pulso aos cotovelos, em ambos os braços.

– Encostei, e isso está me deixando louca. Eu não olhei antes de tocar.

– Eu tenho algo que vai ajudar.

Porém, quando Lana começou a desmontar, Fallon fez sinal para que voltasse. Ela desceu de Laoch, caminhou de volta até um dos cavalos de carga e pegou o bálsamo.

Ela viu os olhos de Mae pousarem sobre sua espada e se levantarem novamente quando ela se aproximou com o pequeno pote.

– Vai aliviar a coceira – disse Fallon, ao abrir o frasco. – Vai lhe dar alívio e começar o processo de cura.

Ela cobriu o braço esquerdo de Mae com o bálsamo.

– Louvado seja Deus, isso funciona tão rápido quanto um coelho. Primeiro alívio que tive em uma semana. – Ela mudou a espingarda de posição e ofereceu o braço que a carregava. – Fico muito agradecida.

Fallon lhe ofereceu o frasco.

– Coloque outra camada hoje à noite. Deve resolver.

– Agradeço muito. Quanto eu lhe devo?

– Uma conversa.

As sobrancelhas de Mae se ergueram.

– Que barato. Você é médica, docinho? – Seus lábios se curvaram quando ela perguntou, mas ficaram sérios quando ela olhou para Lana. – Vocês são médicas?

– Curandeiras.

– Há um garoto que mora bem ali. Mais ou menos da idade do seu filho do meio, eu diria. Ele está se sentindo mal. Talvez vocês possam dar uma olhada nele, talvez tenham algo para ajudar o pobre garoto.

– Eu ficaria feliz em ajudar.

– Tim, leve a Sra. Lana para a casa da Sarah, para que ela possa ver o Pete. Vai logo, antes que eu decida pedir a ela que cure o seu azedume. Sr. Swift, pode levar seus cavalos e os garotos até ali, na sombra. Aquele velho poço funciona há alguns anos sem parar. A água é limpa e fresca. Ninguém vai incomodar suas damas. Prometo. – Ela se virou para Fallon. – Eu lhe devo uma conversa. Ali é a minha varanda. Podemos nos sentar um pouquinho.

– Eu acho que o Sr. Shelby não sabe que você está no comando.

Mae soltou uma gargalhada que terminou em um sorriso, enquanto levava Fallon até a varanda, para se sentarem nas duas cadeiras de balanço.

– Ele não está totalmente errado sobre não termos nenhum comando. Por aqui as coisas são na base do "primeiro, cuide dos seus".

– Muitas mãos trabalhando juntas podem fazer muito mais.

– Também não digo que você esteja errada. Eu e Tim, nós moramos aqui mesmo, fomos juntos à escola. Somos os únicos que não ficaram doentes quando a Catástrofe chegou. E chegou tão depressa que não sabíamos nem que estava tudo morrendo, até morrerem. Perdi meu marido, minha mãe e meu pai. Eu não tinha filhos, e agora considero isso uma bênção, embora tenha me causado dor nos meus dias de juventude. Não sei se conseguiria viver depois de enterrar um filho. Enfim, isso é passado. Você quer conversar, então vamos lá.

– Você não tem nenhum Incomum na sua comunidade.

– A *comunidade* é muito pequena. Alguns passaram por aqui, alguns ficaram por algum tempo. Não temos problemas com eles. Há um assentamento deles uns 8 quilômetros adiante.

– Eu sei. Vamos para lá depois.

– Nós tomamos conta da nossa vida e eles, da deles. – Mae levantou os ombros largos. – Nós fazemos negócios com eles, e posso lhe dizer que estava pensando em falar com eles sobre Pete. O menino está febril, e estou tentando de tudo há dois dias. Você é um deles?

– Sou.

– Sua família?

– Minha mãe e dois dos meus irmãos.

– Então, fico grata por Pete estar em boas mãos. É um bom menino. Gosta de ajudar as pessoas. Vocês não vieram atrás de mantimentos e há muitos lugares para esticar as pernas, onde ninguém vai apontar uma arma para vocês. Por que vieram?

A mulher tinha olhos aguçados, notou Fallon, e, pela maneira como Tim a obedecera (e pela maneira como as pessoas com armas haviam desaparecido depois que ela dera o sinal verde), estava claro que ela era respeitada, mesmo que não tecnicamente responsável pela comunidade.

– Sra. Pickett...

– Mae.

– Mae, a Catástrofe terminou, mas o problema não acabou.

– Não temos muito disso aqui. Não há nada que valha a pena roubar, estamos muito longe da estrada para os Rapinantes se incomodarem conosco. O governo provavelmente não sabe da gente, ou não se importa que estejamos aqui.

– Mas eles vão se importar. Vocês têm algum meio de comunicação?

Como se fosse apenas mais uma preguiçosa tarde de primavera, Mae fez sua cadeira balançar e ranger.

– Isso nós não temos, a menos que você considere comunicação a chegada de alguém que tenha relatos, mas isso não acontece com frequência. Como eu disse, estamos fora do caminho tradicional e estamos contentes assim. Sem comunicação, sem eletricidade, sem água corrente. Vamos vivendo. A maioria dos jovens vai embora quando atinge a sua idade, ou um pouco mais. Os que ficam, em geral, têm alguém de quem estão cuidando. Mais cedo ou mais tarde, não haverá mais ninguém além dos fantasmas.

– Não precisa ser assim. Vocês têm uma boa localização. – *Estratégica*, pensou Fallon. *Um bom lugar para um acantonamento de tropas.* – Há um campo que está sendo desperdiçado do lado de lá, que pode ser cultivado. Vocês têm casas que precisam de conserto. Linhas elétricas esperando para serem ligadas.

– E como vamos conseguir tudo isso, docinho? Sem arado, sem trator, sem madeira e nenhuma empresa para instalar energia elétrica?

– Eu posso ajudar.

– Isso faz de você uma pessoa muito útil. – Sem tirar aqueles olhos afiados do rosto de Fallon, Mae tamborilou os dedos indicadores e médios no braço da cadeira. – Qual é o preço?

– Uma troca. O uso de algumas das casas, uma das igrejas, ou ambas, se não estiverem sendo utilizadas. Um pouco da terra. Como base.

– Uma base para quê?

– Soldados. Para treinamento, alojamento e mobilização.

– Soldados de quem?

– Meus.

Mae se recostou, fazendo a cadeira gemer com a mudança de peso.

– Você tem soldados?

– Alguns, e vou ter mais, porque o problema não acabou. A próxima fase está apenas começando. Vai engolir garotos como Pete, e o menino que eu vi caçando uma galinha, que deveria estar em uma cooperativa para que não fosse necessário caçar os ovos ou perdê-los para as raposas. Você viu o raio negro?

– Ao longe.

– Corvos voando em círculos, fumaça subindo?

– Ao longe.

– Eles vão se aproximar.

– Bem, se você quer me dar pesadelos... – Ela se levantou e foi até a ponta da varanda.

A coruja havia descido para pousar em um galho, o animal observava o pai e os irmãos de Fallon. O lobo trotou para se misturar aos cachorros e tomar água da tigela que Ethan colocara para ele.

– Está vendo aquela grande coruja branca?

– Sim, ele é meu. Chama-se Taibhse. O lobo é Faol Ban.

– Aquele cavalo tem asas, menina? O branco que você está montando?

– Só quando ele quer.

Lentamente, Mae voltou e se sentou.

– Eu gosto de conversas. – Sua voz, entretanto, saiu rouca antes de ela limpar a garganta. – Eu tive mais do que algumas com alguns que moram a uns quilômetros de distância. E que espada você tem aí! Muito grande para uma jovem. Como conseguiu isso?

Fallon respondeu sem hesitar:

– No Poço de Luz, quando a tirei do fogo eterno, juntamente com o escudo.

– Deus amado. Eu vi coisas, durante e depois da Catástrofe, vi coisas que meu cérebro disse que eram invenções dos meus olhos. Mas eu vi, e sei que o mundo inteiro se desnivelou como se fosse uma mesa com uma perna quebrada. Nunca mais vai ser o mesmo.

– Não, não será. Mas o mundo vai seguir em frente. É mais difícil e mais lento ir em frente quando não há uma comunidade e cada um só se importa com a própria vida.

– Alguns estão felizes apenas permanecendo onde estão.

– Nós enterramos um homem a caminho daqui, um que encontramos pendurado em um mastro de bandeira. Talvez ele desejasse ficar apenas onde estava.

Mae suspirou.

– Há uma mulher no lugar para o qual você está indo em seguida. O nome dela é Troy. Nome ou sobrenome, não sei dizer, mas é como a chamamos. Ela me disse que você estava vindo. Falou sobre você, chamou você de A Escolhida, e eu não prestei muita atenção. Essa é a crença dela, e nós devemos viver como quisermos e deixar os outros viverem do jeito deles. Mas, na última vez, há menos de uma semana, eu conversei com ela e ela disse que você viria falar comigo. Que traria uma espada. Que montaria um cavalo branco, um cavalo alado. Teria uma coruja branca e um lobo branco. Ela disse que você me daria algo do qual eu precisava.

Mae olhou para os braços e soltou uma gargalhada.

– A maldita coceira já está passando. Ela disse que você me pediria algo do qual precisava.

– Eu estou pedindo. Se você disser sim...

– E se eu disser não?

– Seguiremos em frente.

– Só isso?

Fallon virou a cabeça para que seus olhos se encontrassem.

– Se queremos ser livres, se acreditamos nisso do fundo da nossa alma, por que iríamos construir um exército para lutar pela liberdade que fosse forçado a lutar?

– Muitos fizeram exatamente isso.

– E não chegamos a lugar algum. Você fará a sua escolha. Se disser sim, dentro de seis meses enviarei alguns soldados para você. Para ajudá-la a proteger a sua comunidade, ajudar a treinar qualquer pessoa que queira ser treinada para lutar ou contribuir. Eu poderia falar com o seu povo.

– Eu falo com eles. Com alguns, será preciso conversar muito. Com outros, nem tanto. Preciso pensar nisso e talvez ter outra conversa com Troy.

– Você confia nela.

– Acho que sim. Mas tenho que pensar na sua proposta – disse Mae. – Vou precisar de um tempo antes de responder.

– Tudo bem. – Fallon se levantou. – Vamos passar a noite com os Incomuns, se formos bem-vindos.

– Espero que sejam.

– Se você não tiver se decidido na hora em que sairmos amanhã, voltarei quando tiver tomado a sua decisão, seja ela qual for.

Como você vai saber?

Quando Fallon apenas sorriu, Mae balançou a cabeça.

O menino, Pete, tinha um vírus estomacal e já estava em plena recuperação antes de eles partirem.

Atravessaram bosques densos e chegaram a um local com várias cabanas, onde Troy a esperava.

Sua cabeleira encaracolada, cabelos pretos com listras brancas, caía sobre os ombros, emoldurando um rosto da cor dos grãos de café. Ela tinha terra nos joelhos, usava calça fina de algodão e estava com uma pequena pá na mão.

Seus olhos, escuros como ébano, brilharam quando pousaram no rosto de Fallon.

– Bem-vinda. Finalmente, seja bem-vinda.

Como Mallick havia feito quando ela voltou do Poço de Luz, Troy se dobrou sobre um dos joelhos.

– Não...

– Por favor. Nós esperamos muito tempo. Bem-vindos, mãe, pai, irmãos. – Ela se levantou, foi até Fallon, colocou a mão na cabeça de Laoch. – Que bênçãos radiantes recaiam sobre vocês.

Outros surgiram, homens, mulheres, crianças, e, como Troy fizera, dobraram-se sobre um dos joelhos.

– Eles acham que ela é uma rainha? – sussurrou Ethan para a mãe.

– Não uma rainha – respondeu Troy, sorrindo para ele. – Uma bruxa, uma guerreira e uma promessa. Venham, por favor. Vamos comer e beber vinho. Vamos cuidar de seus animais.

Quando Fallon desmontou, Troy a abraçou.

– Somos seu exército e vamos ajudar você a aumentá-lo cada vez mais.

Nem sempre foi tão simples e acolhedor como naquele primeiro dia. Alguns não se convenceram, alguns os ameaçaram.

Alguns riram, como o grande líder de um grupo de duzentos que ela conheceu em um dia sufocante de junho.

– Estamos nos saindo muito bem aqui. Quando algum idiota aparece procurando confusão, ele encontra e não volta mais.

– Mas vão voltar. Em maior número.

– Deixa disso, garota. Sabemos resolver nossos problemas, e ninguém por aqui vai se enfileirar atrás de uma bruxa adolescente. Mas você vai pagar uma multa por ter invadido nossa terra. Um dos cavalos e o que ele leva nas costas.

Várias dúzias de armas foram levantadas e apontadas para a família de Fallon.

– Isso faria de vocês ladrões – disse Fallon, com frieza. – Eu não quero ladrões no meu exército.

– Não estou vendo nenhum exército.

– Então, olhe para isso.

Ela passou a mão pelo ar. Armas, facas, bastões ficaram vermelhos, queimando as mãos que os seguravam. Enquanto as pessoas gritavam, enquanto as armas caíam, ela manteve os olhos no grandalhão.

– Ninguém ameaça a minha família.

Fallon não precisou se virar para saber que todos os membros de sua família agora seguravam uma arma. Ela levantou uma das mãos e disse:

– Esperem. Estou prestes a fazer uma oferta para... Eu não sei qual é o seu nome.

– Foda-se a sua oferta, sua filha da mãe.

– Aqui está a oferta. Eu luto com você, só você e eu. Se eu perder, você pega o cavalo e o que ele está carregando. Se você perder, você e o resto aqui treinam quando eu mandar treinar, lutam quando eu mandar lutar. – Ela olhou em volta e continuou: – Alguns de vocês sabem quem eu sou e o que eu sou. Vocês esperaram por muito tempo. Mas eu vou provar mesmo assim.

– Eu não luto contra garotinhas. Não luto contra malditas bruxas que tiram truques mágicos do traseiro. Não luto quando o pai da bruxa está apontando uma arma para a minha cabeça.

– Uma luta justa. Sem magia. Você tem a minha palavra sobre isso e, se eu não cumprir minha palavra, serei desonrada diante do seu povo. E algumas pessoas do seu grupo são como eu, elas vão saber. Meu pai não vai atirar em ninguém, ninguém da minha família vai usar uma arma contra quem não a usar contra nós primeiro.

Enquanto falava, ela tirou a espada, pegou a faca e passou ambas para o pai.

– Fallon... – disse Simon.

– Confie em mim, ou eles não confiarão. Luta justa, um contra um. – Ela se voltou para o líder, deixou-se sorrir com ironia para irritá-lo. – Você concorda com os termos que eu defini?

– Eu não gosto de lutar com garotas.

– Quando vier o que está vindo inundar você e os seus, não vai fazer diferença a forma do seu oponente. Você estava pronto para roubar de uma garota, fazer com que seu povo puxasse armas para uma garota. – Ela transformou o sorriso em escárnio antes de concluir: – Tenha coragem para lutar contra quem está pronto para lutar com você.

– Foi você quem pediu.

O rosto do homem já estava vermelho de raiva pelo insulto, sua boca retorcida em um rosnado lembrava a de um touro furioso. E a raiva era facilmente combatida com táticas frias.

Ele atacou: para derrubá-la, como ela percebeu. Não queria mesmo machucar. A vantagem de Fallon era que ela não tinha a mesma sensibilidade em relação a ele.

Ela se jogou para trás, de lado, e a força do próprio impulso fez com que ele perdesse o equilíbrio e cambaleasse.

Isso arrancou gargalhadas de vários de seus companheiros.

Ele ficou ainda mais vermelho. Atacou novamente, mas ela se virou. Dessa vez ele derrapou, tropeçou e caiu de cara no chão.

– Sem magia!

– Não é magia, é treino. Eu poderia treinar você, mesmo você tendo mais volume do que músculos.

Quando ele avançou novamente, ela sabia que ele esperava que ela girasse ou se esquivasse. Ela não fez uma coisa nem outra, em vez disso levou sua bota com força ao ponto no meio das pernas dele. O rosto do grandalhão perdeu toda aquela cor ardente, e, embora ela odiasse bater em um homem em plena queda, o ponto a ser provado era mais importante.

Ela o fez cair com um direto no queixo que fez o próprio punho doer e o braço formigar.

– Você caiu. – Ela se aproximou do rival enquanto ele ofegava. – Fique abaixado. Eu sou melhor nisso do que você. Você pode ser melhor. E *vai* ser melhor quando eu treinar você.

– Você chutou minhas bolas.

– O inimigo teria cortado tudo fora. Eu não sou o inimigo.

Fallon foi até o pai, pegou sua espada e, tirando-a da bainha, segurou-a de modo que a luz do sol brilhasse sobre ela como fogo.

– Eu sou A Escolhida, destacada para reverter a escuridão. E é o que farei. Se você tem medo de lutar, fuja, se esconda. Mas eles vão te encontrar e acabar com você assim mesmo. Junte-se a mim. Enfrente-os, lute contra eles e, quando a luz transformar a escuridão em cinzas, você estará livre.

Ela abaixou a espada e olhou para o grandalhão, agora sentado, esfregando a mandíbula dolorida com a mão.

– Eu não vou obrigar você a cumprir sua parte do acordo. Um guerreiro não é algo que se conquiste em uma aposta.

Ele a encarou.

– Você chutou minhas bolas. E quase quebrou minha mandíbula.

– Quase quebrei a mão fazendo isso. – Ela lhe ofereceu a outra mão. – Fallon Swift.

Ele se levantou, estremeceu.

– João Pequeno. – Ele suspirou. – Filha da mãe. Por que não transforma todos nós em zumbis e nos faz lutar por você?

– Minha mágica para criar zumbis nem sempre funciona.

Ele esboçou um sorriso.

– Você não sabe fazer isso, sabe?

– Na verdade, eu sei fazer uma coisa parecida, mas não quero ao meu lado ninguém que eu precise obrigar a lutar.

– Está toda gentil comigo depois que chuta meu saco e quebra o meu queixo. Acho que devemos tomar uma cerveja e conversar sobre isso.

– Eu ainda não tenho permissão para beber cerveja.

Ele a encarou.

– Está de brincadeira? – Ele olhou para os pais da menina. – Vocês estão de sacanagem comigo? Ela pode lutar com um homem duas vezes, três vezes o tamanho dela, derrubar o cara no chão, e não pode beber uma porcaria de cerveja?

– Ela ainda não tem idade ... – começou Lana, mas Simon decidiu intervir:

– Metade. Meia cerveja. Ela o derrubou, Lana. Meia cerveja.

Lana viu Simon e Fallon sorrirem um para o outro e sentiu uma forte fisgada de amor.

– Metade.

Enquanto agosto se transformava em um setembro de calor implacável, Arlys Reid saiu do porão na caverna de Chuck onde havia o que ela chamava de "estúdio". Ele morava lá – um eterno habitante de porões – com o equipamento que trouxera de Hoboken e o que havia encontrado e construído ao longo dos anos.

Juntos, com alguns hackers e nerds de TI que Chuck preparara durante aqueles mesmos anos, eles administravam uma rede de comunicação clandestina. O Nova Esperança News – NEN – passara dos panfletos que Arlys datilografava em uma antiga máquina de escrever manual para um sistema de transmissões por radioamador, transmissões visuais e transmissões via internet.

Algo muito, muito distante da mesa de âncora que herdara em Nova York por conta da Catástrofe. Entretanto, em sua opinião, era um trabalho mais primordial.

Ela descobria o que podia ser descoberto e continuava a fazer o que tinha feito naquele último dia fatídico, à mesa de âncora do jornal.

Dizia a verdade.

Andou pela casa onde Jonah e Rachel criavam os filhos, saindo para a verdadeira sauna que era o sol do verão. Sonhava com um ar-condicionado, mas o prefeito e o conselho da cidade consideravam o gasto de energia um desperdício e só permitiam a instalação em locais essenciais. E ela teve que concordar.

Então ia para casa, um verdadeiro forno, ligava o ventilador elétrico, que não servia para quase nada, e terminava a edição final do *Boletim de Nova Esperança*, o informativo semanal.

Às vezes, passava na clínica primeiro. Podia usar a desculpa de estar buscando uma nova história para poder ficar alguns minutos dentro de um dos locais essenciais.

Adolescentes corriam pela calçada; os filhos de Garrett, observou Arlys. Alguns garotos corriam atrás deles – Gabriel, o filhinho de Rachel, e Angel, filha de Fredinha. Os dois haviam se unido como se por Super Bonder.

Não muito atrás deles, Petra corria ao redor de Dillon, pouco mais que um bebê, filho de Fredinha, enquanto a mãe e Eddie empurravam a mais nova adição à sua ninhada em um carrinho.

Petra se mostrava uma babá capaz e disposta.

Petra, de short e blusa curta, os cabelos louro-escuros presos em um rabo de cavalo saltitante, ria de Dillon, enquanto ele dançava em suas perninhas ativas ao seu lado. Poderia ser uma cena de qualquer cidade pequena. A babá adolescente, as crianças correndo; todos provavelmente se dirigindo ao parque e aos jardins para um dos programas de verão da juventude. Pessoas trabalhando em seus jardins, cuidando daquelas cores fortes e dos aromas do verão. Outros sentados em varandas, com copos de chá gelado ou limonada.

Quem visse aquele cenário poderia pensar que era a vida comum de uma cidade do interior, se não levasse em consideração as sentinelas, o grupo que havia saído em outra missão de reconhecimento e o arsenal com tantas armas trancadas.

Ou o fato de que a maioria dos jovens da idade de Petra passava duas horas por dia em treinamento de combate.

Mas esse era o mundo em que viviam, pensou Arlys. E havia bons motivos para ela lembrar que poderia ser muito pior.

Ela não resistiu e atravessou a rua para interceptar Petra. Queria ver o bebê.

Dillon correu até ela, levantou os braços rechonchudos, lançou um sorriso brilhante.

– Colo! Arlys!

– Mas com certeza!

Ela levantou a criança, aconchegou-a, cheirou-a. Quem teria imaginado que a ambiciosa repórter seria tão apaixonada por bebês?

– E veja só a sua irmãzinha!

– Willow faz cocô nas calças e chora. Eu não.

– Porque você já é um menino grande.

Arlys tinha razão para acreditar que ele ainda fazia as duas coisas, mas assentiu mesmo assim.

Virando-se para a garota, disse:

– Como vai você, Petra?

– Muito bem, obrigada. Estamos indo ao parque. Estivemos lá mais cedo, mas Dillon quer ver o Sr. Anderson, então resolvemos dar uma volta.

– É um dia quente para caminhar.

– Não nos importamos com o calor.

– A gente chupou pilolé.

– Picolé – corrigiu Petra –, e isso era para ser segredo.

– Picolés secretos? Que delícia. – O que explicava a língua vermelha e brilhante de Dillon.

– Eu nunca tinha provado – disse Petra. – São muito gostosos. O Sr. Anderson fez em uns moldes pequenos e a gente os comeu presos em palitos.

O primeiro picolé aos 16 anos (eles não tinham certeza sobre a idade dela). Esse também era o mundo em que viviam.

– Acho que também vou ver o Bill. Mina não a deixou levar Elijah ao parque, certo?

– Ela não quis ir, e fica muito nervosa quando ele está longe dela. Mas é uma mãe muito boa.

– Aham.

Arlys tinha uma opinião diferente quando se tratava de um menino de 3 anos que não tinha permissão para brincar com os outros ou se afastar 1 metro da mãe.

Mas Mina, apenas alguns anos mais velha que Petra, havia sido doutrinada pelo culto.

– Ela nunca grita com ele. É só que... ela ainda está com medo. Eu acho que ela sempre vai ter medo. E ela... – Petra apertou os lábios.

Continue.

– Ela ainda acha que o mestre, que é como ela se refere ao Javier, vai voltar para ela e Elijah. Reza por isso todas as noites. Tem medo de sair daqui, mas por causa de Elijah. Ela sabe que ele está seguro aqui. Ela realmente o ama.

– Você continua se sentindo bem morando com ela?

– Ah, com certeza. Eu sei que não é necessário, mas Mina é legal, e eu gosto muito de estar perto do Elijah. E, bem, ela precisa de mim e eu...

– É bom se sentir útil.

– Sim. Eu não tenho permissão para usar magia enquanto moro com ela, mas ainda não quero usá-la mesmo. Isso só me deixa nervosa, então, está tudo certo.

– Desde que você esteja feliz por lá. Eu só queria que ela saísse mais de casa, deixasse o Elijah correr do lado de fora.

– Ela sai para passeios à noite. – Enrubescendo, Petra se conteve. – Agora, sinto que estou contando os segredos dela.

– Não há nada de errado em dar um passeio. Só à noite?

– Quando Elijah está dormindo e ela pensa que eu também estou. Às vezes ela leva o garoto, mas costuma mais sair sozinha. Não por muito tempo, cerca de uma hora, ou menos ainda.

Dillon se contorceu e Arlys o colocou no chão.

– Quero ir ao parque. Ver mamãe.

– Ok, estamos indo. Preciso levar Dillon de volta. Foi bom ver você.

Arlys se despediu deles, virou-se e observou o prédio onde Petra morava com Mina e Elijah, em um apartamento perto da loja Bygones, de Bill Anderson.

O que uma mulher ainda presa nas garras de um culto fazia quando caminhava sozinha à noite?

Era hora de descobrir.

Ela foi até a Bygones.

O que já fora uma loja de artigos de segunda mão com pseudoantiguidades era agora, graças a Bill, uma loja organizada (embora não aceitasse dinheiro para seus produtos), abastecida com utilidades e extravagâncias.

Utensílios de cozinha e engenhocas em uma seção, brinquedos cuidadosamente limpos e reparados em outra. Ferramentas, luminárias, móveis, até algumas peças de arte feitas no local, velas, lampiões a óleo, vassouras, esfregões e outros itens sortidos enchiam prateleiras e expositores antigos.

Muito do que os grupos de exploradores traziam passava pelas mãos de Bill para limpeza, conserto e inventário.

Com frequência, um ou dois voluntários (geralmente crianças) trabalhavam como assistentes.

Ela o encontrou recolocando fios em um abajur incrivelmente feio, os óculos escorregando pelo nariz.

Aproximou-se para observá-lo.

– Por que consertar isso?

– O que um não gosta... – Ele empurrou os óculos para cima e sorriu para ela. – Como você está bonita hoje!

– O que eu estou é suada, já que passei dez minutos na sauna que chamamos de ar livre. Aposto que eu me refrescaria se tivesse um picolé.

Ele riu. O rosto, crispado e envelhecido por quase 80 anos de vida, demonstrando ter algo a esconder.

– Descobriram o segredo.

– Como você conseguiu fazer picolés?

– Alguns moldes apareceram. Foi a nossa Cybil que os trouxe, ela é mais culpada do que eu.

– Cybil?

– Ela me perguntou para que serviam, então comecei a mostrar e ela se recusou a desistir enquanto não tentássemos fazer alguns. Nós dois fizemos as primeiras amostras ontem.

– E ela não contou nada para a própria mãe, que transpira tanto.

– Minha neta sabe guardar segredo. Íamos fazer mais um monte deles e levá-los para as crianças no programa de verão. Tem outro lote congelando, mas tem algumas amostras prontas. Você quer de cereja, uva ou limão?

Ela teve um lampejo de si mesma tomando sorvete de limão em uma feira de rua em Nova York.

– Tem de limão?

Ele piscou, se levantou e foi até os fundos da loja. Seu sogro não se movimentava com a mesma rapidez de antes, percebeu Arlys, imaginando que ele sentisse dores. Mas Bill jamais se queixava.

Ele voltou com um pequeno picolé num graveto. Um graveto de verdade, percebeu, com a casca removida.

– Os gravetos não são descartáveis – disse ele a Arlys, quando lhe entregou o picolé. – Levamos muito tempo para fazê-los.

– Muito engenhoso. – Ela provou. – Delicioso!

– Suco de limão adoçado e água.

– São as pequenas coisas – comentou ela.

– Pelo seu olhar, sei que você não veio aqui só para me visitar ou conseguir um picolé.

– Você está certo, como sempre. Eu encontrei Petra e as duas crianças mais novas da Fredinha. Meu Deus, como é lindo aquele bebê. Aqueles cachinhos ruivos... Enfim, eu insisti um pouco com Petra para saber sobre Mina.

– Você é boa em conseguir informações das pessoas.

– É meu trabalho.

– É mesmo. E meu filho acha que ele é que é esperto. – Ele deu um tapinha nas costas dela antes de se sentar. – Eu já conversei um pouquinho com Mina. De vez em quando, pego algum brinquedo que chega. Ela o leva para o filho, me agradece, mas não é do tipo que convida para lhe fazerem uma visita. – Ele voltou a mexer no abajur. – Mas a casa dela é extremamente limpa. Assim como o menino. O que Petra contou?

– Entre outras coisas, que Mina sai à noite. Você sabe alguma coisa sobre isso?

– Eu ouvi alguém caminhando pela rua lá de trás. Pensei que fosse Petra. Adolescente, talvez indo se encontrar com algum rapaz, ou com outras meninas, ou apenas saindo para passear. – Ele colocou as ferramentas sobre a mesa. Suspirou. – O lugar é limpo, como eu disse, mas vazio, também. Não há muita coisa lá dentro, e, embora aceite coisas para o menino, ela não pega nenhuma das bugigangas para o apartamento. Para colocar nas paredes, tapetes, esse tipo de coisa.

– Fanatismo – disse Arlys.

– Sem a menor dúvida. Então imaginei que Petra estivesse saindo para se divertir um pouco. E Denzel parece estar apaixonado por ela.

– E por que será que eu não sabia disso?

– Você não é a única bisbilhoteira profissional por aqui. Como eu ia dizendo, imaginei que fosse Petra. Nunca passou pela minha cabeça que Mina saísse à noite.

– Petra disse que às vezes ela leva o bebê, mas que muitas vezes o deixa dormindo e sai sozinha. Ela continua isolada de todos nós, Bill. Não participou do Memorial de Quatro de Julho nem da festa de Natal. Eu sei que ela deixa Rachel examinar o bebê, mas Rachel tem que ir até ela. Ela não vai à clínica, ou à cozinha comunitária, não trabalha nas hortas ou nos jardins. Petra pega a comida e os suprimentos, faz as trocas. Não sei como ela faria sem Petra assumindo tudo isso e ajudando com o bebê.

– Ela não é muito normal – disse Bill, categórico. – Podia já não ser antes de ter se misturado com aquele culto. E, a julgar pelo modo como as coisas estão se encaminhando, provavelmente nunca será.

– Também acho.

– Ela não é a única. Um dia Lenny sai dançando pela rua, no outro é Fran Whiker cavando o quintal à procura de um tesouro enterrado.

– Você tem certa razão nisso.

– O que Rachel disse sobre o menino?

– Saudável, limpo e feliz. É a vida que ele conhece.

Mas as crianças crescem, pensou Arlys, como seu próprio filho, Theo, que adorava o arco e flecha como se fosse o próprio Robin Hood.

Ou Denzel, com olhares apaixonados para Petra.

– Ela não está infringindo nenhuma lei ou decreto – prosseguiu Arlys –, e costura para fazer o escambo... ou melhor, para Petra fazer.

– Mas você não confia nela.

– Não. E sei que Will também não. Não tivemos nenhum problema desde aquela quase emboscada, e é provável que quem quer que tenha ajudado os GPs esteja bem longe daqui.

– Mas...

– Mas... sei que Lenny e Fran têm problemas, só que eles são parte da comunidade. Mina não é. Ela se recusa a ser.

– Eu poderia segui-la uma noite dessas. Ver o que anda fazendo.

– Vou falar com Will antes. Contar a ele o que Petra me disse e saber qual é a opinião dele. – Ela devolveu o graveto e beijou o rosto de Bill. – Venha jantar conosco hoje à noite.

– Estarei lá.

O radiocomunicador que ele deixava ligado fez um barulho.

– Temos um grupo chegando – anunciou a sentinela. – Posto Um.

– Hum. Há tempos que não temos visitantes.

Bill pegou o rádio e, junto com Arlys, foi até a porta da loja, na calçada.

Arlys usou a palma da mão para tapar o brilho da luz quando olhou para o começo da rua. Na direção do Posto Um.

Ouviu os cavalos antes de vê-los.

– Não há motores. Estão a cavalo.

Então viu a menina no cavalo branco, cabelos curtos e escuros sob um boné desbotado; um homem, bronzeado e magro, em um cavalo baio; três meninos. Um par de cães e... Ela conhecia um lobo quando via um, mas nunca tinha visto um tão branco quanto o cavalo. Ele distraiu sua atenção antes que ela olhasse bem para o grupo e visse a mulher.

Uma montanha de cabelos louros sob um chapéu de abas largas.

Não precisou de mais do que um instante, um único segundo, para recuperar o fôlego e voltar a respirar.

– Ah, meu Deus. Ah, meu Deus, é a Lana!

Lágrimas nublaram seus olhos quando ela saiu correndo.

Lana desceu do cavalo com lágrimas de alegria, enquanto corria para se encontrar com Arlys.

Lana soltou uma risada emocionada quando as duas se uniram em um abraço apertado.

– Arlys!

– É você, de verdade! – Arlys recuou, riu e, em seguida, abraçou Lana novamente. – É você!

– Estou tão feliz de ver você! Estou tão feliz por estar aqui! Senti sua falta. Senti saudade de todos, muita saudade.

– Você está maravilhosa. Ah, está linda. Eu deveria odiar você por isso.

– Venha, Bill. Venha. – Lana abriu os braços para Bill, que corria até ela.

– É um dia feliz. É um dia muito feliz. Mandei mensagem pelo rádio. Você vai ter uma festa de boas-vindas inesquecível.

– Esses são seus filhos? – perguntou Arlys, secando as lágrimas.

– Meus meninos, Colin, Travis, Ethan. Meu marido, Simon. Simon Swift.

Ele desmontou.

– Você é Arlys Reid. Eu conheço sua voz. Prazer em conhecê-la.

– Estou muito feliz em conhecer você. – Ela estendeu a mão e riu de novo. – Para o inferno com as formalidades! – exclamou ela, abraçando-o. – Você a trouxe de volta.

– Eu não sei se posso reivindicar o crédito por isso. – Ele olhou para Fallon.

– Minha filha – disse Lana. – Fallon. Fallon Swift.

– Fallon. – Recuperada do susto, Arlys apertou a mão de Lana.

– Vocês têm um bom lugar aqui – disse Fallon, enquanto, montada em Laoch, observava a rua e as casas. – Boa segurança. Os guardas me reconheceram por causa da noite da emboscada, e um deles conhecia minha mãe.

– Fallon. Diga olá.

Ao perceber o suspiro da mãe, Fallon desmontou.

– Me desculpe. Olá. Eu também conheço sua voz. Você está fazendo muito para ajudar.

– Fazemos o possível.

– Nós todos vamos fazer mais.

Simon colocou o braço em volta dos ombros de Fallon.

– Não agora. Existe um lugar onde possamos descansar e molhar os...

Ele parou porque pessoas estavam vindo.

Em bicicletas, em caminhonetes, a cavalo, a pé, voando.

Uma verdadeira parada, pensou ele, e fazia tempos que não via uma.

Uma das pessoas aladas (com uma cascata de cabelos ruivos encaracolados e um bebê nos braços) aterrissou na frente de Lana.

– Fredinha do Queen.

Rindo, a ruiva mudou o bebê (outra cascata de cachos ruivos) para o outro braço e envolveu Lana.

– Você tem um filhinho.

– Tenho cinco. Este é Willow, o mais novo. Temos cinco, Eddie e eu. Nosso mais velho se chama Max.

– Ah! Ah. – Lana aproximou a testa da de Fredinha. – Você e Eddie. Você e Eddie – repetiu.

– Ele foi muito lento, mas eu esperei. Eu esperei por você. – Ela se virou para Fallon e fez uma reverência. – E esperei por você.

Freios gritaram, e um homem esguio com cabelos cor de palha saltou de um veículo. Seu chapéu voou quando ele se aproximou correndo.

Ele arrancou Lana do chão, girou-a, virou-a de novo.

– Eddie. Eddie e Fredinha. Ah, Eddie. E Joe! – O velho cão saltou da traseira da caminhonete e veio receber seu quinhão de afagos.

– Nós procuramos você. Lana, nós... – disse Starr. – Nós procuramos você.

– Eu tinha que ir. – Ela esfregou o rosto úmido de Eddie. – E cheguei aonde precisava chegar. Eddie, este é Simon. Meu marido.

Ela não precisava ter se preocupado em apresentá-lo, pois Eddie estendeu depressa a mão, agarrou a de Simon e a sacudiu, balançou e sacudiu.

– É um prazer enorme conhecer você. E vê-la novamente – disse ele para Fallon. – E, ei, você teve três garotos, ainda por cima. E... finalmente, mais alguém possui um lobo.

– Eu também quero abraçar. – Will deu um passo adiante e envolveu Lana. – Bem-vinda de volta. Will Anderson – disse ele a Simon, enquanto apertavam-se as mãos.

– Simon Swift.

– Sua filha salvou nossa vida não uma, mas duas vezes. Vamos tirar essa gente do sol e vocês terão uma porção de voluntários para cuidar dos seus cavalos, se concordarem.

Mas Lana estava abrindo caminho pela multidão. Tinha visto Rachel, Jonah. E Katie.

– Ei, seus filhos estão com fome? – perguntou Eddie, recebendo um vigoroso "sim" em uníssono dos três garotos.

– Que tal eu levar os meninos até a cozinha comunitária, dar a eles alguma coisa para comer? Podemos levar os cavalos para baixo, para o pasto do outro lado da cidade, se vocês concordarem.

– Por mim está ótimo. – Simon colocou a mão no braço de Fallon. – Dê à sua mãe um pouco de tempo.

Seu pai tinha razão. Sua mãe precisava de tempo com as pessoas que tinham sido, e ainda eram, tão importantes em sua vida.

E as coisas tinham que se desdobrar aos poucos.

Ela ajudou o pai, junto com o menino que tinha o nome de seu pai biológico, a cuidar dos cavalos. O rapaz os levou para a cozinha comunitária, onde os irmãos já tinham comido hambúrgueres de carne de veado e batata-doce frita e agora estavam se enchendo de grandes fatias de torta de cereja.

Eddie estava sentado em frente a eles, apenas sorrindo.

– Eles têm um apetite e tanto. Ei, Número Um, volte e diga a Sal que temos mais dois que precisam de comida, e vá comer também.

– Beleza.

Max bateu na mão do pai e saiu correndo.

– Eu estava conversando com Will agora mesmo. – Eddie se levantou para servir chá gelado. – O negócio é que a casa onde Lana costumava morar, bem, Will e Arlys vivem lá agora. E não seria grande o suficiente para todos vocês, não seria confortável, ainda mais com os cães e cavalos. Mas tem uma perto de mim e Fredinha. Fica só um pouquinho mais longe. Estamos cultivando nossa terra. Eu nunca pensei que seria um fazendeiro, mas aconteceu.

– Eu sou fazendeiro – disse Simon.

– Você poderia cultivar nessa casa, se quisesse. Tem alguma terra nela, e, de qualquer forma, eu ainda não estou usando toda a nossa. Mas a casa tem um bom tamanho. Vamos deixá-la limpinha para vocês, colocar suprimentos e tudo o mais. Se vocês toparem.

– Ficaríamos gratos.

– Nada de gratidão. Lana é nossa família, e você também. E Will não está mentindo sobre salvar a vida dele. Eu não quero desrespeitá-lo quando me refiro ao pai de Fallon. Max significava muito para mim.

– Ele significa muito para todos nós – afirmou Simon. – Nós não a teríamos se não fosse por ele.

– E não é que é verdade?

Eddie teve que se controlar, pois seus olhos insistiam em derramar lágrimas, assim como o sorriso largo continuava querendo dividir seu rosto em dois.

– Poderíamos montar e ir até lá, depois que vocês comerem alguma coisa, só para verem o que acham. Imagino que Katie já tenha enviado uma comissão para esfregar, tirar a poeira e tudo o mais. Katie não deixa nada para depois.

– Os elfos são muito ativos quando querem. – Ethan enfiou na boca o último pedaço de torta. – Mas eu acho que ela não é um elfo.

– Não, mas temos muitos deles.

– Sua esposa é uma fada. Ela tem cabelo ruivo e asas bonitas. O que você é?

– Um cara normal.

Embora não se importasse com a casa em si, Fallon queria ver a terra e o posicionamento. A casa acabou por ser tão grande quanto Eddie descrevera, e ainda continha algo que o pai chamou de expansão. Ela ouviu dois homens especulando sobre a grande estrutura de tijolos marrons com varandas (que eles chamavam de deques) e viu mais vidro do que gostaria, pois provavelmente fora construída não muito antes da Catástrofe, por alguém com bastante dinheiro e o desejo de levar uma vida boa no campo.

Os meninos, ansiosos para reivindicar seus quartos, entraram correndo, e a mãe, certamente pensando na cozinha e no espaço prático, foi logo atrás deles.

Fallon andou pelas terras. Tinham uma boa e leve ondulação em direção a colinas e montanhas sombreadas pela distância. Um sinuoso riacho atravessava o terreno, formando uma espécie de fronteira natural ao final das terras onde Eddie vivia com sua família, com sua moldura branca e pedras acinzentadas.

Poderiam acrescentar segurança e feitiços de advertência. Mas Fallon viu a principal vantagem em todo aquele verde: o pequeno bosque. Poderiam instalar um campo de treinamento ali. Ela circulou ao redor do local, enquanto os homens conversavam sobre a conversão de alguns galpões em estábulos.

Nos fundos, ela ficou intrigada com uma extensão de pedras planas, um dossel de madeira de ripas repleto de videiras contorcidas sobre uma cozinha. Por que as pessoas construiriam uma casa tão grande e colocariam uma cozinha do lado de fora?

Ela sabia que o grande buraco no chão mais adiante havia sido uma piscina, agora parcialmente cheia de água da chuva. Alguém havia cuidado dos jardins do outro lado. Imaginou que Fredinha e algumas de suas amigas fadas fossem as responsáveis.

– Ah, meu Deus, uma cozinha de verão! Como se a de lá de dentro não fosse emocionante o suficiente – disse Lana.

– Por que eles precisariam de duas?

– Para se divertir – respondeu Lana, radiante, atravessando as portas de vidro. – Eles deviam fazer festas ali fora, ou apenas as refeições em família, quando o tempo estivesse agradável. Tem sete quartos, incluindo uma segunda suíte no primeiro andar, com uma entrada lateral própria. Você deve ficar com ela, querida. Eu já disse a Colin que a suíte pertence ao mais velho. Quatro banheiros e um lavabo, uma cozinha que traz lágrimas aos meus olhos. Despensa, solário. Ah, e olhe só aquele belo gazebo. Vamos ter que dar um jeito nessa piscina, e eu vou querer plantar temperos e ervas medicinais. Não sobraram muitos móveis, mas vamos conseguir mais. Vou ajudar a equipe da limpeza. Eles já começaram.

– Você amou a casa.

– Eu amo estar de volta aqui, ver pessoas que foram e continuam sendo tão importantes para mim. Amo ter bastante espaço enquanto estivermos aqui. E não vou mentir: aquela cozinha me faz querer dar pulos de alegria.

Ela se aproximou e abraçou a cintura de Fallon.

– Mas eu não esqueci o que nos trouxe até aqui.

– Eu realmente preciso voltar, falar com Will.

– Eu sei. Conversei com Katie, e nós vamos nos encontrar na casa dela às sete. Isso nos dará tempo para organizar algumas coisas por aqui, fazer uma bela faxina: na casa e em nós mesmos.

– Tudo bem. Hoje à noite está ótimo.

– Aqui é um bom lugar, Fallon, você sente isso? Não apenas Nova Esperança, mas este lugar.

Ela ainda não se permitira sentir, mas concordou.

– Vai ser bom para o seu pai e os meninos quando estivermos longe de casa. Viver na cidade pelo tempo que estivermos aqui? Isso os sufocaria. E a você também, eu acho.

– Há outra casa vazia. – Fallon gesticulou para além do gramado, depois do pequeno bosque, onde se via uma estrutura de dois andares feita de cedro, que se tornara cinza e lúgubre com o passar do tempo. – Poderia ser um quartel.

Lana teve vontade de suspirar, mas apenas assentiu.

– Você quer soldados nas proximidades. Imagino que existam mais casas vazias nesta área para isso.

– Vamos precisar de algumas. Também vamos usar a terra entre esta casa e aquilo lá. Eu sei que você e papai devem estar olhando e pensando nas plantações crescendo, mas precisamos de campos de treinamento. Precisamos de espaço para exercícios, uma pista de obstáculos e prática de arco e flecha.

Juntas, elas observaram uma manada de dez cervos sair das árvores para pastar no gramado.

– Podemos plantar uma horta. Eddie e Fredinha têm sua fazenda, nós teremos hortas comunitárias. Nós temos os cavalos – continuou Lana. – Podemos trocar por algumas galinhas. Será o suficiente para manter seu pai feliz. Se bem que, nos tempos que estão por vir, acho que ele vai passar mais tempo com você do que com qualquer plantação.

As palavras feriram Fallon.

– Me desculpe.

– Não, não. Sem pedidos de desculpas. É um bom lugar – observou Fallon. – Mas estamos fora do perímetro de segurança de Nova Esperança. Precisamos criar mais segurança.

– É o que faremos. Por enquanto, vamos levar nossas coisas para dentro, e você vai dar uma olhada no seu quarto. Você tem seu próprio banheiro e área de estar.

– Eu tenho que ir a um lugar. Através do globo. Não vou demorar.

Ela gostou bastante do quarto, era grande e tinha privacidade. A grande e pesada estrutura da cama fazia uma curva, e a mãe a chamou de cama de trenó. Não tinha colchão nem lençóis, mas ela recebeu um colchonete até encontrarem o que faltava. Fallon gostou de ter um banheiro próprio, cinco vezes maior do que o que ela ajudara a construir na cabana de Mallick, com uma banheira e um chuveiro entre paredes de vidro.

Ela precisaria de uma mesa ou bancada de trabalho para espalhar seus mapas, planos e anotações.

A sala que antecedia o quarto tinha portas de vidro largas – as pessoas que a construíram pareciam não se preocupar com segurança –, que levavam a outra extensão de pedras planas.

O resto do andar continha uma sala, um home theater termo que sua mãe usava e que lembrava a Fallon quanto os mundos de onde vieram eram diferentes – e um bar.

Assim que pôde escapar, Fallon se fechou em seu novo quarto, o ar ainda estagnado, apesar da brisa que entrava pelas janelas que eles tinham aberto, e pegou o globo de cristal.

Entrou nele, cheirou o verde, a terra e o próspero jardim.

Mallick estava usando seu grande chapéu com rede, enquanto trabalhava na colmeia.

Fallon se deu conta de que estivera afastada dele e do local quase pelo mesmo tempo em que vivera ao lado dele. Mas ela conhecia a música do riacho correndo e borbulhando, as sombras da tarde e o cheiro de alecrim crescendo aos raios de sol.

Ele se virou, com o balde de mel na mão, e a viu.

– Abençoado seja, Mallick, o feiticeiro.

– Abençoada seja, Fallon Swift. – Ele levantou a rede enquanto caminhava em direção a ela. – Você está mais alta.

– Sim, alguns centímetros, mas acho que disso não passo.

– Já deixei tudo preparado para o chá. Eu ficaria feliz com uma xícara quando terminar isso.

Ela entrou e, ciente de que ele demoraria mais do que ela, resolveu ir até a oficina. Os aromas de ervas secas, cristais esmagados, óleos (e o toque de magia que se sobrepunha) lhe eram familiares.

Só não entendeu o que ele pretendia fazer com as asas de morcego, finas como papel, que prendera a uma tábua.

Ela desceu, encontrou queijo, pão e frutas vermelhas.

Quando ele entrou, ela lhe serviu o chá e comida.

– Você não vai comer pão e queijo?

– Já comi. Em Nova Esperança.

Ele se sentou e assentiu.

– Eu vi uma estrela cadente no céu ontem à noite, e a chuva de luz que ela derramou. Deveria ter imaginado que você viria.

– E eu deveria ter perguntado como você está, como nossos vizinhos estão.

– Bem. Todos bem. E a sua família?

– Também.

– Não somos do tipo que gosta de jogar conversa fora, então, como todos estão bem, me diga por que você veio.

– Eu preciso de você, Mallick. De você, Thomas e o povo dele, as fadas e metamorfos, os duendes e ninfas e de todo o resto. O tempo de espera terminou. O tempo de preparação já começou. Preciso da sua ajuda.

Ele comeu em silêncio por um momento. Estaria pensando sobre a vida calma que levava ali?, ela se perguntou. As abelhas, o jardim, asas de morcego presas a uma tábua?

– Eu estive, estou e sempre estarei a seu serviço. O que você precisa que eu faça?

– Preciso de suas habilidades, sua liderança e seus dons. – Ela pegou um mapa e o abriu. – Preciso de você aqui.

– E o que vou encontrar nesse lugar?

– Recrutas. Muito inexperientes, mas dispostos. Você falará primeiro com um homem chamado João Pequeno.

CAPÍTULO 23

Embora Lana chamasse aquilo de reunião, para Fallon parecia mais uma festa.

A casa estava lotada, repleta do som de conversas e risadas. Taças cheias de vinho; comida de celebração e pratos cheios.

A impaciência subia pelas costas dela como uma aranha.

Mas aquele era o núcleo, lembrou a si mesma. Os primeiros da estrutura da cidade – o conselho, as leis, as regras e as comunicações. Ela precisava de todos eles, assim como de seus descendentes.

Rachel e Jonah (da área médica) e seu filho mais velho, com os olhos da mãe e a constituição física do pai, lhe pareceram prontos para serem treinados.

Poe e Kim (exploradores e patrulheiros) e a filha mais velha do casal pareciam sensatos e confiáveis.

Eddie e Fredinha, é claro; e alguns de seus filhos possuíam magia.

Flynn, um elfo sem companheira ou filhos, pelo menos por enquanto. Exploração, limpeza e segurança.

Bill Anderson, suprimentos e sabedoria.

Arlys e Will, comunicações e segurança. Um filho e uma filha, mas ela ainda não os conhecia, e nem seu potencial.

Chuck, sem filhos nem companheira. Comunicações e tecnologia.

Katie: organizadora, prefeita. Sua filha Hannah, outra da área médica que emanava um ar de calma e estabilidade e uma... bondade que fazia Fallon se lembrar de Ethan.

Antonia: bruxa, arqueira e soldado. Já atuando como instrutora, de modo que seria bastante útil.

E havia Duncan. Ela pensou em ignorá-lo, já que ele a deixava nervosa, mas isso daria ainda mais importância à relação dos dois.

Em vez disso, cumprimentou-o com uma espécie de aceno com a cabeça e um dar de ombros e se dirigiu à irmã dele:

– Você é Hannah, uma curadora.

– Eu tento. Estou aprendendo com Rachel, na clínica.

– O prédio do outro lado da rua. Eu preciso ir lá.

– Quando quiser. Eu a levo. É muito bom conhecer você. Minha mãe está muito feliz que sua mãe esteja aqui. Nós todos estamos. Você gostou da casa? É muito bonita, e você tem ótimos vizinhos: Fredinha, Eddie e as crianças.

– É uma boa localização e a terra será útil.

– Tem um home theater, não tem? – disse Duncan, com uma cerveja. – E um sistema de entretenimento e segurança. É uma pena que Chuck tenha tirado todas as peças importantes que estavam lá dentro.

– Ele vai fazer bom uso. E minha mãe e eu já colocamos segurança. Quantos curandeiros vocês têm? – perguntou Fallon a Hannah.

– Rachel treinou 23. Isso inclui a clínica, o pessoal rotativo e os médicos de campo.

– É um bom número. – *Por enquanto.* – Quantos de vocês treinam arco e flecha?

– Varia muito. Nós realizamos cursos práticos e instrução. Adultos e crianças menores de 16 anos. – Tonia deu uma mordida num pedaço de pão coberto com uma camada de carne magra e gesticulou com o resto enquanto falava. – Aulas geralmente são para crianças, a menos que tenhamos um recém-chegado, que formam grupos de no máximo doze pessoas. Durante o ano letivo, dou duas aulas três vezes por semana. No verão, são menos, mas temos programas extras.

– Por que menos aulas no verão?

– Dois meses sem aulas – explicou Duncan. – Em primeiro lugar, faz muito calor para termos aulas dentro da academia e da escola civil.

– Vocês poderiam esfriar o ar.

Ele deu de ombros.

– As crianças precisam de um descanso.

– Mas dois meses sem treinamento ou estrutura...

Ele deu de ombros novamente.

– É como fazemos.

Teriam que fazer de outra maneira, pensou Fallon.

– Podemos mostrar a cidade a você – sugeriu Tonia. – A cidade, a escola, o arsenal e a clínica.

– Sim, eu gostaria de ver como é organizado. Preciso falar com Will.

– Sobre o quê? – indagou Duncan.

Ela o encarou.

– Sobre o que está chegando.

– Você acha que não sabemos?

Ele sabia, ela via isso no rosto dele, dentro dele, mas procurou não se aprofundar.

– Eu não sei o que você sabe. Só tenho certeza do que eu sei.

Ela se virou e foi em direção a Will.

– Ela é... Qual é a palavra? – perguntou-se Hannah. – Extraordinária.

– É melhor que seja – murmurou Duncan.

Tem que ser corrigiu Tonia.

Will olhou para Fallon quando ela parou à sua frente, e algo nos olhos dela o fez se levantar.

– Eu sinto muito, sei que isso é um tipo de celebração, mas há coisas que preciso lhe dizer, planos que devem ser colocados em prática.

– Ok. O que acha, prefeita?

– Eu diria que estamos convocando uma reunião agora e que Fallon tem a palavra.

Ela esperava falar com Will, não com todo o grupo de uma vez.

– Eu... eu sei que vocês são a razão para que Nova Esperança exista. Vocês a fizeram crescer e ter uma estrutura. Eu sei que vocês são a razão pela qual muitos têm sido salvos da prisão e da morte. De tudo que minha mãe me contou e do que eu vi aqui, sei que vocês não apenas lutaram para sobreviver, mas para construir algo forte e seguro, um lugar onde os que possuem magia e os que não a possuem vivem e trabalham juntos. É por isso que eu acho que este é o centro. – Fallon respirou fundo. – Há outros lugares como este e muitos diferentes, por total falta de liderança e estrutura. E visão. Porque eles têm medo de olhar e ver. Há uma razão para todos vocês terem vindo aqui, uma razão para minha mãe e meu pai biológico terem vindo até aqui e por ele ter morrido aqui. Uma razão para que eu soubesse que, quando chegasse a hora, viria aqui, com todos que são importantes para mim.

– O centro de quê? – perguntou Jonah.

– De guerra e paz, luz e escuridão. Cada escolha que você fez o trouxe até aqui. Se tivesse pegado a arma em seu bolso, ao invés de encontrar a força e a coragem para ajudar uma mulher que precisava de sua ajuda, você não estaria aqui. Nem a mulher que você ama, seus filhos, Katie e os filhos dela. Então, foi essa escolha, luz em vez de escuridão. O mesmo, exatamente o mesmo, pode ser dito de todos aqui. Este é o centro, este é o outro escudo.

Aqueles rostos, pensou Fallon, seu pai biológico uma vez olhara para eles e confiara neles.

– Você é forte, todos vocês são fortes. Precisarão ser. Seus filhos precisarão ser.

– Eu não vou discutir que você tem alguma coisa... extraordinária – disse Will. – Algo extraordinário salvou vidas nesta sala duas vezes. Eu estava com sua mãe uma vez, quando ela teve uma visão, e isso está guardado em mim, portanto, não vou duvidar de que você enxergue coisas que alguns de nós não veem. Trabalhamos muito para tornar Nova Esperança um lugar sólido e seguro. Estamos dispostos a arriscar nossa vida para salvar outras, e lutar contra aqueles que, por qualquer maldita razão, querem nos ver caídos, presos ou escravizados. Mas o fato é que não somos muitos e não dispomos de muitos recursos. Não podemos enfrentar todo o lado sombrio que restou no mundo.

– E esse lado é muito numeroso. – Chuck puxou a barbicha que ostentava. – Toda vez que me viro, descubro um pouco mais. Eu explorei alguns desses outros lugares sobre os quais você estava falando. Pessoas tentando se recompor. Mas algumas delas estão a centenas de quilômetros, até milhares. Não temos como chegar lá para ajudar ou para lutar.

– Então, os seus mágicos não sondaram o suficiente, nem seus técnicos e mecânicos. Seus líderes não se convenceram de que Nova Esperança ainda pode ser engolida pela escuridão.

– Você acabou de chegar aqui. – Duncan deu um passo à frente. – Você não sabe o que sondamos, fizemos ou pensamos.

– Você aprendeu a disparar – respondeu Fallon. – Mas aprendeu a levar alguém com você? Levar sua moto ou um cavalo? Levar um exército?

Ela se virou para a mãe.

– Você deixou seus amigos, sua segurança, porque sabia que aqueles que mataram neste local voltariam. Iriam atrás de você, atrás de mim. Mas não imaginou que eles voltariam de qualquer maneira. E eles vão voltar.

– Eric e Allegra?

– Eles, ou outros como eles. Eles também esperam. Nossa vinda até aqui recomeça o cronômetro. Mas... de dentro e de fora – explicou, enquanto as imagens surgiam em sua mente –, o ataque virá. Daqueles que fervilham na escuridão, ele virá. – Fallon se virou para Duncan. – A fruta e a flor. O veneno e a serpente. Você é como eu sou, e a escuridão deseja o seu sangue, o meu sangue, o sangue de sua irmã. Mas não o terá! Eu não vim aqui para ver o sangue dos Tuatha de Danann ser derramado e outro escudo ser quebrado.

Fallon surpreendeu Duncan apertando sua mão, enviando ondas de choque através dele.

– Eu sou um exército. Você é uma espada brilhando. Você é uma flecha em pleno voo – afirmou ela, segurando a mão de Tonia. – Nós somos do mesmo sangue e da mesma carne. Nós lutamos juntos por todos os que vieram antes de nós, todos os que virão depois. Escolha, você me disse, Duncan dos MacLeods, e eu escolhi. Agora eu digo a você: escolha.

Ela os soltou, deu um passo para trás, embora seus olhos ainda estivessem mergulhados em visões.

– Nós nos levantamos e caímos conforme a sua escolha.

– Que escolha? – perguntou ele.

– Você saberá.

Fallon esfregou as têmporas devido à dor de cabeça, mas fez um sinal quando Lana fez menção de se levantar.

– Não, está tudo bem. A questão é que nenhum lugar é seguro, isso é algo que todos vocês já sabem. O que foi construído pode ser destruído. Você disse que não são muitos aqui, e tem razão. Precisamos de mais guerreiros, mais líderes, mais curandeiros e mais técnicos. Eu já comecei isso. Tenho 1.643 recrutas.

– Como é que é? – espantou-se Will, ainda um pouco atordoado, levantando a mão.

– Ela os alistou no caminho – explicou Simon. – Em cada um dos assentamentos.

– Mil e seiscentos – murmurou Will.

– E 43. Fiz uma lista, separando os mágicos por suas habilidades, os não mágicos pelas deles. Tenho mapas. Posso mostrar onde alguns vão treinar. Mas eles precisam de suprimentos e equipamentos.

– E quem os está treinando? – questionou Duncan.

– Mallick, que foi quem me treinou, Thomas, um elfo mais velho que lidera um grupo perto de onde eu treinei com Mallick. Troy, uma bruxa que lidera um grupo de mágicos. Um homem chamado Boris, que era um soldado como meu pai. Os outros virão aqui quando eu os chamar. Por enquanto, podemos treiná-los nos campos perto da casa onde viveremos.

– Quantos virão para cá? – perguntou Katie.

– Por enquanto, 820.

– Oitocentos... Nós não temos instalações, isso é o dobro da população que estamos alimentando, vestindo, abrigando e ensinando.

– Mais mãos para plantar e caçar – apontou Fallon. – Para construir.

– Podemos expandir na fazenda – disse Eddie, e Fredinha assentiu. – Com uma pequena ajuda, podemos construir outra estufa e até dobrar as colheitas. E Lana hoje me disse que sabe como criar o clima tropical que estamos tentando há anos. Vamos ter açúcar e café, cacau, azeitonas. Simon fez uma prensa de olivas. Azeite.

– Poe e eu conseguimos ir a quase 150 quilômetros daqui – comentou Kim.

– Cento e vinte e cinco – corrigiu Poe, batendo no joelho da companheira.

– O combustível é a questão principal – observou Kim. – Mas há lugares que não foram explorados, onde poderíamos obter combustível. Se morre oitenta ou noventa por cento da populaçao mundial, leva muito tempo para aqueles que ficaram terminarem de usar os recursos. O problema é chegar até esses recursos.

– Não precisa ser um problema. – Flynn, que não dissera nada até então, absorveu tudo e finalmente se pronunciou. – Se o que você chama de disparar for o que eu imagino que seja.

– Transportar-se fisicamente de um local para outro em, bem, uma disparada de poucos segundos – explicou Fallon.

– E você consegue levar alguém, mais de uma pessoa?

– Em tese.

Flynn se levantou, ofereceu uma das mãos.

– Mostre a eles.

– Eu não...

– Mostre – repetiu Flynn, pegando a mão de Fallon.

Ela sentiu algo nele. Fé absoluta. O tipo que só sentia em seus familiares, em Mallick, em Thomas e poucos outros.

Com isso, ela o levou aos jardins, um lugar que conhecia.

– Está se sentindo bem?

– Sim. Elfos estão acostumados a se mover rápido. Não tão rápido, mas bem depressa. Vamos esperar um pouco para voltar. Eles precisam conversar.

– Sim, mas...

– Eles precisam conversar – repetiu Flynn. – É o peso da responsabilidade, e os que não são como nós vão precisar de um pouco mais de tempo. Alguns deles, pelo menos. Eu já estou com você. Estava com você antes de você nascer. Eles estarão com você também.

– Meu pai me contou sobre a primeira vez que viu você. No mercado.

– Max? Mas...

– Eu conversei com ele, numa noite de Samhain.

– Ah. – Flynn sorriu sem hesitação. – Fico feliz, por ambos. É melhor voltarmos. Eles vão enlouquecer.

Quando ela os disparou de volta, Lupa estava ao lado de Flynn. Ele se ajeitou de novo quando o dono pôs a mão em sua cabeça.

– Passeio suave – foi tudo o que ele disse.

– Quantos você pode levar assim, e até que distância? – Will quis saber.

– Não tenho certeza. É preciso prática. Minha mãe tem a habilidade, o mesmo acontece com Duncan.

Tonia levantou a mão.

– Eu posso fazer isso. Ainda não tentei com um passageiro. E você está certa: por que não tentei? Por que não tentamos?

– Não sabemos se um não mágico suportaria – afirmou Duncan.

– Se você precisa de uma cobaia... – Poe se levantou.

– Prefiro tentar com um não humano primeiro – disse Fallon, prontamente. – Um cervo. Mas a questão é que devemos ser capazes de viajar mais longe e mais rápido, encontrar suprimentos e mais recrutas. Precisamos de mais, muito mais, e temos que estar totalmente treinados e armados antes de voltarmos à capital, a Washington.

– Washington? – Arlys abaixou o bloco de notas. – Você quer levar a luta para Washington?

– No devido tempo. Mas não é que eu queira. É preciso.

– Espere. Você disse que Washington era uma cidade morta.

– E é. – Lutando para não se irritar com mais uma interrupção, Fallon virou-se para Duncan. – Mas eles se agarram a ela, o governo e os Incomuns Sombrios. Seu simbolismo, sua história, a estrutura de poder esfacelada. Embora lutem entre si, eles nos querem mortos ou capturados. Querem governar o que sobrar. É um dos centros, e temos que tirar das mãos deles, purificar. Nova York é outro, mas não estamos prontos ainda.

Ela levantou as mãos quando se virou de novo para o grupo principal.

– Não estamos prontos. E não sei quando estaremos. E há outros lugares mais remotos. Sob a terra, alguns deles desertos, alguns onde há Incomuns. Alguns onde bombas esperam para serem detonadas.

– Nós conversamos inúmeras vezes sobre esse último tópico – disse Katie. Como isso lhe causava um nó no estômago, ela ergueu uma garrafa de vinho das fadas e encheu sua taça. – Eles usaram uma bomba em Chicago há três anos, outra em Dallas dois anos antes. Ambas causaram verdadeiros desastres. Mas isso não vai impedir um louco de usá-las de novo. Ou de disparar bombas nucleares.

– Vamos eliminá-las. Tem que ser uma prioridade. Vai levar tempo e, mesmo com o treinamento, é um risco, mas tem que ser feito antes que apareçamos em Washington.

– Como podemos eliminar todas as bombas? – perguntou Katie. – Em primeiro lugar, como vamos encontrar tudo isso? Não apenas aqui, mas em todo o mundo?

Duncan se sentou no braço da poltrona de Katie, passando a mão pelo seu braço para acalmá-la.

– Magia – respondeu ele. – Feitiços localizadores. Disparando uma equipe para o local. Desarmando.

– Desarmando, não – corrigiu Fallon. – O que está desarmado pode ser armado outra vez. Eliminando. Eu pensei em transformar cada uma em outra coisa, mas mesmo um feitiço forte pode ser quebrado.

– Verdade, isso é um ponto importante. Fazer tudo desaparecer é complicado.

– Estou pensando em como resolver.

– Você precisa de ajuda – observou Tonia. – Duncan e eu vamos ajudar com isso.

– Desculpe pelo meu nervosismo – disse Katie –, enquanto eu tento não ter um acidente vascular cerebral com a ideia de adolescentes trabalhando para fazer com que armas nucleares "desapareçam".

Tonia veio se sentar no outro braço da poltrona da mãe, e Hannah ficou de pé atrás dela.

– Bem, a primeira coisa é encontrar suprimentos, habitação e tudo mais de que oito centenas de pessoas vão precisar. – Hannah colocou a mão no ombro de Katie. – Talvez devamos começar assim.

Fallon decidiu que o encontro (ou seria uma festa? Ou uma reunião?) tinha sido o melhor que poderia esperar. Ela tivera uma experiência de quase quatro meses tentando convencer as pessoas a fazer o que precisava que fizessem. Não era apenas uma questão de tempo, pensou, mas também de projetar confiança e vontade de se comprometer com pequenos detalhes.

Descobriu que alguém havia lhe trazido um colchão e alguns lençóis, um travesseiro e um cobertor. Teria que descobrir a quem agradecer.

Entretanto, ainda não tinha uma mesa de trabalho, então se preparou para se sentar no chão e espalhar os mapas abertos. Mas ouviu alguém na saleta.

Ao sair, deu de cara com Colin, andando de um lado para outro e bisbilhotando.

– O que você está fazendo?

– Só dando uma olhada. É uma casa muito bacana. Talvez você saiba como fazer esse tal do home theater funcionar.

– Não tem peças suficientes.

– Tem você e mamãe.

– Talvez. Talvez – disse ela outra vez, fazendo cálculos. – Eu posso fazer alguma coisa... por uma troca.

– O que você quer?

Desde o último surto de crescimento de Colin, eles agora tinham a mesma altura. Ela percebeu, com certo aborrecimento, que ele logo seria mais alto do que ela.

– Quero a sua ajuda para treinar os que não possuem magia, os de 16 anos para baixo.

– Crianças? – zombou o menino, do alto de seus 15 anos.

– Eles vão respeitar você, vão querer impressionar o mais velho. Você é bom com a espada, é bom com os punhos. Você é um especialista em provocar e persuadir dois irmãos mais novos.

– Eu quero lutar, não ser babá.

– Não tem nada a ver com babá. Se um menino ou uma menina de 12 anos não forem treinados, não aprenderem como lutar, quando fugir, quando atacar, eles vão morrer com o que está por vir. Alguns vão morrer mesmo sabendo lutar. Preciso que você me ajude para que o número de mortes não seja tão grande.

– Entendi.

– Você ficaria no comando – disse ela, conhecendo-o bem. E sorriu. – Seria o presidente.

Ele bufou.

– Talvez. Certo. Mas e o home theater?

– Vou dar um jeito.

– Combinado. Vou pegar alguma coisa para comer. Mamãe está mais do que maluca pela cozinha. Quando voltarmos para a fazenda, aposto que ela vai pedir ao papai que reforme a nossa.

Ela foi para o quarto, fechou a porta. Sentada no chão, espalhou os mapas e começou a traçar as melhores rotas saindo de Nova Esperança.

Sentiu uma ondulação no ar e logo se levantou. Como a espada estava do outro lado da sala, ergueu os punhos. E Duncan surgiu diante dela.

– Você não pode entrar no meu quarto sem ser convidado.

– Eu não sabia que era o seu quarto. – Ele olhou ao redor. – Bem espaçoso, cama espaçosa, não tem muito mais coisa. Enfim.

– Estou ocupada. Vá embora.

– A gente precisa conversar. Você, eu e Tonia precisamos conversar, mas vamos começar aqui. Essa visão que você teve lá na minha casa. Aquelas malditas frutas e flores outra vez.

Como isso a preocupava, ela controlou a raiva um pouquinho.

– Eu não sei o que significa. Se soubesse, teria dito, porque sei que é alguma coisa importante.

– Entendi. – Com as mãos nos bolsos, ele vagou pelo quarto dela até o L que formava a saleta e voltou. – Eu escolhi, não foi? Eu escolhi lutar. O que mais existe lá?

– Eu também não sei.

– Visões são um pé no saco. Metade do tempo elas só revelam metade da história, então acaba sendo só um quarto das coisas. As suas provocam dor de cabeça.

– Isso acontece às vezes, quando são mais fortes. Mas não dura muito.

– Eu ficava tonto com as minhas. Tive algumas com você.

Ele olhou de novo para Fallon, parou de andar e se virou para ela, os mapas estendidos entre eles.

– Não era apenas sonho. Minha mãe diz que, quando eu era bebê... Tonia também, algumas vezes eu ficava realmente feliz e animado quando sua mãe se aproximava. Porque você se aproximava dentro dela. Eu conhecia você antes de você nascer. E a chatice é que eu meio que me lembro. Não é só ela me dizendo.

– Nós três, você disse. Tonia e eu, o sangue MacLeod.

Ela não teve que controlar a raiva agora. O pensamento simplesmente veio.

– Não foi culpa dele, do seu avô.

– Eu sei. O sangue MacLeod, descendente dos Tuatha de Danann. Eu aceito isso, ok? Eu vou lutar com você. Vamos descobrir como encontrar armas nucleares e coisas que explodem, e nos livraremos delas. Vamos descobrir como retomar Washington. Eu vou ajudar a encontrar mais recrutas, vou ajudar a treinar todo mundo. Vou ajudar a vigiar, explorar, planejar e tudo o mais que for preciso.

– Mas?

– Mas nós vamos ampliar os resgates. Se as pessoas estiverem em gaiolas, em laboratórios subterrâneos, vamos tirar todo mundo de lá de qualquer jeito. Você não disse nada sobre isso.

– Porque eu pensei que estivesse subentendido. Operações de resgate demandam treinamento específico. Eu tenho anotações sobre isso.

Passando os dedos pelos cabelos, ela olhou em volta, tentando se lembrar de onde as tinha colocado.

– Não precisa achar agora. As anotações podem esperar. Eu só queria ter certeza de que concordávamos com isso.

– Se não lutarmos pelas pessoas, por que estaríamos lutando?

– Algumas pessoas lutam pelo poder.

– Não é esse o meu objetivo.

– Bem, você já tem mais poder do que a maioria. – Ele ergueu a mão quando viu a luz nos olhos dela. – Só estou provocando você. Não acabei de dizer que eu já te conhecia?

– Então deveria saber que eu não gosto de ser provocada.

– E quem disse que eu não sei? – Ele olhou para os mapas. – Em que você está trabalhando?

– Eu queria traçar algumas rotas para abastecimento e para recrutas. Vi alguns assentamentos. Tenho um globo de cristal.

Ele olhou para uma pequena mesa, onde ela o havia colocado.

– Muito prático.

– E bom para resgates – acrescentou Fallon. – Eu sei de lugares onde as pessoas são presas. Algumas terão que esperar até reunirmos mais soldados e armas, mas outras nós já poderíamos salvar.

– Eu vou ajudar você.

Ele se sentou no chão. Depois de um momento, ela se sentou com ele.

– Você poderia me mostrar onde você e seu povo já estiveram, onde já exploraram, os locais que podemos eliminar. Estou mais interessada no sul e no oeste. Nós viemos do norte. A partir daqui. – Ela tocou o mapa, onde havia marcado a fazenda. – Viajamos por aqui, demos a volta aqui e, depois, aqui. Mas eu nunca estive ao sul ou a oeste desses pontos. Exceto aqui.

Ela bateu o dedo no mapa, em cima do cabo Hatteras.

– O que há aí?

– Uma prisão, para aqueles como nós. Está vazia agora. Quando precisarmos dela, vamos usá-la. Mas, por ora, preciso conhecer lugares que você sabe que não conheço.

– Sim, eu posso mostrar. Sei que você esteve aqui.

Ela olhou para cima e encontrou os olhos dele a encarando.

– Antes de eu ter visto você, eu sabia. Eu a senti. É como uma aceleração no sangue. O que você acha disso?

– Ancestralidade compartilhada.

– Eu compartilho minha ancestralidade mais ainda com a minha mãe. E nem sempre sei quando ela está por perto. Nunca sei de Tonia, e nós vivemos bem perto por nove meses. Mas com você existe certa aceleração.

Os olhos dele eram de um verde profundo, profundo como as sombras no recanto das fadas. Ela queria desviar o olhar, mas não queria demonstrar fraqueza.

– Eu não sei como você se sente ou por quê.

– E que tal isso, então? Como é que eu sei que você tem um ponto fraco por bolo arco-íris e nem sei que diabo é isso? Ou que você gosta de ler diante de uma lareira ou debaixo de uma árvore? Que você gosta de construir coisas com as mãos? Como eu sei disso?

Ela sabia que ele gostava de ouvir música. Que tinha um amigo, um metamorfo chamado Denzel, a quem considerava um irmão. Ela sabia que seu presente favorito era uma caixa cheia de lápis e tinta, que um homem chamado Austin lhe dera.

Austin, não seu pai, mas alguém que tinha, por um curto período de tempo, assumido esse papel na vida dele.

Ela não queria saber daqueles detalhes e intimidades sobre ele. Nem que ele soubesse dos dela.

– Essas não são coisas importantes.

– Pois eu acho que são. Eu acho que há uma razão para eu saber coisas. Não sei se vou gostar da razão, ou se você vai.

Quando o coração dela começou a bater com força, ele olhou para o mapa.

– Ok, então aqui já exploramos e está vazio.

Nos dias que se seguiram, ela construiu coisas com as mãos. Com suprimentos encontrados e recuperados, ela e o pai trabalharam com várias equipes para reparar e expandir duas casas que serviriam como quartéis. Outras equipes se dedicaram a preparar mais locais para receber famílias e crianças. Alguns ficariam acampados, então reboques, tendas e trailers formavam grupos do lado de fora, em uma área que se tornaria um local de treinamento.

Com Simon, ela cortou e soldou o ferro angular para formar molduras para painéis solares. Eles já haviam feito o mesmo havia alguns anos na fazenda e para vários vizinhos, mas Nova Esperança encontrara uma coleção de preciosidades em células solares e as havia retirado e armazenado.

Ela entendeu que Nova Esperança tinha voluntários para tudo, algo que fora implementado desde o início. Equipes rotativas exploravam as casas afastadas e abandonadas. As que estavam arruinadas ou danificadas além de qualquer possibilidade de reparo prático eram despojadas de tudo o que pudesse ser útil.

Madeira, pregos, canos, dobradiças, telhas, janelas, vidro, portas e fiação. Outra equipe classificava, inventariava e armazenava cada item em um celeiro ao lado de onde guardavam mantimentos e grãos.

Ela verificou a calafetagem em outra estrutura, olhou em volta para o que parecia ser uma colmeia em atividade. Alguns construíam caminhos suspensos com cordas e tábuas ou transportavam pneus velhos para a pista de obstáculos, erguiam uma parede de escaladas, enquanto outros se concentravam no que seriam a cozinha e o refeitório.

Afinal, um exército tinha que comer.

Ela sabia que a mãe estava fora com Fredinha e alguns outros, trabalhando nas primeiras etapas do complicado feitiço para criar uma área tropical. Seus irmãos permaneceram na cidade, no programa de verão, com Colin, que, por mais que evitasse demonstrar, estava adorando o papel de instrutor.

Fallon olhou para o local de onde vinha uma gargalhada e o som de martelos e serras, franziu a testa quando Duncan deu uma cambalhota lenta para fora do telhado e, em seguida, flutuou de volta com uma pilha de painéis concluídos.

Em seus pensamentos, Simon suspirou. Ele sabia quando um cara estava se exibindo para uma garota, e tinha certeza de que vira mais do que uma faísca de interesse sob o cenho franzido de Fallon.

Eles terminaram mais uma série de painéis e, para não ficar para trás, Fallon os levou flutuando até Duncan e sua equipe. Simon tirou o boné, limpou o suor do rosto e, em seguida, apontou o queixo para uma van que se aproximava.

Bill Anderson saiu do lado do motorista, e uma menina bonita, com cabelos louro-escuros, saiu pela outra porta.

– Dia quente para esse tipo de trabalho – comentou Bill em voz alta, colocando as mãos na cintura para avaliar o progresso. – Vocês estão indo muito bem. Trouxemos churrasco de javali, salada de repolho e outros quitutes da cozinha comunitária. Tenho alguns barris de chá gelado e água.

– Você é incrível – disse Simon.

– Tem algum lugar para a gente colocar isso?

– Vamos criar um.

Um par de portas recuperadas colocadas sobre cavaletes serviu como mesa e os trabalhadores vieram em bandos. Fallon se dirigiu ao riacho para se lavar e quase bateu de frente com a menina que carregava uma caixa de pãezinhos, provavelmente assados naquela manhã.

Desculpe, eu... não me lembro do seu nome.

– Na verdade, não nos conhecemos. Eu sou Petra.

– Fallon.

– Eu sei. Todo mundo... sabe.

– Eu levo isso, querida – disse Bill, tirando a caixa das mãos dela.

– Você está fazendo isso para os soldados. – O rosto de Petra enrubesceu enquanto ela falava. Você vai liderar a tropa.

– Isso incomoda você de alguma maneira?

– Não, mas... Não. Eu não quero lutar – disse ela rapidamente, juntando as mãos. – Eu não quero ser um soldado. Eu cuido de crianças. Eu posso ajudar a fazer comida. Não quero lutar.

Não quer lutar. Covarde.

Fallon ouviu as palavras em sua cabeça e olhou para uma mulher de cabelos castanhos curtos. Starr, ela se lembrou, uma elfa que falava muito pouco.

Starr simplesmente deu de ombros, lançou um olhar de desprezo para Petra e se dirigiu, com um prato de comida, a um local solitário, distante dos demais.

– Eu não vou forçar ninguém a lutar.

– Eu apenas pensei... não tinha certeza...

– O que você faria se uma das crianças de quem cuida fosse atacada?

Eu... eu tentaria proteger a criança, fugir para longe. São apenas crianças, afinal.

– Oi, Petra.

– Tonia. – Imediatamente relaxada, Petra sorriu. – Eu não sabia que você estava aqui.

– Ajudando a construir uma pista de obstáculos para o treinamento. Mal posso esperar para testar isso. Você sabe, Fallon, eu tenho algumas ideias para um outro curso destinado aos que possuem magia.

A Queda dos Incomuns. – Ela riu. – Adicionar algumas armadilhas e quebra-cabeças mágicos.

– Boa ideia.

– Você trata disso como se fosse um jogo – disse Petra, com uma voz suave, ficando ainda mais vermelha. – Com licença. Com licença. Eu preciso... – Ela saiu correndo.

– Quero me lavar antes de comer – disse Fallon, dirigindo a Tonia um olhar longo e direto.

– Ah. Sim, boa ideia.

Elas caminharam juntas até o preguiçoso riacho.

– O que foi? – perguntou Tonia.

– Eu não conheço Petra e não sei por que Starr não gosta dela. Seria bom saber.

– Eu não sei se Starr gosta de alguém. E isso não é justo. Ela não é sociável. Ela trabalha tanto quanto qualquer um. Em geral, fica com Flynn. Mas não há faíscas ali.

– Faíscas?

– Românticas, sexuais. Eles são como irmãos. Enfim, o que eu sei sobre ela é principalmente de segunda e terceira mãos. Ela era uma criança, cerca de 12 anos. Os GPs a pegaram, junto com a mãe. As duas foram violadas e torturadas. A mãe viu uma chance de salvar a menina, falou com ela do jeito que os elfos falam. – Tonia bateu nas próprias têmporas. – Ela a fez prometer que fugiria e se esconderia, então criou um alvoroço para que Starr pudesse sair correndo. Eles enforcaram a mãe enquanto Starr estava escondida, e ela não pôde fazer nada. Por isso, ela luta, ela trabalha, mas nunca chegou a ser realmente parte da comunidade. Está sempre isolada.

– E Petra?

– Um resgate de alguns anos atrás. Tinha sido levada por um culto, ela e o pai. Um culto de malucos, de bruxos antimagia, liderados por um desequilibrado. Todas as mulheres tinham que se submeter, você sabe, fazer sexo, ter filhos.

– Elas eram forçadas?

– Sofreram lavagem cerebral, então é a mesma coisa. Algumas eram apenas crianças, como Petra.

– Ela foi forçada?

– Foi. Ela se recuperou muito bem, levando-se tudo em consideração. Mora com uma moça que tem um filho, que resgatamos do culto. O resgate foi feio. Os GPs atacaram, nós os atacamos. Um monte de gente morreu. O pai dela foi um deles. Eles o incendiaram bem na frente dela.

– Isso deveria fazer com que ela quisesse lutar.

– Bem, eu acho que você pode dizer que Starr e Petra têm, você sabe, cicatrizes de uma experiência similar.

– O que ela é? Não consegui sentir.

– Ela bloqueia. Uma bruxa. Mas se recusa a usar magia. Eles a fizeram ter medo de usá-la. Acho que ela sabe que pode usá-la, mas eles a fizeram ver suas habilidades como algo ruim, obscuro, então ela tem medo do próprio dom.

Fallon assentiu.

– Há outros assim.

– Duncan e eu fizemos um pequeno progresso por um tempo, mas, como ela se assustava muito quando explorava seus poderes, não insistimos. E, bem, ela começou a se apaixonar por Duncan, e ele recuou. Ela é muito jovem, sabe? Não em idade, mas no jeito de ser. Ele não tocaria nela.

Fallon olhou para trás.

– Ela ainda...

Tonia deu de ombros.

– Talvez um pouco, mas ela está meio que ligada a Denzel. Você o conheceu, não foi?

– Amigo de Duncan, metamorfo. Está ajudando com os painéis solares.

– Amigos desde a infância – acrescentou Tonia. – Tenho certeza de que Duncan deu uma cutucada em Denzel para aproximá-lo de Petra.

– Com magia? – perguntou Fallon, pronta para condenar esse tipo de interferência ou influência.

– Não, claro que não. Isso é proibido. Ele só convenceu Denzel a dar um passo que ele já queria dar mesmo. Deu certo. Então, isso é tudo sobre quem é Starr e por que ela não vai muito com a cara da Petra. Não respeita Petra porque ela se recusa a treinar, não quer aprender nem mesmo autodefesa básica nem sair para explorar ou observar. Aqui é o mais longe da cidade que ela vai, e só porque Fredinha, Eddie e os filhos estão aqui, e ela é louca pelos filhos deles. Por crianças em geral.

Mas Fallon entendia como Petra poderia ser útil mesmo se recusando a lutar.

– Os mais jovens precisam de pessoas dispostas a cuidar deles, dar segurança, enquanto nós lutamos.

– Ela é boa com eles, paciente e, você sabe, responsável sem ser um osso duro de roer. Estou surpresa que ela não estivesse com alguma criança hoje, mas aposto que quis sair e conhecer você. Ter uma ideia de quem você é.

– Agora ela já tem. Obrigada, Tonia. É bom saber.

O conhecimento era sempre valioso, pensou Fallon, enquanto lavava as mãos e refrescava o rosto com a água do riacho.

Fallon pensara que as peculiaridades sexuais, românticas e de personalidade simplesmente entrassem no caminho do que precisava ser feito, mas a verdade era que saber a respeito disso a ajudaria a liderar.

CAPÍTULO 24

Em duas semanas, equipes diligentes, trabalhando em turnos, concluíram o trabalho na base e nos quartéis, e Fallon marcou outra reunião. Dessa vez, ela pediu aos líderes de Nova Esperança que fossem à casa que sua mãe já havia transformado em um lar, com sua horta, seus vasos de ervas e garrafas de flores, cheiro de pão fresco e bolos de mel.

Ela pediu especificamente a presença de Duncan, Tonia, Starr e, embora soubesse que isso trazia um peso ao coração da mãe, incluiu Colin.

Ela os recebeu no que a mãe chamava de sala principal, com comida e bebida espalhadas sobre o amplo balcão da cozinha e os móveis, que os voluntários haviam trazido, já posicionados.

– Primeiro, gostaria de agradecer a todos por tudo o que fizeram para completar o quartel com tanta rapidez. A maioria dos que trabalharam nos quartéis e nos treinamentos não me conhecia, mas todos dedicaram seu tempo, contribuíram com suprimentos, porque as pessoas nesta sala pediram ajuda. Agora, vou pedir a vocês que mantenham em segredo qualquer coisa que falarmos aqui esta noite. Hum...

Quando ela olhou para Arlys, ocupada tomando notas, Arlys também a olhou.

– Confidencial?

– Sim. Pelo menos até que eles comecem a se movimentar.

– Confidencial até que eles comecem a se movimentar?

Arrisque-se, Fallon disse a si mesma. Sua mãe confiava cegamente em Arlys.

– Vou começar a chamar os recrutas. Quanto mais gente souber que eles estão vindo, menos segurança eles terão.

– Olheiros e equipes de abastecimento vão acabar ouvindo algum rumor sobre a vinda deles – observou Jonah.

– Não até que estejam mais próximos daqui. Nesse ponto, poderemos enviar pessoas para ajudar a garantir sua chegada em segurança. Eu tenho alguns nomes para esse destacamento. Poe e Kim, Flynn, Starr, ah, Maggie Rydell. Se vocês tiverem sugestões diferentes, eu gostaria de ouvir. Alguns dos recrutas são bastante inexperientes e se recusam a fazer um treinamento sério. Alguns estão vindo com famílias, com crianças e jovens.

– Está bem. Confidencial – concordou Arlys. – Até que eles cheguem.

– Ok. Quero que Colin continue a trabalhar com os recrutas mais jovens, mas o número deles vai crescer demais e ele não vai dar conta de lidar com todos, então eu gostaria de sugestões para isso.

– Denzel – disse Duncan de imediato. – Ele é bom com crianças, e é melhor na teoria do que na prática.

– Concordo com você – disse Will. – Bryar e Aaron têm muita experiência com instruções. E quanto às outras bases?

– Eu vou esperar por Mallick, Thomas, Troy e Boris para que me digam se precisam de mais instrutores. Em caso afirmativo, há alguém em Nova Esperança que seja qualificado e estaria disposto a viajar, passar meses longe daqui? Talvez mais tempo?

– Eu posso lhe dar uma lista de nomes. – Katie olhou para Arlys e conseguiu um aceno de cabeça. – Aqueles que não têm família, ou que estariam dispostos a levar a família para fora de Nova Esperança. Eu vou ser direta com você, Fallon. Há alguma preocupação na comunidade de que você simplesmente ordene que as pessoas treinem, ou lutem, ou se mudem para outros lugares.

Ela já percebera os olhares, ouvira alguns comentários. Observara o medo.

– Hannah não luta – comentou Fallon.

– Eu... eu faço treinamento de combate – começou Hannah.

– Sua função é curar, não combater. Você tem uma habilidade, uma vocação. Por que eu colocaria uma espada em sua mão?

– Ela é até razoável com um arco – comentou Tonia. E, virando-se para a irmã, acrescentou: – Mas você é melhor com um torniquete.

– E outros são melhores em fornecer comida, construir, cuidar de crianças, fabricar armas em vez de usá-las. Ou em... – Fallon indicou Chuck – ... tecnologia.

Chuck bateu no peito com os polegares.

– Eu sou esse cara.

– Por que eu ordenaria que alguém lutasse? Isso não produz nada além de ressentimento. Por que eu exigiria que alguém se mudasse daqui, ou levasse sua família para longe? – Frustrada, ela fez uma pausa e olhou para dentro de si mesma. – Eu ainda não conquistei a confiança de todos.

– Mudanças são difíceis – ressaltou Arlys. – Nós descobrimos isso quando introduzimos regras, leis e o conselho da cidade. Somos maiores agora do que naquela época, então haverá alguns recuos, tendo ou não conquistado a confiança. Você é muito jovem. Isso já é um problema para alguns. Entre os Incomuns, há mais concordância. Mas mesmo entre eles...

– As pessoas se acomodam. – Bill bateu as mãos nos joelhos. – Nós temos uma espécie de rotina por aqui, e qualquer coisa que mude isso demanda esforço. Foi um verdadeiro inferno alguns anos depois que nos instalamos aqui e votamos sobre a reciclagem obrigatória, a compostagem. Pela reação de alguns, dava para pensar que estávamos instituindo trabalho escravo. Mas ultrapassamos isso e agora todos colaboram. Nem todo mundo está feliz por você estar trazendo muitas pessoas.

– Há muitas reclamações chegando – confirmou Katie. – Muitos rumores. Você pode deixar isso por minha conta e do conselho da cidade, por enquanto.

– Se tivermos mais soldados, Hannah pode se concentrar na cura, alguém como Petra pode se concentrar em cuidar de crianças. Uma cozinheira como... – Ela procurou se lembrar do nome.

– Sal – lembrou Eddie.

– Isso. Ela pode cozinhar e assim por diante. Mas reclamações para além disso? Aqueles que se manifestam e pressionam contra as mudanças ignoram o que já aconteceu com o mundo, e não aprenderam nada com isso. Eles esquecem, querem esquecer o que aconteceu aqui no dia 4 de julho e os que morreram naquele dia. Não valorizam os que arriscam a vida para resgatar outros, que lutam para que o que vocês construíram não seja destruído.

Katie assentiu.

– Você não está errada, mas alguns não querem ouvir nada disso dito assim tão abruptamente. E é difícil, Fallon, é brutal para um pai aceitar que seu filho, seja biológico ou não, esteja treinando para a guerra. É difícil para alguns deles aceitarem que uma criança os guiará.

Ela levantou a mão.

– Não diga que você não é uma criança. Eu a conheço, assim como todos nesta sala. Mas você é jovem e encontrará muitas pessoas que a verão como criança.

– Eles não vão me ver assim depois que eu provar meu valor.

– Você disse isso antes – afirmou Lana, entrando na conversa. – O que quer dizer com provar seu valor?

– Começará hoje à noite. Eu sinto muito. Sinto muito. Sou sua filha e sei de todos os sacrifícios que vocês já fizeram.

Simon pegou a mão de Lana e entrelaçou os dedos nos dela.

– O que você vai fazer hoje à noite?

– Vou eliminar algumas armas nucleares.

– Pelo amor de Deus, Fallon.

– Eu sei onde e como. Mãe, o Livro dos Feitiços está em mim. Eu sei como. Isso é necessário, e é uma demonstração de poder, de força, de compromisso com a luz. Nós vamos começar com cinco locais hoje à noite.

– Nós?

Ela olhou para Duncan e Tonia, depois, de volta para Katie.

– Eu sinto muito. Preciso deles.

– Quaisquer que sejam seus poderes, vocês são três adolescentes indo contra armas nucleares. Precisamos encontrar um especialista, alguém com experiência em armas nucleares, em desarmamento...

– Já falei que não vamos desarmar nada, vamos eliminar as armas. Elas deixarão de existir.

– Envenenamento por radiação...

– Mãe. – Duncan interrompeu Katie, gentilmente, antes de se dirigir a Fallon. – Magia ainda é uma ciência. Você não pode eliminar matéria sem substituí-la. Isso é um conhecimento básico.

– Mas você pode alterar a matéria.

– Um feitiço de alquimia? – Intrigado, Duncan enfiou os polegares nos bolsos da frente e refletiu. – Agora você está falando em trabalho de pós-graduação em magia.

– Eles deixarão de existir e vai se tornar outra coisa, algo inofensivo, e o inofensivo pode ser destruído. Também vamos eliminar os meios para lançá-los ou ativá-los.

– Espere, espere. – Chuck balançou a mão. – Computadores, eletrônicos, componentes... Ah, minha gente, e os dados. Podemos usá-los. Você não pode simplesmente transformar tudo em margaridas ou cachorrinhos. Posso ir com vocês, posso desligar tudo, e depois podemos trazer os computadores para cá. Meu Deus, o que eu poderia fazer com... Desculpem, senhoras, mas isso me deixa muito animado.

– Você pode nos dizer o que é mais útil, e nós trazemos. E poderíamos levar um pouco para outras bases. Você ajudaria a criar centros de comu nicação fora de Nova Esperança?

– Não existe ninguém melhor que eu para isso. Tenho duas pessoas que gostaria de ter comigo quando tivermos esses objetos. Na verdade, vocês economizariam tempo se nos espalhassem por aí. Eles não são tão bons quanto eu, mas, sinceramente, quem é?

– Você está na missão – disse Fallon. – Mãe, ele vai precisar de um tô nico energético. Poe e eu descobrimos...

– Rapaz, se descobrimos – confirmou Poe.

– O ato de disparar está drenando e desorientando os não mágicos – completou Fallon.

– Disparar... minha nossa! – Com um sorriso largo, Chuck dançou em volta da cadeira. – Isso é incrível.

– Prepare-se para uma boa vertigem – avisou Poe.

– Você precisa de mim também – disse Arlys.

O queixo de Will caiu quando ele se virou para ela.

– Por quê? Está maluca?

– Informações no local. Com meus próprios olhos. As pessoas confiam em mim, Will, para lhes dizer a verdade. As pessoas daqui e os outros que me escutam de longe. Fallon está certa, essa é uma grande demonstração de poder... e de determinação. Will, isso é o que eu faço, assim como você sai e luta contra Rapinantes e GPs. Você precisa fazer isso, Fallon, mas também precisa que as pessoas saibam e acreditem que você fez.

– Você tem razão. Mas algumas das coisas que faremos terão que ficar em segredo. Como, por exemplo, os detalhes do feitiço.

– Confidencial. Está mais do que combinado. Dobre a quantidade daquele fortificante, Lana. Chuck e eu vamos dividir.

– De novo na estrada – disse ele, piscando para ela.

– Vou pegar o tônico. – Pálida, Lana se levantou. – Você já calculou os riscos?

– Juro que sim.

– Você calculou os riscos – repetiu Lana – levando em consideração que sem você a escuridão vencerá?

– Juro que sim.

– Preciso ir ao escritório, pegar algumas coisas. Gravador de vídeo, que ficará desligado – Arlys assegurou a Fallon – durante o seu feitiço e sempre que você ordenar.

– Eu também preciso de algumas coisas. Você me dá uma carona? – pediu Chuck.

– Vou levar vocês lá fora.

Will ficou de pé. Tinha algumas coisas para dizer à esposa.

– Eu preciso falar com Duncan e Tonia por um minuto. – Fallon fez um gesto em direção aos fundos da sala e, em seguida, foi até o pátio.

– Você poderia ter mencionado que estaríamos em uma missão hoje à noite – disse Duncan.

– Quero que fique entre nós.

– Você acha que iríamos comentar sobre algo assim? – rebateu Tonia.

– Não, mas quanto mais cedo pudermos ir depois que as palavras forem ditas, quanto menos pessoas souberem que foram ditas, melhor para todos. Eu tenho o que vamos precisar na minha mochila, mas não estava esperando levar civis nem trazer nada de volta além de alguns suprimentos e armas. O equipamento do computador. Eu entendo quanto ele será valioso, mas é um desafio. Vai demandar mais tempo, mais energia.

– Mais uma dupla de bruxas? Sua mãe?

– Não. Tem que ser nós três. Isso eu sei. A logística ficou mais complicada agora, mas é factível. O feitiço em si eu preciso passar para vocês para que funcione. Nós três temos que saber, e vocês precisam entender que o conhecimento estará dentro de vocês não apenas hoje, mas sempre.

– Como isso é feito? – perguntou Duncan. – "De você", "dentro de nós", isso não parece que vai ser só com palavras.

– Será através do sangue. Aqui e agora. – Ela tirou a faca. – De sangue para sangue, de poder para poder, de luz para luz. Vocês precisam ter certeza, porque...

– Blá, blá, blá, magias de sangue, coisa muito séria, blá, blá. Vamos fazer logo. – Duncan estendeu a mão. – E começar a festa.

Tonia repetiu o gesto do irmão.

– Assino embaixo.

– É coisa séria. Ambas as mãos, para todos – disse Fallon.

Ela marcou as próprias palmas primeiro, depois as dele e, por fim, as de Tonia.

– Mãos entrelaçadas, agora.

Ela pegou as de Duncan e as de Tonia e inspirou.

– Um círculo de três, um círculo de confiança, concede conhecimento de mim para fazermos o que deve ser feito. Somos seus filhos – disse ela, enquanto seu sangue se misturava, aquecia e brilhava. – Somos o que estava escrito. Um, dois, três, três, dois, um, com conhecimento compartilhado a escuridão é desfeita. Através do sangue, esse dom de mim, se assim for seu desejo, que assim seja.

Veio com uma sacudida, atravessando as vísceras, o coração e a mente. Por um instante Duncan teve certeza de que seu sangue queimava com a luz. Em seguida, tudo parou, se acalmou, se tranquilizou.

E ele soube.

– É tão simples. Uma vez que você sabe, fica estupidamente simples.

– Fica lógico – concordou Tonia. – Por outro lado, sinto que acabei de enfiar o dedo em uma tomada. O meu cabelo está arrepiado igual ao de Einstein?

– Ele fica assim o tempo todo – brincou Duncan.

– Está bonito. Agora, temos que voltar lá para dentro. Quanto mais cedo começarmos, melhor.

– Espere. – Duncan ainda segurava a mão de Fallon, e, sim, a dele formigava. Seu corpo inteiro formigava. – Você vai nos dizer aonde estamos indo? Vai dizer a eles?

– Vou revelar apenas o primeiro lugar. É longe demais para ter importância. Nevada.

Levou tempo. Ela teve que mostrar a Will, no mapa, precisamente aonde pretendia ir, definir para onde transportariam o equipamento de informática, as armas e outros materiais.

E precisava torcer para que o tônico da mãe impedisse os civis de ter uma reação extrema.

– Tem certeza de que está vazio? – pressionou-a Simon. – Não ficou ninguém lá dentro? Nenhum militar? Nenhuma armadilha?

– Eu estive lá, através do cristal e de outra forma. Está vazio faz anos. Há alguns restos mortais – acrescentou ela, olhando para os civis. – Eu deveria ter contado isso a vocês antes.

– Nós já vimos restos mortais. Não se preocupe. – Arlys deu um beijo rápido e firme em Will. – Eu voltarei com o maior furo da minha vida.

– Deem-se as mãos – ordenou Fallon. – Respirem. Vai ser rápido. E, com um olhar para Duncan e Tonia, ela disparou.

– Eles vão ficar bem. – Hannah deslizou um braço ao redor de sua mãe e, em seguida, um em torno de Lana. – Vão ficar bem.

– Me ponha no maldito chão, cara. – Balançando um pouco, Chuck tentou recuperar o fôlego que a disparada lhe havia roubado. Ele poderia jurar que seus olhos estavam dançando nas órbitas. – Ok, o troço é maneiro.

– Estou inteira? – perguntou-se Arlys, enquanto o chão balançava sob seus pés como um navio em alto-mar. – Eu me sinto toda aqui.

– Cada pedacinho. Isso foi uma viagem e tanto, gente. E... Ah, venham para o papai! – disse Chuck, correndo em direção aos monitores e equipamentos.

– Eu pensei em vir aqui primeiro – disse Fallon. – Assim ele pode nos dizer o que devemos levar de volta.

– Posso ter tudo isso? Posso, posso?

– Apenas o essencial, dessa vez.

– Vou gravar isso. – Arlys ligou a câmera. – O que mais tem aqui?

– É tipo um galpão – explicou Fallon. – Para armazenamento de armas, testes, manutenção. Também tem pacotes de comida pronta, uniformes, remédios, embora a maior parte provavelmente esteja estragada. Mas acho que a clínica ficaria feliz em ter os suprimentos médicos e equipamentos que ainda estejam bons. Precisamos anular as ogivas primeiro. Você consegue fazer o trabalho aqui sozinho, Chuck?

– Deixa comigo.

– As ogivas estão vários andares abaixo. Existe um elevador. Você não pode fazer outra disparada tão cedo, Arlys, então vamos descer nisso.

– Ainda existe energia elétrica aqui? Sei que a luminosidade que estou vendo vem de você, sei reconhecer luz mágica.

– Nenhuma eletricidade. Está desligada há tempos. Mas posso fazer o elevador funcionar.

Eles desceram vários andares. Arlys tentava não pensar em uma grande caixa de aço funcionando à base de feitiçaria.

Ela seguiu Fallon, que, aparentemente, sabia muito bem aonde estava indo, atravessando outro labirinto. Arlys ligou a câmera e fazia comentários enquanto caminhava.

Então parou quando viu, através de vidros grossos, as ogivas.

– Meu Deus!

– Você pode gravar isso, mas tem que ficar aqui. E, quando entrarmos, você desliga a câmera.

– Certo.

– Eu aviso quando puder ligar de novo.

– Combinado.

– Agora, desligue.

Com Duncan e Tonia, Fallon disparou. E, com o coração na garganta, Arlys viu os três enfrentarem a destruição.

Não gravou nada. Mas não esqueceu.

Ela já vira lançamento de círculos, e tinha visto e sentido o poder que poderia surgir deles, neles e ao redor. Mas aquilo era mais, muito mais, pois, mesmo através daquele vidro grosso, ela sentiu o pulsar, viu o ar se agitar. Velas foram acesas e palavras foram ditas, mas ela não conseguia ouvir.

Os três levitaram como se fossem uma só entidade, e aquilo, pensou Arlys, era de uma beleza estonteante.

Um líquido do mais pálido dos tons azuis derramou-se de uma xícara que, de alguma forma, transbordou no ar em movimento e depois desapareceu. Um pó leve como areia voou da mão de alguém, que o espalhou e desapareceu. Com um vento circulando, os três que o agitaram subiam e desciam.

Luz brilhante, mais brilhante, cada vez mais brilhante.

Algo estourou, branco e iluminado. Atingiu os olhos dela como um laser, e ela esperou pelo fim.

Então tudo se aquietou, adquirindo um tom azul muito claro.

Ela perdeu o fôlego quando cada um deles sacou uma faca, fez um corte na palma das mãos e deixou o sangue pingar. De mãos dadas, eles desceram novamente, levantando as mãos juntas bem alto...

As ogivas tremeram, brilharam, tornaram-se transparentes e brilhantes como vidro. Arlys viu o que havia dentro delas. A morte que carregavam também havia morrido.

Ela conhecia a citação de Oppenheimer e, naquele momento, pensou em palavras próprias para descrever a cena. *Eu me tornei a morte da morte, salvadora dos mundos.*

Os três baixaram as mãos com um poder que fez o chão tremer.

O vidro se quebrou em incontáveis pedaços inofensivos.

Fallon, avermelhada de poder, olhos fulgurantes, virou-se e acenou para Arlys.

Com a mão um pouco trêmula, Arlys recomeçou a gravar.

No dia seguinte, após uma longa noite, Arlys estava sentada com Lana na varanda da casa da amiga. Uma casa que, anos antes, Lana dividira com Max.

– Já tem um bom tempo que não fazemos isso. Eu sei que deve ser estranho para você – disse Arlys.

À medida que o longo dia após a longa noite ia se transformando em noite outra vez, Arlys tomou seu primeiro gole de vinho.

– Não é estranho. Não mesmo. Eu sempre torci para que você e Will ficassem juntos. Agora vocês estão aqui, formando uma família. Tanta coisa mudou, tanta coisa não mudou... E uma coisa que eu sei que não mudou é o seu instinto e sua sensibilidade de repórter. É difícil para você segurar essa história.

– TRIO DE ADOLESCENTES DESTRÓI OGIVAS! Tudo o que eu vi, Lana, tudo, desde os primeiros dias em Nova York... Nada se compara. E segurar isso é muito difícil. Mas eu entendo o peso que um bem maior exerce sobre o direito do público de saber. Fallon quer os recrutas aqui, e quer que aqueles que estão em outras bases estejam seguros antes que eu revele a história. Isso pode esperar alguns dias. E mesmo que na hora eu tenha ficado aborrecida por eles não nos levarem mais depois do primeiro ataque, posso entender isso também. Chuck e eu somos um peso. E eles trouxeram muito equipamento de volta, só os três.

– Eles não me deixaram ir, não me deixaram ajudar. Nem depois que trouxeram vocês de volta. Mesmo entendendo, em algum nível eu me senti muito impotente. Mas Fallon insistiu que só os três poderiam ir.

– Você disse que eles só voltaram depois do amanhecer. Deve ter sido uma noite terrível para você e para Katie.

– No começo, Simon e eu fingimos que não estávamos preocupados, depois não conseguimos mais. Andamos de um lado para outro, rezamos. Não posso deixar de acrescentar que Hannah é uma rocha.

– Ela é – concordou Arlys. – Sempre foi.

– Acho que Simon e eu teremos que nos acostumar a andar de um lado para outro e rezar.

– Nós somos mães agora, e temos que enfrentar o fato de estarmos mandando nossos filhos para a guerra. Will e eu conversamos muito sobre não ter filhos. Somos realistas: Nova Esperança é uma boa comunidade, mas não é o mundo, e entendemos que teríamos que lutar para manter a comunidade e, finalmente, o mundo. Será que queríamos trazer crianças para isso? Mas... Bem, se você não puder ter esperança em uma cidade com esse nome, onde mais poderá ter?

– Você tem filhos lindos.

– É verdade. – Ela pegou a mão de Lana. – Você também. Simon é simplesmente fantástico, Lana. Eu queria dizer isso aqui, na varanda que um dia foi sua e de Max. Eu posso ver quanto você o ama, e mais, quanto ele ama você, os meninos e Fallon.

– Ele foi comigo hoje de manhã à árvore memorial, ver a estrela de Max. Ele é um homem tão bom, Arlys!

– Eu sei. Então, espero que eu esteja fazendo a coisa certa. – Ela enfiou a mão no bolso e tirou um pen drive. – Eu pensei muito, nas duas últimas semanas, se deveria ou não lhe dar isso. É de Max.

– O livro que ele estava escrevendo...

– Isso mesmo, uma espécie de diário com pensamentos e observações. Esperávamos encontrar você, e então, quando não encontramos, ficamos torcendo para você encontrar o caminho de volta, embora Starr tenha dito a Flynn o que você pediu. Will e eu decidimos ficar com a casa, e eu achei isso. Eu guardei, caso um dia tivesse a chance de entregar a você.

– Significa muito para mim. – Lana pegou o pen drive. – Muito mesmo, Arlys. Vou entregar a Fallon. Isso pertence a ela.

– Eu estava com medo de deixar você triste.

– Não. Isso me lembra que ele também tinha esperanças. Estava escrevendo novamente. Me lembra o que ele fez, o que eu fiz, para proteger nossa criança. E o que Simon fez para protegê-la, desde o início. E me lembra que desistir nunca é uma opção.

Todas as noites, Fallon viajava com Duncan e Antonia para repetir o feitiço. Na terceira vez, eles viajaram por toda a Rússia e na quinta estenderam a viagem a toda a Ásia.

Não contaram a ninguém.

Fallon atualizou seus mapas e planejou. Acreditava que, uma vez que tivessem eliminado o pior método de destruição inventado pelo homem, poderiam seguir em frente.

Durante o dia, trabalhava com a organização e acomodação dos novos recrutas. Percebeu que Katie era inestimável com sua capacidade de criar listas, planilhas, organizar dados, além de sua habilidade inata para receber estranhos com afeto.

– Eles precisam começar a treinar.

Katie sentou-se a uma mesa de piquenique do lado de fora do quartel e ficou trabalhando em um laptop. As pessoas circulavam; crianças brincavam com cães. Dois desses cães eram Jem e Scout.

– Eles precisam começar a treinar – repetiu Fallon. – Precisam de estrutura, de disciplina.

– Sim, eu sei. – Katie continuou a trabalhar sem olhar para cima. – Mas agora eles não são soldados, ou muitos deles não são. Estão se adaptando a um novo lugar. E estamos trabalhando para garantir que haja habitação adequada e suprimentos para todos. Rachel e sua equipe ainda estão fazendo as avaliações médicas. Temos mais de quatrocentos dentre os oitocentos ou mais que você espera.

– Eu sei de tudo o que você fez, que está fazendo...

Mas uma tempestade se aproxima, pensou Fallon. Algo grande e escuro, e não demoraria muito. Ainda assim, o cristal não esclarecia nada, não mostrava a ela o que estava por vir.

Fallon se sentou, esperou que Katie a olhasse.

– Com os dados que você coletou, eu sei quantos temos com formação médica, com habilidades específicas, com experiência de batalha e com famílias.

Katie entrelaçou as mãos para mostrar que estava ouvindo.

– Você já havia coletado a maior parte desses dados.

– Mas não tudo, não tão detalhado. As pessoas falam com você. Elas não apenas contam que já foram residentes em cirurgia. Elas também contam que gostavam de jardinagem como hobby, ou pintura, que têm um filho com aptidão para construir. Elas revelam suas expectativas, seus temores. Estou aprendendo com você a ver o todo, não apenas as peças de que preciso para formar o todo.

Katie se ajeitou na cadeira.

– Mas eles precisam treinar.

– É preciso começar. Eu pedi a meu pai que assumisse o comando desta base. Ele tem experiência. Mas vai precisar de ajuda, outros que possam treinar, tomar decisões, liderar.

– Poe – disse Katie imediatamente.

Fallon sorriu.

– Concordo.

– Eu sei que você havia pensado em Maggie, e ela é uma boa escolha. Tem também a Deborah Harniss. Do Corpo de Fuzileiros Navais. Ela já foi advogada, promotora e juíza. É uma metamorfa, e acho que estaria disposta a trabalhar em uma das outras bases.

– Eu não a conheço, mas, se você está sugerindo, gostaria de perguntar a ela, ou pedir a você que pergunte.

– Eu pergunto e peço a ela que venha conversar com você.

– Precisamos de dois cozinheiros, um oficial de suprimentos e um oficial de comunicação. Com as listas, podemos encontrar isso entre os recrutas.

– E usar pessoas de dentro e de fora as ajuda a se misturar, assumir alguma responsabilidade.

Trabalhar com alguém que sabia administrar as coisas ajudava a suavizar a jornada, pensou Fallon.

– Para misturar, eu gostaria que alguns dos recrutas, por enquanto os mais experientes, participassem de missões de buscas de suprimentos, reconhecimento e exploração. Grupos de caça.

– Me dê os nomes e onde você os quer. Vamos fazer com que trabalhem em turnos.

– Obrigada.

Katie balançou a cabeça.

– Eu queria que nada disso fosse necessário, pois me lembro de uma época em que não era. Você não tem como se lembrar. Meus filhos também não. Então, farei tudo o que puder para que chegue um momento em que isso não seja mais necessário. Não é isso que você, Duncan e Tonia têm feito todas as noites? Não, eles não me contaram – disse ela quando o rosto de Fallon se fechou. – Eu sei que eles saem, assim como sei que estão exaustos e morrendo de fome todas as manhãs. Assim como sei que seus pais sabem. E eles provavelmente se sentem, como eu, frustrados, porque nenhum de vocês confiou em nós o suficiente para falar conosco.

– Não é isso. Ah, eu sou tão ruim nessas coisas... Não é questão de confiança. Nós sabíamos que vocês se preocupariam.

– E você realmente acha que não nos preocupamos quando somos mantidos na ignorância?

– Sou mesmo péssima com essas coisas – repetiu Fallon. – Me desculpe. Sim, nós continuamos a fazer o que começamos na noite em que levamos Arlys e Chuck. Armazenamos suprimentos e equipamentos. Devemos terminar daqui a uma semana, talvez dez dias. Os MBIs não exigem tanto poder para serem eliminados...

– MBIs... – repetiu Katie, com um suspiro.

– Mísseis Balísticos Intercontinentais.

– Sabe, acho que nunca soube o significado dessa sigla. Vou fazer o que as mães fazem e dar conselhos muito diretos. Conte para seus pais.

– Vou contar. Desculpe.

– Vou aceitar suas desculpas com uma condição: tire a noite de folga. Vocês três precisam, digamos, recarregar as energias. Eu conheço meus filhos, querida, e vejo isso em você também. Vocês estão exagerando nessas saídas. Precisam dar um tempo.

Fallon não queria parar, queria continuar até que tudo estivesse terminado. Parecia tão urgente... Mas ela viu a lógica no esquema de repouso e recreação.

– Vamos tirar essa noite de folga.

– Ótimo. Você está perdoada.

Não foi tão rápido e fácil com os pais de Fallon. Ela queria conversar com os dois ao mesmo tempo, sem os irmãos por perto. Embora, pensando melhor na situação, imaginasse que Travis havia sentido o que eles vinham fazendo.

Teve que esperar até depois do jantar, depois das tarefas, depois de Ethan, animado, partir para dormir na casa de seu novo melhor amigo, Max.

Ela entrou devagar no assunto, discutindo primeiro as pessoas escolhidas para trabalhar com Simon, as sugestões para outras bases, pedindo à mãe que supervisionasse inicialmente os cozinheiros e as refeições no quartel.

Tentando enrolar um pouco e sentindo-se envergonhada, ela não se permitiu enxergar a preocupação nos olhos de seus pais.

– Eu quero começar dizendo que sinto muito. Desculpe por eu não ter contado o que Duncan, Tonia e eu temos feito. É minha culpa, tudo isso é minha culpa, porque tomei providências para manter a missão em segredo.

– Você colocou muitas preocupações nas costas de sua mãe, Fallon.

– Eu sei disso. Piorei a situação convencendo a mim mesma de que estava fazendo o oposto. Mas...

Lana balançou a cabeça.

– Não atenue o que você fez. Você não pode fazer isso. Eu sei o que você significa para o mundo, o que enfrentou desde antes de nascer. Seu pai também sabe. Nós a educamos, por mais difícil que fosse, para que se tornasse alguém forte e capaz de assumir aquela espada e o escudo. Nos enganar e nos manter de fora do que você faz? Isso rebaixa a educação que demos a você. Isso nos humilha.

Eu sou muito, mas muito ruim, pensou Fallon novamente. Mas acabaria melhorando.

– Mãe, não há ninguém no mundo de quem eu precise mais do que vocês dois, ninguém em quem eu confie mais, ninguém que eu ame mais. Eu sei que vou cometer erros e sei que, quando os cometer, eles podem trazer consequências terríveis. Isso me assusta mais do que tudo. Eu deveria ter dito, por respeito. Não vou cometer esse erro novamente.

Algo frio subiu por sua espinha e a fez se remexer.

– O que foi isso? – indagou Lana.

– Não sei. Alguma coisa... Provavelmente culpa, mas...

Ela olhou para cima e não viu nada além de estrelas e uma lua branca dependurada no céu.

– Pode ser que você esteja um pouco cansada – sugeriu Simon. – Mantendo esse segredo, saltando e disparando por todo o país, transformando bombas em vidro quebrado. – Os olhos dele se estreitaram. – O que foi que eu não percebi?

– É que nós temos alternado locais nos Estados Unidos com outros do outro lado do oceano. Como... Rússia, Ásia, Europa.

– Você esteve na Rússia? – Simon abriu um sorriso largo.

– Você disparou até a Rússia? – A reação de Lana não foi nenhum sorriso. – Pelo amor de Deus, Fallon! E se tivesse perdido a conexão no caminho, caído no maldito oceano? E se... E foi exatamente por isso que você não nos contou. Exatamente.

Fallon fechou os olhos e respirou fundo.

– O erro foi meu, e tentarei não cometê-lo de novo.

Mas ela sentiu aquele frio uma segunda vez, e alguma coisa empurrando, empurrando para entrar, para abrir.

– Está sentindo isso? – Era algo que apertava seu coração, contorcia seu estômago. – Está sentindo isso?

– Isso o quê? – Quando Lana estendeu o braço para a filha, ela pulou de onde estava sentada, na varanda.

– Algo está vindo.

Ela ouviu o motor, viu o farol. Levou a mão à empunhadura da espada. Então, relaxou novamente.

– É a moto de Duncan. É Tonia na moto.

Ela esperou.

Algo aconteceu. Algo está acontecendo. Algo está chegando. Algo está aqui.

Tonia parou a moto e a desligou.

– Ei. Ah...

Ela desmontou do veículo, caminhou até a varanda.

– Enfim, Duncan me disse que já falou com vocês dois.

– Duncan? – repetiu Fallon.

– Sim, ele me localizou no quartel.

– E veio falar comigo na cozinha da comunidade. Recebi flores – acrescentou Lana. – Venha. Sente-se.

– Ele é mesmo insuportável – disse Tonia, com um sorriso pálido. – Eu não tenho flores, mas sinto tanto quanto ele. Minhas mais sinceras desculpas.

– A culpa é minha. Eu fiz disso uma condição.

– Nada disso. – Tonia deu de ombros quando subiu os degraus da varanda. – Nós concordamos com você. Nós sabemos disso, você sabe disso. Estávamos todos errados. E não tente atrapalhar as minhas desculpas.

– Vamos esquecer tudo isso. – Simon olhou para Fallon e seu sorriso fácil desapareceu. – Você está bem, querida?

– Você está sentindo isso? Está ouvindo? Corvos circulando, asas cortando o céu. A fruta e as flores. A escuridão mascarada pela inocência. Sangue do sangue, carne da carne. Pode sentir isso?

– Agora posso. – Tonia, com a mão no braço de Fallon, ficou pálida como a lua. – Agora posso. Ah, meu Deus! Meu bom Deus! Duncan.

Elas dispararam juntas.

– Que diabos!

– Algo está vindo.

Simon se aproximou de Lana e agarrou a mão dela.

– Nem pense em ir sem mim. Deixe-me pegar o rifle, e mais uma arma.

– Depressa.

Ela entrou correndo com ele, gritou por Colin. Subiu as escadas para pegar a faca que levava consigo desde que saíra de Nova Esperança pela primeira vez.

Colin saiu correndo de seu quarto com a espada na mão.

– Pegue Travis.

– Estou aqui. O que aconteceu?

– Não tenho certeza. Vá até a casa de Fredinha, diga a ela que algo está vindo. Alguma coisa está vindo para Nova Esperança. Diga ao Eddie para reunir todo mundo que puder. – Lana se virou para Colin, segurou os ombros dele com as mãos. – Fique com as crianças.

– Mãe...

– Fique com elas, me escute. Se isso passar por nós... mantenha as crianças em segurança, Colin.

– Prometo. – Ele olhou para Travis. – Nós prometemos.

– Eu amo vocês. – Ela correu escada abaixo, agarrou a mão de Simon. – Eu te amo – disse ela novamente, e disparou.

CAPÍTULO 25

Como estavam tirando uma noite de folga para recarregar as energias antes de trabalhar nos locais seguintes da lista de Fallon, Duncan resolveu caminhar pelas hortas comunitárias e pelo parque. Alguns de seus amigos haviam combinado de se encontrar, tocar um pouco de música.

Ele não tivera muita chance de fazer nada disso nem de pensar em colocar as mãos na garota pela qual se interessava no momento, Carlee Jentz. O problema, admitiu, era que não sentia muita falta de colocar as mãos em Carlee. Haviam passado a maior parte de agosto juntos, e o início de setembro, mas agora, quando outubro se aproximava...

Ele gostava dela. Na verdade, gostava muito. Ela era exatamente o tipo de garota em quem gostava de colocar as mãos.

Curvilínea, divertida.

Só precisava relaxar um pouco, decidiu. Fallon o irritava demais, de todas as maneiras.

Ele também gostava dela, e faziam, sem dúvida, um bom trabalho juntos. Respeitava a maneira como ela fazia as coisas. Eliminava as bombas, construía um exército. Ele admirava a habilidade que ela demonstrava com a espada. Uma noite, ele a observou antes de se encontrarem para a missão. Havia se sentado no telhado do quartel, apenas para relaxar, e ela apareceu, com a espada na mão.

Conjurou três oponentes, lutou com os três ao mesmo tempo. Venceu todos eles.

Estava ansioso para testar as próprias habilidades contra ela. Mas o fato era que ela estava longe de ser curvilínea, não tinha a menor graça e era bem complicada.

Ele não sabia por que queria colocar as mãos nela muito mais do que em Carlee. Ou qualquer outra.

Talvez fosse a conexão de energia, ou a conexão de sangue. Talvez fosse só pelo fato de ela ser diferente de qualquer uma que ele conhecesse. Fosse qual fosse o motivo, ele sabia que pensar nela – daquela maneira – o deixava nervoso.

Então, parou de pensar nela daquela maneira e, agora, não pensaria nela de maneira alguma. Ficaria no parque, ouviria música, escutaria Denzel tocar violão.

Denzel tocava violão – ou banjo, até mesmo violino – como se tivesse nascido para isso, assim como era capaz de jogar com qualquer tipo de bola. Ele a manipulava melhor do que qualquer outro tipo de arma.

Ele precisava passar mais tempo com Denzel, melhorar suas habilidades, ficar mais em forma. E convencer o amigo a concentrar seus talentos em alguma outra área. Ele jamais seria um guerreiro.

Talvez ele recorresse a Petra para aquela missão, já que Denzel estava interessado nela havia tempos, e Petra parecia boa e interessada nele.

Como se a tivesse conjurado, ele ouviu Petra chamar seu nome. Virou-se. Sorrindo, ela caminhou em direção a ele carregando uma caixa.

– Indo para o parque? – perguntou ele.

– Sim. Vou me encontrar com Denzel. Tonia está vindo?

– Ela vai aparecer. Mas tem que fazer algo primeiro.

– Eu mal a vi ultimamente.

– Tem muita coisa acontecendo no momento.

– Eu sei. Todas aquelas pessoas novas. – Os olhos dela se obscureceram. – Enfim, espero que Hannah venha também.

Ela havia se agarrado às irmãs dele desde o início, pensou Duncan.

– Acho que ela já está lá. Stalwick está trazendo o teclado, e eles têm estado muito juntos nos últimos tempos.

– Ah, ele é muito bom! Eu gosto de música. Gosto muito mesmo. E é uma noite perfeita, não é? Fria, mas não gelada, todas aquelas estrelas, a lua... perfeita.

– Verdade. – Mas ele sentiu algo, um calafrio, uma torção no estômago. Olhando para cima, ele quase esperou ver nuvens rodopiarem sobre a lua e as estrelas. – Nada como música ao ar livre, e não vamos ter isso por um bom tempo.

– Eu já estou ouvindo! Já estão tocando. Estou bonita? – Ela parou, passou a mão sobre os cabelos do jeito que as garotas faziam. – Mina realmente não gosta de espelhos no apartamento, então só tenho um pequeno no meu quarto.

– Sim, você está ótima.

Ela sorriu para ele, quase sacudiu a caixa que carregava.

– O que você tem aí? Cheira a doce.

– Cupcakes. Trabalhei na cozinha da comunidade hoje e tive permissão para fazer cupcakes para esta noite.

– Eu estive lá hoje. Não vi você.

– Você deve ter ido durante um dos meus intervalos. Tome, experimente um. Realmente espero ter feito tudo certo.

– Eles parecem bons. – Ele olhou na caixa para os picos redondos de creme branco polvilhado com cor e textura. – Estão bonitos. De que sabor são?

– Acho que são de uma das receitas da Sra. Swift. Bolo amarelo com recheio de framboesa e cobertura de chantilly, com violetas silvestres.

Ele ergueu os olhos para os dela: azuis, grandes, inocentes. Um sorriso tímido e esperançoso surgiu nos lábios da garota.

– Frutas e flores – disse ele.

– Isso mesmo. Espero que tenham um gosto tão bom quanto parecem ter.

Ela levantou a caixa, ficou sorrindo com as luzes das fadas do parque e jardins brilhando em suas costas, com música tocando no ar. Com a lua, cheia e branca, derramando-se sobre ela.

Ele pegou a caixa e, por um instante, em um estalar de dedos, viu a alegria sombria em seus olhos.

Mantendo os olhos nos dela, Duncan virou a caixa. Os belos cupcakes caíram no chão, e uma substância preta e oleosa escorreu deles, enquanto os pedaços de violeta se transformavam em cobras pequenas e escorregadias.

Petra riu.

– Veja só o que você fez.

– Ei, Dun! Está tentando flertar com a minha garota?

A voz de Denzel fez seu sangue congelar.

– Não se aproxime! Tire todo mundo daqui.

– O que foi, cara?

Quando Petra riu de novo, Duncan atacou.

Ela se moveu depressa, mais rápido do que ele esperava. E tinha Denzel como um escudo à sua frente, tinha uma lâmina preta fina pressionada no coração dele.

– Eu não consigo me mexer – balbuciou Denzel. – Dun, não consigo me mexer. Petra?

– Solte ele. Você não está interessada nele.

– Mas você está, e isso é o suficiente. Agora, se você tivesse se apaixonado por mim, como planejado, eu não precisaria ter aturado esse cara. Eu não sou bonita o suficiente para você, *Dun*? Doce o suficiente? Indefesa o suficiente?

– Isso é porque eu não caí de amores por você?

– Ora, por favor. Você foi apenas um meio para eu alcançar um fim. Você e as idiotas das suas irmãs.

A música ainda tocava, vozes ainda cantavam. Teria ela colocado algum tipo de barreira, ou estariam eles ainda longe o suficiente?

Como ele poderia fazer uso disso?

– Desde o começo... Era você desde o começo. Mas isso não tem nada a ver com a merda do culto. Você tem magia negra. Sinto o fedor dela no ar. – Na esperança de manter Petra focada apenas nele, Duncan sacudiu os dedos, lançou uma luz, queimou as cobras deslizantes, reduzindo o veneno a cinzas. – É, eu sinto o cheiro. Então, não é do culto.

– Outro meio para alcançar um fim. Passei quase duas semanas naquele chiqueiro.

– Semanas?

– Seu poder é tão delicado e fraco que você não é capaz de reconhecer ilusão mental? Qualquer um que sobreviveu ao ataque poderia jurar que eu estava ali fazia quase dois anos. Já foi nojento ficar por duas semanas. É claro que fiz pequenos intervalos, me diverti um pouco. O homem que você viu queimar... e foi uma luz linda, não foi?... você só pensou que era o meu pai porque eu o fiz pensar assim. Da mesma forma que fiz com que seu patético grupo de resgate e os GPs atacassem naquela noite.

– Estou bêbado. – A cabeça de Denzel pendeu para o lado. – Quantas cervejas nós bebemos?

No parque, alguém berrou, alguém deu um grito. E a música parou. Petra jogou a mão para trás e fez as pessoas voarem e caírem em meio a uma onda de vento.

– Duncan. – Os olhos de Denzel se embaçaram. – Cerveja demais. Tenho que ir para casa, cara.

– Odeio ser interrompida. – Petra bateu um dedo nos lábios de Denzel e os queimou juntos. – Você também não detesta? Eu me controlei por tanto tempo!

Ele poderia consertar aquilo, pensou Duncan, poderia consertar Denzel assim que o libertasse. Mas nada do que ele havia tentado conseguira abaixar aquela lâmina fina e negra.

– O resgate foi uma armadilha para você ser trazida para Nova Esperança. Você montou a emboscada também.

– Você não é um idiota completo.

– Não funcionou.

O sorriso dela se alargou.

– Ah, não?

Sim, ele se deu conta de que havia funcionado. Claro que sim.

– Fallon. Você queria atrair A Escolhida.

– Você realmente não é um idiota completo. Ela demorou demais para chegar. Fui obrigada a viver com aquela imbecil cheia de piedade durante todo esse tempo, correr atrás de um monte de pirralhos. Isso acabou agora, assim como a imbecil piedosa. Não tive tempo de acabar com o pirralho. Eu tinha cupcakes para entregar. Ah, e precisava fazer uma rápida parada no caminho. Carlee não vai participar da diversão hoje à noite. Nem hoje nem nunca mais.

Ele sentiu como se tivesse levado um golpe nas vísceras.

– Por quê?

– Você gostou mais dela do que de mim.

Ela levantou a mão. As nuvens que ele imaginara cobriram as estrelas, sufocaram a lua.

Corvos voaram em círculos, gritando.

Denzel gemeu.

– Como esse cara dá tédio!

Com um movimento da mão, ela quebrou o pescoço de Denzel, que deslizou para o chão como se não tivesse ossos.

Com um grito de raiva, de tristeza, a espada cintilando, Duncan saltou para a frente.

Petra levantou os braços e voou alto com suas asas. Uma preta, uma branca, assim como um lado de seus cabelos era como a meia-noite e o outro, como a luz da lua.

– Você não esperava por isso! – gritou ela, enquanto lançava fogo e poder em Duncan. – Você não esperava por essa tempestade.

Com um golpe de sua espada, ele afastou as armas e o poder dela, enquanto Fallon e Tonia surgiam ao lado dele.

– Eu *sou* a tempestade! – Fallon lançou seu próprio fogo.

Petra fechou as asas, mergulhou sob as chamas e voltou a atacar.

– Finalmente. Olá, priminha.

Raios negros e reluzentes rasgaram o céu e atingiram o chão. A grama, verde por conta do verão, se incendiou e um turbilhão de vento varreu o fogo em direção ao playground, aos jardins e à árvore do memorial.

Quando o gazebo explodiu, lançando pedaços e lascas de madeira, Fallon trouxe a chuva. A fumaça subiu e escureceu o ar.

– Você está estragando a minha diversão. – Petra destruiu um trio de flechas que Tonia havia lançado. – Mamãe! Eles são muito maus para mim.

De repente, Allegra apareceu, cabelos claros, asas brancas bem abertas.

– Não foi nada, minha preciosa.

Com uma risada, ela acariciou a filha passando um dedo em seu rosto.

– Podemos matá-los agora? Podemos?

– Claro, meu tesouro. Mas nós queremos que eles sofram primeiro, não queremos? Deve haver dor e sangue. Em seu sofrimento, em seus gritos, nós nos alimentamos.

Allegra agarrou a flecha apontada para seu coração e a atirou de volta. Tonia se esquivou, mas não do soco de poder maligno que a jogou para trás.

Com uma risada de prazer, Petra lançou bolas de fogo, enquanto Tonia permanecia deitada, contorcida e confusa. Duncan saltou para proteger a irmã, acertando as bolas com sua espada, ignorando a terrível queimadura quando uma delas esbarrou na lateral de seu corpo.

– Estou bem, estou bem. – Limpando o sangue da boca, do nariz, Tonia se pôs de pé. – Isso só me fez acordar, nada mais. Eu sou uma distração. Cuide de Fallon.

Fallon estava sozinha agora, o rosto erguido, a espada embainhada.

– Está sentindo a dor deles, sua imbecil?

– Sim. E eu vejo debaixo da sua máscara. Sua beleza é falsa. – Ela olhou nos olhos de Allegra e transmitiu visão com seu poder.

E viu os cabelos soltos se dissolverem, viu-os recuar e deixar parte do couro cabeludo cicatrizado exposto; um dos olhos azuis cristalinos caiu e o rosto dela se enrugou. As asas brancas escureceram e se desgastaram.

Enfurecida, Allegra criou relâmpagos, fogo e vento. E Fallon viu lágrimas de humilhação transbordarem daqueles olhos destruídos.

– Meu pai fez isso com você! – gritou Fallon. – E minha mãe. Agora, seu rosto revela seu coração. Feio e perverso. Mas eu vou acabar com você.

– Atrás de você! – gritou Duncan, enquanto ele inflamava a espada e desviava o ataque.

– Eu sei – murmurou Fallon, virando o corpo quando Eric veio voando às suas costas.

Estava esperando por ele. Esperando, ela sabia, desde antes de nascer.

Fallon pegou sua espada, atacou e cortou as beiradas da asa esquerda dele. O choque o fez adernar para o chão, com a força igual à do trovão que explodira no alto.

– Deixem elas longe de mim! – gritou Fallon.

Ela queria ver o rosto de Eric, seu verdadeiro rosto. E a sede borbulhante de vingança ardeu em seu sangue.

– Você tirou a vida dele, a vida de seu próprio irmão, por poder e ganância. Eu vou tirar a sua.

Ele rolou para longe do golpe da espada, subiu voando, fraquejando, e Allegra o abraçou com uma asa.

O verdadeiro rosto dele, pensou Fallon. Carne crua, sem um olho, lábios queimados e recuados pelas cicatrizes.

Ela ouviu os outros chegando depressa. Ouviu os gritos, enquanto Petra, sibilando como uma cobra, atirava fogo e dardos pretos.

Quando os pais de Fallon dispararam a poucos metros de distância, o coração da garota fraquejou.

– Saiam daqui! Fiquem longe disso.

No caos de fumaça e chamas, de magias em choque, tiros e pedidos de ajuda, ela girou na frente dos pais.

– Você fez isso comigo! – gritou Allegra para Lana.

– Fiz e posso fazer de novo.

– Ainda não, ainda não. – Fallon viu aquela névoa vermelha de poder, enxergou-a na maneira como os cabelos da mãe fluíam em sua própria tempestade. – Ainda não.

– Taibhse! *Ionsaí!*

A coruja surgiu de repente no céu, uma faixa branca no meio da escuridão. Com suas garras e o bico, ela rasgou os corvos, fazendo cair seus corpos mutilados no chão.

– Faol Ban! *Garda!*

O lobo atacou através da fumaça, as presas brilhando, colocando-se na frente de Lana e Simon.

– Laoch! – Através da névoa, ele galopou até ela, que empurrou a espada na direção do céu fervente. – *Eitilt!*

Quando ele se levantou, suas asas se espalhando, ela saltou em suas costas.

– Sozinha, não. – Lana empurrou aquela fúria, quase sem controlá-la, em direção a Allegra. – Duncan, ela não pode ir sozinha. Eu posso ajudar aqui no chão. Por favor.

– Tonia?

– Estou bem. Deixe comigo. – Ela levantou o arco e gritou: – Flechas! Preciso de mais flechas.

Confiando em sua irmã, e esperando que ela fosse capaz de acertar um alvo móvel, Duncan disparou.

Ele quase ultrapassou o ponto quando Fallon girou o cavalo para a esquerda, e acabou batendo com força nas costas dela.

– Que droga!

– Reclame com a sua mãe depois. Você quer seu tio? Vamos pegar o desgraçado. Mas Petra é minha. Está me ouvindo? Ela é minha.

Vingança. Ela a ouviu borbulhar nele, como fizera nela. Será que isso os fortalecia ou enfraquecia?

Eles cavalgaram através de uma chuva de fogo, cortando lanças de raios, em meio ao calor que fervia o ar. Fallon bloqueou ataques com seu escudo e desviou-os com sua espada. E teria levado um duro golpe se Duncan não tivesse redirecionado um raio que se aproximava.

Chegaram à borda dos efeitos da fúria da mãe de Fallon, e Duncan teve que se desviar daquela enxurrada vermelha, cheia de pontas.

– Merda. Passe logo por isso! – gritou Duncan.

Mas as pontas mudaram de sentido.

– É o poder da minha mãe.

– Ainda está me picando. Passe logo por eles!

– Eu sei o que estou fazendo.

Eles circularam os três, lançando poder contra poder. Redemoinhos zuniam, chamas giratórias que ela combatia com punhos de gelo e torrentes de chuva forte.

Em meio à fúria, a mente de Fallon clareou apenas o suficiente para ela conseguir ver.

Eles rodeavam Petra. Protegiam a filha. Tomavam golpes por ela.

Eles a amavam.

– Você pode falar com Tonia? De mente para mente? – perguntou Fallon a Duncan.

– Um pouco, às vezes. Não como os elfos. Precisamos afastá-los do parque, da cidade.

– Não. Faça agora, chame Tonia. Faça comigo. Eu tenho sangue de elfo. Diga a ela para mirar tudo em Petra. Tudo o que ela tiver. Em Petra.

Duncan lutou para se abrir, sentiu um raio negro queimar a 1 milímetro de seu rosto. Suor escorria em seus olhos, a lateral do corpo pulsava, mas ele sentiu um clique de conexão.

Um olhar abaixo mostrou Tonia olhando para cima e apontando uma outra flecha. E, para seu horror, ele viu Hannah na grama fumegante usando o corpo como escudo sobre um dos feridos.

– Em Petra – repetiu Fallon. – Concentrem-se em Petra. Todo mundo! Tudo!

A torrente foi brutal. Flechas em chamas, fogo lançado pelos golpes de espada, balas voando. E o impulso e o empurrão da luz contra a escuridão, que abalava céu e terra.

Eles a protegiam, perdiam força de ataque ao defendê-la. Bloqueando mísseis e magias, em pânico, enquanto Petra, pensou Fallon, agora com a cabeça fria, achava graça.

Não era apenas um coração distorcido. Não era apenas um dom distorcido. Uma mente distorcida.

– Ei, *priminha*! – gritou Fallon. – Acho que você não quer brincar, já que está se escondendo atrás da mamãe e do papai.

Allegra jogou um raio que bateu no escudo de Fallon com força suficiente para dar um choque em seu ombro.

– Talvez você seja apenas tímida.

Aproximando-se, Fallon deu impulso usando o escudo e empurrou o raio de volta.

Entendendo agora, Duncan encheu seu grito de desprezo:

– Ela não vale a pena. Não passa de uma covarde. Vamos apenas terminar isso e ir tomar uma cerveja.

– Eu vou matar vocês dois!

Com o rosto contraído de fúria, Petra se afastou das asas da mãe. Ela lançou fogo e raios com um poder furioso, os olhos – um azul e o outro preto – enlouquecidos de ódio.

Fallon bloqueou várias vezes.

– Espere – disse ela para Duncan. – Espere.

E, quando ergueu a espada, lançou uma luz brilhante, tão clara quanto o cavalo em pleno ataque. Eric gritou.

Ele voou em meio a um vendaval, empurrou a filha para longe e recebeu a lâmina.

O golpe de Fallon arrancou as asas dele e queimou seu peito, o fogo descendo até a barriga.

Quando ele caiu, com o grito de Allegra fazendo o ar tremer, Fallon lançou Laoch em um mergulho.

– Agora. Mãe! Agora!

Ela viu o poder total da mãe – uma tristeza antiga presa a uma nova – unido ao amor de maneira sólida. A névoa vermelha se agitou e rolou. Com o corpo ao redor de Petra, Allegra lançou-se para cima enquanto o gume mortal a arranhava.

Mãe das Trevas, pensou Fallon. E Mãe da Luz.

– Solte, mãe. Solte. Me ajude a limpar o ar. Duncan! Preciso enxergar.

– Eles foram embora.

Ainda assim, ela instigou Laoch a subir e procurar.

– Você está machucado? – perguntou ela a Duncan, enquanto examinava o céu e via as primeiras estrelas piscarem de volta através da névoa cada vez mais rala.

– Não muito. Não tanto quanto eles. Precisamos descer.

Quando Eric caiu na beira do milharal, Simon saiu de perto de Lana.

Ele conhecia os sons de um campo de batalha: os gritos dos feridos, os pedidos de médicos. Conhecia o cheiro terrível de tudo isso: fumaça, sangue e morte.

Assim como também conhecia a morte quando a olhava nos olhos.

Eric, ou o que sobrou dele, ainda respirava, mas era uma respiração curta, que espumava sangue escuro. Nenhum médico, nenhuma magia, poderia salvá-lo.

– Você está morto. Talvez viva o suficiente para que minhas mulheres, minhas incríveis mulheres, lhe digam o que têm a dizer.

– Quem... – Eric chiou, tossiu sangue. – Quem é você?

– Eu sou o homem que trouxe A Escolhida ao mundo. Ela chegou por minhas mãos.

Com a arma apontada, firme, Simon lançou um olhar quando Fallon trouxe o cavalo para a terra, saltou e correu em sua direção.

Então ele viu a mistura de suor e sangue no rosto de Eric, viu a mão trêmula formar uma adaga negra. Quando Eric levantou a mão para lançá-la, Simon atirou.

– Isso foi por Max Fallon, seu filho da mãe.

Sem fôlego, Fallon olhou para baixo, viu a adaga se dissolver em cinzas lamacentas, aquele único olho envidraçado virado em sua direção.

– Eu queria ter acabado com ele.

– Mas foi você que acabou.

Fallon sacudiu a cabeça, embainhou a espada e segurou as mãos de Simon.

– Não, foi você. – Então, pegou as mãos da mãe, pois Lana correra até ela. – Foi você. Sempre teve que ser você. Não substituindo meu pai, porque você é meu pai. Mas em nome do homem que ele traiu, do irmão que ele matou.

– Você está ferida.

Fallon olhou para si mesma. Alguns cortes, algumas queimaduras.

– Não muito, mas outros estão. – Ela se virou para a mãe. – Eu subestimei você.

– Você não foi a única – concordou Simon.

– Eu não vou subestimar você outra vez.

– Já vou ajudar você.

– É melhor ajudar os feridos.

– Sim. Mas você primeiro. Eu sou sua mãe – disse Lana, quando Fallon fez menção de se opor. – Primeiro você.

Enquanto a mãe cuidava dela, Fallon estudou Eric e descobriu que, sob aquele toque, a raiva que a tomara diminuía tanto quanto as queimaduras.

– Ele será inflamado com fogo mágico e as cinzas serão salgadas e levadas para terras áridas, enterradas com a cabeça de uma cobra, a presa de um chacal, a cabeça de um corvo – decretou Fallon.

Ela olhou para Lana.

– Você atingiu Allegra de novo.

– Não o suficiente. Elas vão voltar.

– Elas vão voltar, mas da próxima vez não vamos fugir.

– Não, chega disso. Vá. – Ela tocou o rosto de Fallon. – As pessoas precisam ver você. Vou ajudar os paramédicos. – Ela olhou para Eric e acrescentou: – Seu pai vai cuidar disso.

– Sim, já vou.

Quando Fallon se afastou, Lana se virou para Simon.

– Max morreu aqui, aqui mesmo onde Eric caiu. A espada de Fallon o mandou para cá e você deu fim a ele. Bem aqui, Simon. Max tentou impedir Eric. Eu tentei. Você e Fallon conseguiram. Acho que isso é importante, foram você e Fallon.

– Está feito. – Ele a beijou. – Vá ajudar a curar as pessoas. Eu vou pegar alguns caras para me ajudar a levar Eric a um lugar aberto, e vamos manter tudo sob guarda até que possamos fazer o que Fallon quer que seja feito com ele.

Fallon se sentiu aliviada ao ver rostos familiares enquanto atravessava o que, pela segunda vez, se tornara um campo de batalha. Viu a sabedoria em Fredinha e em algumas das outras fadas, que recarregavam a terra onde ela fora atingida e queimada, e viu pessoas recolhendo o que sobrou do gazebo.

Alguns choravam – deveria sempre haver lágrimas pelo sangue derramado –, mas a maioria fazia o que precisava ser feito com uma determinação absoluta.

Ela foi até Hannah.

– Você pode me dar uma ideia do estrago? Mortos, feridos?

– Muitos cortes, queimaduras e abalos emocionais. Alguns feridos com gravidade. – Ela pressionou os dedos nos olhos. – Starr é um deles. Ela levou um duro golpe, mas está resistindo ao tratamento. Entra em pânico se a tocam. Sei que Flynn está tentando, mas ele também está ferido. Ah... e Tonia.

Fallon segurou o braço de Hannah com força.

– Ela está mal?

– Rachel disse que são queimaduras de segundo e terceiro graus, provavelmente uma concussão, uma contusão no pescoço. Não tenho certeza. Mamãe a fez ir à clínica. Ela não conseguiu convencer Duncan a ir, mas ele está ferido também.

Fallon olhou para onde ele estava sentado, o braço ao redor de uma mulher que segurava Denzel. Ela se balançava, lamuriando-se.

– Denzel... o filho dela... Eu o amava. Todos nós o amávamos. E ouvi Duncan dizer a Will para ver como estão Carlee, Mina e seu filhinho. Ele falou que Petra, meu Deus, que ela disse ter matado Carlee e Mina. Tenho que ir, eles precisam de mim.

– Eu vou para a clínica. Posso ajudar. Estarei lá.

Primeiro, ela foi até Duncan. Ele não a encarou, continuou abraçando a mãe enlutada, mantendo os olhos no rosto do amigo. Mas ele deu um pequeno solavanco quando Fallon colocou a mão em seu lado ferido.

– Me deixe.

– Você ajuda mais quando não está ferido.

Apesar da reação de Duncan, ela pressionou o local machucado e fez seu poder fluir. Queimadura, percebeu, e mais profunda do que imaginava. Teve que cerrar os dentes para suportar a dor, e se manteve assim até começar a aliviar e ela conseguir respirar novamente.

Rachel vai querer dar uma olhada em você – disse ela, levantando-se e se dirigindo à clínica.

Quando entrou, viu inúmeros feridos. Alguns amontoados em cadeiras com suas dores, outros deitados em macas. Alguns choravam, alguns gemiam, alguns apenas se sentavam, com os olhos vidrados, em choque.

Com os cabelos presos no alto, sua mãe trabalhava ao lado de outros curandeiros. Fallon parou perto de uma garota, que reconheceu como uma das amigas de Tonia. April, uma fada, que tremia de choque sob um cobertor.

– Não está muito ruim. Eles disseram que não está ruim. Você sabe onde está o Barkly? Eu estava com o Barkly.

– Vou descobrir. Olhe para mim. April, olhe para mim.

– Não está ruim.

– Vai ficar melhor.

Cortes, queimaduras, choque, o susto devido a um raio que caiu a poucos metros de distância. Ela a acalmou, fechou os pequenos cortes, curou as queimaduras.

– Minha mãe provavelmente está me procurando, preocupada. E Barkly.

– Sua mãe vai encontrar você. Agora, durma.

Fallon a fez cair em um sono leve e curativo e seguiu em frente.

Encontrou Flynn em uma das salas de exame, com Lupa a seus pés. Ele tinha sangue no rosto, na camisa, queimaduras nas mãos. Mesmo assim, implorava a Starr:

– Você tem que deixar que a ajudem. Ninguém pode ajudá-la se não a tocar. Você conhece essas pessoas, Starr.

– Eu conhecia Petra também.

Havia uma selvageria nela, que Fallon sabia ser resultado da dor e do delírio. O corpo da garota tremia devido às queimaduras que cobriam seus braços e pernas, pingando uma secreção. Fallon sentiu que a infecção já se instalava.

Um arranhão em sua pele derramava sangue.

– Você me conhece. – Fallon fechou a porta e se aproximou da maca. – Eu vim pedir seu perdão. Achei que você poderia ser a pessoa que estava nos traindo.

– Eu sei. Não me toque.

– Cometi um grande erro. Fiz você ir à reunião para ver se as coisas que falássemos lá seriam repassadas. Armei para você, mas eu estava errada.

– Eu nunca trairia você.

– Eu sei. Me perdoe. Mostre o seu perdão e me deixe ajudar você. Eu preciso dos valentes e dos verdadeiros. Você é as duas coisas. Sem ajuda, você vai morrer e eu vou perder uma guerreira e uma luz. Flynn vai perder uma amiga e uma irmã. Olhe para mim, Starr.

– Ela vai lutar se você a colocar em transe – avisou Flynn.

– Ela não vai lutar contra mim. Está me vendo? – perguntou ela a Starr.
– Eu a vejo. Você vê a luz em mim. Eu vejo a luz em você. Confie naquilo pelo qual lutou. Confie em mim como eu confio em você.

Ela a levou a um transe profundo.

– Traga minha mãe, ou outro curador poderoso. Diga a ela que as queimaduras estão infectadas. Ela saberá o que trazer. Onde está Rachel?

– Em cirurgia.

– Traga minha mãe, se puder, e consiga alguém para cuidar de você.

– Depois de Starr. Vou buscar sua mãe.

Ela começou o tratamento, e a dor enfraqueceu suas pernas. Teve que parar e recomeçar, parar e recomeçar. Ela possuía o poder, pensou, mas sua experiência ainda era limitada.

Pálida, encharcada de suor, ela viu quando a mãe entrou com uma bandeja de suprimentos mágicos.

– É muito – disse Lana, bruscamente. – Volte agora, imediatamente.

– Acho que ela está morrendo.

– Morrer junto com ela não vai ajudar em nada. Devagar, Fallon. Camada por camada.

Lana colocou a bandeja na mesa e deslizou as mãos, leves como plumas, sobre Starr.

– Temos que deixar o veneno sair. Precisamos do athame, do copo, do pó curativo. Observe.

Lana pegou o punhal que Fallon lhe entregou e o passou sobre uma queimadura gotejante, recolhendo a drenagem em um copo. Repetiu o procedimento várias vezes.

– Salgue, esvazie, lave e purifique o copo. Em seguida, cure lentamente, camada por camada, usando o pó de cura, e faça tudo de novo, e de novo, até ela ficar livre da infecção.

Elas trabalharam por mais de duas horas, e a maior parte sob o olhar atento de Flynn.

Finalmente, Lana enxugou o rosto e colocou a mão na testa de Starr.

– Está sem febre.

– Ela não vai morrer?

Lana se virou para Flynn.

– Ela deveria ter morrido. Qualquer um sem essa vontade de ferro teria morrido. Ela vai ter cicatrizes por dentro e por fora. Só podemos curar até aqui. Mas ela vai viver, e vai precisar de alguém em quem confie para cobrir as queimaduras que não pudermos curar com um bálsamo que vou lhe entregar. Duas vezes ao dia. Você pode fazer isso?

– Sim, ela vai me deixar fazer isso. Talvez permita que Fredinha o faça – disse ele a Fallon. – Ela correu e foi atingida em cheio por uma bola de fogo. Desviou de pelo menos seis, mas na correria foi direto para uma delas.

– Você sabe quantos mortos, quantos feridos? – perguntou Fallon.

– Nove mortos no campo, outros dois em situação grave. Feridos? Uns cinquenta, sessenta. Teria sido pior se não fosse por você, Duncan e Tonia. Você... – disse ele para Lana – e seu marido. Teria sido pior se os recrutas que você trouxe não tivessem vindo aos montes para lutar.

Flynn olhou para Lana e abriu um pequeno sorriso.

– Seu filho os reuniu. Colin. Pelo menos é o que estão dizendo. Eu vou ficar até ela acordar.

– Ela não vai acordar antes do amanhecer – avisou Lana, e ele deu de ombros.

– Não tenho mais nada para fazer.

Fallon saiu da clínica e voltou para o campo. As fadas tinham feito seu trabalho, esverdeando a grama, curando as árvores. Ela imaginou que os não mágicos também fariam a sua parte, reconstruindo o gazebo e o parque.

Símbolos, pensou ela. Eles não parariam de construir, sobreviver e lutar.

Caminhou até o corpo de Eric e dos dois guardas.

– Eu vou lidar com isso agora.

– Seu pai e Will disseram que devíamos ajudá-la.

– Preciso fazer isso sozinha.

Ela esperou até que se afastassem.

– As escolhas que você fez o trouxeram aqui. Juro pela minha vida, e diante da sua morte, que sua mulher e aquela que vocês dois fizeram terão o mesmo fim. Não por vingança, mas por justiça.

Sentado nas sombras com sua dor, Duncan a viu chamar o fogo, alastrá-lo sobre o corpo aos pés dela. Ouviu as palavras que ela disse, mas só entendeu algumas, eram irlandesas.

Fogo de luz. Corpo e alma.

Ela pegou punhados de sal de uma bolsa, espalhou sobre as cinzas, jogou gotas de um líquido sobre ele, que se agitaram e depois se aquietaram. Ondulando os dedos no ar, ela trouxe o que restou de Eric Fallon para dentro de uma caixa. Selou-a com um dedo, com uma linha de luz.

Deslizando a caixa para dentro da bolsa, ela chamou seu cavalo, seu lobo e sua coruja. Então, levantando a espada em direção à lua, Fallon desapareceu.

Enquanto se sentava nas sombras, ele pensou ter visto a luz atravessar o céu e enviar uma profusão de estrelas, como uma chuva.

A Escolhida cavalga para honrar seu sangue, para proteger a luz, pensou, quando se levantou.

E assim, até o fim, ele também o faria.

EPÍLOGO

Exausta da batalha, da cura, da viagem e do ritual, Fallon cuidou de seu cavalo e libertou sua coruja e seu lobo para caçarem.

Queria sua cama e mais nada. Nada de perguntas, nada de palavras de conforto. Nada de sonhos.

No dia seguinte falaria com Colin, expressaria o orgulho que sentira ao ver seu pensamento ágil, sua boa vontade em ficar para trás com Travis e Ethan e proteger as crianças.

No dia seguinte falaria com os recrutas, visitaria os feridos, conversaria com os entes queridos dos que haviam morrido.

No dia seguinte planejaria e combinaria, mas essa noite só queria dormir.

Entrou pela lateral e se forçou a tomar um banho para lavar o sangue, a sujeira, o cheiro ruim da batalha e a fumaça dos feitiços.

Saiu do banho pretendendo cair na cama. Duncan estava esparramado na única cadeira que ela havia colocado na saleta. Isso já a sobressaltou o suficiente, mas o pior foi quando se deu conta de que não usava nada sobre a própria pele.

Ela o xingou e se envergonhou ainda mais com o movimento instintivo que fez para se cobrir com os braços e as mãos.

– Saia daqui.

– Eu não vim aqui para ver você nua. É um bônus, mas não tenho culpa. Preciso falar com você.

– Não quero falar com você nem com ninguém hoje. Estou cansada. Estou nua. Vá embora. Se meu pai pegar você aqui, vai te dar uma surra.

– Eu assumo o risco. – Duncan fez um gesto para a cômoda, e as gavetas se abriram. – Vista alguma coisa, se isso te incomoda tanto. Já vi garotas nuas antes. Você nem chega perto.

Ele fechou os olhos e ergueu a mão quando uma onda de dor tomou o rosto dela.

– Desculpa. Vista alguma coisa, por favor. Vou esperar lá fora.

Ele saiu, ficou vagando. Perguntou a si mesmo se alguém havia colocado água na piscina. Por que as pessoas queriam uma cozinha do lado de fora? Por que ele não pôde ficar longe até ter melhor controle de si mesmo?

Ele a ouviu sair, ficou olhando para o céu.

– Eu ainda estava no parque quando você lidou com o corpo do seu tio.

– Não o chame de meu tio.

– Tem razão. Para onde você levou as cinzas?

– Longe. Bem longe. Onde a maldita filha dele e a mulher asquerosa dele não possam se reconfortar em velá-lo.

– Merecido. – Ele se virou, viu que ela havia vestido uma camiseta, calças de algodão e estava descalça. – Eu trouxe Petra até aqui. Ela planejou para que Tonia e eu truxéssemos você a Nova Esperança. E se gabou disso, depois... ela ofereceu cupcakes.

– Cupcakes?

– Framboesa e violeta. Frutas e flores. Ela me ofereceu um, e então percebi. Durante todo o tempo em que esteve aqui, eu não enxerguei a escuridão dentro dela.

– Você procurou?

– Na verdade, não. Eu acreditei. Ajudei a salvar uma criança traumatizada. Sou um herói.

– Eu procurei. Dentro dela, em Starr.

– Starr?

– Eu quase não vi nada em nenhuma das duas. Ambas bloqueadas. Essa noite eu vi algo em Starr, vi que ela bloqueia raiva, dor e medo. Só essa noite eu vi o que havia em Petra.

– Você teve dias. Eu tive anos.

– Só você? – Ela arqueou ambas as sobrancelhas. – Isso é porque você é um herói?

– Um idiota. Se você não tivesse me avisado sobre os malditos cupcakes, as frutas e as flores, eu teria comido um. Veneno e cobras negras. Estaria morto porque uma garota bonita me fez um maldito cupcake.

Ele parecia mais velho, notou Fallon. Mais perto do homem no círculo de pedras do que do garoto na moto.

– Eu não penso assim. Acho que, antes de você comer o cupcake, teria visto.

– Bem, nunca saberemos, não é mesmo? Eu não percebi na hora. Ela me pegou de surpresa, e foi uma idiotice gigantesca. Fui um perfeito idiota.

– Talvez, mas ela estava preparada e você, não. Ela era alguém que você ajudou, alguém que você achava que precisava de ajuda.

– Eu não fui rápido o suficiente, não fui forte o suficiente, então ela pegou Denzel. Naquele momento, só consegui pensar em fazer com que ela o deixasse, que o assunto ficasse apenas entre nós dois. Ela quebrou o pescoço dele enquanto eu estava lá. Quebrou-o em dois, como se fosse um graveto.

Com as palavras tomadas pelo pesar, ele concluiu:

– Ele não ia fazer nada. Era inofensivo.

– Ela o matou para atingir você.

A fúria voltou aos olhos dele.

– Acha que eu não sei disso?

A dor dele quase a devastou, abrindo algo dentro dela que a fez se aproximar e abraçá-lo.

– Sinto muito. Sinto muito pelo seu amigo.

Duncan tensionou o corpo contra o abraço de carinho, mas depois se abandonou.

– Ele nunca machucou ninguém. Falava muito sobre ser um guerreiro, mas nunca machucou ninguém. Não estava dentro dele. E ela o matou como se ele não fosse nada. Matou Carlee. O pai dela a encontrou no quarto, com a garganta cortada. Ela matou Carlee porque nós... Que merda!

– Você a amava. Sinto muito.

– Não, não, não... Nós só ficamos algumas vezes. Ela era tão inofensiva quanto Denzel. Não era uma ameaça. Petra matou Mina, e teria matado Bill Anderson, mas ele estava na casa do Will. Ele não estava em casa quando ela entrou e destruiu o lugar. Por que ela fez tudo isso? Eles não tinham importância. Eu importava, você importava, Tonia importava.

Fallon começou a recuar, mas ele a estava segurando, então ela cedeu por mais um minuto.

– Você não olhou diretamente dentro dela – disse Fallon.

Ele se afastou e perguntou:

– O que isso quer dizer?

– Você viu o mal. Você viu a escuridão e a maldade. Não viu o produto dos dois que a fizeram.

– Uma asa negra, uma branca, o cabelo e os olhos estranhos. Entendi.

– Você não viu isso como símbolos. Não viu que a escuridão dentro dela, emergindo da fusão entre a escuridão e a maldade, é distorcida. É... imperfeita.

– Você está dizendo que ela é louca.

– Estou dizendo que ela é louca.

Ele se afastou.

– Bem, isso... faz todo o sentido.

– Ela é astuta, uma raposa raivosa. E eles são pacientes, Duncan, muito pacientes. Todos esses anos esperando, tramando, planejando. Enviaram a própria filha para... se infiltrar.

– Ela poderia ter causado muito mais danos depois que conseguiu entrar. Poderia ter feito mais do que planejar uma emboscada.

– E provavelmente fez. Pequenas coisas. Uma doença, um acidente. Quando procurarmos, vamos encontrar o lugar onde ela realizava seus rituais. Vamos purificá-lo. Nós as ferimos, como meu pai fez nas montanhas, como minha mãe fez naquele mesmo campo. Elas vão ficar longe por um bom tempo para se recuperar. E nós vamos fazer o mesmo. O pai de Petra morreu por ela. Ela não vai se esquecer. Eu sei disso. Eles se amavam.

– Isso não é amor.

– É, sim. Tão real quanto qualquer outro. De pai para filha, de filha para pai, de companheiro para companheira. Eles se amavam. Agora, estão de luto e estão feridas.

– Nós também estamos. – Enfiando as mãos nos bolsos, ele olhou para as estrelas. – Ela gostou de matar. Eu vi isso quando ela matou Denzel.

– Causar morte e dor lhe dá alegria. Eu... compreendo isso melhor agora. Por um instante, senti alegria quando enfiei minha espada em Eric. Eu nunca mais quero sentir isso de novo.

– Entendi – murmurou ele. – Entendi.

– Nós queríamos vingança, nós dois, então foi um caos. Pessoas lutaram porque houve um caos. Não vai haver na próxima vez. Conseguiremos mais soldados, faremos mais, e teremos liderança em vez de caos.

Ela suspirou.

– Eu fracassei.

– Besteira.

– Eu fracassei porque me deixei levar pelo impulso e pela raiva. – Lembrando-se, ela esfregou a mão sobre o punho que segurava a espada. – Eu queria o sangue de Eric, e consegui, mas me esqueci da estratégia e das táticas.

– Não completamente.

– Quase completamente. Você me protegeu. Portanto, obrigada.

– Acho que estamos quites.

– Como está seu machucado? – Quando ele deu de ombros, ela fez um gesto impaciente. – Levante a camisa.

– Estou bem, mas talvez você queira tirar uma lasquinha, já que eu vi você pelada.

– Não seja imbecil. – Ela pôs uma das mãos na lateral do corpo dele, palma contra pele. – Ainda há um pouco de calor.

Ela a esfriou, lembrando dos conselhos da mãe. Lentamente. Camada por camada. E ia dizendo:

– Pronto. A Tonia...

Ele a puxou para si.

– Eu preciso disso – disse ele, antes que seus lábios se colassem aos dela.

Ela sabia o que era necessidade, e isso a confundia. Queria, mas ao mesmo tempo não queria. Seu sangue corria tão depressa, tão depressa, que ela o ouvia na cabeça como se fossem tambores tribais.

Sua mente ordenou que se afastasse, mas ela agarrou os cabelos dele, deixando escapar um som de prazer surpreso, enquanto a língua dele passava quente sobre a dela.

Ele teve visões de um penhasco varrido pelo vento sobre um mar fervente – e dela. De uma floresta tão verde que o ar tinha o gosto dela, e ela, sempre ela. Um círculo de pedras sob um céu vermelho como sangue, e ela chamando o trovão.

De uma cama ao luar, uma cama banhada pela luz da lua, e ela sob ele, movendo-se, movendo-se, movendo-se, seus olhos como nuvens de tempestade.

Visões nadavam e rodavam até que, tonto, ele recuou.

– Você viu isso? Você sentiu?

– Não sei. Não sei. Não consigo pensar. Preciso pensar. Não posso fazer isso. – Olhos nublados encontraram os dele. – Eu não sei como fazer isso.

– Eu poderia guiá-la, mas... – Ele se virou, se afastou, decidiu que o melhor lugar para suas mãos eram os bolsos. – Acho que preciso de um tempo. Preciso de algum espaço, algum tempo. E preciso de alguma distância de você. Acho que você precisa de distância de mim.

– Eu não posso me distrair com...

– Pare com isso. – Ele caminhou de volta para ela, e o ar pareceu tremer e chiar ao redor dele. – Não gosto nem um pouco de ser chamado de distração, então fique quieta um minuto. Qual das bases poderia me usar como instrutor? Eu sou bom nisso. Vai ser difícil para a minha mãe, mas ela vai suportar. Posso ajudar a recrutar de onde quer que seja. Posso pesquisar, fazer relatórios e ajudar a treinar.

– E conseguir aquele espaço, aquela distância.

Perceber quanto ela queria demonstrar que ele era necessário ali a surpreendeu, a preocupou. Perceber quanto ela não queria que ele fosse.

– Você ajudaria mais com Mallick. Eles ainda não são bons o suficiente por lá.

E ali ela se deu conta de que ele poderia treinar e ser treinado.

– Ok, eu vou para lá. Daqui a dois dias eu vou para lá. Quanto tempo você calcula, neste momento, antes de tentarmos ir a Washington?

– Dois anos, no mínimo. Vamos precisar de...

– Dois anos – interrompeu ele. – Eu posso fazer isso. Essa foi sua sentença, certo? Dois anos. Mas eu posso enviar notícias. Isso vai fazer com que seja mais fácil para minha mãe.

Ele estava parado ao luar, a alguns passos dela.

– Eu vou voltar, e vou voltar para você. Você terá dois anos para pensar sobre isso.

– Temos uma guerra para travar e vencer, Duncan. Tudo, simplesmente tudo, depende disso.

– Temos vidas para viver, caso contrário, qual é o objetivo? Eu vou ajudar você a construir e treinar seu exército, Fallon. Vou lutar com você e por você. E vou voltar para você.

Ele sorriu.

– Você ainda não negou – comentou ele, antes de desaparecer.

Sozinha, Fallon ficou onde estava. Dois anos, pensou. Tantas coisas poderiam acontecer... Vidas perdidas, vidas salvas. Quando ela disse dois anos, teve que pensar estrategicamente, não com o coração.

Ele mexeu em muitas emoções.

Espaço e distância – seria bom para todos.

Ela tinha um exército a liderar, batalhas a planejar, mágicas a fazer.

Dois anos, um piscar de olhos, uma eternidade? O que quer que fosse, começaria logo pela manhã.

Entrou, deitou-se na cama sem se preocupar em tirar a roupa. Para o bem de todos, ela o mandara embora. Será que os dois seriam os mesmos quando ele voltasse?

Meio adormecida, ergueu a mão para acender uma vela.

E, nos sonhos, viu a luz guiando o caminho dele, o próprio caminho, enquanto viajavam por suas próprias rotas.

Seria amor? Seria necessidade? Seria dever?

Poderiam os três encontrar uma maneira de ser apenas um?

Lá fora, a lua pairava no céu coberto de estrelas. Aquela tempestade havia passado. A nova já começava a se formar.

CONHEÇA OS LIVROS DE NORA ROBERTS

Quarteto de Noivas

Álbum de casamento
Mar de rosas
Bem-casados
Felizes para sempre

A Pousada

Um novo amanhã
O eterno namorado
O par perfeito

Os Primos O'Dwyer

Bruxa da noite
Feitiço da sombra
Magia do sangue

A Sina do Sete

Irmãos de sangue
A maldição de Hollow
A Pedra Pagã

Os Guardiões

Estrelas da Sorte
Baía dos Suspiros
Ilha de Vidro

Crônicas da Escolhida

Ano Um
De sangue e ossos
A ascensão da magia